赵逵夫 著

屈騷探幽

上海古籍出版社

图书在版编目(CIP)数据

屈骚探幽 / 赵逵夫著. —上海：上海古籍出版社，
2018.11

ISBN 978 - 7 - 5325 - 9013 - 1

Ⅰ.①屈… Ⅱ.①赵… Ⅲ.①楚辞研究 Ⅳ.
①I207.223

中国版本图书馆 CIP 数据核字(2018)第 238179 号

屈骚探幽

赵逵夫 著

上海古籍出版社出版发行

(上海瑞金二路 272 号 邮政编码 200020)

(1) 网址：www.guji.com.cn

(2) E-mail：guji1@guji.com.cn

(3) 易文网网址：www.ewen.co

常熟人民印刷厂印刷

开本 890×1240 1/32 印张 12.5 插页 5 字数 302,000

2018 年 11 月第 1 版 2018 年 11 月第 1 次印刷

印数：1—1,800

ISBN 978 - 7 - 5325 - 9013 - 1

Ⅰ·3323 定价：62.00 元

如有质量问题,请与承印公司联系

序

郭晋稀

　　赵逵夫同志的《屈骚探幽》即将付印了,这是他继《屈原与他的时代》之后的第二部著作。无论对他自己来说,还是对研究《楚辞》的学术界来说,都是好事。逵夫嘱序于予,我尽数日之力,浏览了全稿。因为老迈,精力日不如昔,又人事丛脞,心难专一,未必能提纲挈领,指出原作的精华。不过,我们是多年来往的师友,也还是应该谈谈我的一些不成熟的看法的。

　　一本书首先应该有自己的观点,并且言之成理,持之有故,这样,才能算得学术著作。市场上流行的某些书,虽说有自己的观点,却不一定都是好书。有的作者,是经过一番研究后,发现了古今作者们对某一问题的观点上的矛盾,看出了他们的错误,产生出自己新的理解,然后发愤著书。这样著成的书,是合于人情,达乎事理,考之载籍而有据,付之日用而无疑,真能给学海中人类文明的殿堂添一块砖、加一片瓦。即使其成绩只是沧海中之一滴水,大千世界里之一粒砂,也还应该算一本好书。

　　当然,在商业经济社会中,学术界的人不能不受社会的影响。所谓名之所在,利必随之。为了欺世盗名,索隐行怪,捏造证据,取信世人。这样著书的人,不过是市场上卖假货的坐贾走贩,专造赝品的古董商,自称刀枪不入的气功师。这种人著成的书,是假货,是赝品，是登台演法的魔术。

如果把市场上有关文史著作依其走向分为两类的话，《屈骚探幽》无疑属于前者。它是一本好书，其主要的标志，有下面四点：

一、赵逵夫同志对屈原《离骚》和有关屈原《离骚》的书，是精心探讨过的。前人注《离骚》的书很多，人各一辞，并不是没有局限，互相之间也不是没有矛盾。要对屈赋探幽入胜，掌握前人的局限和矛盾则是第一步的工作。孙卿曰："不积跬步，无以至千里；不积小流，无以成江海。"庄周亦云："适百里者，宿舂粮；适千里者，三月聚粮。"这种"积步"和"聚粮"的工作是著述者的第一步功夫。我翻阅《屈骚探幽》原稿时，其中有一篇《离骚》的释词和诠句，不乏胜义，可补前人注释之不足，这是"积步"。其中还有几篇，谈到《离骚》形式的继承与发展问题，涉及句式与韵脚，做了许多"聚粮"的工作。因为著述比如走路，一步一步地走，就不会像邯郸学步，未得国能，反失其故步。著述又比如长途旅行，如果聚的粮食多了，腹常果然，就不会因为饥馁而困乏或中道不前而遂废。

二、书中利用了地下发掘的新资料。我们有不如前人处，前人业专而思精，对于古籍很熟，能默诵，使用起来很方便。但是前人也有不如我们处。近年来从地下发掘出的器物很多，有鼎彝，有墓葬，有碑版，也有久已失传的典籍。前人没有见过的，我们看到了。这些东西对于我们研究古代文献价值最大，功用最多。殷墟、孔壁、汲冢、流沙坠简、敦煌石室，都是历史上偶然的发现，已经为中外所艳羡。至于今天，大多是有计划地发掘，又是用科学方法来整理的，我们利用它来研究古代文化，更方便了。逵夫同志研究《楚辞》常常利用楚文物，在方法上自然比前人进步得多，材料也更为可靠，说服力也更强。比如本书中有《从帛书〈相马经·大光破章故训传〉看屈赋比喻象征手法的形成》，就是鲜明的例证之一。

三、利用民俗民风研究文人创作。燕赵多慷慨悲歌之士，吴歈蔡讴盛行缠绵悱恻之音。文学每与民情风俗相关，前人论之详矣。王逸以为屈原放逐湘沅，"见俗人祭祀之礼，歌舞之乐，其词鄙陋，因而作《九歌》之曲"。朱熹则云："颇为更定其词。"荆湘风习，虽然有所不同，却无大异。屈原，楚人，习于楚俗；又放逐湘沅，为九歌"更定其词"。民歌与其创作相影响，更不待言了。所以研究屈赋，既不能不考虑南方文学与北方文学分别之大齐，又不能不思索荆湘风俗之特异。逯夫同志从民俗民风入手为《屈骚》探幽，自然是研究的坦途，可以入深而致胜。书中《屈赋在风格情调上的继承与创造》，即为其例。

　　四、根据材料，考虑情理，析疑辨惑，是作者著述的基本方法。"马高八尺曰龙"，是古籍中常用的训故。但马与龙的血缘关系，人们进一步考虑者少。逯夫同志认为传说中的龙是由马演化而来。古图画龙形似马者，如伏羲龙身而有马形。伏羲生仇夷山，山为白马氏发祥之处。伏羲氏以龙为图腾，盖沿于白马氏以马为图腾。龙马血缘关系，于此可以推测。通过仔细的考证，又经过合情合理的辨析，他写出了书中《〈离骚〉中的龙马同两个世界的艺术构思》，疏通了《离骚》中或马或龙的疑义。说它是一篇好考证论文，固然可以；说它是作者论述其艺术构思的发展观，更为合理。

　　当然，我们评价一本书，虽然可以从根本上指出其好坏，但并非对一本书所做出的结论和认识都会一致。因为事物的发展总是螺旋式前进的，人类对客观事物的认识也是螺旋式上升的。我们可以部分地认识真理，但对真理的认识永远不会结束。所以我认为一本书的著者，应该欢迎读者提出不同的意见，对他人的意见，经过深思熟虑，而后心平气和地是其所是，非其所非，才是明智的。

　　1950年年底，我从北京来此，时年犹壮也。每与朋友往来，以为国运方新，前途无限。历事既多，又经忧患，于是徘徊容与，莫知所从。四十余年来，东顾西盼，邯郸学步，故技都荒了。即使迷途知返,觉今是而昨非,却已垂垂老矣。逵夫重回本校,风华正茂,与予初来陇上时年岁相若也。至今还不到二十年,所造已深,楚辞之学盖已自名一家。于此不懈,再精进二十年,则藏山事业,可以与古人争先后。假使以此自画,"提刀而立,为之四顾,为之踌躇满志",功亏一篑,他年老耄,徒呼负负,则太可惜。师友人伦,不能不尽其所知,相互切磋。幸逵夫知我。是为序。

前　言

中国诗歌最突出的特征是它的抒情性,成就最高的,也是抒情诗。这当中,《离骚》便是一面光辉的旗帜。《离骚》不仅是我国抒情诗的无可比拟的典范,在世界文学史上也占有重要的地位。同时,它开创的传统和创作经验也给我国新诗的发展以多方面的借鉴和启迪。

一、我国抒情诗的无可比拟的典范

第一个对《离骚》作出全面评价的,是西汉时代的淮南王刘安。他在《离骚传》中说:

> 《国风》好色而不淫,《小雅》怨诽而不乱。若《离骚》者,可谓兼之矣。上称帝喾,下道齐桓,中述汤武,以刺世事,明道德之广崇,治乱之条贯,靡不毕见。其文约,其辞微,其志洁,其行廉,其称文小,而其指极大,举类迩而见义远。其志洁,故其称物芳;其行廉,故死而不容。自疏濯淖污泥之中,蝉蜕于浊秽,以浮游尘埃之外,不获世之滋垢,皭然泥而不滓者也。推此志也,虽与日月争光可也。①

---

① 见《史记·屈原列传》及班固《离骚序》节引。参杨树达《离骚传与离 (转下页)

从内容到表现,到语言,以至书中所塑造的抒情主人公形象,刘安都有所论述。司马迁将这段文字写入《史记·屈原列传》,这样,它也就又代表了司马迁对屈原《离骚》的评价。时间过去两千多年,《离骚》的巨大影响证明了这个评价的正确性。自宋玉的《九辩》、唐勒的《远游》①,到汉初贾谊、枚乘之作,以至武宣时代诸家之赋,"莫不拟则其仪表,祖式其模范,取其要妙,窃其华藻"②。班固推为"辞赋宗"③,王逸评其"金相玉质,百世无匹,名垂罔极,永不刊灭者矣"④。我国古代伟大的文学理论家刘勰在《文心雕龙·辨骚》篇说:

> 自《风》《雅》寝声,莫或抽绪,奇文郁起,其《离骚》哉!

文中在论述了《离骚》等屈宋之作的艺术感染力之后,又说:

> 故能气往轹古,辞来切今,惊采绝艳,难与并能矣。自《九怀》以下,遽蹑其迹,而屈、宋逸步,莫之能追。……是以枚、贾追风以入丽,马、扬沿波而得奇。其衣被词人,非一代也。故才高者菀其鸿裁,中巧者猎其艳辞,吟讽者衔其山川,童蒙者拾其香草。

(接上页)骚赋》,1951年6月9日《光明日报》,收入《积微居小学述林》;汤炳正《屈原列传新探》,刊《文史》第一辑,收入汤氏《屈赋新探》,齐鲁书社1984年版。

① 关于《远游》的作者问题,参拙著《屈原与他的时代》中《唐勒〈论义御〉与楚辞向汉赋的转变》,人民文学出版社2002年第2版。

② 王逸《离骚后叙》。

③ 班固《离骚序》。

④ 王逸《离骚后叙》。

其赞曰：

> 不有屈原，岂见《离骚》。惊才风逸，壮采云高。山川无极，情理实劳。金相玉式，艳溢锱毫。①

我们如将刘勰赞语的意思倒过来说，则若无《离骚》，岂见屈原！正是有了《离骚》这一篇不朽的杰作，才使屈原成了我国历史上诗人中影响最久最大的一位。

值得研究者们注意的是，我国历史上所有杰出诗人、作家都给屈原和他的《离骚》以极高的评价。不少人把《离骚》看作抒情诗方面永远不可企及的典范。伟大诗人李白的诗句中说：

> 屈平辞赋悬日月，楚王台榭空山丘。②

洪兴祖《楚辞补注》引宋初著名学者、词人宋祁之语云：

> 《离骚》为辞赋祖，后人为之，如至方不能加矩，至圆不能过规。

明代吴讷的《文章辨体序说·古赋》引了这段话，杨慎《丹铅杂录》卷六《古人独胜处》、胡应麟《诗薮·内编》卷二也取其义以论各体文学。宋代杰出诗人苏轼说："《楚辞》前无古，后无今。"并说：

---

① 引文悉依郭晋稀师《文心雕龙注译》，甘肃人民出版社 1982 年第 1 版，1984 年第 2 次印刷本校改。

② 李白《江上吟》。

吾文终其身企慕而不能及万一者，唯屈子一人耳。①

金代王若虚说：

《楚辞》自是文章一绝，后人固难追攀，然得其近似
可矣。②

明代前七子的领袖、著名诗人李梦阳说：

史称班、马，班实不如马；赋称屈、宋，宋实不如屈。屈与
马二人，皆浑浑噩噩，如长江大海，探之不穷，揽之不竭者也。

由以上这些例子，可以看出古代诗人、作家将屈原及《离骚》放到了
怎样高的位置上。

现代文学史上的几位巨星除胡适外，也都给屈原和他的《离
骚》以极高的评价。中国新文化运动的旗手鲁迅论《离骚》说：

逸响伟辞，卓绝一世。后人惊其文采，相率仿效。……较
之于《诗》，则其言甚长，其思甚幻，其文甚丽，其旨甚明，凭心
而言，不遵矩度。……其影响于后来之文章，乃甚或在《三百
篇》以上。③

郭沫若是诗人，又是屈原研究的专家，他对屈原与《离骚》的高度评

---

① 蒋之翘《七十二家评楚辞》引。下引李梦阳语同。
② 《滹南遗老集》卷三六《文辨》。
③ 鲁迅《汉文学史纲要》第四篇《屈原及宋玉》。

价,人皆熟知,这里就不引述了。

其实,我国两千三百年来的卓越诗人、作家,莫不受到楚辞特别是《离骚》的影响。不管上面引述的评价是否准确全面,历代著名的诗人、作家、文学评论家对《离骚》评价极高,这一现象本身就足以使我们重视它了。事实上,《离骚》确实像谜一样使无数的人喜爱,不断地从中汲取艺术与思想品格的乳汁,而它自己却永远不失魅力。这一切都吸引我们必须从文学、美学,从其所体现的思想精神等方面去研究、探索它,从而揭示出其中所包含的奥秘。

二、"抒情说"的光辉旗帜

《诗经》中的绝大部分作品是抒情诗,《离骚》是继承了这个传统的。但由于后来儒家经师给《诗经》中的很多作品贴上了政治的、美刺的标签,说解中又贯彻了"思无邪"、"温柔敦厚"、"发乎情,止乎礼义"的诗教,一定程度上削弱了《诗经》在抒情诗方面的示范作用。《楚辞》不是儒家经典,所以在这个方面未受到太大的曲解和改造,而且从抒情诗方面来说,一方面继承了《诗经》以来抒情诗创作的成就,已达到炉火纯青的地步,二来是篇幅最长之作,因而在诗歌的抒情功能方面成了最光辉的典范。

从创作理论方面说,《尚书·尧典》中说的"诗言志",本来包括表现意志与抒发感情两个方面。《毛诗序》说:

> 诗者,志之所之也。在心为志,发言为诗。情动于中而形于言,言之不足,故嗟叹之。嗟叹之不足,故永歌之。

但这种思想在儒家"克己复礼"思想原则下,也同样慢慢改变了内容。"志",逐步被解释为与"载道"的"道"相近的东西,即压抑个人情欲、维护统治阶级利益的意志。然而屈原发出了"发愤以舒情"的呼喊,鲜明地提出抒情说。

> 惜诵以致愍兮,发愤以舒情。①
> 恐情质之不信兮,故重著以自明。(《九章·惜诵》)
> 道思作颂,聊以自救兮。(《抽思》)
> 申旦以舒中情兮,志沈菀而莫达。(《思美人》)
> 舒忧娱哀兮,限之以大故。(《怀沙》)

屈原的这些诗句反映了一个共同的思想:情感是诗人创作活动的内在动因,诗的社会功能也体现在真实地抒发诗人的情感这一点上。这是真正抓住了诗歌的审美本质。可以说,屈原的"抒情说"是对"言志说"的继承和发展。由于经师和道学家们对"言志说"的曲解,"抒情说"成了我国诗歌发展的实际上的核心理论。

屈原没有留下什么理论著作。他的《离骚》不仅是不朽的艺术杰作,也是"抒情说"创作实践的完美范例。

唐代司空图的《二十四诗品》用形象化的诗句来描绘他对于诗歌风格的看法,论者或以为将难以描摹言传的东西书于纸上,传于后世,使后世读者心领神会,是诗论的一种创造。其实,作为理论性的探讨,应该有明确的概念、完整的表达,如果做不到这一点,最好的办法便是举出范例。这是最具体、最直观的说明,使一切容易说不容易说的道理全展现了出来。

---

① 屈原《惜诵》。汲古阁本《楚辞补注》"舒情"之"舒"作"杼",洪兴祖《考异》引一本作"舒",今据改。洪兴祖《补注》云:"杼,渫水槽也,音署。杜预云:申杼旧意。然《文选》云:抒情素。又曰:抒下情而通讽喻。其字并从手。"《说文》:"杼,机持纬者。""抒,挹也。"则"杼"借为"舒"。"抒"字之表达、发泄之义稍为后起。《汉书·王褒传》:"敢不略陈愚而抒情素!"则与先秦时"舒"字之义同。今除引述原文者外,通作"抒"。

所以，即使从创作经验的总结、理论的示范方面来说，《离骚》也比很多诗论的价值还要高，它给我国诗歌抒情传统的形成以极大的影响，两千多年来一直是我国诗歌"抒情说"理论的光辉的旗帜。

三、世界文学史上抒情诗的杰作

虽然文学作品反映生活的内容、角度和反映方式（抒情、叙事等）同体裁之间有着复杂的关系，但是，当一种体裁臻于完善之后，便会很自然地用最适宜自己的方式和角度来反映社会生活，甚至会选取最恰当的生活内容，以充分发挥自己固有的特长。

诗在本质上是抒情的，小说在本质上是叙事的，散文介于二者之间，可以记叙，也可以用来发表议论。世界上不少民族都有史诗，有的民族很早便产生了诗剧，中国却没有。但这正说明了，中国的诗歌一开始便朝着充分抒发人在现实生活中的真实情感方面发展。

中国有讲述古代历史的传统，从周代向天子、诸侯王、卿大夫等讲"春秋"到民间的讲史，盛行不衰，相当于古希腊的讲诵史诗，但却不是用诗歌的形式，而是用散文的形式。《左氏春秋》具体生动地讲述了我国从公元前8世纪末至公元前5世纪中叶那一激烈动荡、风起云涌的历史阶段一系列动人的故事，其描写的简洁而细致，刻画人物形象的生动传神，展示战争场面的壮阔雄浑，不亚于《伊利亚特》和《奥德赛》。还有《国语》中的《吴语》《越语》写吴越争霸，《晋语》表现晋国内部的斗争，《齐语》写齐桓公争霸始末，故事连贯，叙述生动，有的地方绘声绘色，表现人物情态曲尽其妙。据传它们都是左丘明所作。左丘明是瞽史（双目失明的讲述前代历史者），《左氏春秋》和《国语》即使不是他个人独立创作，而是长时间中瞽史们不断充实、完善而成，左丘明也应是其中最重要的作者，大部分的篇幅应是由他完成的。左丘明便是中国的荷马，《左氏春秋》和《吴语》《越语》《晋语》《齐语》便是中国最早的史诗。稍后的《吕氏春秋》，和汉代根据有关资料和传说编成的《吴越春秋》、《越绝书》等，也都属于这类作品。唐以后有"讲史"，又产生了讲唱文学。著名的《格萨尔王传》便属于讲唱文学的范围，而纯粹的诗歌，却早已与之分道扬镳，发展到了极其成熟的阶段，取得了突出的成就，没有因为历史内容的局限和叙事因素的束缚而影响它的发展。中国的叙事诗也有一些，但都与诗的篇幅特征相适应，没有太长的，且有很强的抒情意味。叙事诗在篇幅方面不与散文叙事作品（小说）争胜，表现了它扬长避短的明智。国外的史诗，最长的要数印度的《摩诃婆罗多》，有十八篇和一个附录，共十万零七千颂（双行），比《荷马史诗》的总和还多八倍；其次也是产生于印度的《罗摩衍那》，共七篇二万四千颂，也将近《荷马史诗》总和的两倍。但陈寅恪先生在研读了希腊文、梵文的史诗之后，深感其结构臃肿，情节枝蔓，行文繁复冗长。季羡林先生在译完《罗摩衍那》之后也说，这部史诗"大多数篇章都是平铺直叙，了无变化，有的甚至叠床架屋，重复可笑"。并说有的地方将一些人名、国名、树名、花名、兵器名、器具名堆砌在一起，与中国的《百家姓》、《三字经》、《千字文》无异。当然其中也有精彩的部分，这些部分基本上都是抒情和描写自然风光的。

古希腊最早将诗同表演艺术结合起来，产生了不少优秀的剧作。但这些剧作大都是表现历史或神话传说的题材。三大悲剧作家的作品大都是如此。三大喜剧作家中，只有阿里斯托芬留下来一些完整的作品，其中触及当时的一些重大政治问题和社会问题。但是，由于剧情的确定性，即使其中抒情的段落，也不可能是诗人在现实社会中情感的自由抒发。

在世界上古史（公元5世纪后期罗马帝国崩溃以前）阶段的抒情诗人中，能同屈原并列的也不多。罗马共和国末期最重要的诗人卢克莱修(前 98？—前 55？),其惟一的作品是哲理诗《物性论》六卷,尽管其想象丰富,规模宏伟,但也难以说是抒发了什么情感,反映了什么现实生活。这时在抒情诗方面做出了成绩的是该尤斯·瓦利留斯·卡图鲁斯,留下了 116 首诗,但成就不太高。维吉尔(前 70—前 19)是奥古斯都时代最重要的诗人,一生写了三部作品,史诗《伊尼德》十二卷之外,《农事诗》四卷属教谕诗一类,惟《牧歌》十首多为抒情(其中也有哲理诗)。这个时期的著名诗人贺拉斯(前 65—前 8)最享盛名的《歌集》四卷四百余首诗,大都是写个人的享乐。以其是由共和时代进入帝国时代的诗人,思想上也有一些矛盾和苦闷,其境遇与我国由魏入晋时代的几位诗人相似,但其作品缺乏嵇康、阮籍的叛逆精神。另一著名诗人奥维德(前 43—18)在流放期间写成《哀怨集》五卷,《庞图斯诗简》四卷,这一点颇似屈原,然而其作品只述流放之苦,哀求释放,无论艺术上还是思想上、精神上,其包含的文化内涵,都不能与《离骚》相比。他的代表作是带有学术性的叙事诗《变形记》。总的说来,其作品纤巧柔弱,甚至偏于轻佻,缺乏崇高美、悲壮美。

　　生活于世界上古阶段末期的印度伟大诗人迦梨陀婆(大约生活于公元 330—432 年之间),有抒情长诗《云使》、情诗集《时令之环》及两部叙事诗和《沙恭达罗》等三部剧本。但他比屈原迟将近七百年。至于中古时期的伟大诗人如伊朗的鲁达吉、菲尔杜西、莪默·伽亚谟、萨迪、鲁米、哈菲兹,意大利的但丁等,都是世界诗歌史上的巨星,但其时代就更晚了。在公元 4 世纪以前的世界抒情诗范围内来说,屈原是最为辉煌的巨星。

　　《离骚》随着《昭明文选》的传播,在日本奈良时代(相当我国盛唐)即传入日本,差不多同时《楚辞》本集也传入日本。离骚随《文选》传入朝鲜的时间可追溯至公元 4 世纪前后,时间更早,传入越南的时间也很早。

　　自从有了1852年德国学者费兹曼在维也纳皇家科学院报告上的德译本《〈离骚〉和〈九歌〉——公元前3世纪的两篇中国诗歌》以后,法、英、意、俄、匈等译本相继产生,有的还不止一种译本。1953年,屈原被世界和平理事会作为当年全世界纪念的四大文化名人之一,当年的《文艺报》第11号社论《屈原和我们》说:"屈原是世界性的伟大诗人,是登上世界文学史最高峰的人物之一。"前苏联科学院院士Н·Т·费德林教授在其《论屈原诗歌的独特性与全人类性》一文中说:

　　　　屈原以一个真正思想家的洞察力,一个伟大艺术家的敏感,觉察到了当时的社会生活、人以及整个人类命运之间的极其深刻的矛盾。可是他的作品中没有宿命论,没有绝望以及盲从命运的痕迹。就是他那些最富悲剧性的作品,也是充满了斗争精神的。
　　　　……
　　　　屈原的诗歌是我们研究工作者能够不断发现一块又一块新而又新的"土地"的一片大陆。

在这篇长篇论文中还有很多深刻、精辟的分析和论述,不能具引。论文的结尾说:

　　　　屈原诗篇有着固有的民族特色,然而也具有普遍的世界意义,屈原的思想是全人类的财富。①

---

　　① 　Н·Т·费德林《论屈原诗歌的独特性与全人类性》,首次发表于论文集《东方文学的民族性和国际性》(1972年出版),收入费德林的论文集《中国的文学遗产和当代生活》(1981年出版)。据尹锡康译文,见马茂元主编《楚辞研究集成》之《楚辞研究海外编》,尹锡康、周发祥编,湖北人民出版社1986年版。

费德林教授在他的《屈原辞赋垂千古》一文中说:

> 中国古代诗人屈原的不朽的名字,排在中国诗歌、世界语
> 言艺术最优秀的作者的前列。
> ……
> 屈原作品是属于这种具有世界历史意义的文化现象,它
> 的伟大和社会意义,越是到后来,便显得越充分、越清楚。①

1990 年在中国岳阳召开的屈原国际学术研讨会上,费德林先
生的发言对屈原在世界文学上的贡献作出了极高的评价。我在同
他谈到日本个别学者主张《离骚》是"不知名的多数人集结起来的"
这种观点时,他说这是毫无根据的。他认为《离骚》是屈原在学习
民歌的基础上进行的创造。

前苏联列宁格勒大学东方系中国语言文学教研室主任 E·
A·谢列勃里亚可夫在其《屈原和楚辞》一文中说:

> 楚辞最主要的作家屈原的英名也赫列于世界文豪
> 之林。②

美国哈佛大学教授,美国科学和艺术科学院成员,亚洲研究协会成
员詹姆士·R·海陶玮在其《屈原研究》中说:

---

　　①　费德林《屈原辞赋垂千古》,首次发表于《远东问题》1973 年第 2 期。收入论文
集《中国文学研究中的问题》(1974 年出版),据李少雍译文,见马茂元主编《楚辞研究集
成》之《楚辞研究海外编》。

　　②　E·A·谢列勃里亚可夫《屈原和楚辞》,发表于论文集《中国古代文学》(1969
年出版)。据李少雍译文,见马茂元主编《楚辞研究集成》之《楚辞研究海外编》。

一个大诗人，又如此追求创新，这在世界文苑中确实极为罕见。①

由世界范围的横向的比较和国外一些汉学家对屈原与《离骚》的评价，可以看出屈原在世界文学史上的崇高地位和《离骚》的价值。

正因为这样，我们必须对屈原的代表作《离骚》作进一步深入细致的研究，以期解决一些疑难，拂去上面的尘土，恢复被曲解、误解、窜乱的部分，使它更加放出艺术的光华，以便于更广泛地向世界人民介绍它。

四、对我国新诗发展的启示与借鉴作用

关于我国新诗的发展方向，大半个世纪来讨论过几次，闻一多、徐志摩等人作过一些试验与探索。鲁迅先生在一封信中曾经说：

> 我只有一个私见，以为剧本虽有放在书桌上的和演在舞台上的两种，但究以后一种为好；诗歌虽有眼看的和嘴唱的两种，也究以后一种为好。可惜中国的新诗大概是前一种。②

事实上，中国的旧诗在近体诗的格式定型之后，也慢慢变为前一种，在它达到顶峰的时候，也就慢慢地僵化。在这封信中鲁迅先生还说：

---

① 詹姆士·R·海陶玮《屈原研究》，刊于日本西文论文汇编《京都大学创立廿五年纪念文集》(1954)。据周发祥译文，见马茂元主编《楚辞研究集成》之《楚辞研究海外编》。
② 《致窦隐夫》，见《鲁迅书信集》，人民文学出版社 1976 年版，第 655 页。

　　　　新诗先要有节奏,押大致相近的韵,给大家容易记,又顺口,唱得出来。

在另一封中又说:

　　　　诗须有形式,要易记,易懂,易唱,动听,但格式不要太严。要有韵,但不必依旧诗韵,只要顺口就好。①

他还对中国诗歌发展中由可以唱、听得懂的东西变为只能供部分人玩味的"僵石"的情况,作了一针见血的分析,并将《离骚》同后来文人的案头作品加以比较。他说:

　　　　歌、诗、词、曲,我以为原是民间物,文人取为己有,越做越难懂,弄得变成僵石,他们就又去取一样,又来慢慢绞它。譬如《楚辞》罢,《离骚》虽有方言,倒不难懂,到了扬雄,就特地"古奥",令人莫名其妙,这就离断气不远矣。②

《离骚》虽然是诵的,不是唱的,但出之唇吻,诉之耳轮,都还可以使人感而动心。而诗在形式上需要的正是这一点,不一定要能唱。
　　鲁迅先生以上的看法极为精辟,他虽未做系统详尽的分析论证,但实质的、根本的一些问题都谈到了。
　　将来的新诗,自然不会完全是民歌一样的东西,也不会只是歌词,但它也绝不会是脱离今天语言实际的古诗词。20世纪五十年代末,毛泽东同志在同臧克家的谈话中说,新诗应该精练,大体整

------

① 《致蔡斐君》,见《鲁迅书信集》,第883页。
② 《致姚克》,见《鲁迅书信集》,第492页。

齐,押大体相同的韵。并且还说,应该在古典诗歌、民歌的基础上发展新诗①。1958 年 3 月毛泽东在中央(成都)工作会议上的讲话中说:"要搜集民歌,中国诗的出路,第一是民歌,第二是古典,在这个基础上产生出新诗来。"此后文艺界对新诗的发展问题还讨论过几次,一些刊物也集中地发表过一些文章,但究竟如何掌握,将来的新诗究竟是怎样的,仍然不太清楚。联系鲁迅先生以上几段话来考虑,毛泽东同志的意见就很清楚。之所以"第一是民歌",是说必须明白易懂,与现在的语言基本一致(当然也要押韵,有节奏,大体整齐)。"第二是古典",是说要有比较深的蕴涵,有较浓的诗味(押韵、有节奏、整齐的要求自不待言)。目前格律诗、自由诗、有韵的、无韵的、欧化的、传统的,以及民歌体、阶梯诗、朦胧诗等等,都想称霸诗坛。根据百花齐放的方针,各种形式都可以有自己的地位,但新诗发展的方向究竟如何? 弄清了这个问题,诗人们便会更自觉地朝这一方面努力,以使我国新诗的发展少走些弯路。

　　根据鲁迅先生、毛泽东同志的意见和几十年来诗人们的探索和评论家们的看法,我以为《离骚》可以给我们很多启发。

　　如果说以前的讨论都只是理论上的探讨,是较抽象的推测,我这里总算是提了一个可供借鉴的具体文本。

　　这并不是说将来的新诗都得带上"兮",或都用六言的形式。我是说,从《离骚》开始的固定的偶句韵形式,较长的句子,诗句的节奏化,四句为一节的回环往复的大节奏形式,流畅自然的对偶、比喻、象征的手法等,不仅确定了中国两千多年诗歌的基本特征,也确定了中国新诗发展的方向。

　　我国早期诗歌,在屈原之前韵脚并不固定,有的单句押,有的偶句押,有的单句偶句混押,有的疏(隔两三句一押),有的密(句句

----

① 臧克家《毛泽东同志与诗》,《红旗》1984 年第 2 期。

押），另外还有交韵（一、三句押一韵，二、四句押一韵），抱韵（一、四句押一韵，二、三句押一韵）等形式，有的连续几句不押韵甚至全篇不押韵（如《诗·周颂》中的个别作品），很不固定。屈原的《离骚》完全为隔句韵，韵脚在偶句之末，秦汉以后的诗歌基本上都遵照这个原则（词、曲本用于唱的作品例外）。

屈原之前我国的诗歌篇幅较长的则分章，每章多少句，一首同一首不一样。因为章是同表现的内容联系在一起的，不属于诗歌形式的范畴。屈原总结以前诗歌创作的经验，首创诗节，以四句为一节，形成新的固定的声韵回环节奏，与押韵结合起来，增加了诗的音韵美和节奏感。此后的诗歌，如汉代的《古诗十九首》，赵壹的《疾邪诗》等，也都体现了四句一节的特征。在很长时间中逐步形成的近体诗形式，绝句即四句为一首，律诗从平仄格式上说，是两个绝句的重复（惟首句入韵的第一句同第五句平仄不同）。新诗中，从胡适、郭沫若以来不少诗人都以四句为一节，写过一些脍炙人口的名篇，如萧三、徐志摩、闻一多、臧克家、戴望舒、艾青、何其芳、光未然、阮章竞、袁水拍、郭小川、李瑛等。李季的长篇叙事诗《杨高传》（包括《五月端阳》《当红军的哥哥回来了》《玉门儿女出征记》共三部），闻捷的长篇叙事诗《复仇的火焰》等，全诗都是以四句为一节。看来，短诗可以灵活一些，多一些变化，长篇诗作采用四句为一节的办法，则已成主流。也就是说，屈原的《离骚》所开创的四句为一节的形式，已经成了我国新诗的一个不可轻视的传统。

《离骚》每句字数大体固定（六言），但根据内容和表达情感的需要，也有所变化，但都合于节奏。这一点同很多诗人、学者对我国将来新诗的主张一致，同毛泽东同志、鲁迅先生的意见也一致。

《离骚》每一节由两组若断若连的上下句构成，上句（单句）之末都带有泛声的语助词"兮"，在一节之内又形成抑扬顿挫的摇曳之势。有些论述诗体或诗歌发展史的著作在计算几言的字数时，将这个"兮"也计算在内，是不对的。"兮"只是表示诵读时声音的拖长。先秦诗歌中，有的将这"兮"书之竹帛，有的则略去，而屈原将它固定为书面的形式，使它成了楚辞的标志之一。但它并不是句子的延展，所以不能把它算在句式的字数中去。新诗根据表现情感和朗诵的需要，在句末加"啊"、"呀"、"呵"等，情形与此相同，在将来的新格律诗中，也应是容许的。

《离骚》的节奏感是极强的，除上面提到的几点之外，还有一点，便是每个六言句的第四个字为虚字或意义较虚之字（如为五言句，这个较虚之字便落在第三字上；如为七言句，则落在第五字上），读的时候语气稍轻一些。这样，在一句之中形成了节拍的有规律的强弱变化，一节连读，便形成回环往复的声音节奏美。屈原为什么把六言句的第四字确定为虚字或较虚之字呢？这又同屈原将南楚民歌五言句发展为六言句有关。楚国民间歌舞词中"浴兰汤兮沐芳"这样的句子中，第四字"兮"本来只是表示在第三个音节后有泛声的乐音，如果说有什么意义的话，便是有时起着介词、连词、结构助词的作用。屈原则根据文意，音节中，用介词或连词，或结构助词以及意义较虚的实词（如代词）等替代了泛声的语助词"兮"。这样，就变成了六言句。他对句式作了实质性改造，却不显很突兀，是充分地考虑到人们的欣赏习惯。

这里就给了我们一个十分重要的启示：艺术的创造必须考虑人们头脑中长时间业已形成的审美习惯。人创造艺术，艺术作品也培养欣赏艺术的人。传统艺术形式所造就的广大人民群众，难以接受不合自己欣赏心理和艺术趣味的东西，那些东西也难在读者、观众、听众心中激起情感的涟漪。艺术欣赏的社会性决定了艺术的创造必须是在继承基础上的创造，而不是凭空的生造。故王国维《人间词话》原稿中说：

> 楚辞之体非屈子之所创也，《沧浪》、《凤兮》之歌已与《三百篇》异，然至屈子而最工……故最工之文学，非徒善创，亦且善因。

这一条经验是我们进行任何文学创作都必须充分重视的。

关于比兴传统，像《诗·国风》中那样单纯的兴词，实际上在战国以后文人的诗歌中并未被照样保留。后代诗歌实际上同楚辞一样运用着比喻象征的手法。鲁迅说《离骚》对后代文学之影响"乃甚或在《三百篇》以上"，也应有这方面的原因。

语言布置中的对偶，也是近体诗构成的重要因素。但唐以后越来越死，有的甚至同文字游戏一样，已与摹物抒情无关。《离骚》中有不少对偶句却运用得十分自然流畅，而且有情有境，这一点，恐怕对于将来新诗中传统修辞手法的运用，也有一定的借鉴作用。

《离骚》是诵诗，不是唱诗，所以它完全脱离音乐成了独立的语言的艺术；但它又不像后代的案头诗，只能看，只能反复玩味，难以诉之听觉。《离骚》是可以诵读的。从这一点上说，它能给现代诗歌的创作，给将来新诗的发展以更多的启发，是情理中的事，何况它标志着我国抒情诗的最高水平，养育了我国一代又一代的诗人。所以我说，在对新诗发展的探索中，应多向《楚辞》，特别是《离骚》寻求启发和借鉴。

这一部分谈的是《离骚》同现实的诗歌创作及将来我国诗歌发展的关系。这个问题以前诗人、评论家、学者们似乎都没有关注到。

五、几点说明

由于以上的原因，我觉得应该对《离骚》作一些更深入的研究，特别是对过去未能很好解决或未注意到的问题,下功夫作一些重点的探索。本书便是我多年探索的结果。全书分三编,上编解决《离骚》的创作环境、背景及内容、艺术鉴赏方面的一些问题,中编论《离骚》的创作对以前诗歌和楚国民歌在形式、情调、风格、表现手段等方面的继承与创造的关系,也探讨了楚国的音乐、美术、舞蹈及文风对屈原抒情诗特别是对《离骚》的影响。下编对《离骚》作了新注新译,有些需要重点加以辨析考证的问题,另为《辨证》,列于《新注》之后。

有几点说明如下:

(一)以前已发表过的东西,收入本书时有的作了一些修改或补充。

(二)《离骚》中很多词语、句意各家解说不一,甚至有的浅易明了的地方也被误解,因此注释中对有分歧以致使人疑惑不定之处及以前解说欠明了确切者,详加讨论。对一些较浅易的词语,也予简注,以免歧解,另也为了兼顾一般读者。

(三)《楚辞》旧注,王逸是将注加在有关句下,洪兴祖依其例,至朱熹注《离骚》始以诗节为单位。学术性较强之书,大体沿用此法。明清以来,有以段落为单位,注列于一段之后者,利于读者贯通诗意、理解原文,比朱熹之法更好。然而注在原文之中,将原诗切割开来,仍不便读者从整体上玩味领略。故我将注列于原文之后,而于原文的段意、层次及需要提点之处,在原文相关句下稍加提示,以助理解与鉴赏。这同样是为兼顾一般读者。

(四)书中所引《楚辞》原文以洪兴祖《楚辞补注》为底本,所引其他古代文献一般也据通行本。有需要注明者,随文加注予以说明。

一人之知识有限,而古今的学问无穷。《离骚》成书于 2300 年前,今日要弄清其中的疑难,实非易事。作者尽量研读前人与时贤之书，斟酌去取，并在此基础上对一些问题重新加以思考，希望能从《离骚》全诗出发，从《楚辞》全书出发，从整个楚国和战国文学、文化及楚国的历史出发，通盘考虑，得以比较完满地解决一些问题，然而未惬于心的地方仍然很多。语云："学无止境。"望前辈学者与同行专家不吝指教。

　　"路曼曼其修远兮，吾将上下而求索。"

目　录

上　编
《离骚》的创作与艺术

《离骚》中的龙马同两个世界的艺术构思

　　《离骚》中写了两个世界：现实世界和由天界、神灵、往古人物以及人格化了的日、月、风、雷、鸟雀所组成的超现实世界。如果对《离骚》作线型的结构分析，自然，从现实世界腾飞而至于天界，风雷云霓日月皆为诗人驱使，叩天阍、求仙女、饮马咸池，表现了诗人在现实世界中怀着一颗忠诚正直的爱国之心，在一再受到打击挫折的情况下，内心冲荡着难以抑制的激情。但同时，诗人所展现的虚幻世界又是对所表现的现实世界的一个补充，诗人借以更充分地表现他那整个天地之间都难以容纳的忧愁、哀伤、悲愤。《聊斋志异》中的《席方平》稍得其法，虽然对于我们理解《离骚》作者的构思有一定的启发意义，但却不及《离骚》场面宏大、气势雄伟，主人公在虚幻世界中所显示的形象特征，所表现的精神气质，也不能同《离骚》相比。我们认识到神仙世界是对现实世界表现上的补充这一点，便可以看到它篇章结构上的立体性，看出其大开大阖、纵横相通的特征，看到其内容表现的集中和突出。《离骚》是抒情作品，诗中片断的飘忽不定的情节完全是根据诗人情绪情感的变化而变化的。但是，在沟通现实世界同超现实世界方面，又有着自然巧妙的安排：二者既互相连属，又互相映照，融为一体。以前注解、研究《离骚》者，似乎很少注意到这个问题，由此产生了一些误解和疑问。本文试图就这个问题作一探讨，因为这方面旧注的影响太深，所以我们必须从有关误解和疑问的根子上谈起。

一、龙与马的血缘关系

据清人王邦采之说，《离骚》可分为三大部分。其第三部分表现诗人将要离开楚国时写道："为余驾飞龙兮，杂瑶象以为车。""驾八龙之婉婉兮，载云旗之委蛇。"至诗的末尾则又说"仆夫悲余马怀兮，蜷局顾而不行"。论者以为忽而为龙，忽而为马，前后抵牾。

《离骚》中的"龙"、"马"，过去治骚者大体皆随文作解，或不加注。《离骚》一诗本变幻莫测，出神入化，大部分读者亦将龙、马的变化看作无需探求的细节轻轻放过。也有个别学者对有的地方提出新解，以求贯通。而所谓"前后抵牾"的问题，则是近十多年中才提出的。事实上，这当中包含着一系列很有趣的文化信息。下面我们先说龙与马的关系问题。

《文选·东京赋》曰："龙辂充庭。"薛综注："马八尺曰龙。"《后汉书·冯衍传下》："驷素虬而驰骋兮。"李贤注引《尔雅》：

　　　马高八尺为龙。

又《班固传》："登玉辂乘时龙。"注引《尔雅》说："马八尺以上曰龙。"李贤所引《尔雅》，乃唐以前古本。今本作"马八尺为駥"，乃系后人臆改，其郭璞注引《周礼》之文亦被篡改。《周礼·夏官·廋人》原文作：

　　　马八尺以上为龙。

《文选·南都赋》"马鹿超而龙骧"，江文通《别赋》"至若龙马银鞍，朱轩绣轴",李善注引《周礼》文皆与今本同,作"马八尺以上为龙"。《后汉书·马融传》"六骊骙之玄龙",注引《周礼》作"马高八尺曰龙",句异而意同。据薛综、李贤五处所引及《周礼》原文,古本《尔雅》应作"马高八尺为龙"。李贤注《班固传》引《尔雅》误涉《周礼》,注《马融传》引《周礼》误涉《尔雅》,亦因两书文异而意同。《周礼》所谓"八尺以上"也是指"高八尺以上"。因为马头高于身,不与尾平,又时时摆动。量长度比较困难,而只要马站住,量由地面至马背之高度则极为容易。

今本《尔雅·释畜》作"马八尺为骏"者,乃是涉同篇"绝有力,骏"一条而误。既曰"绝有力为骏",不会又曰"八尺为骏"也。《释畜》所记牛、羊、麤、狗、鸡,体之最大者同"绝有力"者说法皆不相类,可为旁证。

古人相马称为"龙"者,不过是说特别高大,为罕见的骏马而已。《礼记·月令》:孟春之月,"天子居青阳左个,乘鸾路,驾仓龙,载青旂……"郑玄注:"马八尺以上为龙。"则此"仓龙"是指青色的骏马。《吕氏春秋·本味》云:

　　　　马之美者,青龙之匹,遗风之乘。

高诱注:"匹、乘皆马名。《周礼》:'七尺以上为龙。'"(按《周礼·夏官》原文为:"马八尺以上为龙,七尺以上为骏,六尺以上为马。")《吕氏春秋》十二纪中言天子四季所乘,春"驾苍龙",夏"驾赤骝",秋"驾白骆",冬"驾铁骊"。以苍龙同赤骝、白骆、铁骊并提,则显然指青色骏马。王嘉《拾遗记》中说,周穆王巡行天下,"驭八龙之骏",名曰:"绝地、翻羽、奔霄、越影、逾晖、超光、腾雾、挟翼。"

这种以"龙"称马的习惯,一直沿续到汉代以后,《汉书·百官公卿表上》太仆属官有"龙马"等五监长丞。《焦氏易林》卷一:

> 龙马上山,绝无水泉。喉焦唇干,口不能言。

刘歆《遂初赋》:

> 历冈岑以升降兮,马龙腾以起撼。

《西京杂记》卷二载,汉文帝自代还,"有良马九匹","一名龙子"。曹植《七启》:"仆将为吾子驾云龙之飞驷。"《文选》李善注:"马有龙称,而云从龙,故曰'云龙'也。《周礼》曰:凡马八尺以上为龙。"又颜延年《赭白马赋》:"骥不称力,马以龙名。"李善注亦引《周礼》文同上。至于以龙喻马者,其例更多,如《后汉书·马皇后纪》:"车如流水,马如游龙。"北齐《琅琊王歌》:"恢马高缠鬃,遥知身是龙。"唐太宗《咏饮马诗》:"腾波龙种生。"等等。

龙与马的这种关系是怎样形成的呢?从龙的形象的发展变化中,可见其端倪。汉代以前,各种铜器、石刻等上面刻的龙,同马的形象极为相近,实即夸张表现的腾空奔驰的马。《艺文类聚》卷十一引《尚书·中候》云:"帝尧即政,荣光出河,休气四塞,龙马衔甲,赤文绿色。《太平御览》卷八十亦引,文字小异,且有附注曰:"龙形象马。""甲所以藏图也,其文赤而绿。"《礼记·礼运》:"河出马图。"孔颖达疏:"龙而形象马,故云马图。"其中透出了传说中龙同马的血缘关系。

古人给骏马取的名,如"遗风"(比风还快,把风丢在后面)、"越影"("影"借为"景",指日光)、"逾晖"、"超光"等,一些现代物理学上的概念(如"超光速"),在这里都被用上。至于"绝地"(把大地一下子跑出头)、"奔霄"、"腾雾"、"翻羽"、"挟翼",更不用说表现着怎样的愿望。古代没有更理想的交通和通讯工具,有时一份军机文书送到的迟早,关系到整个战争的成败或一城人的生死安危;一个消息送到的迟早，关系到国家社稷的存亡。至若齐顷公逃命于华不注，重耳脱身于寺人披，都巴不得马能腾空而起。所以王侯将相为求名马不惜万金。上古时代，人们将腾空而飞的愿望、幻想倾注于对稀世神骏或者马图腾的描绘，是十分自然的事。艺术家要表现天马神骏超光逾晖的气概，宗教又要借这个已经神化了的形象烘托神仙天界的神秘与不凡，龙的形象便离马越来越远，慢慢地变为蜿蜒于云雾之中，见首难见尾的鳞身蛇状之物了。

　　我们从上古文献考究龙、马一体的渊源，发现龙与马的关系中还包含着中华民族史前的一些奥秘。中华民族号为"龙的传人"。"伏羲龙身"①，"有龙瑞，以龙纪官，号曰龙师"②。古代典籍言"仇夷山……伏羲生处"③。仇夷山即仇池山，为白马氏发祥之处，古亦以养马出名，故其山之东侧《水经注》名为"洛水"者，俗名"养马河"，史书称之为"骆谷"。"洛水"之"洛"亦"骆"字之借。《说文》："骆，马白色黑鬣尾也。"则仇池山侧"骆水"、"骆谷"皆得名于"白马氏"。伏羲生于仇池，又是"龙身"，所谓"龙"，本是伏羲氏之图腾。氏族以白马为图腾，与之不无关系。《水经注》卷二十云：

　　　　今西县嶓冢山，西汉水所导也。然微涓细注，若通冪历，津注而已。西流与马池水合，水出上邽西南六十余里，谓之龙渊水，言神马出水，事同余吾、来渊之异，故因名焉。《开山图》曰：陇西神马山有渊池，龙马所生，即是水也。其水西流谓之马池川，又西流入西汉水。

---

　①　《路史·太昊纪上》注引《玄中记》。
　②　司马贞《补三皇本纪》。
　③　《太平御览》卷七八引《遁甲开山图》。又《路史》："伏羲生于仇夷，长于成纪。"

"神马"又曰"龙马","马池川"又曰"龙渊水",均同伏羲仇池及古代白马氏的民族生成史实有关。嶓冢、仇池,俱在陇南,西汉水发源于嶓冢山,西流与龙渊水合,又西南经仇池山西侧,东折与骆水合。几千年来源源不绝的流水,把这些看似没有关系的神话传说联系了起来。

由此看来,传说中的龙是由马演化而来,过去多以为是神话了的蟒蛇,近年来又有人提出由鳄鱼而来,皆是就唐宋以后特别是明清时代龙的形象推断得出,尚未得其本源也。

由于传说中龙与马的这种血缘关系,虽然至春秋战国时代二者分化已较明显,但龙的形象仍保持着马的一些特征,同时,对骏马,特别是在以赞扬的口气提到时,仍常称之为"龙"。

而在神话的世界中,龙与马又形成了另外两种特殊的关系。一种是神化了的马,可以腾空,踏云乘风而行,如《太平御览》卷八九六引孙氏《瑞应图》曰:

> 龙马者,神马,河水之精也。高八尺五寸,长颈,骼上有翼,旁垂毛,鸣声九音。有明王则见。

又《初学记》卷二九引黄章《龙马赋》:

> 夫龙马之所出,于太蒙之荒域……生河海之滨涯,被华文而朱翼。

不但高大而已,还长着双翼,故可以奔腾于云霞之上。

另一种是马与龙可以互变:在地上为马,腾空则变为龙,如《西游记》中所写龙王三太子变为马,驮唐僧取经,后至孙悟空被除名归花果山,唐僧被妖怪所擒,沙僧、猪八戒被俘,无计可施之时,它又挣断缰绳腾空而起化为白龙,与妖怪打斗。《晋书·元帝纪》载太安之际童谣云:"五马浮渡江,一马化为龙。"虽另有喻意,但也可见龙马互变的传说作为民族的集体记忆,产生是很早的。

关于《离骚》中的"飞龙"、"龙",个别地方前人已提出过合理的解释。清人夏大霖《屈骚心印》在"为余驾飞龙兮"一句下注道:

飞龙,良马之称。

王树枏《离骚注》说:

马八尺以上为龙,八龙犹八骏也。

郭沫若《屈原赋今译·离骚》自注:

原文为"为余驾飞龙",龙乃马名,马八尺以上为龙,《尔雅·释畜》作駥。知必为马名者,下文言"仆夫悲余马怀兮,蜷局顾而不行",因明言是马。又下文"驾八龙之蜿蜿",亦同此解。

闻一多《离骚解诂》一书更说:

古图画龙形似马,传说中龙与马亦往往不分二物,故凡言驾龙乘马者,皆谓马也。

闻一多先生毕竟是对中国文化有着深透了解的学者,他不仅作出了正确的解释,而且点出了二者称谓互代的历史根源。

　　但是，以上这些卓见很少为人所注意。这当是因为下面的两个原因：一是王逸、洪兴祖、朱熹等旧注的传统解释在人们头脑中已根深蒂固，二是以前在这方面提出了一些精到见解的学者未对有关问题进行全面深入的探讨，解决问题不彻底，甚至有自相矛盾之处。如王树楠，注"八龙""犹八骏"，但注此前"飞龙"时却引《墨子》"黄帝会鬼神于泰山，驾象车六蛟龙"，并以为《上林赋》中"六玉虬"也本于《墨子》。郭沫若的看法体现在译文中，附注简单。至于闻一多之说，因其书至 1985 年 12 月才由上海古籍出版社出版，远不及闻氏《古典新义》等作品广为人知。所以，目前流行的各种楚辞注本及一些文学作品选注本，皆未采用以上几家之说。《文选·甘泉赋》："驷苍螭兮六素虬。"吕向注："驷，驾也。苍螭，苍龙也。素虬，白龙也。凡称龙者，皆马也。言龙者，美之也。"真是精到不过。可惜人们都未同《离骚》中的"龙马"联系起来考虑。

　　关于"驾八龙之婉婉"的"婉婉"一词，王逸注："龙貌。"后之注骚者，率皆遵此，或有据唐宋以后龙的形象引申为"蜿蜿"者。然《大招》"虎豹婉只"，王注云："婉，虎行貌也。""蜿"、"婉"同。《集韵》引《广雅》文："蜿蜿，动也。"《文选·上林赋》："象舆婉僤于西清。"李善注："婉僤，动貌也。僤音善。""蜿蜿"、"婉僤"、"婉婉"义皆相近。《大招》用以形容虎豹行走之貌，司马相如用以形容象舆行走的状态，都同《离骚》中用以形容驾着八骏的车，情形相似。"蜿蜿"实际上是曲折而行的意思，所谓"象舆婉僤"，言象牙装饰的舆车各处绕来绕去地走；所谓"虎豹婉只"，是形容虎豹行走时后身扭动的样子。"八龙婉婉"，言八匹骏马前后相连，迤逦而行。

　　总的说来，《离骚》中"为余驾飞龙兮"，犹言"为我的车驾上飞龙之马"；"驾八龙之婉婉"，犹言"车前驾着八匹神骏，迤逦而行"。这样看来，《离骚》第三部分中论者以为前后矛盾者，其实并不矛盾,只是所含的古代文化信息未被我们破译而已。

二、龙马与《离骚》中的两个世界

　　《离骚》第三部分"龙"与"马"的问题解决了,第二部分还有一个疑团,也必须加以廓清。

　　第二部分在陈辞之后说:"驷玉虬以乘鹥兮,溘埃风余上征。"鹥是一种成群而飞的五彩鸟,形体不大,但群飞时遮天蔽日(也因此才称为鹥鸟、翳鸟),诗人这里想象让群飞的鹥鸟把自己托起,如同舆车一样,再由四匹"玉虬"作为前导。鸟可以由地上飞向高空,鹥鸟又成群而飞,故想象以鹥鸟为车,同后来牛郎织女故事中以鹊为桥的想象一样,从连接现实世界同超现实世界的方面来说,都十分绝妙。但这作为前导的"玉虬"是什么呢?王逸注:"有角曰龙,无角曰虬。"后之注骚者,或径抄王注,或不加注,令读者以常义视之。其实,这个"玉虬"乃指白色神骏。本文第一部分所引冯衍《显志赋》云"驷素虬而驰骋兮",《后汉书》注引《尔雅》:"马高八尺为龙",即释"素虬"为白马。"素"即"玉"色,而"虯"、"虬"同字(《离骚》"玉虬"的"虬",钱杲之《离骚传》、洪兴祖《楚辞考异》、朱熹《楚辞集注》皆引一本作"虯")。"玉虬"即"素虬"也。冯衍"驷素虬",实由屈原"驷玉虬"而来。冯衍之前,司马相如《上林赋》中以"玉虬"指马,更为明白:

> 天子校猎。乘镂象,六玉虬。拖蜺旌,靡云旗。前皮轩,后道游。孙叔奉辔,卫公参乘。扈从横行,出乎四校之中。

汉天子校猎,自然不会是乘驾神物,而只能是马。读其上下文字可知,也是由《离骚》化出。《广雅》的编者三国时张揖注云:

六玉虬，谓驾六马。以玉饰其镳勒，有似虬龙也。无角曰虬。

张揖注"六玉虬"一句是也，其后两句为蛇足。他释称马为"玉虬"的原因是用玉装饰了镳勒，这样便掩盖了龙的形象同马的关系，以及名义上存在着的纠葛；其理由也颇为牵强。洪兴祖注《离骚》亦看出"玉虬"是指马，但解释何以称作"玉虬"时，却上了张揖的当，因而虽对"玉虬"作出了正确的解释，以后却仍然没有人采纳，真所谓"失之毫厘，谬以千里"。现在我们扫除迷雾，揭出洪氏真知中所包含谬误的来龙去脉，即可知道：在两汉赋中仍以"玉虬"、"素虬"称白色骏马。其本义渐晦，原因在于魏晋以后训诂家的自我作古。

正由于《离骚》中"驷玉虬以乘鹥"的"玉虬"指马，故下文云："饮余马于咸池兮，总余辔乎扶桑。"又说："朝吾将济于白水兮，登阆风而绁马。"

《离骚》的第一部分没有出现"龙"、"飞龙"、"玉虬"之类的字眼，有关的句子只有"步余马于兰皋兮，驰椒丘且焉止息"。所以，第一部分中也不存在什么问题。

这样看来，屈原在《离骚》全篇所写其乘驾，皆为神骏。

写到骏马之时同一篇中有时称作"龙"，有时称作"马"，这种情况在先秦散文中也是有的。《韩非子·外储说右下》：

延陵卓子乘苍龙挑（翟）文之乘，钩饰在前，错（策）锲在后，马欲进则钩饰禁之，欲退则错（策）锲贯之，马因旁出。造父过而为之泣涕。

前云"苍龙翟文之乘"，后曰"马"，显然一物而非二。前云"苍龙翟文之乘"者，要表明是骏马；后言"马"者，因前已点明非同凡马，此处只就作为一般的马也无法发挥其能力言之,互文见义也。

《离骚》中除以饱满的政治热情展现了造成诗人悲剧的现实世界之外,还描绘了一个瑰玮宏大的超现实世界。它不仅是现实世界夸张的、浪漫主义的重现,也是现实生活的延伸——这个延伸不是时间的,也不是空间的,而是心理感觉上的,是在诗人激情汹涌的脑际的延伸和扩展。诗人内心的斗争、苦闷、愿望等,在现实社会中被压抑而不能倾吐,都在这梦境一般无拘无束的虚幻世界中抒发了出来。陈辞重华、上叩帝阍、天上三日游、求女以及转道昆仑、发轫天津等,主要是诗人思想和情感形象的外化。

《离骚》之后,也有不少作品以超现实的虚幻作为现实世界的补充和扩展,以表现至爱、至恨及其他非常之情,但是,它们用以联结或沟通现实世界与超现实世界的办法,多是入梦、离魂或借助神仙之力。大体上是仙凡异路,阴阳阻隔,寤梦之间,甚于天埑。

《离骚》创造的两个世界之间,却没有截然的界限,大体上只是从空间方面以天上、地上为别。诗人这样构思,除了可以更自由地表现思想和激情,自由地上下求索,观览四荒,以至于高陟云际,临睨旧乡,以地上的景象,动云外之情怀,还因为这种安排是深深地根植于神话、传说、历史、原始宗教等传统文化的土壤之中,也同人们对宇宙天地的最基本的认识一致。日、月、云、霓、风、雷都在天上,很多优美的神话都以那高远广袤的天空作为背景。人们仰望那白云飘忽或碧澄深邃的蓝天,产生过很多遐想,不但上古传说中的很多古人化为了星辰(如轩辕、傅说、造父等),神话和原始宗教也都以天上为神灵的世界。天上和人间,只以人们常常看到的云层为界。所以,《离骚》的抒情主人公活动环境在两个世界的转换,只体现着上下空间的变化。虽然创造了完全不同的两种境况,但事实上是将整个天地之间、六合之内作为抒情主人公活动的舞台。

《离骚》中由现实世界向超现实世界的转换,也特别注意根据人们的传统意识的文化心态，进行引导和暗示，使之过渡自然，宛如由陆到水，由水到陆。如诗中写诗人受了不能理解自己的惟一亲人女婆的数落，感到在混沌人间的巨大悲哀和无比的孤独，便"济沅湘以南征"，"就重华而陈辞"，由现实世界进入幻想世界。如果说"济沅湘以南征"毕竟还在地上，"就重华而陈辞"可以理解为是对着先圣的祠堂或陵墓倾诉，那么，陈辞之后"驷玉虬以乘鹥兮，溢埃风余上征"便由地面升至太空，借空间高度和自然环境、物象特征的变化暗示由人间进入了天界。向重华陈辞，事实上成了由现实世界向超现实世界的过渡。诗人在巡行太空，上县圃，叩帝阍，登阆风，求宓妃，皆无所成，再一次认定"世溷浊而嫉贤兮，好蔽美而称恶"的状况，在似梦非梦之中，意识到仍处于奸人当道、政治黑暗的楚国现实生活之中，因而，下面又有灵氛占卜、巫咸降神的情节，由虚幻神灵的世界转入现实世界。至决定离开楚国之时，说"折琼枝以为羞兮，精琼爢以为粻"，又以带有幻想性质的描述，作为由现实转入神话境界的暗示和引导，接着说："邅吾道夫昆仑。"昆仑为人间之山，同时传说中又是神灵所在之处，故诗人以此作为天上同人间的门路，使之起转换的中介作用。以下说"朝发轫于天津"，便明明白白由人间转入天界了。

《离骚》中的神骏（龙马），其作用正是为了沟通现实世界同超现实世界。马在现实生活中驾车的作用，和长时间中人们意识中积累的有关它的一系列传说、幻想，使它成了上下于人间同神灵世界的最理想的媒介。它的行动完全体现着抒情主人公的情感节奏：诗的抒情主人公愁绪萦怀，犹豫无定，则缓辔按节，漫步兰皋；抒情主人公义愤难平，情不能遏，则驰椒丘而不止；至抒情主人公要继续为理想而追求、奋斗之时，则腾云乘风而变为龙，把诗的主人公带向一个神奇的世界。可以说，《离骚》中的神骏在全诗的构思中起着十分关键的作用，是诗人创造的一个成功的艺术形象。

从文学的角度来说，在一种语言中是没有完全意义上的同义词的。有些词虽然基本概念相同，但其感情色彩和所蕴含的文化因素并不一致。不同的词产生在不同的历史条件下，有不同的发展演变过程，与不同的意识和文化系统联系。所以说，即使是同义词，构成它们的词素不同，在读者头脑中唤起的表象运动和情感反应也不一样。诗人在一系列同义词中选择具有何种感情色彩和文化蕴涵的词，反映出诗人下笔当时，该词所表示之物是以怎样的形象意态出现在诗人的头脑中的。高超的诗人，正是利用同义词的这种性质，在传达基本思想的同时，尽可能准确、完满地把其他一些思想信息也传达给读者，以引导、提示读者进行生动、成功的形象再创造。《离骚》中，"龙"、"飞龙"、"玉虬"都是诗人乘驾的马，但是，称"马"则只表示它是驾车之动物，而称作"龙"、"飞龙"、"玉虬"则表示是非同寻常的神骏，而且使人联想到周穆王的八龙之骏，以及周穆王游历天下，及其登昆仑会西王母等等的神话传说。所以，这些词不仅表示的意思比"马"要丰富，在烘托诗人所创造的巡行太空、遭道昆仑、登临阆风以及求女的奇幻意境上，也远非一个"马"字所可代替——这些文化意蕴，需要很多文字才能说得清楚。然而，如果用附加说明的办法来完成，那就不仅不是诗，连一篇好的散文也算不上了。至于"飞"字所唤起的联想，"玉"在表现色彩上的作用，就更是不用说的了。

正由于这些，同样是写"马"，当诗人要表现出其摆脱小人得势、是非不分的涸浊环境，而超然高举的精神时，便用"龙"、"飞龙"、"玉虬"的说法。如只就一般乘驾而言，只起着指示行程的作用（"饮余马于咸池"，"登阆风而缫马"），或写在现实生活中的乘车彷徨（"步余马于兰皋兮，驰椒丘且焉止息"）或表现对故土的依恋（"仆夫悲余马怀兮，蜷局顾而不行"）时，则称作"马"。不同的说法，所表现的情绪、所渲染的气氛、所造成的意境皆不相同。

现在就明白了：《离骚》中写驾车之物，何以忽而为"龙"、"飞龙"、"玉虬"，忽而又称为"马"。清人毛先舒《诗辩坻》说：

> 盖作者有情，故措词必有义。倘词义闪烁无端绪，则中情必有诡，不足录也。《离骚》断乱，人故不易学，然讲之亦仍自义相连贯。

屈原有深厚的文学、文化修养，又有纯正真挚的感情，所以其措辞用字都同抒发感情、创造意象以至全篇的构思密切相关，体现出高超的艺术表现手段。《离骚》中以龙马神骏和鸷鸟来连接、沟通现实世界和超现实世界，便是一个很典型的例证。

三、一个有关的疑问悬解——谈"麾蛟龙使梁津"

《离骚》中是不是写到作为神物的"龙"呢？是写到了的。这便是"蛟龙"。关于《离骚》中写到蛟龙的一段文字，亦有学者攻瑕蹈隙，有所评说。

《离骚》末尾一段云："麾蛟龙使梁津兮，诏西皇使涉予。"王逸注："小曰蛟，大曰龙。"这样说并不算错，但就《离骚》中具体文意而言，还嫌不够确切和透彻，没有能指出理解上的关键。诗中此处曰"蛟龙"，并不是说蛟和龙，而是以"蛟"来限定"龙"的含义，以区别于前面写到的"飞龙"、"八龙"、"玉虬"。《山海经·中山经》：翼望之山，"𬇹水出焉，东南流注于汉，其中多蛟"。郭璞注："似蛇而四脚，小头细颈，有白瘿，大者十数围，卵如一、二石瓮，能吞人。"就魏晋时"四神"像砖看，当时龙的形象尚未完全脱去马的特征（四足，站立如畜兽，身子不过较一般四足兽略长），但传说中的蛟却身长"似蛇"，"小头细颈"，宛然明清时代的龙的形象。"能吞人"，其卵大如可容一、二石之陶瓮，则其身之长大，可以想见。又《九歌·湘夫人》："麋何食兮庭中？蛟何为兮水裔？"王逸注："麋当在山林，而在庭中；蛟当在深渊，而在水涯。"洪兴祖《补注》："蛟在水裔，犹所谓神龙失水而陆居也。"则传说中的蛟龙应生活在深渊之中，这也同后来龙的传说（如洞庭龙君、四海龙王之说）一致。近发现春秋战国以前的蛇状图案或饰物，乃是蛟，不是龙。看来，龙形象的发展过程，是由马向蛟逐渐靠拢的过程。"蛟龙"，可以指蛟（以其与龙有相似处），也可以指与蛟相近的作为神物的龙。《庄子·秋水》："夫水行不避蛟龙者，渔父之勇也。"《管子·形势》："蛟龙得水而神可立也。"正由于蛟龙为水中之神者，屈原才使它浮于水上以为梁津。

屈原说"麾蛟龙使梁津"，而不曰"飞龙"、"玉虬"；驾车言"飞龙"、"八龙"、"玉虬"、"马"，而不曰"蛟龙"，可见在诗人是判若云泥，两不相混。

这里附带谈谈与之相关的另外一个问题，有的先生指出：飞龙为驾，凤皇承旂，却不能飞渡流沙赤水，而要"麾蛟龙使梁津"，难道有翼能飞之龙反不如无翼之蛟龙？而如果释"驾龙"为驾马，则蛟龙又是什么？

关于诗中"飞龙"、"八龙"同"蛟龙"的区别，前面已经谈过。同时，我们释《离骚》中的"龙"、"飞龙"为神骏，既是马，又不是凡马。但上面的考证尚不能尽释此处提出之疑问，因为既然所乘神骏可以"溢埃风余上征"，则流沙、赤水，亦应不成障碍。

我们说，这问题出在对有关的几节诗理解的偏差上。今将《离骚》中有关文字按四句一节的格式抄录在下面：

　　　朝发轫于天津兮，夕余至乎西极。凤皇翼其承旂兮，高翱翔之翼翼。

　　忽吾行此流沙兮，遵赤水而容与。麾蛟龙使梁津兮，诏西
皇使涉予。

　　路修远以多艰兮，腾众车使径待。路不周以左转兮，指西
海以为期。

　　屯余车其千乘兮，齐玉轪而并驰。驾八龙之婉婉兮，载云
旗之委蛇。

人们谈到的"前后失照"，即在以上四节之中。今疏说如下。

　　胡文英《屈骚指掌》云："夕至西极，预期之辞也。"此说是，在到
西海之前，诗的抒情主人公徙倚流连，不忍遽然远去，曾只身漫步
在流沙赤水之滨。因为此一带路途多艰，且亦迂回，故传令众车由
较捷近之路先往西海等待，约定在那里相会（"腾众车"之"腾"，传
告也）。所以下文云"屯余车其千乘"。屯，聚集也。至西海之后会
齐了众车，才"齐玉轪而并驰"。在到达西海之前，是诗人独自漫步
徘徊的。从这几节诗的意思表达上说，"路修远以多艰兮，腾众车
使径待"二句，是对"忽吾行此流沙兮，遵赤水而容与。麾蛟龙使梁
津兮，诏西皇使涉予"一节的补充说明：因为已令众车由径道先
行，自己独身漫步，才使蛟龙为梁津，命西皇关照自己渡此艰险
之水。

　　这从诗中上下文的具体描写上也可以看出。诗中写开始驾上
八龙之骏时，"扬云霓之晻蔼兮，鸣玉鸾之啾啾"。"凤皇翼其承旂
兮，高翱翔之翼翼"。场面宏大，仪仗庄严，颇有乘雾奔霄的气势。
但下面两节写诗人在流沙赤水之滨，却没有此类描写，而只用了
"行"、"遵"二字，遵流沙赤水而行，其形象与"行吟泽畔"无二。而
至"屯余车其千乘"以后，又写"驾八龙之婉婉兮，载云旗之委蛇"，
并且"奏《九歌》而舞《韶》"，"神高驰之邈邈"，与前未曾腾传众车使
"径待"时的景象一样。可见，诗人写"行流沙"、"遵赤水"、"麾蛟龙

使梁津"一段,是表现着踽踽独行的状况。至升至高空后看到楚人发祥之地("旧乡"),望到先王先祖的神光之时,一腔热血涌上心头,方悲痛而不忍离去①。流沙赤水之行吟,不过是因为情绪惆怅,暂慰情怀而已。

黑格尔《美学》第三卷第三章在论述"抒情艺术品"时说:抒情诗人——

　　他片时间可以想起一些极不同的场合中的极不同的事物,凭自己的思想线索的指引东奔西窜,把各色各样的事物联系在一起,但是他并不因此就离开他所特有的基本情调或所思索的对象。

又说:

　　尽管在多数情况下很难断定这一点或那一点是不是穿插,但一般说来,只要不是破坏整一性的节外生枝,尤其是出人意料的变化,巧妙的结合以及突如其来的几乎是暴烈的转折都是抒情诗的特点。②

屈原的代表作《离骚》作为诗人大半生政治经历的反映,是在一再受到打击后被放汉北之时,面对楚先王之墓及公卿祠堂抚今追昔心潮激荡的记录,正具备着黑格尔说的这些特点。希望、失望、忧伤、愤恨,一时皆涌上心头。诗人的思绪如翻滚的波涛,如狂风中的云团。及其倾泻于竹帛,如峨嵋云海、庐山岭势、洞庭烟霞,毫无

---

① 参本书《〈离骚〉的开头结尾与创作地点的关系》部分。
② 黑格尔著、朱光潜译《美学》第三卷下,商务印书馆1981年版,第213、214页。

人工斧凿的痕迹，简直是浑然天成。

从整体上说，《离骚》中写抒情主人公由现实世界到超现实世界，由超现实世界到现实世界，利用了可以由地面到天空的鸷鸟，可以由人间到神灵世界的神骏为媒介，又注意到过渡当中对读者的心理暗示和引导，所以极为自然。然而，无论在现实世界中，还是在超现实世界中，表现抒情主人公的行动和思想活动时，往往有思想上的跳跃和场面变化较快的情况，也有穿插或倒叙。千回百转，激湍倒流，变化之势，难于描画，正由于这样，这首长诗虽然大开大阖、波澜峰立、极变化之致，却是浑然一体，天衣无缝，以致可以分几部分或几段，古今不少学者反复吟诵，终觉圆转流通，难以划分。当然，诗人在这方面也还采用了一些其他的艺术手法，如汤炳正先生所指出：意分韵连，借韵以为过渡；意连韵分，凭韵以显变化等[1]。但主要归功于诗人在整体构思和结构方面的匠心。

总的说来，《离骚》中的"龙"、"飞龙"、"玉虬"，都是指白色的神骏，它既可以在地上奔驰或漫步，也可以乘风踏雾，腾骧于太空。有时作"龙"，有时作"马"，一方面互文见义，另一方面不同的说法也传送着不同的附加意义。至于"蛟龙"，则是水中蛇状物，因生活在水中，故诗人令其为桥梁。也就是说，"马"同"龙"的叙述上并不存在什么前后抵牾之处，倒是正在这一点上，体现了诗人构思的匠心。

---

① 汤炳正《楚辞类稿》二〇：《屈赋的意义与韵体的关系》，巴蜀书社 1988 年版。

《离骚》的比喻和抒情主人公的形貌问题

一、《离骚》的抒情主人公形貌是否统一

在我国，如果看到画上一个上衣下裳①，头戴峨冠，腰佩长剑，形容憔悴的老者的像，连小学生都可以认出来："屈原！"屈原生活在两千多年以前，为什么人们对他这样熟悉？这就是因为他自叙生平的伟大政治抒情诗《离骚》及《涉江》《哀郢》等《九章》作品中表现的抒情主人公诗人自己的形象，不仅在思想与精神上，在外部形貌上也有着突出的特征——

> 高余冠之岌岌兮，长余佩之陆离。芳与泽其杂糅兮，唯昭质其犹未亏。……
> 苟余情其信姱以练要兮，长顑颔亦何伤？
> 余幼好此奇服兮，年既老而不衰。带长铗之陆离兮，冠切云之崔嵬。被明月兮珮宝璐。

这种外貌特征同心怀美政、为实现政治理想顽强斗争，九死未悔的

---

① 古所谓"裳"类似后代的裙子，在腰间用带束起。我国秦汉以前无论男女，皆上衣下裳。

伟大精神相映照,形成了屈原的光辉形象。宋元以来屈原的各种石刻、石雕、木刻及画像、塑像,虽然风格各异,但所表现的形象,无论在形貌还是情态上,都体现着大体一致的特征。屈原那光耀日月的诗篇,使历代的画家、巧匠、诗人、作家都了解了他,认识了他。

可是,自南宋朱熹发其端,有的学者却要在《离骚》鲜明的主人公形象背后,找出一个妇人女子的身影,作为抒情主人公形象的象征,甚至作为抒情主人公形象的替身。这在客观上起了破坏《离骚》的完整艺术形象,干扰对《离骚》进行艺术鉴赏的作用。八百年来,其说影响甚大,入人心至深。按此种解说以读《离骚》,则如有的学者所指出的,《离骚》抒情主人公外部形貌前后并不统一,所谓"扑朔迷离,自违失照"。

近年有的学者从不同的方面进行探索,试图对它作出一个合理的解释。主要有三种意见:

一种是从作品反映的事实背景,或者说从历史方面来探讨的。潘啸龙同志《论〈离骚〉的男女君臣之喻》一文说,《离骚》前半篇中提到的"灵修"、"美人"与楚怀王有些相像,至于后部分写的"宓妃","将她当作继怀王被拘以后上台的顷襄王的象征,恐怕倒很合适的"。因而说:"其前半篇的'男女君臣之喻',暗示诗人在怀王时期的经历;后半篇的'求女'不遇,则诗人认为当时的楚国已无明君,顷襄王不过是信美无礼的'宓妃'者流。"[1]但问题在于:《离骚》前半的结尾处,作者的自我形貌突然发生变化,"摇身一变为男士",在诗中却看不出什么事件上、时间上、形象上、因果关系上的必要暗示。即使在结构上,也看不出层次变化的迹象。就前半篇来说,在被认为是表现了女性特征的"制芰荷以为衣兮,集芙蓉以为裳"两句的后面,紧接着又是"高余冠之岌岌兮,长余佩之陆离",

---

[1]　《文学遗产》1987年第2期。

表现着典型男性装束的特征。就后半篇来说,"求女"提到的女子多,也难以认为是影射同一国君。

第二种意见,是从思想方面提出的。这种意见认为,《离骚》中"有时是君夫臣妇,有时又变为臣夫君妇。而把自己比作夫,是对儒家在君臣方面的伦理道德观念的有力挑战"。这是夏太生《论〈离骚〉人物性别的寓意问题——兼评游国恩先生的"楚辞女性中心说"》一文的观点①。文章只是对为什么有时以男性身份出现而把君比作"女"作了一种解释(该文也是把"求女"解释为求君的),却未能从艺术构思的角度上说明诗人何以要这样处理。因为,无论怎样说,无端变来变去,至少也是一个疏漏。

第三种是从句子结构上考虑,对"众女嫉余之蛾眉兮"一句提出新解,以为"余之蛾眉"是"我所爱的美女"的意思。如易重廉《关于〈离骚〉整体结构的思考》一文说:"此'蛾眉'还是谓美女之美。'众女',嫉恨我们的主人公未婚的那位美女,所以造谣说主人公'善淫',希望借此来破坏这桩婚姻。"②认为《离骚》全篇喻国君为美女,抒情主人公为男性,诗中说的"众女嫉余之蛾眉"的"蛾眉"也是指比喻国君的美女而不是指抒情主人公自己。但是,细审全诗,这个解释同其他几处均龃龉难合。"众女嫉余之蛾眉兮,谣诼谓余以善淫",从语法上说,上下两句,宾语一致,文意并无转折。从情理上说,因为嫉妒"余"之美貌,才造谣而中伤之;如果是甲之美貌而造谣中伤乙,岂非手痒而搔足,疣发而剖胸?况且,与屈原同列之旧贵族虽因屈原主张政治改革,必欲置之死地而后快,但又怎敢嫉妒国君?而且,同上一说一样,比国君为女子,未免违背当时普遍的君臣观念。

---

① 《求是学刊》1987 年第 3 期。
② 《中国文学研究》1988 年第 3 期。

　　所以,《离骚》的所谓"男女君臣之喻"问题,真使人感到迷惑不解;沿着这条路子所作的各种探索,均到了"山重水复"的境地。

二、"男女君臣之喻说"不能成立

　　所谓《离骚》抒情主人公形貌前后不一致,是由于承认这两个观点皆成立而产生的:一、《离骚》中存在着较系统的"男女君臣之喻";二、《离骚》中的"求女"即求君(求楚王之容纳或另求明君)。但我们细读《离骚》之文,所谓贯穿全篇的"男女君臣之喻",是根本不存在的。

　　主张《离骚》中诗人以女子自喻者,其根据主要有三条,但这三条实际都站不住脚。

　　第一,"曰黄昏以为期兮,羌中道而改路"两句,朱熹《楚辞集注》说:"黄昏者,古人亲迎之期,《仪礼》所谓'初昏'也。"后之主张屈子以女子自喻者,多在这二句上大作文章。但这两句是衍文,洪兴祖《补注》已指出。洪云:

　　　　一本有此二句,王逸无注,至下文"羌内恕己以量人"始释"羌"义。疑此二句后人所增耳。《九章》曰:"昔君与我诚言兮,曰黄昏以为期。羌中道而回畔兮,反既有此他志。"与此语同。

　　除了洪兴祖所举两条理由外,还有一条理由:《离骚》全诗,除乱辞之外皆四句为一节;但是,"曰黄昏"二句却同上下都连不起来,孤零零两句,全面来看,显然是衍文。

　　第二,"恐美人之迟暮"一句。朱熹是"男女君臣之喻"的发明者,连朱熹都认为,从上下语气上看,这"美人"乃是"寄意于君",全句言"唯恐其君之迟暮,将不得及其盛时而事之也"。但后来之主张"女性中心说"或曰"男女君臣之喻"者,解此"美人"为诗人自喻。比如游国恩先生说:"《楚辞》中的'美人',二字凡四见:一是《离骚》的'恐美人之迟暮';一是《思美人》的'思美人兮,揽涕而伫眙';其余两处便是《抽思》的'矫以遗夫美人'及'与美人抽怨兮'。这四个'美人',后面三个都是指楚王——大概指楚怀王。而第一个却是指他自己。"①游先生没有提出只有《离骚》中"恐美人之迟暮"一句的"美人"需理解为诗人自己的理由,所以,根据《九章》中三处"美人"的含义及《离骚》的上下文,此处"美人"仍应理解为指楚怀王。《离骚》作于屈原被放汉北期间,正与《思美人》、《抽思》在大体相近的心境和生活环境中写成。这三篇中四处"美人"之义,应该是一致的。

第三,"众女嫉余之蛾眉兮,谣诼谓余以善淫"。朱熹以来,一些主张"男女君臣之喻"的学者均抓住这一条,向上向下牵合,以求贯通。事实上,这两句不过是随文设喻,是说:同列臣僚像众女嫉妒美女一样嫉妒我,造谣说我行为不轨。二句之意如此而已。因为这两句在确定《离骚》究竟是否有系统的"男女君臣之喻"的问题上至为关键,故下面对它作一较细致的考察。

首先,从上下文来看,这两句诗上接十四句写抒情主人公取法前修,依彭咸之遗则,而不被理解的情况。显然,抒情主人公是一个思想纯洁、精神高尚的男性长者;从其哀民生而垂涕,因好修被解替,又可见其忧国忧民的政治家形象;而其上下求索,九死未悔的精神,更显示了一个伟岸丈夫的阳刚之美。这些都不可能叫人想到柔弱女子的婀娜姿态。可见,在此二句之前的一大段文字中,没有使这二句的喻意延伸扩展的条件。

一首诗从阅读的顺序来说,限定、伏笔、特征性描写只能向后

①　《楚辞女性中心说》,游国恩《楚辞论文集》,古典文学出版社 1957 年版。

贯穿，影响对下文的理解。所以我们要特别着重看看"众女"二句以下几节是怎么写的——

> 固时俗之工巧兮，偭规矩而改错。背绳墨以追曲兮，竞周容以为度。忳郁邑余侘傺兮，吾独穷困乎此时也！宁溘死以流亡兮，余不忍为此态也！鸷鸟之不群兮，自前世而固然。何方圜之能周兮，夫孰异道而相安？屈心而抑志兮，忍尤而攘诟。伏清白以死直兮，固前圣之所厚。
>
> 悔相道之不察兮，延伫乎吾将返。回朕车以复路兮，及行迷之未远。步余马于兰皋兮，驰椒丘且焉止息。进不入以离尤兮，退将复修吾初服。制芰荷以为衣兮，集芙蓉以为裳。不吾知其亦已兮，苟余情其信芳。高余冠之岌岌兮，长余佩之陆离。芳与泽其杂糅兮，唯昭质其犹未亏。

抄了这么一大段，就抒情主人公而言，可以说是"言与行其可迹兮，情与貌其不变"（《九章·惜诵》），看不出一点以女子自喻的痕迹。"宁溘死以流亡"，羡"前圣之所厚"，步马兰皋，驰车椒丘，显然是男性，是一个坚强不屈的政治家的形象。在形貌方面，则峨冠岌岌，更不用说是一个被废大夫的装束。所以肯定地说，"众女"二句的比喻意义也并没有向下延伸。

其次，从比喻的形式上来分析，这一节诗抄全是：

> 怨灵修之浩荡兮，终不察夫民心。众女嫉余之蛾眉兮，谣诼谓余以善淫。

"灵修"指君王；"民心"即人心，指抒情主人公的内心，亦即忠正纯美的品质。四句之中，前二句是正面述说，后二句是比喻。"蛾眉"

正与"民心"相应,喻忠正纯美的品质。这里用暗喻的方式,把那些嫉贤妒能者(从本质上讲是破坏改革的旧贵族)比作心胸狭隘、嫉妒成性的"嫫母"。《九章·惜往日》:"妒佳冶之芬芳兮,嫫母姣而自好。虽有西施之美容兮,谗妒人以自代"、"心纯庞而不泄兮,遭谗人而嫉之"。此皆可作为《离骚》中"众女"二句之注脚。同一个意思,在《离骚》中还以其他的形式表述过。如"世溷浊而不分兮,好蔽美而嫉妒","世溷浊而嫉贤兮,好蔽美而称恶"、"何琼佩之偃蹇兮,众薆然而蔽之。惟此党人之不谅兮,恐嫉妒而折之"。这些句子说的"嫉贤"、"嫉美",便是"众女"二句中的"嫉余之蛾眉";"蔽之"、"折之"、"称恶",便是"众女"二句中的"谣诼"谓其"善淫";"众"、"党人",也便是前文之"众女"。相同的意思,以不同形式反复申说,从中根本看不出是诗人全然以女子自喻,看不出以男女爱象征君臣关系的迹象。简言之,这两句诗只是比喻党人的嫉妒成性,毫不牵扯到楚怀王,不牵扯到诗人同怀王的关系。

这节诗从结构方式上说,前两句为正面述说,后两句是对前两句的进一步申说,却用比喻的方式表现之。这种结构方式在《离骚》中不是个别的。如:

> 纷吾既有此内美兮,又重之以修能。扈江离与辟芷兮,纫秋兰以为佩。
> 民好恶其不同兮,唯此党人其独异。户服艾以盈要兮,谓幽兰其不可佩。

这两节诗中每节的前两句对所表现思想和情感类型有所限定,故读后两句,不会因为它用了比喻的形式而发生误解。特别的是,屈原在这种诗节结构中,往往使后二句中某一个或几个词语同前二句中的某个词语形成对应关系,虚实相映,显得既含蓄又耐人寻味。如上引两节中,"江离"、"辟芷"、"秋兰"同"修能"相对应,"服艾盈要"同"独异"相对应。同样,"怨灵修之浩荡兮,终不察夫民心。众女嫉余之蛾眉兮,谣诼谓余以善淫","蛾眉"同"民心"相对应。因为"独异"者是"党人",所以"户服艾以盈要,谓幽兰其不可佩"便不能理解为是说的采佩花草的事;同样的道理,"不察民心"的是"灵修"(君王),那么,"蛾眉"也不能被理解为是说女性的事。

正由于这样,王逸、五臣、洪兴祖、林云铭、蒋骥、戴震、胡文英等都看"众女"二句为随文设喻。王逸解释此二句说:"言众女嫉妒蛾眉美好之人,谮而毁之,谓之美而淫,不可信也;犹众臣嫉妒忠正,言己淫邪不可任也。"李周翰曰:"众女,喻谗臣也。蛾眉,美女,喻忠直也。言谗邪之人,妒我忠直,皆谮毁之,谓我善为淫乱。"洪兴祖说:"诗人称庄姜之贤,曰'螓首蛾眉',盖言其质之美耳。……言众女竟为谣言,以谮愬我;彼淫人也,而谓我善淫,所谓'恕己以量人'。"胡文英《屈原指掌》说:"蛾眉,谓己之才美出众也;诼,以言诼害人也。言此皆妒我者谓有此耳,非臣之实有是不善之行也,君奈何不察而信之哉!"林云铭《楚辞灯》云:"喻党人知原清白,无可行谗,而以造令自伐污之。"林云铭更同《史记·屈原列传》中的有关记载联系起来,其比喻之蕴涵更为清楚。

由以上分析可知,主张《离骚》系统以女子自喻的三条主要根据,都是不能成立的。清代画家门应兆所作《补绘离骚图》,《众女嫉妒余之蛾眉》一幅,屈原形象同其他各幅一样,也是以男性形貌表现之。这些都是从作品本身出发得到的印象,非微言奥义之属,却合乎情理。

三、朱熹"夫妇君臣说"剖析

前此的治骚者对于《离骚》比喻特征和形象塑造手段的探讨之

所以在万山圈子里打转，归根结蒂是受了朱熹《楚辞集注》的羁绊。"男女君臣之喻"是由朱熹的"夫妇君臣之喻说"发展而来，以"求女"为"求君"也是《楚辞集注》所发明。因朱氏之影响极深，所以，我们得把朱熹提出此说的历史根源、思想根源、论证方法以及此说形成的历史过程作一回顾和分析。

　　朱熹作《楚辞集注》之时，南宋王朝受到金人的严重威胁，朝廷内部主战派同主和派之间斗争激烈。外戚韩侂胄专权，排除异己。朱熹属主战派，希望革除弊政，有所振兴，故常謇謇直言，以至指斥君过①，因而屡不得志。宁宗时被赵汝愚荐之朝廷，因上疏斥言左右窃柄之失，被韩侂胄借"内批"逐出朝廷。第二年，赵汝愚罢相，贬逐永州，"暴死"于船上。韩又深恐赵、朱在朝野尚有影响，因而一方面严厉打击同情赵、朱者，一方面又收买朱氏门生，指斥朱氏理学为"伪学"。朱熹为楚人，很早就对楚辞产生了兴趣，并受其影响（读朱氏之诗可知）。当其被逐出朝廷报国无门之时，不能不联想到屈原的境遇。旧以为只是"有感于赵忠定之变"而作，失之片面。关于这个问题，林维纯同志的《略论朱熹注〈楚辞〉》一文已有详细论述（《文学遗产》1982 年第 3 期），可以参看。可以说，朱熹之注《楚辞》，主要是在写心，是在表现自己的悲哀与愤激。

　　但朱熹这位专讲礼仪心性的大儒，为什么说屈原是以"男女情爱"喻君臣关系呢？从文化心理的背景上看，前人常将"放臣、屏子、怨妻、去妇"相提并论；从朱熹更深的思想根源上说，他注《楚辞》的目的，除抒发自己的情感之外，还要"增夫三纲五典之重"（朱熹《楚辞集注后序》）。所谓"三纲"，其前两"纲"便是"君为臣纲，夫

---

　　①　如宋孝宗即位时朱熹上封事言："修攘之计不时定者，讲和之说误之也。夫金人于我有不共戴天之仇，则不可和也明矣。愿断以义理之公，闭关绝约，任贤使能，立纪纲、厉风俗，数年之后，国富兵强，视吾力之强弱，观彼衅之浅深，徐起而图之。"隆兴十五年入奏曰："陛下即位二十七年，因循荏苒，无尺寸之效可以仰酬圣志。"

为妻纲"。所谓"五典",也叫"五常",即"君臣、父子、兄弟、夫妻、朋友"。君臣关系是不能看作兄弟和朋友关系的;比作父子虽好,但在屈赋中找不到可以牵合处,因而朱熹便想到把它比附为夫妻关系。

这便是朱熹造出"夫妇君臣之喻"的历史根源和思想根源。

下面具体看看他在《楚辞集注》中是如何牵合、创造出"夫妇君臣说"的理论的。

朱熹在《九歌序》中说:屈原"因彼事神之心,以寄吾忠君爱国眷恋不忘之意"。他本着这种基本想法,对《九歌》各篇祠神之词都加以附会的解释。不仅《东皇太一》、《东君》等篇从"人臣尽忠竭力,爱君无已"、"臣子慕君"的方面去解释,把明明白白表现着男女爱情的篇章,也说成是表现了"臣子慕君"的"深意"。如《湘君》篇题解云:"此篇盖为男主事阴神之词,故其情意曲折尤多,皆以阴寓忠爱于君之意。"《山鬼》"子慕予兮善窈窕"下注云:"以上诸篇,皆为人慕神之词,以见臣爱君之意。此篇鬼阴而贱,不可比君,故以人况君,鬼喻己,而为鬼媚人之语也。"《山鬼》题解对每一句都从君臣大义的方面探求微奥,甚至说:"'子慕予之善窈窕'者,言怀王之始珍已也;'折芳馨而遗所思'者,言持善道而效之君也。"《九歌》在内容上多表现着男女情爱,朱熹把这个客观的主题作为"表",而空想出一个"尊君爱国之义"作为"里",以寄托他"忠君爱国之诚心",体现他"增夫三纲五典之重"的宗旨(引文见《楚辞集注序目》)。处朱子当时境况之中,是可以理解的(朱熹之注《楚辞》,一则由于其政治上遭受打击,自觉报国无门,欲抒发其满腔忧愤;二则当南宋外受制于金人,内则外戚擅权,纲纪颓败的情况下,欲有补于世道人心)。

问题在于:朱熹又要将这种以"男女之情"喻"君臣之义"的看法贯穿在对《离骚》等其他屈原作品的解释中去。朱熹为什么要这样做呢？可能觉得加在《九歌》解释中的"爱君无己"、"臣子慕君"等过于牵强，附着无力，而《离骚》表现的这种思想感情却是明明白白的，只要证成《离骚》也以"男女情爱"为喻以表现"忠君爱国"的思想，那么，《九歌》、《离骚》皆以男女夫妇之情为表，以"忠君爱国之义"为里，便可以成为《九歌》解释上一个不待言的旁证。真真假假，交错牵连，足以迷阅者之目，乱识者之志。

正因为朱熹在《离骚》解释中认定以"夫为妻纲"、"妇悦其夫"为"表"，解释中便难免牵强与武断，如"曰黄昏以为期兮"二句，他说："洪说虽有据，然安知非王逸以前此下已脱两句耶？"就明显是强词夺理。如果洪兴祖仅因为这两句不成一节而为衍文，以朱氏此语自可以驳倒。"羌"字王逸未注，至下面再出现才注，正说明这两句是王逸之后窜入，而不能说明在王逸之前此两句下脱两句。显然，这是《抽思》中"曰黄昏以为期，羌中道而回畔兮"（一节诗之二、三两句）窜入此处，抄者看见"兮"在下句，不合《离骚》句例，"畔"字亦同上下韵脚皆不谐，因而移"兮"字至上句末。改"回畔"为"改路"，以就上一节之韵。以朱熹之博学与通达而置此种种情理于不顾，可见朱氏此说之立，非单纯为了解释屈骚的文意。

由于历来对《离骚》的解释不一致，或未得其确解，故个别地方也确实为朱熹的附会提供了条件。最突出的例子便是《离骚》、《九歌·山鬼》都出现了"灵修"。朱熹注云："言其明智而修饰，盖妇悦其夫之称。亦托词以寓于君也。"这样，朱熹将《离骚》与《九歌》一例看待，似乎并非没有道理。事实上，我们以前对《山鬼》篇包含的传说本事，并未完全了解。郭沫若证《九歌》中"山鬼"为巫山神女①。《文选·江淹〈杂体诗〉》注引《宋玉集》："昔先王游于高唐，

---

① 　郭沫若《屈原赋今译·山鬼》注云："'采三秀兮於山间'，於山即巫山。凡《楚辞》'兮'字具有'于'字作用。如'於山'非'巫山'，则'於'为累赘。"

怠而昼寝,梦见一妇人,自云:'我,帝之季女,名曰瑶姬,未行而亡,封于巫山之台。闻王来游,愿荐枕席。'"《襄阳耆旧传》记载略同(此云"封于巫山之台","封"即葬也)。因为"未行而亡",故称"鬼"(至后世犹称未婚男女死者曰"死鬼",也或者是古代习俗之遗留)。同时,根据闻一多考证,巫山神女同涂山氏女为同一传说之分化①。涂山氏女的候大禹而哀歌,巫山神女的盼灵修而离忧,情节与意境大体相同。从宋玉《高唐赋》、《神女赋》可知,楚人传说中巫山神女是侍楚王而与欢,那么,山鬼传说中也应当同君王有关。《山鬼》中说"留灵修兮憺忘归",正反映了这首诗的底蕴。《山鬼》中"灵修"仍是对君王之称,并非一般的"妇悦其夫之称"。很多人因为这一点而相信《离骚》中确实贯穿着"夫妇君臣之喻",是一个误会。

　　由于朱熹在儒学上的地位,及《楚辞集注》一书确实也包含着不少精辟的见解,故少有人对"夫妇君臣说"有所怀疑。在艺术欣赏之时由于诗本身的感染力,读者往往忘却这种解释,但在理智思考、学术讨论之时,又摆不脱它的影响。《离骚》研读中的这种形象分离现象,数百年来人们习以为常,未察其非。

四、"女性中心说"也不能成立

　　20世纪四十年代中期,孙次舟造出"屈原是文学弄臣"的谬论。造成这个谬论的主要根源自然应从孙本人的思想中去找,但朱熹的"夫妇君臣之喻"不能不说是起了启其滥觞的作用:由妻妾而想及弄臣。闻一多说,孙次舟以屈原"由文人而后变为弄臣",这样说是一种"罪过"。但遗憾的是闻先生又以屈原是由弄臣而变为

① 见闻一多《高唐神女传说之分析》,开明书店版《闻一多全集》二。

文人，"是反抗的奴隶居然挣脱枷锁，变成了人"①。尽管贴上了"奴隶反抗"的标签，但因为毫无根据，因而仍不能改变其亵渎的性质。《史记·屈原列传》一开头便明白指出三点：一、"楚之同姓也"——是贵族；二、"为楚怀王左徒"——是重臣；三、"入则与王图议国事，以出号令；出则接遇宾客，应对诸侯"——负重任。这些最基本的材料是无论怎样的研究也不能不加注意和重视的。

五十年代，游国恩先生写了《楚辞女性中心说》，论点是："屈原《楚辞》中最主要的比兴材料是'女人'，而这女人是象征他自己，象征他自己的遭遇好比一个见弃于男子的妇人。"一方面，这是对所谓"弄臣说"的否定，另一方面，又是对"夫妇君臣说"在新情况（新的时代、新的立场、新的思想方法、新的学术空气）下的一个新的认定（因为在新的时代"三纲五常"已变为反动的东西，而男女情爱则得到了更多的肯定），并且又有所发展。自此，"女性中心说"或曰"男女君臣之喻"说被更多的人所接受。

游先生列举了九条证据，有的同朱熹的一样，有的是新提出的。其中第一条"美人"，第四条"昏期"，第六条中"众女嫉余之蛾眉兮，谣诼谓余以善淫"，本文第二部分已作辩驳。第九条中还说到"惟其以女子自比，所以常常喜欢哭泣"，"喜欢陈词诉苦"，"喜欢求神问卜"，"喜欢指天誓日"，举陈词重华、灵氛占卜、巫咸求神及"长太息以掩涕兮，哀民生之多艰"、"指九天以为正兮，夫唯灵修之故也"等句为证。似皆脱离了时代与诗人所处具体环境，脱离了楚国风俗地域的特征而言之，不必详为辩说。下面对其他五条略作评析，以塞其疑窦。

第二条，香草。游先生说："女人最爱的就是花，所以屈原在

---

① 孙次舟、闻一多之说并见闻一多《屈原问题——敬质孙次舟先生》，开明书店版《闻一多全集》二。

《楚辞》中常常说装饰着各种香花（其他珠宝冠剑准此），以比他的芳洁；又常常以培植香草来延揽善类或同志。"我们说《离骚》用香花香草比喻纯洁高尚的品质，本取其芳洁；用培养花草比喻培养人才，取这些花草有芳洁的美质，而又具杀伤虫蛇、祛除瘴气的功用，不必皆同女性联系在一起。至于说屈原何以用了这样的一种比喻象征形式，则须从当时楚人的审美兴趣以至生活习俗去考察和认识。南方的楚国炎热卑湿，多虫蛇瘴气，故古代楚人有佩戴香花香草的习俗，用来佩戴的花草大多采摘下来之后即可佩戴，而有的还要在酒里密闭浸渍数日然后佩之于身，使香味借酒气而挥发。佩戴香花香草既可以避免蚊虻虫蛇着身，也可驱潮发散及避免为瘴气所冲。这些花草往往有败毒杀菌作用。如宿莽，即水莽草，叶有毒（种子则有剧毒）。故《周礼·秋官·翦氏》言："除蠹物，以莽草薰之。"《本草纲目》言："芒草，可以毒鱼"，"人食之则无妨。"再如"荪"，即溪荪，俗称石菖蒲，《本草纲目》言其"并可杀虫"。大半生在楚国度过的荀况说："兰茝稿本，渐于蜜醴，一佩易之。（按：指戴一次之后要换，因其味道已散发完）"（《荀子·大略》）《晏子春秋·杂上》说："今夫兰本，三年而成，湛之苦酒，则君子不近，庶人不佩。"我国民间五月五日采草药、插柳、戴装有香料的荷包，耳中点雄黄酒，日本从古以来保持的五月五日煮菖蒲水为孩子洗浴的风俗（据说可以避邪），都是这种习俗的遗留。我们揭开了这一奥秘，一切都清楚了。屈原作品不仅"书楚声，纪楚地，名楚物"，而且印有楚地的习俗特征，其反映现实、抒发感情的方法和艺术构思的风格，都深深地打上了楚文化的烙印，体现着楚国山川风物对诗人的熏染陶铸。如将此看作只是表现了女人的特征，就完全掩盖了其所包含的丰富的文化蕴涵。

　　顺便说明一下：屈原在《离骚》中写佩戴或培育那些花叶芬芳有着祛瘴除秽、杀伤虫蛇之力的花草，除比喻高洁纯正的情操品质之外,也还暗寓其铲除邪恶的思想。因此,它不仅同"内美"、"修能"、"昭质"、"清白"之本质相应,也同"亦余心之所善兮,虽九死其犹未悔"、"虽体解吾犹未变兮,岂余心之可惩"的不屈精神相应。诗人还写到恶草,这些恶秽之物正是毒虫所依,瘴气所钟,乃是保守的旧贵族和一切邪恶的象征。所以说,《离骚》中花草的比喻象征,有着周遍、深刻、充实的蕴涵,而我们以往对它的理解有些片面。

第三条,荃荪。游先生说:"我以为这是表示极其亲爱的意思,犹之乎后世江南人呼情人为'欢',及词家常用的'檀郎'之类。"但并未列出证据。所以,联系全诗看,还是应以王逸解释为是。

第五条,女媭。游先生认为女媭是一个假设的老太婆,"只是师傅保姆之类罢了"。但这并不能证明诗人以女子自喻。因为,屈原虽被削职,如果身边更无亲人,则有一个老太婆照料生活,也并不为过(事实上,女媭为屈原之姊)。游先生解"灵修"字面的意思为"先夫",实际的意思为"先王"。然《楚辞》中"修"用于人,只表示贤圣(如"固前修以菹醢"),并无其他的意思;"灵修"也是君王、王子之称(说已见第三部分),并非妇女称夫之谓。

第七条,关于求女。游先生的解释是:"因为他既自比弃妇,所以想要重返夫家,非有一个能在夫主面前说得起话的人不可。"这样解释可以消除朱熹解说中抒情主人公前为女后为男的矛盾,但有些牵强。因为,既是"求女",理解抒情主人公为男性更顺当些。而且,"吾令鸩为媒兮,鸩告余以不好","凤皇既受诒兮,恐高辛之先我","及少康之未家兮,留有虞之二姚"等,都分明是"求爱"而不是为了寻找"媒理"。看来诗人所表现的,主要是寻求知音,寻求理解的心情(详后)。

第八条,媒理。游先生说:"惟其他自比为女子,为弃妇,所以《楚辞》中的'媒'、'理'二字也特别多。"按:全部屈赋中的"媒"、"理",有用本义者,有用引申义者,过去学者们多混同为一,不加分别。《离骚》中的求女部分(只一条)及《九歌》中,是用其本义;《离骚》的另外一例及《九章》中各例，都是用引申义。今将《离骚》中用引申义的一例抄在下面：

> 汤禹严而求合兮，挚咎繇而能调。苟中情其好修兮，又何必用夫行媒？说操筑于傅岩兮，武丁用而不疑。吕望之鼓刀兮，遭周文而得举。宁戚之讴歌兮，齐桓闻以该辅。……

很清楚，诗中言"何必用夫行媒"，乃以"中情好修"为前提，而不是以"明眸皓齿"为前提。同时，诗人这里具体说明不必用"行媒"时所举，全是明君不因引荐而直接举拔贤人于山岩尘肆之中的事例。也就是说，诗人这里所说"行媒"是指向国君举荐贤才的人，而不是指通言于男女婚姻者。王逸注此处"行媒"云："喻左右之臣也"；解释"又何必用夫行媒"全句云："言诚能中心常好善，则精感神明，贤君自举用之，不必须左右荐达也。"这里王逸、朱熹对文意的理解基本上是正确的。诗人所谓"行媒"只是"引荐人"的意思。《抽思》中的"又无良媒在其侧"、"理弱而媒不通"、"又无行媒"，《思美人》中"令薜荔以为理"、"因芙蓉而为媒"，其"媒"、"理"俱是这个用法。其或作"行媒"，或与"理"相对成文，也说明这一点。至于《抽思》中"昔君与我成言兮，曰黄昏以为期"二句，洪兴祖引了《战国策》为证，说道："黄昏，喻晚节也。""此言末路之难"极为确当。所以，以屈赋中多用"媒"字为"女性中心说"之根据，也是一个误会（《抽思》中"成言"，汲古阁刊本《楚辞补注》作"诚言"，据洪引一本改）。

可见，支持"女性中心说"的证据，皆不能成立。"女性中心说"是在传统解说存在矛盾需要消除和四十年代出现了一些错误说法、错误观念亟待纠正的情况下提出的。但它并不符合楚辞的实际，自然也不符合《离骚》的实际。它反映了在科学研究中要从谬误中挣脱出来向前跨进一步，是何等的不容易。

五、"求女"表现了寻求知音的心情而不是"求君"

　　游国恩先生解释"求女"为寻求可通君侧的人,是"女求女";朱熹的解释却是"求贤君",是"男求女"(《楚辞集注》"哀高丘之无女"句注,《楚辞辩证·上》)。虽然朱氏解"夫妇君臣之喻"的部分是指诗人同楚王的关系,而作为男子来"求女"是比喻另求明君。但无论怎样,毕竟抒情主人公的形貌前后不一。本文的二、三、四部分已经论证了,"夫妇君臣说"、"女性中心说"或曰"男女君臣之喻说"都是不能成立的;"众女嫉余之蛾眉兮"二句只是随文设喻,指斥党人的嫉妒成性,我们不能将其引申扩展成为诗人对全诗抒情主人公形象的构思设计。本部分要说的是:所谓"求女"为"求君"的说法,也不合《离骚》的文意。

　　清代徐文靖《管城硕记》中说:

　　　　"哀高丘之无女",哀所遭之寡偶也。即《孟子》"愿为有室"、"愿为有家"之意。……若以求宓妃、佚女、二姚皆求贤君之意,夫不求宓牺而求其女,不求高辛而求其妃,不求少康而求其二姚,可谓求贤君乎哉?

寥寥数语,可谓快刀斩乱麻。徐文靖认为,诗人以对配偶的追求,比喻对可以同心同德、扭转危局的臣僚的寻求与争取。王逸在"哀高丘之无女"句下注云:"无女,喻无与己同心者。"注"相下女之可诒"句为"冀得同志"。徐文靖之说虽受之王逸,但不仅从上下文意推求诗心,而且从"何以如此"和"何以不如彼"两方面论述之,其论点论据更为明确和充分。

　　或以为,屈原著《离骚》时已被放逐,自身也失去立于朝堂的资格,还求什么贤臣、寻什么同志? 或认为,当时楚朝廷被顽固的奴隶主贵族所把持,兰芷不芳,荃蕙为茅,只屈原孤身一人流落草野,还有什么贤臣可求? 这些说法看似有理,其实并不符合当时楚国的历史与怀王之时屈原的思想。这方面还有些史实尚未被学者们所注意,也尚未被历史学家揭示出来。

《离骚》作于楚怀王二十四、五年诗人被放汉北后的两三年中。首先,当时诗人为国效力、改革政治的念头并未完全死去。《离骚》中写到诗人曾打算远走高飞,写到后来决定"依彭咸之遗则",暂作退避山野之打算。这同女媭骂詈、陈辞重华、灵氛占卜、巫咸降神等一样,都不过是表现矛盾、苦闷、彷徨的心情,表现了内心如大潮翻滚般的不平静,并非死了再回朝廷之心(事实上他几年以后即回朝廷,因而有同昭滑一起阻谏怀王赴武关之会的事)。同时,他在《离骚》中回忆以前滋兰树蕙、培育人才的事时说:"冀枝叶之峻茂兮,愿竢时乎吾将刈。虽萎绝其亦何伤兮,哀众芳之芜秽!"他想,即使自己由于失去君王的宠信萎绝而死,只要自己培育的人才能实现政治理想,他也是高兴的,伤心的是这些人也都随波逐流,不能够坚持当日的操守。可见,他希望有人在他离开朝廷之后也能采取正确的治国方略和外交路线。

其次,当时楚国朝廷中也并非铁板一块,也还有在对外政策等方面同屈原意见一致的人。昭阳、景翠、昭滑便是以前被学者们忽视了的人物。昭阳在怀王六年已为大司马,怀王八年前后任令尹。怀王十年屈原任左徒之职,不能说同令尹昭阳没有关系。十一年五国伐秦,楚为纵长。至十六年,怀王"乃置相玺于张仪",虽未成,而终究由昭阳代之为令尹①。可见,昭阳是屈原的支持者,因而在

---

① 参拙著《屈原与他的时代》所收《屈原时代楚朝廷中两派斗争的主要人物》,人民文学出版社 2002 年版,第 258 页。

政治上几与屈原同浮沉。但他毕竟不像屈原直接主持制定宪令、改革法度，而引起那些旧贵族的极端的仇恨，必欲赶出朝廷而后快，故作为一个老臣，还是留在朝廷的。

景翠也是由威王朝到怀王朝的老臣。怀王十七年丹阳之战以前，景翠曾率军围了秦之盟国韩国的雍氏；怀王二十一年，韩已背秦而和于楚，秦攻韩之宜阳，次年拔之。景翠以执珪之爵、上柱之官救之，秦国恐惧，献煮枣之地①。

关于昭滑，贾谊《过秦论》中说：

> 于是六国之士，有宁越、徐尚、苏秦、杜赫之属为之谋，齐明、周最、陈轸、召滑、楼缓、翟景、苏厉、乐毅之徒通其意……尝以十倍之地，百万之众，叩关而攻秦。

其中提到楚国主张合纵抗秦的人物有两个：陈轸与召滑。召滑即昭滑，先秦典籍中也作"邵滑"、"淖滑"、"卓滑"。我考定《战国策·楚策一》中《张仪相秦谓昭雎章》反映了屈原谋求使齐的事。怀王十八年，屈原已被疏而去左徒之职，秦国在丹阳、蓝田两战大败楚国，张仪通过昭雎向楚王提出：只要楚国从朝廷中逐出昭滑、陈轸，秦国便归还楚国的汉中之地。屈原闻讯，写信给昭滑，由昭滑向怀王举荐屈原出使齐国以恢复齐楚邦交，粉碎秦国阴谋。今将屈原这封信录之如下：

> 甚矣，王不察于名者也。韩求相工师籍而周不听，魏求相綦母恢而周不听。何以也？周曰："是列县畜我也。"今楚，万

---

① 参拙著《屈原与他的时代》所收《屈原时代楚朝廷中两派斗争的主要人物》，第261页。

乘之强国也；大王，天下之贤主也。今仪曰逐君与陈轸而王听
之，是楚自待不如周，而仪重于韩魏之王也。且仪之所欲有功
名者秦也，所欲贵富者魏也。欲为攻于魏，必南伐楚。故攻有
道，外绝其交，内逐其谋臣。陈轸，夏人也，习于三晋之事，故
逐之。则楚无谋臣矣。今君能用楚之众，故亦逐之。则楚众
不用矣。此所谓内攻之者也，而王不知察。今君何不见臣于
王，请为王使齐。齐交不绝，仪闻之，其效鄢郢、汉中必缓矣，
是昭雎之言不信也，王必薄之。①

可见屈原在第一次被疏之后，即是通过昭滑达到被重新起用的目
的的。

　　怀王二十三年齐宣王欲为纵长，遗书楚王②，昭滑曰："王虽东
取地于越，不足以刷耻于诸侯。"③怀王三十年，同屈原一起谏阻怀
王赴武关之会的"昭子"，也是昭滑。今本《史记·楚世家》误作"昭
雎"，同《战国策·张仪相秦谓昭雎章》将秦国所反对的及秦国所亲
信的两个人俱作"昭雎"的情形一样。

　　由以上事实来看，从楚怀王前期至楚怀王末年，昭滑同屈原
一致执行联齐抗秦的策略，常常互相支持或者协同行动。他以

---

　　①　今本《战国策》中《张仪相秦谓昭雎章》多有讹误，如鲍本将"昭滑"误作昭过（汉
隶"滑"、"過"形体相近）。他本则均误作"昭雎"。今人标点又将"鄢郢"误点作"鄢、郢"
等。关于此篇及有关史实的考讨，见拙文《〈战国策·张仪相秦谓昭雎章〉发微》，刊《古
籍整理与研究》总第 6 期，中华书局 1991 年 6 月版；又见拙著《屈原与他的时代》。

　　②　此事《史记》旧刻本或作"二十六年"，或作"二十年"（中华书局校点本从之），俱
误。盖"三"字行书误为"六"（第一横书写较短则误识为点，第三横起笔、收笔较重则误
识为两点）。因为此条明显不当作"二十六年"，故校书者以为衍"六"字而删"六"成"二
十年"，又造成"二十年"之误。

　　③　"滑"今本《史记》误作"雎"。昭雎为亲秦人物。昭滑自怀王十八年相越（从屈
原被重新起用后开始），见《韩非子·内储说下》、《战国策·楚策一》、《史记·甘茂传》。

五年之力而灭越,体现了在遏制强秦东渐的同时,首先统一南方,为争取统一全国奠定基础的战略,这也正是屈原的政治主张。

关于陈轸,《史记·楚世家》载怀王十六年秦国趁屈原使齐之时由张仪向楚王献商於之地六百里,楚群臣皆贺,独陈轸不贺,并且尖锐地指出北绝齐交错误的严重性,可以说是第一个站出来捍卫屈原所主张的正确外交路线的人。马王堆汉墓出土《战国纵横家书·苏秦谓陈轸章》载:当怀王十七年秦败屈匄之后,苏秦对陈轸说:"秦韩之兵毋东,旬余,魏是(氏)转,韩是(氏)从,秦逐张义(仪),交臂而事楚,此公事成也。"反映着陈轸的愿望仍然是联合韩魏等国而解散"连横"。

再如范蜎。《史记·樗里子甘茂列传》载,怀王二十四年,秦楚合婚,怀王欲相甘茂于秦,问于范蜎。范蜎曰:

> (甘)茂诚贤者也,然不可相于秦。夫秦之有贤相,非楚国之利也。且王前尝用召滑于越,而内行章义之难,越国乱,故楚南塞厉门而郡江东。计王之功所以能如此者,越国乱而楚治也。今王知用诸越而忘用诸秦,臣以王为钜过矣。①

秦来楚迎妇,是在秦昭王初立,国内不稳定,急欲缓和秦楚关系之时。屈原正是在此时被放于汉北的。范蜎虽无力回天,然犹尽力遏阻怀王的亲秦。那么,范蜎也至少在屈原争取和团结的范围之内。

---

① 此事又见于《战国策·楚策一》,范蜎作"范环","环"乃"蠉"之误,"蜎""蠉"二字古同(均音 yuān)。

　　由昭阳、景翠、昭滑、陈轸、范蜎的事迹可知,屈原被放汉北之后,楚国朝廷中不是再没有一个头脑清醒、对楚国的现状与危机有所认识的人,只是由于亲秦派力量的强大和顽固旧贵族的打击、拉拢,他们无能为力,或者被迫采取了明哲保身的态度而已,而且大多已经没有什么权力。有的同志认为当时楚国朝廷根本没有什么可以争取或可以寄托希望的人,乃是因为对有关史实尚未弄清的缘故。

　　当然,这样说并不等于说诗人写求女就是影射着对昭阳、景翠、昭滑、陈轸等人的争取和联系。虽然其中也可能包含这个意思,但如果把它看作是在寻求知音,寻求一种理解,可能更合理。因为诗人以他敏锐的政治眼光、修洁正直的品性和强烈的爱国之心犯颜直谏(不仅仅在对外政策上,还有治国以及君王的操守等等方面。读《离骚》中陈辞一段可知),而被放汉北,报国无门,满腔悲愤无可告诉,他首先需要的是理解。向重华陈辞,实际上就是为了判明是非,得到理解。然而,诗人除了在古代圣贤那里得到肯定之外,在现实社会中,似乎大家都对他漠然置之,不予理睬。他同个别可以联结的人之间也无法接触、联系(即求女一段所表现)。于是他决定远走他方。最终虽然留了下来,但乱辞中说:“已矣哉!国无人莫我知兮,又何怀乎故都?既莫足与为美政兮,吾将从彭咸之所居。”所谓“国无人莫我知兮”,即是说“国无贤人,无人可以理解我”。完全可以想到,屈原在推行政治改革、实现美政理想方面,其阻力比推行连齐抗秦的外交路线要大得多。屈原的悲剧,完全是历史的悲剧。

　　所以,我认为《离骚》中所写求女并非另求贤君,他并非直接求合于楚王。那么,《离骚》中既不存在前半部分以楚王为男己为女的系统的比喻,也不存在后半部分以楚王为女己为男的比喻。也就是说,它不存在抒情主人公形貌不一致的问题。

六、关于"男女君臣之喻"比兴传统的形成与发展

《离骚》中既不存在贯穿全篇的"男女君臣之喻",那么,该如何看待传统诗歌中"男女君臣之喻"的形成与发展问题? 因为在论及古代诗歌中这类现象时往往要追溯到《离骚》。

首先,屈赋中只是随文设喻,将自己的遭受谗害比作美女之见妒,并不牵扯到君臣关系,更未将这种比喻关系贯穿全篇;以美女之见妒喻贤人之见嫉,在当时是通用的比喻,并不是什么创造。《荀子·君道》云:

> 好女之色,恶者之孽也;公正之士,众人之痤也。

此已是当时的成语。至于《离骚》中称国君为"美人",不过因为先秦时"美"、"丽"、"艳"通用于男女①,指称国君,不过言其聪明圣哲罢了(一处即作"哲王"),并非虚拟站在女人的立场上看他。这种比喻在奴隶社会、封建社会中乃是基于社会生活和人们普遍心理状态的基础之上的,正所谓"附理者切类以指事,起情者依微以拟议"(《文心雕龙·比兴》)。王逸《离骚序》云:

> 《离骚》之文,依《诗》取兴,引类譬喻,故善鸟香草,以配忠贞;恶禽臭物,以比谗佞;灵修美人,以媲于君;宓妃佚女,以譬贤臣;虬龙鸾凤,以托君子;飘风云霓,以为小人。

---

① 参钱锺书《管锥编》第一册,中华书局 1979 年版,第 173 页。又《战国策·齐策一》:"吾孰与城北徐公美?"

其中所说"灵修美人,以媲于君","宓妃佚女,以譬贤臣",也只是一系列比喻中的两种(注意这两种比喻在《离骚》中难以按"男女君臣之喻"的说法而"配套")。王逸并没有说诗人将自己比作女(妻),将国君比作男(夫)。所以,凡从贤士受谗毁若美女之见妒方面设喻者,均与《离骚》的命义相合,其他则否。如果以女喻臣,以男喻君,但仅仅是随文设喻,也可以看作是上一种比喻的引申用法,是另有其伦理和哲学上的基础的。《易象传·坤第二》:"阴虽有美,含之以从王事,弗敢成也。地道也,妻道也,臣道也。"乾为君道、夫道,坤为臣道、妻道。由董仲舒提出后历代封建地主阶级奉为万代不变之伦理的"三纲",其中两"纲"便是"君为臣纲"、"夫为妻纲",也是相提并论的。"五典"(也叫"五常")中也有"君臣"、"夫妇"。这些才是"男女君臣之喻"的真正根源。

其次,汉代经师们对《诗经》中一些诗的穿凿附会,增加了一些学者和诗人"男女君臣之喻"的意识。如《毛诗序》把不少反映婚姻家庭的作品纳入"美刺"的范畴,大谈其政治教化上的意识,有些可以说是探求"旁义",有些则完全是强加上了"君臣上下"一类的主题。如《卫风·木瓜》,被说成是"美齐桓公",诚不知其何所见而云也,然而东汉郑玄、唐孔颖达皆奉之为圭臬。虽然朱熹《诗集传》就诗论诗,"疑亦男女相赠答之词",而何楷《诗经世本古义》、牛运震《诗志》、庄有可《毛诗说》、陈奂《诗毛氏传疏》、王先谦《诗三家义集疏》、方玉润《诗经原始》等仍坚守不变,并从而力辟朱说之非。可见传统诗教的根深蒂固。汉以后一千多年中文人既不能不习"五经",则这种思想对于古人诗歌创作特别是诗评和文论的影响,也就不言而喻。当然这些诗评和文论,又会影响到创作。

再次,汉魏六朝不少写弃妇、思妇之作,被一些学者强加上了"思君念国"之类的主题,更造成了"男女君臣之喻"的作品上承《楚辞》源阔流大的假象。如张衡的《同声歌》,《乐府解题》以为"以喻臣子之事君也"(《乐府诗集》卷七六引）。然而其中甚至写到床第交接时新妇的心态，以及铺展春宫图于枕上，试素女术于华灯之下的情景，张衡总不至于这样卑猥自污，并亵渎"君臣大义"而玷污君上。对汉诗的这种凿空曲解，陈沆的《诗比兴笺》可谓集大成者。如汉乐府《上邪》，明是写男女情爱表示决心，而彼云："此忠臣被谗自誓之词欤？抑烈士久要之信欤？懔懔然，烈烈然。"《有所思》写女子对不忠实的男子表示决绝，也至为明显，而彼云："此疑藩国之臣不遇而去，自摅忧愤之词也。"《古诗十九首》中八首及另外一首古诗，《玉台新咏》列为枚乘之作，《诗比兴笺》则一一与枚乘生平相比附，并且差不多篇篇引屈赋句子加以印证，得出"三谏而不听，则以去争之，冀幸君之一悟"、"放臣寄托之情"、"倡女者，未嫁之名，以譬己未遇时；荡子行不归，则譬仕吴不见用"等等的结论。连《迢迢牵牛星》一首，也作了这样的猜测："殆吴攻大梁，乘在梁城遗书说吴之时欤？故云'札札弄机杼，终日不成章'。言徒劳笔舌，无益危亡也。"前人对汉魏六朝时代的不少作品都刻意深求，在字里行间去发现作者所隐藏的本意（当然在唐以后作品的研讨上也存在此问题）。朱自清《古诗十九首解》中评古人的一些解释说：

> 有些并不根据全篇的文义、典故、背景，却只断章取义，让比兴的信念支配一切。所谓"比兴"的信念，是认为作诗必关教化；凡男女私情，相思离别的作品，必有寄托的意旨——不是"臣不得于君"、便是"士不遇知己"。……于是他们便抓住一句两句，甚至一词两词，曲解起来，发展开去，好凑合那个传统的信念。①

---

① 朱自清《古诗歌笺释三种·古诗十九首释》，上海古籍出版社 1981 年版。

这是对"泛男女君臣之喻说"的一个有力的揭露。

由于前两个原因，魏晋以后以男女私情寄仕途、政治上的感慨之作，逐渐增加，由于第三个原因，一些诗论、诗话、笺释中所确定的数目，比实际的数目更多。同时，人们在认定这些作品时，往往以《离骚》来印证；评论这些作品的继承渊源时，也将之挂在屈原名下。实质上这当中不仅曲解了不少作品，也掩盖了一些文学实际。只有撕去贴在这些被曲解的作品上的"男女君臣之喻"的标签，"男女君臣之喻"表现手法的形成和发展情况才可得以清楚地显现。

考察全篇以男女喻君臣的作品的产生，可追溯至张衡，其《四愁诗》在《文选》中有一个小序（为后人增损有关史料而成，非张衡所自作），中云："时天下渐弊，郁郁不得志，为《四愁诗》。屈原以美人为君子，以珍宝为仁义，以水深雪雰为小人。思以道术相报，贻于时君，而惧谗邪不得以通。"其说或是也。不过《四愁诗》明显受《诗经·蒹葭》的影响，其中到底表现什么实难确定。他的《定情赋》似乎有所寄托。其后有繁钦的《定情诗》，曹植的《美女篇》、《种葛篇》和《杂诗》的《南国有佳人》、《揽衣出中阁》（《浮萍篇》和《七哀》也可能含有讽刺之意），阮籍《咏怀》中的个别篇章，等等。可见全篇用"男女君臣之喻"的作品，东汉方起于青蘋之末，侵淫飘荡乎魏晋；其发展实得力于"君臣夫妇"纲常伦理的说教。钟嵘《诗品》说曹植"其源出于《国风》"，阮籍"其源出《小雅》"，可见在南北朝以前作诗、论诗者尚未先在心里横了一条"《离骚》男女君臣之喻"的信条去说话。至清代何焯《义门读书记》谓阮籍《咏怀诗》"其源本诸《离骚》"，刘熙载《艺概》亦谓曹植"出于《骚》"。这除了曹、阮二人确实从《楚辞》中有所吸收之外，恐怕也同诗论及《楚辞》评注阐说的演变有关。

说到隋唐以后，以男女为喻的作品，其所表现并不限于君臣，它们的情况比朱熹从《离骚》、《九歌》中得出的结论要复杂得多。

张籍的《节妇吟》,是著名的以男女为喻的例子。诗题下注明是寄给藩镇李师道的。李拉拢张籍,张以此诗拒绝之。"恨不相逢未嫁时",事实上是将节度使(并非是"君")也比作"可以为夫"的人,同朱熹在《楚辞集注》中所标榜并不完全一致。至于朱庆馀的《闺意献张水部》,就更是以"夫"比喻师友了:

> 洞房昨夜停红烛,待晓堂前拜舅姑。妆罢低声问夫婿:"画眉深浅入时无?"

张籍是应用这种比兴手法的行家,他居然受之无恐,并且写了一首《酬朱庆馀》作答。可见,在他们心目中,都没有固定的"男女君臣之喻"的观念。唐代诗人以男女情事为题材者,无论数量质量,均以李商隐为冠。李商隐的这类诗中,自然不无寄托政治上遭遇感慨,但大部分恐当从爱情诗的方面去认识。清张采田的《玉溪生年谱会笺》认为有近五分之一的诗篇与令狐楚有关,把很多美丽的情诗都解作"寓意令狐"之类,实在是对这些作品的糟蹋。退一步说,即使是"寓意于令狐",也同朱庆馀的《闺意献张水部》一样,并非以"男女"喻"君臣"。至于张九龄《杂诗》之"汉上有游女"、"湘水吊灵妃"等,虽有所寄托,却是通过对女性的怀想来表现,也与朱熹所标榜相龃龉。则朱熹的"夫妇君臣说",实未成为铁打的法则。所以如此者,文学以形象反映生活,诗则更重视以情动人,任何预定教条都无所适其用。

古代以男女喻君臣的诗歌也受了楚辞的影响,这是没有疑问的。但全篇以一个完整的形象自喻或喻君的表现方法,其思想根源并不在楚辞,其形式的根源也不是单一的。即使有的只是学习了《离骚》的结果,也不能忽视,也绝对不应低估《易传》中乾为君道、夫道,坤为臣道、妻道这个理论,和宋以后笺注、诗论家在先入为主的心理暗示和认识定向这两方面的作用。所谓"仁者见仁,智者见智",就说明了这个道理。

总的来说,由后代"男女君臣之喻"的作品,不能证明《离骚》中存在着系统的或者说首尾一贯的"男女君臣之喻",这是我们应该清楚的。

七、《离骚》抒情主人公研究带来的启示

对《离骚》中抒情主人公形象塑造手段和形貌的认识,一千八百年来走了一个"S"形。学者们在这个问题上认识的转变,都不是孤立的现象,而是同《楚辞》研究的其他方面的问题联系在一起的。所以,我们还不能简单地把它看作只是走了一段大大的弯路。从屈赋研究整体上来说,每一转变都是一个推进。排除了朱熹为借以抒怀明志而附会的因素之外,总的趋向是:都想从总体上把握屈赋的内涵,希望能找到一个"一以贯之"的东西,使一些无法弄清的疑难迎刃而解。

我们说,王逸对《离骚》中抒情主人公形貌,对诗中喻意的理解(把"众女嫉余之蛾眉兮,谣诼谓余以善淫"二句看作随文设喻;以"恐美人之迟暮"的"美人"指楚王等),是正确的。但是,他解《九歌》各篇,均直接把诗人屈原的身分牵扯进去,如《云中君》"思夫君兮太息,极劳心兮忡忡"句注云:"屈原陈序云神,文义略讫,愁思复至,哀念怀王暗昧不明,则太息增叹,心每忡忡。"《湘君》"沛吾乘兮桂舟"注:"吾,屈原自谓也。""驾飞龙兮北征"句注:"屈原思神略毕,意念楚国,愿驾飞龙北行,亟还归故居也。""横大江兮扬灵"句注:"屈原思念楚国……扬己精诚,冀能感悟怀王使还己也。""女婵媛兮为余太息"句注:"女谓女嬃,屈原姊也……"等等,却是完全错误的。朱熹从人神恋爱的方面去解《九歌》抒发男女情爱的诗篇,

而以为其中寄托了诗人"忠君爱国眷恋不忘之意",比起王逸来,是一个进步。但是,他又以"夫妇君臣"的眼光来观察《离骚》,以为《离骚》以同样的方式寄托"忠君爱国眷恋不忘之意",从《离骚》的解释上来说,又是一个倒退。同时,朱熹以《离骚》中诗人以女子自喻,但又以"求女"为"求贤君",也是自相矛盾的。

近四十年来对《离骚》在抒情主人公形貌表现方式方面的研究,看来同样是一个"S"形。五十年代游国恩先生的《〈楚辞〉女性中心说》消除了朱熹涂在上面的"三纲五常"色彩,并试图从理论上纠正孙次舟等的谬说,但以"诗人自喻为女子"贯穿全部的屈赋说解,等于将"夫妇君臣说"的范围进一步扩展。解释"求女"为求妾媵,虽消除了抒情主人公形貌前后不一的矛盾,然而,却同诗中引述的一系列神话传说相龃龉,用以证明"女性中心说"的其他证据也均难以成立。

20世纪七十年代末,钱锺书先生的《管锥编》问世,使《离骚》解说中旧说所包含的矛盾明白显露出来。可以说,《管锥编》客观上是对"夫妇君臣说"、"女性中心说"的一个局部的否定。

俞平伯先生写于20世纪二十年代的《〈邶风·谷风〉故训浅释》一文说,读书中产生误解是难免的,微浅则不足为病。"作者之原意如何是一回事,我们心中的作者之意如何又是一事。其吻合之程度,有疏有密。"说到"何疏何密"的考量问题,俞先生说:

> 因为作者的"当时之感"既已付诸渺茫,则所谓吻合的程度是形况而非实有,事本显然,一览即知。但我们虽不能直接考量,却未始不可间接以推知之。推知之道,即是从文意之短长以定其正误。即先假定作者之意总在长的一面,其义愈长即姑擅定为愈密合于原意……故解《诗经》者绝不求其别具神通,生千载之下,去逆千载以上人之志,只求其立说不远乎人

情物理，而又能首尾贯串，自圆其说，即为善说《诗》者。①

我们今天既不能质屈子于汨罗波涛之上，则判定屈赋说解上的曲直，也就只有按这个原则来办。根据本文第二部分的分析可知，"夫妇君臣说"、"女性中心说"或曰"男女君臣之喻说"皆不合于《离骚》的实际，就《离骚》中诗人自我形象的看法来说，王逸、洪兴祖是正确的。

　　这一千多年来治骚者对屈原的研究，都希望从整体出发来认识，却都出现了偏差，原因何在呢？主要在于忽视了《九歌》同《离骚》等在性质和创作目的上的区别，忽视了它们在题材、形式等方面各自的特征，而简单地一例看待，一法炮制。《九歌》，据王逸说，是屈原被放窜伏沅湘之间，见俗人祭祀歌舞之乐，其词鄙陋，"因为作《九歌》之曲"。按朱熹的说法，是屈原就原来民间之作"颇为更定其词"，去其泰甚。无论怎样，《九歌》在形式上内容上都受到沅湘民间祭祀歌舞词形式的制约，至少是民间祭祀歌词的仿作。因此，屈原的《九歌》同样是通过祭祀歌词的形式，反映沅湘之地人民的内心世界，特别是爱情生活。而《离骚》却是诗人直接抒发情感的作品，虽然其中用了大量的比喻象征，但诗人不需要采用全篇以一个被抛弃的女子自喻的表现方法。或者前半以自己为女子、以国君为男子，后半以自己为男子、以国君为女子的表现手法。《九歌》中的祭神是实际的目的，而男女情爱是那些没有文化、对上层统治阶级的生活很不了解的农民对神灵的生活与情绪的设想（神灵世界多半是统治阶级上层社会的曲折反映），实际上也就表现了劳动人民自己的生活情感与愿望。《离骚》的创作目的和诗人要抒发的情感是一致的。要明白《离骚》的表现方法，可以看《九

---

　　①　原刊《小说月报》第 19 卷第一号。收入《古史辨》第三册。

章》，它们的性质是完全相同的。《九章》中看不出"女性中心"或"男女君臣之喻"的痕迹，则《离骚》解说中的那些说法，也就难以成立了。

从整体着眼，是研究、赏析任何一种艺术品的一个原则。但是如果忽视了不同的作品各自的特征（形式、题材、创作动机、创作环境等），而把它们同等看待，也难免不出现错误。这是一千多年来在《离骚》抒情主人公形貌和形象塑造手段的认识上曾有的一个教训。

此外，不少关于古代文学的论著把"男女君臣之喻"的根源全部归结到《离骚》，或追溯至《楚辞》而止，是不全面的。东汉后写过一些兴寄深长、旨意渊深的佳作的诗人，都受过屈赋的陶冶，这是事实。但它影响及这些人的，主要是那充沛的感情，和以己之翰墨写己之忧愤，"凭心而言，不遵矩度"（《汉文学史纲要》）的创作风格，若就整个情况而言，那就一方面如刘勰说的"才高者范其鸿裁，中巧者猎其艳辞，吟讽者衔其山川，童蒙者拾其草芥"①，决定于读者自己的鉴赏能力和创作水平。另一方面，也必须看到一些诗论、文论和《楚辞》注家思想对读者的影响。这就又回到了文本所重点讨论的问题上去了。

文学各方面的发展演变都是在开放的系统中进行的。认识一种风格、创作方法、表现手段，得看到它的各个方面，并且在发展中考察各种因素间的相互影响。这也是我们在文学史、文学理论的研究中应该注意的问题之一。

---

①　"范"原作"菀"，唐写本作"苑"。据郭晋稀师《文心雕龙注译》校改。

《离骚》的创作时地与创作环境

一、解决问题的原则

关于《离骚》的创作时地问题，学术界至今未能取得一致的意见。我以为，在这个问题上要得出一个可信的结论，需同屈原研究的其他方面一样，注意这样两点：

1. 抓住主要的、带实质性的问题进行讨论，不要纠缠于一些解释起来灵活性较大的"证据"。如有人以为像《离骚》这样的巨制，必是经过了较长时间创作经验的积累才写成的，故当作于屈原晚年。但事实上，这是很难说的。古今中外都有些诗人在青年或中年时代即完成他的成名之作。再如，因为《离骚》中有"老冉冉其将至兮"一句，有人引用《说文》"七十曰老"来解释，有人引用《礼记·曲礼》"五十曰艾"来解释。事实上，一个人由于生活条件、身体状况、遭遇、心情的不同，对自己年纪的感觉会有很大的不同。这只是心理年龄（强壮，感觉年轻；记忆衰退，感觉衰老等）。表现在精神、情绪上，同日历年龄（30岁、40岁、50岁等）不一定完全相符，而同外貌年龄（苍老、看起来年轻等）往往同步发展，互相反馈。特别是主体意识很强的诗人，注重于抒发主观的情绪感觉，诗中对自己年纪的表白，与日历年龄有很大的距离。唐代诗人中楚辞风格和手法的最卓越的继承者李贺，是二十几岁即以老自称的①。何况《离骚》中用了"将"、"恐"等字眼,与《涉江》中"年既老而不衰(作于顷襄王朝被贬江南之野时)用"既"字的情况大不相同,再加上人们对屈原生年的看法不一致(在前后差十余年者),要据此确定《离骚》的绝对年代,分歧就更大。

2. 对据以立论的材料要有较全面的了解,考虑到它的各个方面以及与同它有关的事件之间的联系。换句话说,对材料既要有微观上的细致分析,又要有宏观上的把握。如游国恩先生在《楚辞概论》中摘出《离骚》中有关"灵修"的三句,说楚人说的"灵"具有神秘的意思,"灵修"犹言先王。下面我们看看此说是否能够成立。

《离骚》中提到王的有五处("恐美人之迟暮"一句"美人"亦指怀王。因有人以为屈原自指,此与"灵修"问题关系不大,为使问题不至变得复杂起见,今不计)。为便于体察文意,我将有关的几节诗录在下面:

> 忽奔走以先后兮,及前王之踵武。荃不察余之中情兮,反信谗而齌怒。余固知謇謇之为患兮,忍而不能舍也。指九天以为正兮,夫唯灵修之故也!初既与余成言兮,后悔遁而有他。余既不难夫离别兮,伤灵修之数化。
> ……
>
> 怨灵修之浩荡兮,终不察夫民心。众女嫉余之蛾眉兮,谣诼谓余以善淫。
> ……

① 李贺《南园十三首》之六:"寻章摘句老雕虫。"言至老为谋篇琢句之事。之十:"舍南有竹堪书字,老去溪头作钓翁。"此句虽云"老去",但亦可见其自觉衰老的心理。又《伤心行》:"咽咽学楚吟,病骨伤幽素。秋姿白发生,木叶啼风雨。"《感讽》之三:"长安夜半秋,风前几人老。"《河阳歌》:"颜郎身已老。"《春归昌谷》:"颜子鬓先老。"从其《咏怀》之二、《长歌续短歌》看,不过是已有白发而已。

闺中既以邃远兮，哲王又不寤。怀朕情而不发兮，余焉能忍与此终古！

以上五处，一次称"荃"，三次称"灵修"，一次称"哲王"。上引第一节文字说，诗人"唯灵修之故"而奔走，而"荃"不察其中情，使诗人大为失望。所谓"伤灵修之数化"一句，即是说伤叹不察诗人中情之"荃"反复变化也。"怨灵修之浩荡兮，终不察夫民心"，同"荃不察余之中情兮，反信谗而齌怒"，同"哲王又不寤"亦无不同。诗中"灵修"、"荃"、"哲王"同指一人。同时，"灵修"也并无表示"先王"的特殊意义。先秦文献中，"灵"字不是只用于死去的人。屈原言其字曰"灵均"，便是证明。《左传》僖公二十八年晋文公派人去看魏犨，"魏犨束胸见使者曰：'以君之灵，不有宁也！'""君"指晋文公；宣公十二年楚子使人告唐惠侯曰："敢借君灵以济楚师。""君"指唐惠侯。这都是"灵"字用于活着的国君的例子。"灵修"一词在屈原作品中又见于《山鬼》"留灵修兮怅望归，岁既宴兮孰华予"。《山鬼》即巫山神女瑶姬，它们的传说本事表现着同某一君王的爱情悲剧（宋玉《高唐赋》是依原来之传说附会之）[1]。游先生1953年写《屈原作品介绍》时，便再没有将这一条列为证据，而现在一些人仍举"灵修"与"哲王"的区别来证明《离骚》作于顷襄王时，令人不解。

再如游先生1953年写的《屈原作品介绍》中说："《离骚》作于顷襄王朝再放江南之时，这是可以从《离骚》本文看出的。例如说'余既不难夫离别'，'离别'二字显然是放逐以后的口吻；又如说'济沅湘以南征兮，就重华而陈词'，沅水、湘水都在江南，这与《涉

---

① 参拙文《〈九歌·山鬼〉的传说本事与文化蕴蓄》，《北京社会科学》1993年第2期。

江》的'济沅湘',《怀沙》的沉湘分流同样地指出他所放逐的地方以及所走的道路。重华即帝舜,相传他死于苍梧,葬于九嶷,其地皆在江南,距屈原的放逐地也不远。所以《离骚》下文又说到'发轫于苍梧'和'九嶷缤其并迎',这是很自然的联想。这一连串的地名就证明《离骚》是屈原再放逐江南时所作。"但是,游先生自己也一直认为屈原在楚怀王二十四五年曾放于汉北,那么,怎么能由"离别"二字肯定《离骚》只能作于再放江南时,而不是作于怀王朝被放于汉北之时呢? 至于《离骚》中出现的沅、湘、苍梧、九嶷这些地名,都是在写神游及迎神巫时提到,同昆仑、阆风、县圃、赤水、流沙、不周、西极、咸池、崦嵫一样,只能看作认识诗的叙事情节的线索,不能作为探讨屈原行踪的依据。不然,就还可以得出《离骚》作于甘肃青海的结论。因为诗中提到的西北一带的地名远远比沅湘一带的多(上面提到的昆仑等九个地名、水名,除咸池外,传说皆在西北)。

　　《离骚》是文艺作品,是诗,不是自叙传。而且,它是抒情诗,特别是一首充满着浪漫主义色彩的抒情诗,对于其中一些想象幻想的情节,如果也用研究历史文献的办法去进行考证,以推究作品的创作时代,那是十分靠不住的。

　　那么,是不是说《离骚》文本对于我们认识它本身的产生时代毫无作用? 不是。作品本身仍然是我们推断它产生情况的最主要的依据。但是,我们根据抒情诗"抒情"的性质,应主要从总体上、宏观上对它进行考察。

　　一首好的抒情诗,总是诗人在特定时间,特定环境中心情的表现,其中也会写到过去,但仍然是根据写作当时的心情,以写作当时的思想和态度去观察和评价的;会写到未来,也同样是表现着写作当时的愿望和憧憬。诗中表现的情绪往往像天上的云彩,飘忽不定,但是,是白云,是乌云,是彩霞,这总是清楚的。黑格尔《美学》第三卷第三章中说:

　　抒情诗的关键一方面在于精神要从凝聚幽禁状态中解放
出来而获得自己表达自己的能力。……另一方面这种精神还
应扩展到一种包含各种思想、情感、情况和冲突的丰富多彩的
世界,把人心所能掌握的一切在心中加以思索玩味,整理安
排,把它作为精神的产品表现出来和传达出去,全部抒情诗必
须尽诗所能及的最大限度以诗的方式把全部内心生活表达
出来……

像《离骚》这样长近二千五百字的抒情诗篇,更是这样,"各种思想、
情感、情况和冲突"会在诗中得到最真实的反映。无论怎样,《离
骚》总不是屈原在政治上得意之时的作品。屈原从怀王十六年被
疏之时起,直至死去,其间 30 年,被解职而疏远一次,被放两次,其
心情不会是相同的,这便是确定《离骚》创作时代的重要依据。诗
人要抒情,必然联系到触动他感情,使他难以忘怀的事件,写到诗
人当时所处的环境以及已经经历过的事件。这些虽然是片断的、
零碎的,甚至是运用比喻、象征的手法或借用超现实的情节来表现
的,但从实质上、总体上来说,是与历史相符的,而绝不是虚假的。
这是我们确定其创作年代的第二方面的依据。

　　《九章》中的几篇屈作,时代是清楚的(学术界的观点也比较一
致)。这些诗篇,可以作为判定《离骚》创作时代的参照。

　　作品中反映的诗人的思想、情感、事件,是最可靠的印记。我
们从这些方面着眼,而放弃在非本质问题上的争论,相信会使我们
的看法一致起来。

二、《离骚》作于怀王朝

　　关于《离骚》的创作时间问题,应该分两层来谈。

　　第一层,从下面三点来看,《离骚》作于怀王朝而不是作于顷襄王朝。

　　第一,《离骚》中反映了怀王时屈原的遭遇及楚国的历史状况,而与顷襄王时的情况绝不相合。《离骚》中所有谈到诗人与楚王关系的地方,都是用回忆的笔法:当初他与楚王意见一致,志趣相合;后来楚王听信谗言,中途变卦。从这一点来看,《离骚》中说的楚王只能是怀王,因为屈原在顷襄王朝从来没有被宠信过。顷襄王即位不久,屈原因子兰与上官大夫的中伤而被放于江南之野。同时,从《离骚》中,看不出其中有叙述顷襄王朝的事实。那么,《离骚》应作于楚怀王朝。

　　第二,《离骚》中表现出难以抑制的激愤情绪,表现出思想上尖锐的矛盾斗争(是坚持真理,进行抗争,还是随波逐流,明哲保身?是继续留在楚国,还是远走高飞,另求明君? 这从女媭劝詈,向重华陈辞及求占于灵氛、巫咸等部分都可以看出);有时又认为自己被放是由于楚王不察,听信谗言,误解而造成的。他写"求女",写"上下求索",用诗的表现手法,表现了诗人谋求知音、努力抗争的情况,反映出诗人对将来寄托着一线希望。这种激烈的思想斗争,不可能是在政治上受到沉重打击十多年后,对返回朝堂尚存希望,也不是在顷襄王时被放江南之野以后所能有的。

　　第三,同屈原的其他作品相比较,《离骚》所表现的诗人的思想状况,与作于怀王朝被放汉北期间的《惜诵》《抽思》《思美人》大体一致,而与作于顷襄王朝被放江南时的《涉江》《哀郢》《怀沙》大相径庭。

　　《抽思》中说:

　　　　既惸独而不群兮,又无良媒在其侧。
　　　　路远处幽,又无行媒兮。

《思美人》中说：

> 媒绝而路阻兮，言不可结而诒。
> 愿寄言于浮云兮，遇丰隆而不将。因归鸟而致辞兮，羌迅
> 高而难当。
> 令薜荔以为理兮，惮举趾而缘木。因芙蓉而为媒兮，惮褰
> 裳而濡足。

《离骚》中说：

> 理弱而媒拙兮，恐导言之不固。
> 吾令蹇修以为理。
> 吾令鸩为媒兮。

甚至说：

> 心犹豫而狐疑兮，欲自适而不可。

这些诗句表现出一种相同的思想情绪，这就是：希望并未破灭，应
继续进行努力。诗人希望有人能把他的内心话向君王表白，有时
甚至在头脑中闪出亲自剖白的想法。自然，《离骚》中提到的"媒"、
"理"指的是可以向宓妃、有娀佚女通言的人，不如《抽思》、《思美
人》的直接指可以通君侧的人。我们不能穿凿附会地确指"宓妃"
隐喻什么，"有娀佚女"隐喻什么，这种"索隐"，不是研究文学作品，
更不是研究诗歌（特别是抒情诗）的办法。我以为，诗人所写的寻
求媒理，表现了他对一切可以争取利用的力量的分析、估计和追
求，表现了他在政治斗争中不甘失败的挣扎。《抽思》中说的"愿自

申而不得"同《离骚》中说的"欲自适而不可"都是在他被放逐情况下，希望见到楚王，向他表白内心的强烈写照。

根据以上理由，《离骚》不是作于顷襄王朝，而是作于怀王朝。有的人为了证明《离骚》作于顷襄王之时，说《离骚》前半部分的国君指怀王，后半部分中的国君指顷襄王；前半部分抒情主人公的形貌为女性，后半部分抒情主人公的形貌为男性。虽然有些诗人、作家在创作中也有前后失照、自相矛盾的情况，有的抒情诗全以气胜，以意胜，着重表现自我的感觉而忽略一些细节，但我们既不可能起诗人于九泉之下而问之，也不可能见到诗人当时之原稿，甚至连最早的抄本、刻本也不可能见到，我们就只能先假设诗人当时的构思是完善的，以此为前提进行研究。看是否可以讲得通，而不能先认定原作在构思上有矛盾，有漏洞，以迁就自己的结论。因为如果按后一种作法，那么任何的结论都可以成立，那科学研究工作也就太任意了。这就像数学上的某些应用题，解题时先应假定题本身没有错误。如答案悖于情理，应先考虑解题方法、计算环节是否有错误，然后再考虑是否有小数、有余数，最后才考虑题本身是否有错误。社会科学、人文学科同自然科学有一定的差距，很多结论确实一时难以检验正确与否。但方法上是否科学，证据是否可靠，论证是否严密，还是可以看出的，即使是研究距我们时代最远的先秦文史，也是如此。

三、《抽思》中的陈辞与《离骚》的创作年代

《抽思》作于屈原在怀王朝被放汉北之时。而《离骚》同《抽思》不仅在思想情绪上极为相近，而且构思上、表现诗人在特定时期的特殊心态上，也颇为相似。最突出的一个例子便是《离骚》同《抽思》中都有一段陈辞以申辩自己的无罪。

《离骚》中的陈辞是明显的,不用说。下面看看《抽思》中叙及陈辞的部分:

> 愿摇起而横奔兮,览民尤以自镇。结微情以陈词兮,矫以遗夫美人:
>
> 昔君与我成言兮①,曰黄昏以为期。羌中道而回畔兮,反既有此他志。憍吾以其美好兮,览余以其修姱。与余言而不信兮,盖为余而造怒。愿承间而自察兮,心震悼而不敢。悲夷犹而冀进兮,心怛伤之憺憺。
>
> 兹历情以陈辞兮,荪详聋而不闻②。固切人之不媚兮,众果以我为患。……

"结微情以陈词兮,矫以遗夫美人"下面的 12 句便是陈辞的内容("矫",王逸训为"举",即奉献之义)。如果不把这 12 句看作陈辞内容,那就给君王("美人")没有陈述什么。所谓"结微情以陈词"云云,便成了空话。下面又说:"历兹情以陈辞兮,荪详聋而不闻。"这是说自己陈述过了,但怀王不听。这与"结微情以陈词兮,矫以遗夫美人"相照应,表示陈辞部分已完。这同《离骚》的"就重华而陈辞"及陈辞完了以后以"跪敷衽以陈辞兮,耿吾既得此中正"作结的叙述方式一样。

《离骚》中的陈辞是向重华的,《抽思》中的陈辞是向怀王的。重华(帝舜)是上古的圣君,向重华申辩,大体就同于人们说的:"此心唯有天可表。"怀王虽然是放逐他的人,但同时也是惟一有能力

---

① "成言",汲古阁本《楚辞补注》作"诚言",据洪兴祖《考异》引一本和朱熹《集注》改。下同。

② "历兹",汲古阁本《楚辞补注》作"兹历",据洪兴祖《考异》、朱熹《集注》引一本改。

支持他实现政治理想的人。他向怀王陈辞,不仅是为了分清是非,刷洗冤屈,同时也是为了得到为国效力的机会。每当他倾吐冤屈之时,常想到很多伤痛之事,因而在陈辞时感情激动,涕泗横流。《抽思》中说:"悲夷犹而冀进兮,心怛伤之憺憺。"《离骚》亦说:"揽茹蕙以掩涕兮,沾余襟之浪浪。"林云铭《楚辞灯》认为《抽思》作于怀王朝放于汉北时。他说:"故在江南时不陈词,在汉北时陈词;《哀郢》篇言弃逐,是篇不言弃逐,盖可知矣。"这个道理同样适用于《离骚》。

同时,《抽思》中的陈辞所表现的思想、情绪、心理状况,反映的生活内容也同《离骚》的一致。你看《抽思》中说:

> 昔君与我成言兮,曰黄昏以为期。羌中道而回畔兮,反既有此他志。

《离骚》中说:

> 初既与余成言兮,后悔遁而有他。余既不难夫离别兮,伤灵修之数化。

《抽思》中说:

> 与余言而不信兮,盖为余而造怒。

《离骚》中说:

> 荃不察余之中情兮,反信谗而齌怒。

一个人对过去事情的回忆，想起什么，没有想起什么，首先同当时心情和心理状态有关；其次同贮存在大脑中各种表象的清晰程度（因记忆时间的长短等因素所致）有关；此外同触发大脑中表象运动的周围环境有关。《抽思》和《离骚》中的这两段陈辞，正说明了它们产生在同一个时期。

《抽思》中的这段陈辞，古今学者都未注意到。学者们在讲解和分段之时，往往归入上段或下段，看成是一般的抒情或回忆文字，甚至从中割裂，分属于两段。对于屈原的作品，无论是内容还是形式方面，我们都还未完全正确地把握它们，这也是影响到正确认识它们的相互关系的原因之一。

屈原作于江南之野的作品有《涉江》《哀郢》《怀沙》。从诗中所记的地名、所反映诗人的年纪、情绪状况，可以肯定这三首诗作于顷襄王朝放于江南之野时。至于《惜往日》《悲回风》的作者问题，请参看拙文《楚辞中提到的几个人物与班固刘勰对屈原的批评》①。屈原写这三首诗时，怀王已经死去，顷襄王一开始就对屈原不信任，诗人对重新返回朝廷感到渺无希望，所以，在这几首诗中，没有写到托言媒理或打算"自申"的情节，也没有写到陈辞的想法。《哀郢》中说"鸟飞返故乡兮，狐死必首丘"，表现出希望死在故乡的愿望。此外，《涉江》《怀沙》也都清楚地表明：诗人当时完全认定了自己的失败，知道一切希望都已破灭。表面上，表现着一种豁达的人生态度，而实际上抱定了必死的决心。

通过以上的分析、比较可以看出，《离骚》与作于怀王朝被放汉北时的《抽思》《思美人》在思想情绪上极其相似。那么可以断定：《离骚》作于楚怀王朝二十四五年被放汉北之后的两三年中。

《离骚》不是作于怀王十六年被疏那一次，而是作于被放汉北

---

① 见拙著《屈原与他的时代》，人民文学出版社 2002 年版。

之后。关于这一点，还有一个有力的证据，便是诗中"伤灵修之数化"一节。据《屈原列传》，怀王十六年以前屈原原任左徒之职，"入则与王图议国事，以出号令；出则接遇宾客，应对诸侯"。并担任草拟宪令的任务。这种君臣相得的状况，正是所谓"成言"后的事。后来，内有奸人中伤，外有秦国离间，楚怀王对屈原失去信任，改变其内政外交的方略。至楚国在丹阳、蓝田连吃败仗之后，怀王略有省悟，当怀王十八年秦国欲以归还汉中、鄢郢为条件要楚王从朝廷中逐走昭滑、陈轸之时，因昭滑的举荐，又委派屈原去齐国结好①。这算是对屈原态度的一次好转。但至怀王二十四年，楚与齐绝交，与秦和好，秦昭王至楚来迎亲②；第二年秦楚会于黄棘。自此，一贯主张联齐抗秦的屈原被遣放汉北。这便是"灵修之数化"。

根据以上理由，《离骚》既不是作于顷襄王时，也不是作于楚怀王十六年屈原被疏那次，而只能作于怀王二十四五年被放汉北后的两三年中，具体说来，作于怀王二十五年到二十七年之间。

关于《离骚》创作时间问题，金开诚先生有《〈离骚〉创作年代考》③，戴志钧先生有《〈离骚〉作于怀王晚年说》④，我的探索结论与他们一致，这是我感到十分高兴的。我们谈的角度，举出的证据，涉及的范围并不一致。从不同的方面得出了一个一致的结论，可以说，也反映出在《离骚》作时的看法上趋于一致的倾向。我在这里也向读者同志们推荐上面的两篇论文。

---

①　参拙著《屈原与他的时代》中《〈战国策·张仪相秦谓昭睢章〉发微》。

②　《楚世家》怀王二十四年"楚往迎妇"。但《六国年表》云："秦来迎妇。"《屈原列传》云："秦昭王与楚婚。"梁玉绳《史记志疑》卷二十二云："则是秦迎妇于楚，非楚迎妇于秦也。""楚迎女秦，前有楚宣王十三年，后有顷襄王七年，非怀王二十四年事也。"

③　《北京大学学报》1983 年 3 期。

④　见戴志钧《读骚十论》，黑龙江人民出版社 1986 年版。

四、关于汉北的地望

抒情诗的作者是否在诗中交待创作地点，并不一定。即使有所交待，也往往比较含蓄婉转。《惜诵》《抽思》《思美人》《天问》《卜居》《渔父》《招魂》都是屈原被放汉北期间所作。《天问》不是自叙生平的抒情之作，可以不论。其他几首于创作环境，都是有所流露的。

《抽思》云："有鸟自南兮，来集汉北。""集"字本义为鸟停于树上。《离骚》云："欲远集而无所止兮，聊浮游以逍遥。"两诗遣词命意相同。《抽思》言被放之汉北，《离骚》言既然遭放，即欲寻更远之地而去，只是无处可以容身。

汉北其地，顾名思义，在汉水以北。庾信《枯树赋》："昔年种柳，依依汉南。今看摇落，凄怆江潭。""汉北"、"汉南"为相对应的地名。《抽思》又云："长濑湍流，泝江潭兮。狂顾南行，聊以娱心兮。"则"汉南"与"江潭"相近。《枯树赋》中那几句是说桓温北伐渡汉，见到十年前赴荆州刺史（驻江陵）任初渡汉水所种柳树而感叹的事。既然其地为桓温由建康（东晋都城，今南京）赴江陵所经，则应在由南京至江陵的路线与汉水相交处，约在今章山（内方山）以南。同时，据《晋书·桓温传》载，桓温北伐共两次，第一次在永和十年，"统步骑四万发江陵，水军自襄阳入均口，至南乡；步自淅川以征关中"。① 均口在襄阳西北，南乡在今河南省西南之淅川县以南，与今湖北省西北之均县接壤，而晋南乡郡即包括均口、淅川在内。第二次北伐在永和十二年，进军洛阳伐姚襄。根据其进军目标，渡汉地点应在南面。据《晋书·桓温传》记载，其抚树感叹是在

---

① 《晋书·桓温传》。

第二次北伐时。那么汉南、江潭其地在汉水下游,与之相对应之汉北应指今京山、天门、应城、云梦、汉川几县地。云梦作为大泽最早在汉水北部偏东之地,后逐渐南移。《尚书·禹贡》中说:"沱潜既道,云土梦作义。"乃是说沱水潜水得到疏导,云土(云地之陵陆)和沼泽之地得到治理。战国之时,汉水以北,其西部是一片平原,以东今京山、天门一带为《尚书·禹贡》所说"云土梦",再以东便是"汉北云梦泽",此时已基本上变成了陆地。"云"即春秋时之"䢵"。汉代以为县,名"云杜"(当今京山县治),地广人稀,辖今应城、天门二县之地。这一片地方,即战国时楚人说的汉北。《左传·宣公四年》说,鬥伯比"从其母畜于䢵,淫于䢵子之女,生子文焉。䢵夫人使弃诸梦中,虎乳之"。可见在春秋之时,这一带仍称之曰"梦",而实已成沼泽林薮,有虎兕出没。《战国策·宋策》:"荆有云梦,犀兕麋鹿盈之。"战国之时,这一带为楚王的游猎区。《战国策·楚策一》云:

> 于是楚王游于云梦,结驷千乘,旌旗蔽天,野火之起也若云蜺,兕虎之嗥声若雷霆。

屈原正是被放之此地。

司马相如《子虚赋》中描绘的云梦泽及所写楚王(汉初所封刘姓王)猎于云梦的情景也颇可使我们想象到战国之时楚王云梦田猎的景象。如其中所写云梦一段:

> 云梦者,方九百里,其中有山焉。……其东则有蕙圃,衡、兰、芷、若,芎䓖、菖蒲,江离、蘪芜,诸柘、巴苴。其南则有平原广泽,登降陁靡,案衍坛曼,缘以大江,限以巫山。……其西则有涌泉清池,激水推移;外发芙蓉、菱华,内隐巨石、白沙……

其北则有阴林，其树楩、楠、豫章，桂、椒、木兰、檗离、朱杨，樝梨、楟栗，橘、柚芬芳。其上则有鹓雏、孔、鸾，腾远、射干；其下则有白虎、玄豹，蟃蜒、貙犴。

其中写到的地理状况及各种香草、林木，同《离骚》中写的也极为一致，如《离骚》中说：

> 步余马于兰皋兮，驰椒丘且焉止息。

既有水湾（皋），又有山丘；植物则有兰、椒。《离骚》中提到的植物江离、芷、木兰、蕙、桂（菌桂）、芙蓉、菱（芰）、衡（杜衡）等，禽鸟如鸾，也均见于《子虚赋》中写云梦泽的文字。屈原就眼前所见，形诸文字，或引以为喻。所以可以说，《离骚》的"善鸟香草，以配忠贞；恶禽臭物，以比谗佞"，除了楚人的风俗以外，也同诗人当时所处特殊环境有关，并不如有的学者所说，因为以女子自喻，才常常写到香花香草。

《楚辞·渔父》中说：

> 屈原既放，游于江潭，行吟泽畔。颜色憔悴，形容枯槁。

此江潭，即《抽思》和庾子山《枯树赋》所云"江潭"也；泽畔，即汉北云梦泽东部之沼泽也。《渔父》中渔父所唱之沧浪水，前人言人人殊，而均难以置信，我考定即春秋时代之清发水，汉以后名为"清水"，即《水经注》所谓"涢水"，正在楚都以东汉北之地。《左传·定公四年》柏举之战，"吴从楚师，及清发"。杜注："清发，水名。"郦道元以为涢水也即晋代之清水，"涢水兼'清水'之目矣"。杨守敬《水经注疏》卷三一亦谓涢水即清发水。《水经》云：

涢水出蔡阳县，东南过随县西，又南过江夏安陆县西，又东南入于夏。

《水经注》云，涢水"初流浅狭，远乃广厚，可以浮舟栿。巨川矣"。则渔父可以鼓枻而行舟。又涢水过安陆县故城，据郦道元说，即"故郧城"。"涢"、"郧"一为水名，一为邑名，实均得名于"云土梦"之"云"。"云"、"邧"、"郧"，一也。西汉之时安陆稍向南移。至今云梦县治，均在汉北东部，清发水边上。卢文弨《钟山札记》已指出："仓浪，青色。"水清则青（因指水，故加水旁），则"沧浪水"即"清水"，也即"清发水"。屈原被放汉北，当驻新市（今京山与安陆之间）、春秋时之蒲骚（今应城以北，云梦以西）一带，去沧浪水不远，故《渔夫》之作，得写入有关沧浪水之古代歌谣。

过去学者们或以为汉北在今湖北郧县（今丹江口市以西，丹水以南，非古之郧城）一带，或以为在襄樊以北。但古代流放大臣，决不会将他们置于靠近敌国，当两国争夺之地。因为这些大臣虽然是戴罪之人，但如被敌国劫持，则可能会对国家造成大的威胁。《左传·襄公二十六年》声子论"楚材晋用"所举事例，楚人是不会忘记的。而郧县一带及襄樊以北为秦出兵武关即可取得之地（事实是怀王十六七年秦楚丹阳、蓝田之战，已取析城一带而去，其最南至于鄢郢）。所以，以屈原被放之地在今之郧县一带或襄樊以北为不可能之事。而汉北云梦，既为荒僻山林泽薮之地，又属腹地，距郢都也不远，便于监管，于情理相合。

归纳以上所说，屈原在怀王二十四五年被放之汉北即汉北云梦，在汉水至江陵以东折而东行一段之北面。这个结论与楚国当时政治中心所处位置、与楚国疆域、与当时汉水以北各部分的地理情况以及与屈原作品所反映的地名、地理、自然状况皆相合。其他说法俱难置信。

五、屈原在汉北云梦任掌梦之职

屈原在怀王朝被放汉北,是像顷襄王时被放于江南之野一样,成了一个任何职务没有的平民,还是担任着什么无关紧要的官职?根据古代一般情况,是要任一点职务,即使是十分低贱的工作,以便按其罪过之大小,使有生活之资俸,达到既削免、又系縻,名曰任职,实为囚禁的目的。

钱穆《先秦诸子系年》中曾提出屈原居汉北任三闾大夫之职。但这是不可能的。第一,钱氏认为屈原被放之汉北在丹淅二水之间,即古之三户,故屈原得在那里任三闾大夫之职。此与实际不符。因三闾大夫乃教育王族子弟之闲官,并非行政长官;楚之行政长官当称为"县尹",而不是大夫。如果说是作为封君,则楚王当时不可能将丹淅之地封于屈原,因屈原是戴罪之人。第二,屈原被放之地并不在丹淅二水之间;丹淅二水之间虽为楚人发祥地(西周末期之丹阳),但战国之时称为"商於之地",并不叫"三户"或"三闾"。第三,商於之地楚宣王时即为秦所占,宣王为此气愤而死,其子威王继位,发愤要夺回。故威王更己名为"商"①。张仪曾以割"商於之地六百里"欺骗怀王,让怀王同齐国绝交。结果楚国不但未得到商於之地,反而被秦攻至鄢郢。至怀王十八年秦国方归还汉中、鄢郢,怀王二十五年秦复与楚上庸。楚王恐不至将屈原安置于此等两国争夺之地去任职。

我考证屈原被放于汉北云梦,任"掌梦"之管,其职责是掌管云梦泽的林木禽兽资源与君王大臣的游猎事务,相当于《周礼·地官》中说的"泽虞"。屈原作于汉北的《惜诵》云:

---

① 参拙著《屈原与他的时代》中《屈原的对内政策及同旧贵族的斗争》。

> 矰弋机而在上兮，罻罗张而在下，设张辟以娱君兮，愿侧
> 身而无所。

这一节承上节"吾闻作忠以造怨兮"四句，主语为"吾"，是说诗人作
为掌梦之官，设矰弋，张罻罗，为国君狩猎作种种准备、配合的工
作，以博得君王的高兴。此下一节说：

> 欲儃佪以干傺兮，恐重患而离尤。欲高飞而远集兮，君罔
> 谓汝何之？

主语同样为"吾"，由"吾闻作忠以造怨兮"一句一直贯下来，是说诗
人欲借机向怀王表白，又恐不但无济于事，反而增了罪行；打算远
远离开这里，又恐君王追查起来，认为他去投靠敌国。显然，从职
掌上来说，这是一个被贬斥的大臣的口吻。

《招魂》的乱辞中还写到侍楚王在云梦夜猎的情景：四匹青马
驾着猎车，千辆车子一齐出发，火烈俱举，驱兽于一处，火照得田猎
者面色通红。驺虞则或步行，或急趋，或站立，分以围兽，以为君王
之先导。狩猎的车马或停或驰，进退自如，引车右转，以遮猎物。

> 与王趋梦兮课后先。

言侍王驰骋于云梦游猎处，驺虞之官都争先恐后。楚王在射青兕
之中受到惊吓。因为事情是在云梦狩猎中发生，故屈原作为掌梦
之官引咎自责（《招魂》开头六句表现出这层意思），并作《招魂》之
词，为王招魂。《招魂》开头部分之第二段云：

> 帝告巫阳曰："有人在下，我欲辅之。魂魄离散，汝筮予

之!"巫阳对曰:"掌梦!上帝其难从。""若必筮予之。恐后之谢,不能复用。"

下面以"巫阳焉乃下招曰"引出招魂词。上引《招魂》开头部分这段文字中巫阳回答天帝的话是说:楚王在云梦狩猎而魂魄离散,"本掌梦之官所主职也"(王逸注)。惟旧以"掌梦之官"为解梦之官,不知"梦"乃指云梦,故成大误,致使屈原被放汉北期间的职掌与经历两千年来阙而不明①。

《招魂》乱辞中说:"路贯庐江兮,左长薄。倚沼畦瀛兮,遥望博。"洪兴祖《补注》引《汉书·地理志》庐江郡"庐江出陵阳东南,北入江"。后人遂误以为今安徽的陵阳,以庐江亦安徽之陵阳(今宣城)附近某江。其实《招魂》中所说庐江也在汉北。著名的历史地理学家谭其骧先生在20世纪四十年代即撰文对此有所论述。谭先生的《与缪彦威论〈招魂〉中庐江地望书》(据《楚辞评论集览》转引郭沫若改正本)云:

> 乱所谓庐江,在今湖北宜城县北,其地于《汉志》为中庐县。《沔水经》:"又东过中庐县东,淮水自房陵县淮山东流注之。"注:"县即春秋庐戎之国也。县故城南有水出西山,名曰浴马港。滨水诸蛮北遏是水,南壅淮川,以周田溉,下流入沔。"庐江之为浴马抑淮川不可知,要之必居其一。

其中又进一步加以论证:

> 此可以乱本文证之。乱下文云:"倚沼畦瀛兮遥望博,青骊结驷兮齐千乘";再下云:"与王趋梦兮课后先";又云:"湛湛

江水兮上有枫",而终之以"魂兮归来哀江南",与鄂西北地形
悉能吻合。汉水西岸自宜城以南即入平原,故而遥望博平,结
驷至于千乘。平原尽则入于梦中。《汉志》:"编(县名)有云梦
宫。"编县故城约当今荆门县境。自梦而南,乃临乎江岸,达于
郢都也。若以移之皖境,则无一语可合。①

后谭先生认为《招魂》中庐江即襄阳、宜城界之潼水,在汉中庐
县故城以南。②

掌梦之职至微,又是在荒僻之地与渔、猎、樵、采徒隶之人共
处,与《水浒传》中被发配沧州的林冲管草料场的情形相近。故后
人称屈原或曰"三闾大夫",或曰"左徒",无有以"掌梦"称之者。这
也是屈原的这段历史被遗忘的原因之一。

六、几点补说

或以为《抽思》作于今湖南境内,然而完全与诗义不合。"自南
来集汉北",即使今湖南境内有一可附会为"汉北"之地(当然也附
会不出来),由郢都至汉北,而曰"自南",非绕地球转一圈,自不可
能。还有:"狂顾南行,聊以娱心兮","惟郢路之辽远兮,魂一夕而
九逝。曾不知路之曲直兮,南指月与列星"。若"汉北"其地在郢都
以南,诗人思念郢都却南行,也同样是南辕北辙。诗人抒情记事,
绝不至如此悖谬。所以说,《抽思》作于郢都北面的汉北。这个基

---

① 谭其骧《与缪彦威论〈招魂〉庐江地望书》,《学灯》第一八〇期(渝版1942年6
月8日)。
② 陈子展《楚辞直解·招魂解题》云:"友人谭其骧教授来函说:'庐江当指今襄
阳、宜城界之潼水,水北有汉中庐县故城。中庐即春秋庐戎之国,故此水当有庐江之
称。'"江苏古籍出版社1988年版,第713页。

本事实,是不能不承认的。

《离骚》第一部分第3段云:

> 朝饮木兰之坠露兮,夕餐秋菊之落英。苟余情其信姱以练要兮,长顑颔亦何伤?

"顑颔"为面黄肌瘦的样子,则此是说被放之时的状况可知。诗中"秋菊之落英",王逸注"落英"为落花,取其常义。而孙奕《示儿编》、洪兴祖《楚辞补注》以"秋花无自落者",训"落"为"始",不顾诗意而穿凿以求其通。其实,在汉水中游之北部当古之丹阳附近,有一种菊花就是落花瓣的。《抱朴子内篇·仙药》云:

> 南阳郦县有甘谷水。谷水所以甘者,谷上左右皆生甘菊,菊花坠其中,历世弥久,故水味为变。

言当地人"悉食甘谷水,食者无不老寿"。《水经注·湍水注》也有记载(湍水在今南阳市西,流至其南)。屈原被放汉北后到楚故都鄢郢瞻仰先王之庙与公卿祠堂,北上到古都丹阳凭吊的可能性也不是没有。距离较近,鄢郢以南汉水边上今钟祥,有楚之上都(也称鄀都、鄀),为楚昭王十一年(前505)吴军入郢之后昭王临时落脚之地。战国时是否有宗庙不可知,屈原至鄀都凭吊的可能也有。而这些都是《离骚》作于汉北才有的可能。

《思美人》云:"指嶓冢之西隈兮,与纁黄以为期。"蒋骥《山带阁注楚辞》云:

> 嶓冢,山名,汉水发源之处,在今汉中府宁羌州,楚极西地。原居汉北,举汉水所出以立言也。

蒋氏确是善读诗者，由诗人的遣词命义，不仅了解诗人的思想情绪，同时也窥探到诗外的一些东西。这些东西虽然是诗人无意识的流露，但却是生命经历的一部分，有时候对于理解作品的内容，把握其主题甚至了解诗人的经历，有一定的作用。

只有一点要更正的是：战国之时东汉水（沔水）与西汉水是一条水，在后汉之时，其上游流至今略阳之后，因地震的原因堵塞河道，改道南流入今嘉陵江，其最大支流沔水仍东南入湖北境入长江，遂分为二。《尚书·禹贡》言"嶓冢导漾，东流为汉"，此嶓冢指今西汉水上游之山，在今天水。

《离骚》同《惜诵》《抽思》《思美人》虽同为自叙生平之作，但《离骚》有更强烈的浪漫主义情调，更多地采用了神话传说的材料，诗人通过对超现实的天界经历的描述，进一步抒发了在现实世界的悲愤抑郁的心情。所以，在表现作诗的地点上，手段更加奇特些。《离骚》的第一部分（从开头至"岂余心之可惩"）主要是通过回忆表现了自己的政治理想及对楚国黑暗政治和腐败贵族的愤慨，未提及诗人当时写诗所处何地。第二部分写向重华陈辞之后，"朝发轫于苍梧"，由帝舜所葬之地起身，以下是天上三日游，虽属想象，但不悖情理。第三部分先是灵氛占卜和巫咸降神，这自然是回到所居之地以后的情节。然后写诗人打算"远逝以自疏"，将"遭吾道夫昆仑"，开始修远的周游之路。诗人是从何处起身的呢？诗中说：

　　　　朝发轫于天津兮，夕余至乎西极。

"天津"实代指汉水。汉水与天汉（银河、天河）本来就同名。《诗经·大东》："维天有汉。"即是以"汉"指天河。《离骚》则以"天津"指汉（水）。蔡邕《汉津赋》云：

　　　　配名位乎天汉兮，披厚土而载形。发源自乎嶓冢兮，引溍
　　（漾）澧而东征。

指出"天津"与汉水同名，亦是上承《诗经》《离骚》之义。所以明代
的朱冀解释《离骚》中此两句是说："天津，借天上之汉津，指楚中之
汉水也。"

　　正因为作《离骚》时诗人处于汉北，在写他要离开之时，才以汉
水附近为起点，并根据全诗浪漫主义的情调，想象加工而变为"天
津"。这种方法同诗中写诗人乘驾的白色骏马，有时称作"飞龙"、
"八龙"（就车上驾有八匹马而言。所谓"八龙之骏"）、"玉虬"（以其
毛为白色而言），有时称作"马"一样。"马高八尺为龙"（古本《尔
雅》），诗人利用"马"同"龙"、"汉水"同"天汉"名称上的这种纠葛关
系，将天界和人间打通，使两个完全隔离的世界变成空间变化的关
系，在地面则为人间，向上穿过云层则进入天界，为读者创造了神
奇、开阔、雄伟而又充满了忧愁的意境。

　　李嘉言认为《离骚》篇题之义同于《涉江》《哀郢》《怀沙》，"骚应
解作地名。离骚即离开骚那个地方。"认为骚即蒲骚①。按先秦时
蒲骚其地在今云梦县以西，正当屈原在汉北时驻地。兹录以备参。

　　这里还应补充指出的是：《离骚》在写他决定离开楚国而"朝
发轫于天津"以前，先写了向灵氛占卜、请巫咸降神的情节。诗人
用这两个情节来表现其思想和情绪，也应该同创作环境有关。王
逸《楚辞章句·天问序》云：

　　　　屈原放逐，忧心愁悴。彷徨山泽，经历陵陆，嗟号昊旻，仰

---

　　①　李嘉言《〈离骚〉丛说·〈离骚〉之骚为地名说》，《河南师范大学学报》1982年第
5期。

天叹息。见楚有先王之庙及公卿祠堂,图画天地山川神灵,琦
玮僪佹,及古贤圣怪物行事。周流罢倦,休息其下,仰见图画,
因书其壁,何而问之,以渫愤懑,舒泻愁思。

《天问》是否呵壁之作,倒不一定。但王逸说其被放之地有先王之
庙及公卿祠堂,屈原往造谒之,则非无稽之谈。楚人在建都纪南之
前建都鄢郢(今湖北宜城),其地在汉水边上,当汉北之西北,在那
里有先王之庙及公卿祠堂,是理之当然的。王逸为汉宜城人,对楚
故都的遗迹有所了解。宗庙祠堂的祭祀占卜之事由巫觋所掌,则
《卜居》中写往见太卜郑詹尹问疑,《离骚》中写求灵氛占卜,求巫咸
降神的情节,也就是情理中的事①。
　　一个作家在同一时期,同一创作环境中的作品,不一定是采用
同样的体裁、同样的表现方法,选材、构思、语言风格,都可能迥然
不同。因为,这些都是属于形式的,而形式是作家可以自由选择
的。所以我们分析一个作家的作品,即使是同一个时期的作品,也
不能用同一种方法,同一个尺度。但是,这些作品所表现的事实、
情绪、客观社会的内容,却是一致的,是可以互证或互补的;把这些
内容结合起来,便可以显现出一个完整的人和完整的世界。作者
的思想、阅历、知识、好恶、对环境对社会人事的感受以至潜意识在
其作品中的体现,就像人的血脉流注于头、身、四肢一样,完全是相
通的。《离骚》作于汉北,在诗人的构思、想象、抒情的素材上所留
的痕迹,最突出的是其开头结尾同创作地点的关系。这个问题我
在《〈离骚〉的开头结尾与创作地点的关系》一文要作专门的论述。

---

① 《卜居》《渔父》皆系放逐于汉北期间所作,故二篇开头大体相同而又详略互补。
一曰"屈原既放,游于江潭",并通过渔父唱《沧浪歌》以明其地;一曰"屈原既放,三年不
得复见",以明其时。

《离骚》的开头结尾与创作地点的关系

一、站在先王先祖神灵的面前

清人胡文英《屈骚指掌》在《离骚》题解中说：

> 《离骚》先述祖、父，中及其姊，末曰"国无人"。玩其严整，
> 应是初被疏放时回秭归故居所作。

虽然胡氏所言"回秭归故居"之说缺乏根据，但他意识到了《离骚》
的开头、结尾与创作地点有关，却不能不说是卓识。

我们在《〈离骚〉的创作时地与创作环境》部分已说过，屈原被
放汉北，其地在汉水下游之北面，即汉北云梦，其驻地当在新市、蒲
骚一带。

汉北云梦的西北距楚国旧都与鄢郢不远，西距其上都都（都
都、北郢）也很近。屈原被放汉北以后，必然会到鄢郢和都去瞻仰
"先王之庙及公卿祠堂"（《楚辞章句·天问序》）。

历史上有这样的情况：腐朽的统治阶级越卖国，劳动人民及
一些爱国志士便越爱国。由于楚国贵族阶层的腐败使楚国濒临败
亡之境，所以对祖国深怀感情的屈原的爱国热情才表现得更为强
烈。试想他立于先王或先祖的庙堂之中，念及楚国的发祥地一再

被秦军占领，念及自己被逐出朝廷，报效无门，念及楚国日趋瓦解的前景，他怎能不满怀悲愤？怎能不缅怀先祖而痛伤眼前？

　　正由于这个原因，屈原在被逐汉北期间写成的千古不朽的长诗《离骚》中，开头两句先标明：

　　　　帝高阳之苗裔兮，朕皇考曰伯庸！

此时、此地，此情、此景，激发了他无穷思绪，而首先迸发出的就是这两句。这两句表明他是楚国高阳氏的后代，是熊伯庸的子孙，他要做一个名副其实的楚国宗臣。联系《离骚》全诗可以看出，屈原这两句诗已表明他与楚国共存亡的决心。

　　诗中在这两句的下面写了自己的降生，接着说：

　　　　皇览揆余初度兮，肇锡余以嘉名。名余曰正则兮，字余曰
　　灵均。

《白虎通义》引《礼服传》说："子生三月，则父名之于祖庙。"名之于祖庙，是要在祖庙中通过卦兆求得皇考的意旨，来为孩子命名。即刘向所谓"兆出名曰正则兮，卦发字曰灵均"[1]。让先祖神灵根据他的外表与气度命名，是当时楚国的礼俗。屈原生于贵族家庭，自然是这样做的。屈原在诗的开头部分写这件事，突出地表现了他对先祖的崇敬之情和作为一个屈氏后代的自豪与光荣。以前多以为"皇考"或"皇"指父亲。如果是父亲为自己取名的事，有什么值得在诗的前面特别写出来的呢？如果那样解释，不是同诗开头"帝高阳之苗裔兮"那两句就毫无联系了吗？楚人在官名和一些礼

----

[1] 《楚辞·九叹·离世》。

俗性称说上与中原国家不完全相同，不能因先秦时北方一带称已故的父亲为"皇考"，而肯定《离骚》中的"皇考"也是指父亲。

《离骚》中诗人表白了自己的身世和得名的情况，表明自己希望楚王"乘骐骥以驰骋"，愿意为王"导夫先路"之后，接着说：

> 昔三后之纯粹兮，固众芳之所在。杂申椒与菌桂兮，岂维纫夫蕙茝。

那就是说，诗人要把楚国引向三后的盛世，要楚王像历史上的三后一样高尚贤明，君德纯粹，收罗贤才，不拘一格。诗人认为这才是他的目标，是历史赋予他的使命。他心怀内美，又"重之以修能"（加上优秀的才能），并时时刻意于品德的修养和学识能力的提高，就为的是担此重任。他叹息"汩余若将不及兮，恐年岁之不吾与"，因而举贤臣于朝堂之上（"朝搴阰之木兰兮"，阰，小山也，同于"哀高丘之无女"的"高丘"，暗喻朝堂），揽英才于林泉之下（"夕揽洲之宿莽"）。这一切的一切，完全为了国家的富强与昌盛。他借"三后"来表现自己的政治理想，可以说也是一种"托古改制"，是古代政治家所常使用的手段。那么，这"三后"到底是什么人呢？弄清这个问题，对于我们深刻理解《离骚》的思想内容，对于认识屈原作品的结构都是有意义的。

"三后"一词，王逸以来各家提出七八种说法，众说纷纭，莫衷一是。其实，这"三后"即指楚三王——句亶王熊伯庸、鄂王熊红、越章王熊执疵。楚三王也叫"楚三侯"。《吴越春秋·勾践阴谋外传》中说："传之楚三侯，所谓句亶、鄂、章。""后"、"侯"古音相同，义也相通，《尚书》中"后"字每用为"王"、"侯"之义（参看《离骚辩证·六》）。熊渠之时（当周夷王朝）楚国由今河南省西南部的丹阳一带向南，向东南、西南发展。其北面为周王朝的势力范围，当时的楚国不可能向北面扩张，却在江汉流域找到自己充分发展的广阔天地和肥沃土壤。《史记·楚世家》说"熊渠甚得江汉间民和"，可见其政治很得人心。当时江汉流域小国林立，各据一方，熊渠的向南开拓，起到了"打通"的作用，是符合人民的愿望和历史发展的规律的；他不北面问鼎而定了开发南方的战略，也是有远见卓识的。所以说熊渠分封三子为王，不仅显示了楚国的空前强大，也是贤君"美政"的一种胜利；而且，这一点也与屈原希望楚国统一天下的愿望相投合。又因为"三王"之一的句亶王是屈氏的始封君（太祖），所以屈原常用"三王"来指这段时期或当时的执政者。

　　《离骚》中的"昔三后之纯粹兮，固众芳之所在"以下四句是同开头的"帝高阳之苗裔兮，朕皇考曰伯庸"两句一脉相承的，它一方面表现了对先祖的缅怀与对楚国历史强盛时代的向往，一方面朦胧地表现了屈原的政治理想。诗人以三后为美政的象征，赞扬他们如尧、舜一样行为专一而有法度，并且将他们与后期的楚怀王相对比，尖锐地批评了楚怀王"捷径以窘步"，简直是猖披放荡的"桀纣"（《离骚》"彼尧舜之耿介兮，既遵道而得路；何桀纣之猖披兮，夫唯捷径以窘步"四句，句首的"彼"字指三后。"何桀纣之猖披兮"是言："你为什么要像桀纣一样放纵妄行？"前人之注皆以为指斥桀纣，误）。这种对国君的强烈批评精神是不亚于后来之魏徵、海瑞的。事实上，如果不是屈原不屈的斗争，也不至于被一次一次地贬职、疏远或放逐。他在诗中把先王的美政同当时国君（怀王）的作为加以比较，事实上也就是在思想上将对祖国的热爱、对美政的追求与向往同对当朝国君的批判统一了起来。《离骚》全诗并不像有些人说的从头到尾表现了"去"和"留"这两种思想的矛盾与斗争。对祖国的热爱、对美政的向往和对当朝国君的批判与期待，才是贯穿首尾的思想情绪。

　　《离骚》中写到高阳、伯庸、楚三王，同样作于被放汉北时期的

《抽思》中也写到"三王",今本《抽思》中有这样两句：

　　　　望三五以为像兮，指彭咸以为仪。

王注："三王五伯，可修法也"，以"三""五"这两个数字代三王五伯，有些牵强。因为再无法解释，后人只好从之。戴震说："三五谓五帝三王，便文倒举耳。"也同样难以置信。"三五"的"五"实为"王"字的讹误，"三王"也指楚三王；诗中与三王并列的彭咸，是楚之先贤。诗人说："楚国如果君能以象征着楚国最强盛时代的三王为楷模，臣能以楚国历史上的贤人彭咸为典范，那还有什么目的不能达到？那一定会威名远播，永传后世的（"夫何极而不至兮，故远闻而难亏"）。"这种思想同《离骚》是完全一致的，可以作为《离骚》中"昔三后之纯粹兮"四句的注脚。

　　《离骚》《抽思》《思美人》这三篇写于被放汉北期间的作品中都写到彭咸。关于彭咸，据《楚世家》陆终生子六人，"其三曰彭祖"之语，为楚人无疑。他是屈原十分敬仰、时时表示要以为楷模的人。可靠的屈原作品中提到彭咸共四次：两次在《离骚》中（"虽不周于今之人兮，愿依彭咸之遗则。""既莫足与为美政兮，吾将从彭咸之所居"），一次在《抽思》中（"指彭咸以为仪"），一次在《思美人》中（"思彭咸之故也"）。此外，《天问》中提到的彭铿，依汪瑗之说，也是指彭咸（《天问》也作于屈原被放汉北期间，这个问题将另为文论述之。又《悲回风》中还提到彭咸，但《悲回风》是宋玉所作，故不计）。《橘颂》《涉江》《哀郢》《怀沙》这些早期的和放于江南时的作品中都没有提到彭咸。

　　诗人在《离骚》全诗的开头说自己是高阳氏的后裔，是伯庸的子孙，在《离骚》《抽思》《思美人》中写到三后（三王）、彭咸，这都同屈原第一次被放的地点汉北临近楚故都鄢郢、都都有关。在鄢郢有先王之庙及公卿祠堂，如王逸所说，在那些庙堂的墙壁上还可能有关于古贤圣行事的图画。诗人触景生情，因新近所见、所闻而有所想，写到他们是很自然的。

二、"旧乡"发微

从前面所引胡文英《离骚》题解中那段话看，胡氏以为《离骚》的乱辞与此诗创作地点有关。我以为，体现了《离骚》创作地点最突出、最具体的，是乱辞之外的最末四句：

> 陟升皇之赫戏兮，忽临睨夫旧乡。仆夫悲余马怀兮，蜷局顾而不行。

这个"旧乡"，乃是指鄢郢（今湖北宜城南），是春秋时期楚国的都城，也是楚国的第一个"郢城"。姜亮夫先生在他的《楚辞今绎讲录》中说：前二句"说的是诗人看到故乡了，这个故乡应指昆仑山，即高阳氏的发祥地"，"他（按指屈原）讲'故都'，就是指楚国当时的都城，'旧乡'，指的是他们楚国先人的发祥之地"①。姜先生以"又何怀乎故都"与《哀郢》中"哀故都之日远"的"故都"一样，指郢都（纪郢），以与"忽临睨夫旧乡"的"旧乡"区别开来，实为精辟之见。但这个"旧乡"是不是指楚人的发祥地，特别是指昆仑山？似还需要作进一步的探讨。楚人发祥于昆仑山，从远古来说，或者是这样，但过于茫远，未必会保留在楚人的群体记忆之中。战国时代之屈原，未必仍然将其看作旧乡，而在自己的作品中加以表现；把传

---

① 《楚辞今绎讲录》，北京出版社 1981 年版，第 41、50 页。姜亮夫先生主张楚人发祥于昆仑山。所以，在"旧乡"的具体地望上我与姜先生看法不同。

说中的发祥地称为"旧乡",从情理上从词义上来说,似乎都不甚妥当。

事实上,《离骚》中"忽临睨夫旧乡"一句所说的旧乡不是指昆仑山,这从《离骚》本文也可以看出。诗的第二部分写诗人在陈辞之后曾"夕至县圃",本来打算"欲少留此灵琐",但由于"日忽忽其将暮"而未在那里停留。王逸注:"县圃,神山,在昆仑之山。"(引《淮南子》"昆仑县圃"等语证之)第二次写到要游昆仑山时说:"朝吾将济于白水兮,登阆风而绁马。"后因"忽反顾以流涕"、"哀高丘之无女"而未至山顶,却至山上的春宫(园圃名)中去采折琼枝。王逸注:"阆风,山名,在昆仑之山。"(洪兴祖《补注》引《道书》以证之)后面写到诗人听了灵修和巫咸的劝告,决定"远逝以自疏",到别国去求可以共事的明君,诗中写的路线是"遭吾道夫昆仑","指西海以为期"。转道昆仑,而西海在昆仑以西以南。由以上事实可知,《离骚》中所写昆仑是仙人所居之地,诗人在三次神游之中是把它作为暂时歇息之处或行走的初步目标的,并未作为痛别之地。就第三次神游部分言之,既然本来就将昆仑作为行进的第一个目标,就不会说因为向下斜睨到昆仑而不忍心前进了。所以,"忽临睨夫旧乡"一句中的"旧乡"绝不是指昆仑山。

又《世本》《史记》《汉书·地理志》等都说楚人始居于丹阳。《史记·楚世家》:"熊绎当周成王之时,举文武勤劳之后嗣,而封熊绎于楚蛮,封以子男之田,姓芈氏,居丹阳。"这个丹阳在今河南省西南部丹、淅二水之间,1975年、1976年在淅川县先后发现了两个春秋时代墓葬群,共五十余座墓,从陪葬之铜器看,皆楚贵族之墓。楚国早已迁都于郢(鄢郢),而子庚等楚国贵族却葬于丹阳,乃是因为古人有"归葬"的礼俗,死后要葬于原籍。《离骚》中的"旧乡"是否就是指丹阳呢? 也不是。首先,子庚之时奴隶制尚十分严格。到屈原时,礼崩乐坏,诸侯征战,且时间又过了二百多年,归葬之

俗，未必仍如春秋时代那样严格保持。其次，到屈原之时，楚都由
鄢郢迁于纪郢已数百年，即使归葬，也只能归葬于鄢郢，不可能仍
迁于丹阳。在淅川未发现战国时楚贵族墓葬，便是证明，所以说，
《离骚》中说的"旧乡"，只能是鄢郢。

　　《史记·十二诸侯年表》："楚文王赀元年，始都郢。"学者们或
以为即江陵。事实上楚人由丹阳向南发展，是逐步进行的。西周
末年熊渠雄心勃勃，封长子伯庸西至于今钖穴夹河一带，东南至于
鄂（今湖北鄂州），南至于越漳之地（今荆门以西漳水流域及此以
南）。但这个形势并没有保持多久。因为周厉王为维护汉阳诸姬
的利益而武力征伐①，楚人又退到荆山。大约在周朝东迁之后，楚
人顺鄢水而东南下，居于南北要冲之地鄢（今宜城南）。从史书记
载有关事件来看，楚文王（前 689—675 年在位）所建立之郢，即鄢
郢，不是纪郢（江陵）。这也可以从典籍所载有关情况中得到证明。
《左传》僖公十二年（前 648）黄人曰："自郢及我九百里，焉能害
我。"黄在今河南潢川县。古里较今里为短，由黄至鄢郢约九百里；
若至江陵，则有一千多里。又《左传》文公十六年（前 611）载，"楚
大饥，戎伐其西南，至于阜山，师于大林"，"庸人帅群蛮叛楚"，楚遂
灭庸。阜山在今湖北房县南，当鄢郢之西，大林在今湖北当阳，当
鄢郢之西南，俱在江陵之北，而庸（今竹山县）在鄢郢之西。故戎人
之师得与之联结，对楚形成半包围圈；楚国也因其形成了较近的威
胁，而兴师灭之。如在江陵，其西南已至长江以南，与阜山、大林无
关，庸人也不得参与其事。又《左传》鲁宣公三年（楚庄王八年，前
606 年）郑公子士朝于楚，楚人酖之，"及叶而死"。叶在今河南叶
县南，去鄢郢稍近，若至郢都，则将近千里，毒药性发，不至于如此

---

　　①　《史记·楚世家》："及周厉王之时，暴虐，熊渠畏其伐楚，亦去其王。"《竹书纪
年》厉王十四年："召穆公追荆蛮至于洛。"

之迟。故楚文王所建郢都，是在鄢郢无疑。《左传·昭公三十一年》："吴人侵楚伐夷，侵潜、六。楚沈尹戌帅师救潜，吴师还。"春秋时夷即城父，在今河南省平顶山市，潜在今安徽省六安市以南、霍山县以北，六在今六安市东北。其地皆偏于北，基本在吴至鄢的路上，而不在至江陵的路上。如当时楚都在江陵，吴师侵楚，不当先伐夷，侵潜、六。又《定公二年》："楚囊瓦伐吴，师于豫章。吴人见舟于豫章，而潜师于巢。"楚之出兵、驻兵，皆在由鄢郢至吴道上（豫章指今六安以北地带，巢即居巢，在今合肥西北）。

鄢本为楚同族邥姓鄢子国地，楚由荆山东进而灭之，遂以为郢城（"郢"本楚语，为都城之义。他国之人称"郢都"，渐有专名之义）。其地在今宜城县南十五里郑集之东面。西有鄢水，而东临汉水，土地平旷，田肥水集，辐连四方，上下进退甚便。其地今存皇城遗址，城呈不规则长方形，面积 2.2 平方公里，四周有土筑夯实的城墙，城内有昭王墓等遗址。1976 年秋又出土重 26 斤的铜钫壶，同时出土铜鼎、铜车辔、蚁鼻钱、郢爰和错金嵌玉鳖形带钩等楚文物。石泉、张正明等同志皆以为鄢郢是第一个郢都①。

在汉北云梦西北面的楚国都城，不仅有鄢郢，还有都。《史记·伍子胥列传》柏举之战，吴师败楚，三战入郢（楚昭王十年）。昭王由鄢郢西南逃，渡睢水，又南渡江水，入于江南之梦，遇盗，因又北渡江至于郧（今湖北安陆），又奔于随（今湖北随州）。因申包胥请秦师而败吴，昭王方又至于鄢郢（昭王十一年）。次年"迁郢于都"。此皆见于《左传》者②。都本在商密，为秦楚界上小国，其后

① 参石泉《湖北宜城楚皇城遗址初考》，《江汉学报》1963 年第 2 期；张正明《楚都辨》，《江汉考古》1982 年第 4 期。
② 见《左传》定公四年、五年、六年。

迁于南郡①，称之为上鄀，而称商密为下鄀。昭王所迁，为上鄀②。《水经》云："沔水又经鄀县故城南。"郦道元注云：

> （鄀）县南临沔津，津南有石山，山上有烽火台，台有大城，城即楚昭王为吴迫，纪郢徙都之所。

《括地志》云："楚昭王故城，在襄州乐乡县东北三十三里，去故都东五里。"《括地志》所谓"襄州"，在今宜城南十五里，东汉时建襄阳，后因之，今名为"故襄城"（俗讹为故墙城）。宋曾巩作《韩公井记跋》云："楚故城，今谓之故墙，即鄢也。"（清同治年修《宜城县志》亦据以为即鄢）盖误。《括地志》所谓"故都城"，指鄀国由商密南迁所都之地。其地总称为鄀（上鄀）；而具体城址并不一致。又《读史方舆纪要》宜城县下云："若城，县东南九十里。"（《史记会注考证》引日人龟井昱说误作"东北九十里"，学者们多引之，以讹传讹，须正之）其地为今钟祥县北丰乐乡，位于鄀水（即今蛮河）流入汉水处。面临汉水，东为丘陵，土地肥美。与鄢相去六十余里。

　　由此可以看出，鄢、鄀两个楚国故都，相去不远，故古人常并称为"鄢鄀"，后人往往弄不清其间关系，或统称为"鄢郢"。如顾栋高《春秋大事表》云："昭王徙郢于鄀，兼称'鄢郢'，以鄢与鄀俱在宜城县地，相近。"

---

① 见《左传·僖二十五年》："秦晋伐鄀，楚斗克、屈御寇以申息之师戍商密。"杜注："鄀本在商密，秦楚界上小国，其后迁于南郡鄀县。"

② 郭沫若《两周金文辞大系图录考释·公孜人殷》云："鄀有上鄀与下鄀，国本既称上鄀而下鄀紧鼎称下蓋，可证彼鼎出于上雒（今陕西商县），地与商密接壤，则秦晋所伐者实是下鄀。上雒后为晋邑（见《左传》哀公四年），盖下鄀为晋所灭也。南郡之鄀，《汉志》作'若'，注云：'楚昭王畏吴，自郢徙此。'（今湖北宜城县）当即本所谓上鄀。上下相对，必同时并存，盖由分封而言，意南郡之鄀为本国，故称上；上雒之鄀为分枝，故称下。……南郡之若，后为楚所灭。故于春秋末年，其故都竟为楚都也。"

　　因为楚国历史上屡次迁都,而所居地名,初期多名之曰"丹阳",自文王以后又统名之曰"郢",故造成不少误解和混乱。由以上考证可以知道,楚人之"旧乡",丹阳下来,即是鄢郢。春秋之时楚都在鄢郢,故以丹阳为旧乡,大臣死而归葬之;至战国之时,丹阳之宗庙、陵墓、遗迹早已不可踪寻,而大约昭王以后先王之庙及公卿祠堂皆在鄢郢,很多重大事件皆与之有关,则以鄢郢为旧乡乃情理中之事。据东汉时宜城人王逸所说,屈原被放逐期间是到过鄢郢的。《九叹·遭厄》云:"攀天阶兮下视,见鄢郢兮旧宇。"显然,这是写《离骚》"陟升皇之赫戏兮,忽临睨夫旧乡"的情景。王逸变"旧乡"为"鄢郢之旧宇"(旧宇亦即《离骚》"尔何怀乎故宇"的"故宇",义同"旧乡")。又《守志》:"朝晨发兮鄢郢,食时至兮增泉。"写诗人游观也是由鄢郢起身。王逸曾任校书郎,又好楚辞,有关的记载、掌故,他应是最了解的。而且,看王逸的意思,屈原《离骚》的创作,也是同鄢郢有关系的。

　　总的来说,屈原被放汉北期间,是到过鄢郢的,其地东南距汉北不远。汉北的荒僻和鄢郢的历史与旧貌的深切感人,形成了他内心的不平静。他在怀王朝的被放谪,便是在这样一种环境中度过的,他的一些卓绝千古的绝唱,也是在这种环境中完成的。《离骚》正是在拜谒楚先王之庙及公卿祠堂之后,心潮汹涌,激情震荡的情况下写成的。

三、"陟升皇之赫戏"诠解

　　关于"陟升皇之赫戏兮"一句,汪瑗《楚辞集解》将其中"陟升"二字连读,以为"陟亦升也,陟升重言之也"。其说甚是,故后人多从之。但前人关于"皇"字的解释众说纷纭,莫衷一是。王逸说:"皇,皇天也。"这个解释本来就不合诗之本义,而他在解释全句时又解"陟升皇"为"升天庭",竟自相矛盾。钱杲之《离骚集传》对王逸之说加以修正,说道:"皇犹大也。登至大光明之处,乃忽下视楚国。"朱冀《离骚辩》更是独出心裁,显示了标新立异和奇特想象的能力。他说:"皇,君也;君,日象也。升皇者,初日出之名也。"刘梦鹏的《屈子章句》承朱冀之误,将"升"字同"陟"字分开,而下与"皇"字并为一词,解"升皇"为"天"。胡文英《屈骚指掌》又说:"西皇之地最高,故曰升皇。"夏大霖《屈骚心印》则是拿理学家的一套来解决这个疑难:"其曰升皇之赫戏,即天理昭鉴之言也。"以上所举是对"皇"或"陟升皇"解释的几个例子。各家在解释全句上,同样是奇说百出,有的令人发噱(如林云铭《楚辞灯》说:"皇,天也。初升天之日,无远不照,而我反登于上。"朱冀批评说:"竟可入古今笑林")。把一些明显不能成立的说法抛开不管,下面只就三种重要说法谈一点浅见。

其一,王逸以为:"皇"即"皇天",也即"天庭"。然而,我们从"皇天无私阿兮"(《离骚》)、"皇天之不纯命兮"(《哀郢》)这两句看,"皇天"在屈原作品中是指主宰万物的天帝,并无"太空"或"天庭"之义。王逸注"皇"为"皇天",又理解"皇天"为"天庭",是欠妥的。同时,解释全句为"升天庭,据光耀",也与原诗字句联系不起来。

其二,钱澄之说:"戏,叹词,即于戏之戏。赫,显也。陟升,根上文远逝既极,神复高驰以登于天,自上视下,一切显然可见。本忘情于旧乡矣,而忽临而睨焉。"(《屈子诂》)钱氏是理解"皇"为太空,"陟升皇"即"神复高驰以登于天"。此说今人多从之(如郭沫若译"陟升皇之赫戏兮"一句为"在皇天的光耀中升腾着的时候"。文怀沙译为"我升上了光和热交织的太空")。但是,细读原诗,前面写诗人带着很多仪仗,"朝发轫于天津(天河)兮,夕余至乎西极。凤凰翼其承旂兮,高翱翔之翼翼","驾八龙之婉婉兮,载云旗之委蛇"。不是早已遨游于太空之中了吗?如果再把"陟升皇之赫戏兮"一句解释为诗人方升上太空或"神复高驰以登于天",岂不前后矛盾?

其三,朱冀说。朱冀解释全句为"赫赫然之日光,从下而上也"。孤立地来看这个解释,也还可通,故游国恩先生主编的《离骚纂义》说"亦可备参"。但是,根据朱氏的解释,这一句同下一句"忽临睨夫旧乡"完全两不相关。

可见在诸说之中影响较大的三说也都有些问题。

我认为这个"皇"字同"皇览揆余初度兮"的"皇"、"恐皇舆之败绩"的"皇"字一样,是指太祖或先王。《离骚》作名词用的"皇"字只有这三个,其意义应该是大体相同的。"皇览揆余初度兮"一句中的"皇"指屈氏始封君,即楚三王之一的伯庸,"恐皇舆之败绩"一句中的"皇"指楚先王(参看《离骚辩证·九》)。《离骚》全篇计四次提到的"皇考"或"皇",都是太祖、先王的意思。

"皇之赫戏"是指皇考的灵光。"赫戏"一词,王逸解为"光明貌",而郭沫若译为"光耀",似乎更贴切些(陆侃如、高亨、黄孝纾选注的《楚辞选》解作"光明",也看作名词)。古人以为神灵有神光闪耀,这在《离骚》中也有反映。"皇剡剡其扬灵兮"一句就是写巫咸降神时的情况。又《九歌·云中君》:"灵皇皇兮既降,猋远举兮云中。""猋"字,旧拓欧阳询书《九歌》作"焱",《文选·七启》"风厉焱举"李善注引亦作"焱",又引《说文》"焱,火华也"之训。则"焱远举"同"灵皇皇"皆形容神灵之光炫耀的样子,"皇"为"煌"之借字。《一切经音义》卷七引《苍颉篇》:"煌,光也。"《云中君》这两句正是形容神灵之光下降和升起的样子。此外如《山海经·海内北经》:"二女(按指登比氏所生之宵明、烛光)之灵能照此所方百里。"郭璞注:"言二女神光所烛及者方百里。"又《汉书·礼乐志·郊祀歌》:"灵殷殷,烂扬光。"又《郊祀志》:"其神……光辉若流星,从东方来。"可见古人以为神灵有光,而且可以照得很远。

　　"陟"字与"升"、"格"之类字并列一般用于神灵。如《左传·昭公七年》：周景王追命卫襄公曰："叔父陟格，在我先王之左右，以佐事上帝。""陟升皇之赫戏兮"是说：从地面升起皇考神灵的光耀。正由于这个现象，才使诗人"忽临睨夫旧乡"，前面说过，诗人作《离骚》时被放汉北，距鄢郢不远，鄢郢有先王之庙及公卿祠堂，或者还有楚先王及屈氏祖先的坟茔，所以诗人写的驾飞龙要离开楚国之时看到了突然升起的皇考的神光，不由得使他斜睨到旧乡，心头涌起了强烈的恋土爱国之情。

　　可能有人会问，既然"陟升皇之赫戏"一句是写皇考的神光，为什么这句诗不作"皇之赫戏陟升"呢？我们说，这要联系下文看。如果这一句作"皇之赫戏陟升兮"，"皇之赫戏"作为主语直贯下句"忽临睨夫旧乡"。便会造成表达上的错误，诗人为了避免被误解，而将动词"陟升"放在前面。这样，"陟升皇之赫戏"所说的就只是引起"忽临睨夫旧乡"的一个现象。下句的主语是"余"（省略），谓语是"临睨"。

　　诗人由于皇考显示的神光而看到了旧乡，改变了远离楚国的打算，决定在楚国留下来。他既不可能被任用，便只能像楚国历史上的贤人彭咸一样退避清净之地，保持自身的修洁。因为不论怎样，他绝不会向腐朽势力妥协。前面说过，屈原热爱祖国，向往先王美政，反对奴隶主贵族的腐朽政治，这三者在屈原思想上是联结在一起的。用图表示便是：

　　诗人既不会因为热爱祖国而在国君昏昧、朝廷黑暗的情况下放弃斗争与追求而盲目地求得团结，也不会因为要实现自己的政

治理想而远走他国另求明君，更不会因为当时楚国现实政治的黑暗与腐败而对祖国的感情有所淡漠。似乎，这三者也都在对先王明君的崇敬这一点上统一了起来。那么，诗的开头先点出"帝高阳之苗裔兮，朕皇考曰伯庸"，并写了先祖为自己命名之事，诗的结尾写到决心离开楚国之时看到"皇之赫戏"闪烁达于高空，因而使自己不能不临视旧乡，不忍离去，就是十分自然之事。

由以上的分析可以看出，《离骚》的结尾同开头是互相照应的，全诗从头到尾都体现了对楚国先君的怀念及自己作为一个楚族后代所负的不可推卸的责任。

我们明白了《离骚》开头结尾的安排与创作地点的关系，不仅可以更准确地把握贯穿全诗的中心思想，更具体地体会诗中激动人心的感情和更深刻地理解这一伟大诗篇的思想内容，同时，也可以使我们看到这首诗结构的严密与紧凑，认识到它变幻曲折的情节，一泻千里不可遏止的感情同严密紧凑的结构的高度统一。

以前有人说《离骚》是秦始皇博士所作《仙真人诗》，或以为是淮南王刘安所作，近几年来有的日本学者又说是"由不确定的多数人集约而成的文艺"[1]，或者说："是一篇来自古代迎春仪式的民族歌谣。"[2]如果真像这些人所说，《离骚》的开头怎么会说作者是屈氏太祖熊伯庸的后代？怎么会那样深沉地表现了对于楚三王的怀念，并将自己的留而未去同皇考伯庸对自己的感召（实际上是诗人对先祖怀念之情的外化）联系了起来？秦始皇、刘安同楚三王和熊伯庸有关系吗？由多数人集约民歌而成的作品，或者一篇来自迎

---

　　① 见铃木修次、高木正一、前野直彬主编《中国文学史》的《导论》第三节《中国古代文学的特征》（《导论》为铃木修次执笔）。
　　② 见三泽玲尔《屈原问题考辨》，原文刊《八代学院大学纪要》第二十一号。译文见《重庆师院学报》1983 年第 4 期。

春仪式的歌谣会这样突出而自然地表现这些内容吗？所以，我们弄清了《离骚》的开头结尾与创作地点的关系，即《离骚》的内容同屈原的家世、生平的关系之后，不仅对作品的思想内容和严密的结构有更深刻的认识，同时也就否定了认为《离骚》非屈原所作的各种论调。

《离骚》的结构、叙事与抒情

一、《离骚》中的叙事与抒情

《离骚》是一首充满激情的政治抒情诗,是现实主义与浪漫主义相结合的艺术杰作。它运用奇幻诡异的手法,通过丰富的想象来抒发情感,并含蓄而概括地反映了诗人的半生经历,反映了当时楚国社会政治的基本色调。

首先,《离骚》中反映了诗人的生平和楚国当时的政治形势。屈原的悲愤并不是一时一事的挫折和失败所造成,而是一个又一个的曲折,一次又一次的失败所激起,是他十来年时间中无数悲痛、愤恨的积累;同时,他的哀怨和悲愤并不是出于个人的得失,而是出于对国家、民族前途和命运的关心。这就决定了这首诗充实的社会内容,崇高的思想境界,决定了它在广阔的时间、空间中所表现的悲壮美。

诗的开头由楚人始祖和屈氏太祖引起自叙身世,展示了自己的人格,表现了个人的理想,然后即转入对受打击、排挤情况的回忆——

惟夫党人之偷乐兮,路幽昧以险隘。岂余身之惮殃兮,恐皇舆之败绩。忽奔走以先后兮,及前王之踵武。荃不察余之

中情兮，反信谗而齌怒。余固知謇謇之为患兮，忍而不能舍
也。指九天以为正兮，夫唯灵修之故也。初既与余成言兮，后
悔遁而有他。余既不难夫离别兮，伤灵修之数化。

诗人沉痛地回顾了在腐朽的旧贵族醉生梦死，苟且偷乐的情况下，
自己为了国家的兴盛和减轻人民的灾难进行不懈的努力，而怀王
听信谗言对他大怒，不再遵照当初的约定而继续进行改良政治的
过程。诗中也写到怀王态度几次反复。"伤灵修之数化"，这一沉
痛的话语中包含着一系列事实。楚怀王十年（前 319）任命屈原为
左徒，参与五国攻秦的联盟，楚为纵长。后又委托屈原制定宪令，
进行变法。但这件事才开了一个头，一些反动的旧贵族便同秦国
的张仪串通一气来诬陷屈原，说朝廷每公布一条宪令，屈原都自伐
其功，说"非我莫能为也"，以引起怀王的猜忌。作为君主首先考虑
的，是自己和自己家族地位的稳固；进行变法，富国强兵，也首先是
为了这一点。所以这些人的诬陷可谓狠毒之极。而秦国又为了破
坏齐楚联盟，派张仪至楚，诱之以利，说如果楚国同齐绝交，秦国将
归还商於之地六百里。于是怀王十六年（前 313）屈原被解去左徒
之职，楚国的这次变法便中道夭折，齐楚关系也彻底破裂。后来楚
国派人去秦国接受商於之地时，张仪说他只答应了六里，激怒了怀
王，对秦出兵，结果导致了丹阳（今河南西南部，丹水以北）一战的
大败，被斩甲士八万，大将屈匄被虏，失汉中之地（指汉水中游即今
陕西东南部安康至今湖北西北部旧均县一带。蒋骥《山带阁注楚
辞》等皆以为后世陕西省汉中府，误。此前商於之地已属秦，则汉
中府即今汉中一带无属楚之理）。于是楚国以全部兵力袭秦，又败
于蓝田（今湖北宜城以南，钟祥西北，当双河村东南。张守节《史记
正义》以为在雍州东南八十里之蓝田关、蓝田县一带，蒋骥因而注
为"今陕西西安府"，皆误）。第二年，即怀王十八年，秦国提出还汉

中、鄢郢之地,条件是要楚国从朝廷中赶走昭滑和陈轸这两个合纵派人物。屈原听到这个消息后写信给昭滑,要昭滑领他去面见楚王,揭露秦国的阴谋,并要求出使齐国,恢复齐楚邦交①。秦国听到屈原又出使齐国的消息,便放弃了条件,愿意割汉中之半以和。楚怀王不愿得地,愿得张仪而解心头之恨。但张仪到了楚国以后,赂靳尚与王之幸夫人郑袖,结果怀王仍然放了他。到屈原从齐国回来,张仪已离去。至怀王二十四五年,秦国因为昭王初立,国内不太稳定,便又厚赂于楚,与楚合婚,并归还上庸之地(即所谓"汉中之半")。怀王又背齐而合秦,放屈原于汉北。怀王在对待齐、秦关系上的反反复复,对待屈原态度上的变化不定,屡上张仪的当而不知改悔,使诗人无比痛心。"伤灵修之数化",一个"数"字包含着多少事实!

再如"余既滋兰之九畹兮,又树蕙之百亩。畦留夷与揭车兮,杂杜衡与芳芷。冀枝叶之峻茂兮,愿俟时乎吾将刈。虽萎绝其亦何伤兮,哀众芳之芜秽"。这是回忆了他在怀王十六年以后到被放汉北以前任三闾大夫之职,本来想培育各种人才,以继其志。可惜这些人经不住威逼利诱,结果也都同那些奸党同流合污。

诗中"众皆竞进以贪婪兮"以下至"愿依彭咸之遗则"一段共五节,及下一段开头两节:"长太息以掩涕兮,哀民生之多艰。余虽好修姱以鞿羁兮,謇朝谇而夕替。既替余以蕙纕兮,又申之以揽茝。亦余心之所善兮,虽九死其犹未悔!"暗喻被放汉北的事。"朝饮木兰之坠露兮,夕餐秋菊之落英。苟余情其信姱以练要兮,长顑颔亦何伤","虽不周于今之人兮,愿依彭咸之遗则"等,正是象征性地反映了被放汉北后的生活状况,并表示了自己的决心。

①　参拙著《屈原与他的时代》之《〈战国策·张仪相秦谓昭雎章〉发微》。人民文学出版社2002年版。

从"怨灵修之浩荡兮"至"虽体解吾犹未变兮,岂余心之可惩",
是集中地写被放汉北期间思想斗争的情况。

将《离骚》第一部分同《史记·屈原列传》等史籍所记载屈原的
生平来对照,大体上是相应的。当然,《离骚》不可能采取完全纪事
的手法,黑格尔在其《美学》一书中说:

> 抒情诗的原则是收敛或浓缩,在叙述方面不能远走高飞,
> 而是首先要达到表现的深刻。①

《离骚》浓缩了诗人的半生经历,浓缩了当时楚国社会政治的状况。
正由于这样,这首诗就显得充实、饱满、深刻,具有强烈的感人力
量,把读者直接吸引到六国之末秦楚角逐和楚国内部革新与守旧
的尖锐斗争中去。它为我们展现了一个广阔的背景,塑造了一个
高大的抒情主人公形象。

其次,《离骚》中对诗人生平不是具体地、细致地、完整地加以
记述,而是根据抒情的需要,片断地进行反映。其中叙事的成分似
乎是飘忽不定,忽隐忽现,既不完整,也不连贯。它完全随着诗人
思绪起伏变化而出没隐现。这些叙事的成分,是作为抒情过程的
环节被组织在里面的。如"悔相道之不察兮,延伫乎吾将反。回朕
车以复路兮,及行迷之未远",以及下面的"步余马之兰皋兮"以下
四句都带有叙事的味道,而接着"制芰荷以为衣兮……苟余情其信
芳"四句就由叙事转向了感情的抒发,以下直至"岂余心之可惩"完
全是抒情。

第二部分的天上三日游,第三部分灵氛占卜、巫咸降神、临睨
旧乡等,也都是这样。

---

① 黑格尔著、朱光潜译《美学》第三卷,商务印书馆 1981 年版,第 212 页。

　　可以说，《离骚》的记叙完全是为抒情服务的，全以抒情为中心，以抒情主人公情绪变化的节奏为准则，对生活材料加以组织与联系。一句话，《离骚》的叙事成分是作为抒情的因素而出现的。

　　再次，诗的叙事多不是直接的、十分具体的，而是多用想象、幻想的手法。也如黑格尔所说："真正的抒情因素不是实际客观事物的面貌，而是客观事物在主体心中所引起的回声，所造成的心境，即诗人在这种环境中感觉到的自己的心灵。"①所以诗人在这里对身世和境遇的反映不是精确的，冷静的，而是模糊的，渗透了感情的。在这里，叙事同抒情不仅仅是一般地结合在一起，而实际上成了一回事。我们谈《离骚》，首先被诗人强烈的感情所冲击，所打动，在进一步思考中，才可能从诗中反映的历史的影子看到诗人遭遇的一个大致的轮廓。如用"扈江离与辟芷兮，纫秋兰以为佩"，"制芰荷以为衣兮，集芙蓉以为裳"等，比喻拥有多种美德与才能；用"朝搴阰之木兰兮，夕揽洲之宿莽"比喻延揽贤才等。"悔相道之不察兮"以下八句，看来是叙事，实际上可能只是抒情，是将他当时对反动的旧贵族，对那些谗谄之徒认识得还不够深透，在遭受打击之后曾经还对他们抱有过希望的后悔的情绪，用象征的手法，以具体情节的形式表现了出来。所以，在读这一小段时，你很难说它算不算是片断的叙事。再如灵氛占卜、巫咸降神，这是《离骚》中叙事情节较为完整而清晰的部分，但事实上是否真有其事，也很不一定，在很大程度上，它们只是形象化地反映了诗人自己的矛盾心理与思想斗争，可以说是诗人意识、情绪波动过程的外化。

　　所以说，这些叙事都只是情感情绪的载体。与其说其中断断续续的片断情节是一个事件转到另一个事件，不如说是诗人的意念由一个方面转到另一个方面，诗人的情绪由一种心境转到另一

---

　　①　黑格尔著、朱光潜译《美学》第三卷，商务印书馆 1981 年版，第 213 页。

种心境。全诗就是诗人情感的倾泻,思想的飞翔,内心的展现。《离骚》是在对自己以往的生活体验进行巡视的当中抒情的,一方面是在重新体验,一方面是在抒发,因而读者便感到很直接,好像听到了诗人的心声。

二、《离骚》的结构

从内部结构来说,《离骚》中写了两个世界:现实世界和由天界、神灵、往古人物及人格化了的日、月、风、雷、鸾凤、鸟雀所组成的超现实世界。全诗由对现实的回忆、思索、哀痛、愤懑转向虚幻中情绪的飞腾,表现了诗人思想的矛盾和精神上的抗争。

关于《离骚》的段落划分,各家看法不同。据姜亮夫先生所归纳,有 95 家之多①。古人不说了,即以今人之说而言,有的分得细(如中国科学院文学研究所编《中国文学史》分为八段),有的分得粗(如游国恩等主编《中国文学史》分为前后两大部分)。即使在大体相近的说法中,各段起讫有时也并不一致。诸家分析这首诗的结构之所以差异较大,其中一个重要的原因是着眼点不同,如主张分前后两部分的各说中,或以为前一部分是写实,后一部分是幻想;或以为前一部分是写素志,后一部分是写素行。这些看法都有一定的道理。但是,只着眼于内容,似乎还不能揭示抒情诗艺术再现上的结构情况。分得细的说法中,有人根据诗中记事的内容分为若干段。此诗不是叙事诗,用这种方法来划分,显然是只看到了其中叙事的表象。

我以为作为一首抒情诗,对它的分析应着眼于表现诗人情绪变化的节奏。从这一点出发来考虑,《离骚》全诗可分为三大部分

---

① 姜亮夫《楚辞今绎讲录》,北京出版社 1981 年第 1 版,第 40 页。

和一个乱辞,共四部分,前三部分又可分为若干段。

从开头到"虽体解吾犹末变兮,岂余心之可惩"为第一部分,表现了诗人在为实现崇高的政治理想不断自我完善,不断同环境斗争中的思想活动,以及惨遭失败后的情绪变化。这是对以前心灵历程的回顾。

从"女嬃之婵媛兮,申申其詈予"至"怀朕情而不发兮,余焉能忍与此终古"为第二部分,表现诗人在一般人不能理解的情况下问心无愧地为美政理想的实现继续追求的情绪与思想活动。他在所有的人都不理解的情况下,向重华陈辞。然后他上叩天阍,天上三日游,四方求女,表现了他的努力和追求:对知音的追求,对真理的追求和对胜利的追求。他在无比巨大的孤独和悲愤之中,仍不放弃努力,坚毅顽强,是很感人的。

第三部分从"索藑茅以筳篿兮,命灵氛为余占之"至"仆夫悲余马怀兮,蜷局顾而不行",表现了诗人在去留问题上的思想斗争。他希望实现美政理想,但楚国不给他这个机会,于是他作出了痛苦的抉择。

乱辞则表现了诗人的美政思想同爱国思想的不可分割性,反映了诗人对祖国的深厚感情。

诗的三大部分是表现诗人情感发展变化与起伏的三个大的节奏。在这三大节奏中,各有些小的起伏波澜。大体说来,诗中表现的情感是每经一个冲突、波折,都引起一次加深、加剧的变化,而由一系列小的变化引起三次大的推进,使诗的情感、情绪达到高潮。这个情形,就如《老残游记》中写的白妞说书的情景。

下面谈诗的第一部分和二、三部分的关系,以及诗人这样安排的抒情效果。

诗的后两部分是诗人内心矛盾和精神力量的外化。

女嬃的骂詈这样的事情,这样的情节,就《离骚》所表现的主题来说，是一个很细小的事，因而读至此，人们决不会去追求，是不是屈原的姐姐确实把诗人痛斥了一次。从生活上来说，这个情节可能是虚构的，而从艺术上来说，它却是真实的。诗人借着女嬃这个善良的人，将他的崇高的思想同一般人的看法区分开来。

向重华陈辞，设了一个幻想中的上古人物重华（舜）作为诗人自白的聆听者和曲直是非的判别者。诗人对自己的政治理想、行为、主张进行了辩解，对于加给他的罪名作了申辩。实际上，这不过是诗人扪心自问毫不悔恨的心理活动的外化。还有巡行天界的描写，那庄严雄伟、气势宏大的仪仗，那指挥月神、风神、使令云雷的气派，是诗人崇高精神的体现，是诗人宽广、丰富的内心世界的自我观照。

灵氛占卜、巫咸降神，也是将自己头脑中斗争着的两种思想中理性的一方对象化，而与始终占据着自己头脑的情感的一方进行较量。理性的一方逐渐变强。但当它刚刚占据了主导地位并指导诗人的行动的时候，由于诗人忽然看到了楚人的旧乡而感情的一方陡然间产生了压倒一切的力量，而使诗人留了下来。

这也就是说，无论第一部分还是第二、三部分，我们都得从诗人抒发感情的方面去把握其内容。全诗始终是充满激情的。

再次，诗的第一部分是第二、三部分的基础，而第二、三部分是第一部分的延续和激化。

第一部分现实的精神体现突出，而后两部分则以色彩缤纷、奇谲诡异的描写，把读者带入一个幻想的境界，常常展现出无比广阔，无比神奇的场面，浪漫主义的色彩要浓厚得多。如果只有第一部分，虽然不能不说是一首饱含血泪的杰作，但不能成为像目前这样的浪漫主义的不朽之作；而如只有后面两部分而没有第一部分，那么，诗的政治思想和历史的底蕴就会薄一些，其主题之表现也不会这样既含蓄，又明确；既朦胧，又深刻。《离骚》是一首完美的艺术品,这个艺术整体前后两部分的有机结合,使它产生了极大的艺术感染力。

因为有前一部分对诗人人格、内心修养的展示,后面写到他神游太空,才叫人感到不是故作大言,不是空洞而漫无边际、毫无意义的空想,而是诗人无比崇高的精神思想象征性的体现;因为前面说"怨灵修之浩荡兮,终不察夫民心,众女嫉余之蛾眉兮,谣诼谓余以善淫",才有后面灵氛占卜、巫咸降神之事;因为有前面写的"进不入以离尤兮,退将复修吾初服。制芰荷以为衣兮,集芙蓉以为裳",才有后面的"既莫足与为美政兮,吾将从彭咸之所居"的结果;因为有前面说的"荃不察余之中情兮,反信谗而齌怒",才有后面的对重华陈辞;因为有前面的"岂余身之惮殃兮,恐皇舆之败绩。忽奔走以先后兮,及前王之踵武",及"忽反顾以游目兮,将往观乎四荒"等,才有后面周游天上的描写。

诗人的这一安排同人们意识活动的特征,心理发展的规律以及这首诗的主题有密切关系。

第一,从读者对作品的接受来说,情感、情绪是由具体事物的触发而产生的,由于前面对抒情主人公的修养、人格、理想有一些象征性或比喻性的描述,读者在大脑中初步形成抒情主人公的形象,所以在读以下各部分时,对诗人海阔天空的想象,诡谲奇幻的情节中所包含的意蕴,能够有一个正确的理解和体会。

第二,从生活的内容来说,人们在现实生活中受到无法避免的打击或碰到无法克服的困难,才产生了幻想。牛郎织女的故事、《孔雀东南飞》、《聊斋志异》中的《席方平》等都是这样。说无法避免,因为这个障碍来自统治阶级,或来自整个社会的传统势力,它是一种时代的悲剧。

第三,从创作进程来说,诗人生活的回忆使情绪越来越激动,因而诗的发展节奏便越来越快。开始时是对现实的感慨,到后面便思绪飞扬，一个环节和另一个环节之间变成跳跃式的联系，飘忽的思绪同幻想的激情结合起来，形成奇异的想象。

黑格尔在其《美学》第三卷中说：

> 也有一种抒情的飞跃，从一个观念不经过中介就跳到相隔很远的另一个观念上去。这时诗人就像一个断了线的风筝，违反清醒的按部就班的知解力，趁着沉醉状态的灵感在高空飞转，仿佛被一种力量控制住，不由自主地被它的一股热风卷着走。这种热情的动荡和搏斗是某些抒情诗中的一种特色。①

《离骚》在构思、结构上完全以感情的发展为主导，它真是一曲充满激情的交响乐。

可能也有人遗憾《离骚》没有提供出诗人自己生平和思想的更具体的资料，使人们对作者生平方面的一些问题一直不能取得一个确定的答案，甚至作者在写到自己的名字时也用了"正则"、"灵均"的化名，使一些人猜揣不定，以至于产生了一些很奇怪的解说。但是，《离骚》不是叙事作品，更不是传记文学。从抒情诗、从美学的角度来看，《离骚》是最完美的艺术品。

也可能有另外一些人遗憾《离骚》中记叙身世、生平和斗争生活的文字多了一些，使它不能成为一首他们理想中的纯抒情的作品。这些遗憾是拘于一些片面的抒情诗理论的结果。这样长的抒情诗，如果没有回忆以及幻想的情节作为抒情的因素，并体现着情感发展的层次，必然会反复重沓，混沌一片，失去诱发读者激情并使之发展的力量。

---

① 黑格尔著、朱光潜译《美学》第三卷，商务印书馆1981年版，第214页。

所以我们说,《离骚》在抒情的方面达到了炉火纯青的地步,成了抒情诗的无可比拟的典范。

三、感情发展的线索和叙事的线索

从以上两部分的论述可以知道,《离骚》前面一部分是结合象征性的叙事来抒情,后两部分是通过虚幻的情节来抒情。全诗贯穿着两条线索:情感的发展线索和或隐或现的叙事线索。下面从全诗三大部分的结构来看看诗人怎样利用叙事线索,将情感推向高潮。

1. 第一部分的 2 至 4 段("昔三后之纯粹兮……固前圣之所厚")指出理想与现实间的遥远的距离。诗人心里常常装的是"昔三后之纯粹兮,固众芳之所在。杂申椒与菌桂兮,岂唯纫夫蕙茝","彼尧舜之耿介兮,既遵道而得路"。而面临的却是党人偷乐,灵修浩荡,"众皆竞进以贪婪","凭不厌乎求索","路幽昧以险隘"。诗人渴望君王能"乘骐骥以驰骋",自己为之"道夫先路",结果却是灵修数化,中道改路,众芳芜秽,众女谣诼。如果诗人是一个随波逐流者,这也就没有什么问题,然而诗人一再地表现他的性格。"亦余心之所善兮,虽九死其犹未悔","宁溘死以流亡兮,余不忍为此态也","虽体解吾犹未变兮,岂余心之可惩"。所以,摆在诗人面前的就只有"伏清白以死直兮,固前圣之所厚",这种逻辑推理是包含在思想的表达和情感活动的展现中的。

第 5 段("悔相道之不察……岂余心之可惩")正是写退而修身,保持自身的修洁。所谓"悔相道之不察",指以前对形势作了错误的估计;所谓"将反",指摆脱恶劣的环境,寄身山林泽薮之中。他坚决不向党人屈服,就只有此一条路可走。当时诗人还没有想到远离楚国,另求明君。

　　到这里,诗人的情绪似乎略为收敛低落,诗也成一段落。

　　然而,这部分末尾的一收,正是为了下一层的迸发和高涨。这不过是情感发展有节奏的舒缓,还不是结束。

　　2. 第二部分由女嬃的骂詈引起。女嬃说:"鲧婞直以亡(忘)身兮,终然夭乎羽之野。"一针见血地指出诗人如果还坚持自己的思想将遭到可怕的结局。

　　"汝何博謇而好修兮……孰云察余之中情?"——指出坚持修洁,也不会有人了解,要改变现状是不可能的。

　　她批评诗人:"薋菉葹以盈室兮,判独离而不服。"要他屈服于现实,屈服于那结党营私者的压力,成为芜秽的"芳草"。

　　女嬃是善良的。一则她从诗人的安全和个人遭遇方面考虑得多一些,一则旁观者清,她把现实的前途估计得更理智一些。

　　虽然这样,是同腐朽反动的旧贵族同流合污,还是继续坚持真理,这对诗人来说是重大的问题。这一方面关乎国家的命运,一方面也关系到自己的真正永久的生命。于是,便有了向重华陈辞的一大段文字。他一定要弄清是非。"跪敷衽以陈辞兮,耿吾既得此中正"。他得到了心灵的解脱,似乎轻松了许多。他感到,虽然目下他被所有的人不理解,但在历史的长河中,他不是没有知音。他完全摆脱了目前短暂时期的局限。他站得更高,看得更远。

　　由于时间上的这种冲破局限的纵览,下面又引起了他超脱广阔空间的神游。这个神游有的人认为是比喻追求与国君的合好,有的说是追求通君侧的人,有的认为在追求真理。我以为一方面是表现他的努力奋斗的精神,一方面主要表现对知音的追求,对一切可以调动的因素的争取。表现要求见君王而受阻隔的,只有"吾令帝阍开关兮,倚阊阖而望予"二句,这也正是他不得不各处寻求知音的原因。诗人无比崇高的人格在这里得到了体现。这部分的开头所表现的气势,似乎诗人一定能达到预期的目的。

　　但是,他在天上也同样时时受阻,心意不畅。结果如何呢?
"理弱而媒拙兮,恐导言之不固。世溷浊而嫉贤兮,好蔽美而称恶。
闺中既以邃远兮,哲王又不寤。"他最后跌到现实生活中来的时候,
发现包围着他的,仍然是混浊一片的世俗嘲笑和恶人的诬陷。怀
王,这惟一可以寄托希望的人,仍然不能见到,仍然被党人所蒙蔽。
这也就是说,他的精神,他的思想是并不能自由舒展地存在的,现
实仍要将他限制和压抑。可以说,他所生活的环境,不留给他一块
地方。

　　3. 从诗人个人的际遇与其对美政理想的热烈追求这二者之间
的冲突来说,他只有远走他国。虽然民族的感情使他将个人的命
运及能力的施展同效力于楚国紧密联系起来,别的国家即使能发
挥其才能,也不会是他所希望的。但现实却逼着他离开楚国。诗
中借灵氛之口说:

　　　　思九州之博大兮,岂唯是其有女? 曰勉远逝而无狐疑兮,
　　孰求美而释女? 何所独无芳草兮,尔何怀乎故宇?

诗中巫咸更进而说明,贤君是求良臣的,根本用不着媒理的疏通。
要有作为,必要别求明君。并且说:

　　　　及年岁之未晏兮,时亦犹其未央。恐鹈鴃之先鸣兮,使夫
　　百草为之不芳。

诗人只好将政治理想同民族感情分开。他决定远走他国。当他决
定离开他可爱的祖国之时,又进行了沉痛的回顾——

　　　　何琼佩之偃蹇兮,众薆然而蔽之。唯此党人之不谅兮,恐

嫉妒而折之。

即是说,他修洁的人格同崇高的理想也可能要被党人毁坏。他看到旧贵族势力如此之大:兰芷不芳,荃蕙为茅,昔日芳草,今为萧艾。他们专佞慢慆,干进而务入,完全腐败。于是诗人说:

> 惟兹佩之可贵兮,委厥美而历兹。芳菲菲而难亏兮,芬至今犹未沫。

这是说他的政治理想一直被压制而不能实现,他个人的人格受到欺凌。于是,他决定远走高飞。

下面写到"驾八龙之婉婉兮,载云旗之委蛇。抑志而弭节兮,神高驰之邈邈"。这正是暂时克服了情感的束缚之后精神上轻松高举的表现。这种克服,是经过了极大的痛苦和斗争才达到的。但是,看来他好似精神高举,而实际上是将无限的悲哀压在心底。他自己说过:"受命不迁,生南国兮。"又说:"帝高阳之苗裔兮,朕皇考曰伯庸。"深厚的民族感情是他不可能真正丢开的。所以,当他在高空看到了楚人的旧乡鄢郢的时候,那暂时被压抑的民族感情便突然迸发,完全地占据了他的头脑,使他将一切其他利害得失都置之脑后,而留了下来。"仆夫悲余马怀兮,蜷局顾而不行。"这是多么悲伤的情景,多么激烈的感情与理智的斗争啊!诗在这里达到了高潮。

由以上三部分的分析可以看出,这首诗是分三个阶段的推进使情感达到高峰的。

抒情诗的逻辑不在于概念和推理,而在于情感发展的真实性,在于对引起情感反映和情感活动的有关人物事件的安排,在于其所表现是否合于心理发展变化的规律——无论从抒发的方面来说,还是从接受的方面说。

四、虚实相间,首尾照应

虽然《离骚》的第一部分写现实世界,第二、三部分写虚幻的超现实世界,但并非后面两部分完全写天界。否则,就好像诗人真正地忘掉了现实世界,而成了游仙诗。但诗人却总是记着现实,也让读者明白他写天界的用意究竟何在。

《离骚》在语言上有一种特殊的表现方法。看起来像是比喻,但又没有明显地说明,然而读者却可以体会到它的蕴涵所在。如:

> 制芰荷以为衣兮,集芙蓉以为裳。不吾知其亦已兮,苟余情其信芳。

粗看,似乎后二句同前二句没有关系,读者对前二句诗的理解,主要是根据全诗的总的基调确定的,带有主观弥补的性质。其实并非这样。你看,第四句说的"芳"自然是承接前二句来的,但在第四句中这个"芳"字又被用来形容"情"。也就是说,诗人通过"芳"字将喻体与本体联系起来,使读者明白前二句诗的喻意。这在表现上真是美妙之极。

《离骚》在内容的大的构思上,也采用类似的办法:在描写天界的适当位置(一般是一个段落之末),便来几句双关的诗句,使读者明白其奇丽诡异天界描写的蕴意所在。

如第二部分第 3 段写周游天界,其"驷玉虬以乘鹥",朝发苍梧,夕至悬圃,带着月神、风神、鸾皇、雷师等组成极壮大的仪仗到天宫之前,欲见天帝,却不被帝阍所接纳。下面接着说:"世溷浊而不分兮,好蔽美而嫉妒。"这究竟是指天上,还是指人间? 就其承上而言,是指天上;就其字义而言,是指人间。则此段中以上那些超现实的描写的喻意,也便可以明白。

再如第二部分第4段("朝吾将济于白水兮……余焉能忍与此终古"),写在天上第三天的巡游与求女的情况,洋洋洒洒38句,然后说:"世溷浊而嫉贤兮,好蔽美而称恶。"其表现的方法同上。所以虽则诗人之笔酣畅之极,其文字瑰丽之极,但所表现的情感,则令人沉痛之极。然后以"闺中既以邃远兮,哲王又不寤。怀朕情而不发兮,余焉能忍与此终古"一节总括第二部分之义,照应前面的"吾令帝阍开关兮,倚阊阖而望予",说明他努力寻求知音的原因,也包含了一切终归失败的结果。末尾这四句诗提醒读者,诗人并不是真正地摆脱了人世的一切烦恼、忧愁、苦闷、悲痛。读这前后几段文字,就像在听一个由于遭到惨重打击而精神失常的人对幻想的喃喃自述,其叙愈美,愈令人肝肠寸断。

第三部分也一样,写诗人驾着龙马瑶象之车,扬云霓,鸣玉鸾,指挥蛟龙,诏令西皇,其场面何其壮阔,其气势何其雄伟!但下面却说:忽然先祖的神灵之光上射,他因而又看到了旧乡,于是便不忍离去。由幻想的天上世界,忽然回到了现实的人间。

第一部分完全是写现实世界,但也多用象征、比喻的手法。诗人为使读者不至玩其辞而忘其意,常常或在一段之末,或在一段开头,或在中间适当的地方同现实生活加以联系。可以说,《离骚》全诗就是这样虚实相间,象征、比喻同现实生活交错来写,故虽然用浪漫主义手法,天界、神山、虚无缥缈,降神、求女,恍惚难明,但基本主题是明确的,而且自始至终充满了激情。

《〈离骚〉的开头结尾与创作地点的关系》一篇已指出《离骚》创作的特定环境,以及诗的开头、结尾同它的关系。结合本文以上各部分所谈,我们可以这样说:《离骚》是一篇浑成的艺术品,它既无雕凿的痕迹,看不出创作上的人为的加工润色,又处处显示着它的完善;它既难以分析而截然地划出结构段落,就像一条大河不见首尾,像大海不见涯岸,完全不遵矩度,凭心写去,但它又是那样层次清楚,结构严密。

　　《离骚》完全是受诗人的思想感情的驾驭而写成的,是诗人丰富内心世界的展现。而作者,一方面具有深厚的文学修养,一方面是一位真正的政治改革家,一位真诚的爱国者,而且在政治上又有过光辉的成功和最悲惨的失败,经历过多次起伏升沉的变化,经受过无端的打击和迫害,炽热的情感的岩浆,已经在他的胸中翻腾了许久。当他站在旧都鄢郢先王之庙的列祖列宗前的时候,便再也抑制不住自己情感的闸门,像火山一样喷发了出来。在以后的两千年中,很少有人兼具屈原这样的素养和境遇,而且也因为屈原早已达到了这样的高峰,便再没有人能同他一样在诗歌创作上取得如此巨大的创造性的贡献。

中　编
屈骚的继承与创造问题

作为楚辞上源的民歌和韵文剖辨

一、不能以"兮"字作为判断是否楚歌的标志

"五四"新文化运动以后，一些学者向西方学习，用现代科学的手段来治传统的国学。就《楚辞》研究来说，出现了两种情况：一些人通过材料的比勘，用实证主义的方法对传统说法加以检验，找寻纰漏，发现矛盾，提出诘难，凡有疑问者均以为非屈原之作，甚至以为非先秦时代之作。这一派的突出代表是胡适。另一些人则在校勘、整理、注释等方面扫除迷雾，突破旧说，发前人所未发，作出了突出的成绩。突出的代表是闻一多。从方法上说，前一派是对今文经学派的改造，后一派是对传统朴学的改造。这两类学者研究的结论，甚为悬殊，前者迫使新一代的楚辞学突破传统楚辞学的樊篱，从整个先秦两汉文献和先秦文化方面思考去解决一些历史悬案和难点，后者则从文学和文献的角度审度原文，为全面深入地探索、研究奠定了一个好的基础。而共同的缺点是尚不能从当时社会、历史的整体去认识屈原及其作品。抗战时期，郭沫若陆续写出后来总名之为《屈原研究》的三篇文章（合为一篇时，对前两篇有所删削），用马克思主义观点把屈原放到当时的时代中去认识，对于确定屈原的思想、屈原的生平同当时整个时代的联系及屈原悲剧的性质，都有很大的意义。可以说，从这时起，我们开始了对屈

原的真正深刻的认识。1949 年以后在这方面的探讨更为深入,出现了一些很有分量的论文。

但是,我们不仅要从当时整个历史发展的过程中去认识屈原其人,也要从整个先秦时代文学、美学特别是诗歌艺术发展的总趋势中去认识屈原的作品。因为联系了当时的历史去探索屈原思想之实质,还只能弄清屈原作品内容(思想、情感、事件等等)方面的一些问题,认识到作为一个改革者,一个具有浓厚民族感情的诗人,他的思想包括了哪些闪光的东西。但这还不能使我们弄清楚作为一个登上了世界文学史高峰的诗人是怎样达到当时艺术的顶点,在怎样的条件下,用怎样的手段创造出如马克思所说作为抒情诗的"一种规范和高不可及的范本"的[①]。

1949 年以来,对屈原作品艺术特征的探讨和对某些具体篇章艺术成就的分析,有不少精彩的论文。但是,对屈原作品在当时艺术条件下的继承、革新与创造问题,似乎还缺乏较集中深入的研究。

屈原以前楚地有哪些诗歌,过去的看法很不一致。本文拟就这方面作一个较全面的清理,以确定可信的材料,作为我们探讨楚辞渊源及屈原继承与创造问题的基础。

以前探索楚辞的渊源,往往着眼于作品是不是以"兮"作为语助词,认为以"兮"作为语助词的,便是楚辞的上源,句末不带"兮"字的,不在考察的范围之内。其实,这个看法是不正确的。作为楚辞上源的作品有哪些特征,只能从具体作品的分析上得出结论。既然还不知道哪些是作为楚辞上源的作品,怎么能先验地确定其基本特征? 所以,本文探索楚辞上源,只从产生地域、语言特征和

---

　　① 马克思《政治经济学批判导言》论希腊诗之语。《马克思恩格斯选集》,人民出版社 1972 年版,第 114 页。

社会风俗方面来考察。我们从这些方面确定了作为楚辞上源的具体作品之后,再由这些作品来分析概括其在表现手法、艺术风格以至形式方面的特征,探索它们同屈赋的关系。

二、二《南》与《陈风》

作为楚辞上源的早期抒情诗主要包括《诗经》中《周南》、《召南》中的部分作品,《陈风》及一些集外的楚地诗歌。

(一) 二《南》中的部分作品

《周南》《召南》是不是楚地民歌,学者们有不同的看法。我们认为,二《南》虽不能肯定全部是楚民歌,但其中有楚地民歌,是可以肯定的。《周南》的《汉广》《汝坟》,《召南》的《江有汜》唱到江、汉、汝等水,便是明证。春秋时代楚人正活动在这一带。《左传·僖公二十八年》:"汉阳诸姬,楚实尽之。"《定公四年》又曰:"周之子孙在汉川者,楚实尽之。"春秋以前汉水以北的一些姬姓小国在春秋时期陆续被楚国所灭,其地并入楚国。江、汉、汝流域姬姓小国如郧(在今湖北钟祥西北)、息(今河南息县)、应(河南鲁山东)、蒋(河南固始西)、道(河南确山北)、蓼(河南固始北)、唐(湖北随州西北)等,皆在春秋时为楚国所灭。蔡(被迁徙过好几个地方)、随(湖北随州)至战国时为楚所灭。《离骚》:"惟此党人之不谅兮,恐嫉妒而折之。"《方言》:"众信曰谅,周南、召南、卫之语也。"可见周南、召南之语,在战国时已汇入楚语中。

1973年长沙马王堆三号墓出土的帛书《相马经·大光破章故训传》为我们确定二《南》的产生地提供了新的证据。《相马经·大光破章故训传》中说:

江水流行,没而无刑(形),水之旁,有危封。

　　　　河州（洲）无树，已能长之，江水前注，孰能当之？……汉
　　水前注，不欲雍（壅）之。
　　　　南山有木，上有松柏，下有崖石。有松产南山之阳，正刺
　　为良。

文中提到的地名只有"江水"、"汉水"、"河州（洲）"、"南山"。这里
说的"河洲"与《周南·关雎》"在河之洲"的"河洲"在地貌特征和名
称方面相合。这样看来，《周南》中说的"河之洲"应指江汉间某地。
屈原被放汉北期间所写的《抽思》（其中，"有鸟自南兮，来集汉北"
表明了创作地点）中说："望南山而流涕兮，临流水而太息。"则南
山是江汉间山名。而《诗经·召南·草虫》说："陟彼南山，言采
其蕨。""陟彼南山，言采其薇。"《召南·殷其雷》中说："殷其雷，
在南山之阳。"则《草虫》、《殷其雷》亦很可能为江汉间作品。又
《草虫》"陟彼南山"，《周南·卷耳》"陟彼崔嵬"、"陟彼高冈"的
"陟"，即《离骚》"陟升皇之赫戏兮"的"陟"，本汉水流域所习用
之词。
　　结合以上证据看，《韩诗》说二《南》"其地在南郡、南阳之
间"[1]，是可信的，二《南》二十五篇中有一部分是楚国北部的作品。
　　这里应该强调地指出三点：
　　第一，并不是说二《南》中全部作品都是楚地作品，而只是有一
部分后来所谓为"楚地"的作品。
　　第二，二《南》中作为楚辞上源的作品，产生于后来属于楚国的
地区，因而还不能说它们就是楚国的作品。
　　第三，这些作品的产地，属于后来楚国的北部地区，因而，在风
格等方面，自然同南楚沅湘间的作品也会有一些不同。

────────────

　　① 《水经注》卷三四引。

（二）《陈风》

春秋时代与楚国相邻的陈国，在公元前 478 年被楚国所灭，其地自春秋之末便成了楚国的一部分。陈国在社会风俗、语言习惯方面，与楚国也极为相近。如《陈风·墓门有棘》中说的"棘"，扬雄《方言》说："凡草木刺人，江淮之间谓之棘。"又《泽陂》："彼泽之陂，有蒲与荷。"《方言》说："陂、傜，衺也。陈楚荆扬曰陂。"可见陈地语言与荆楚多有相同之处。至屈原之时，则陈语已融入楚语中。《离骚》："路曼曼其修远兮"，《方言》说："修、骏、融、绎、寻、延，长也。陈楚之间曰修。"《抽思》："愿承间而自察兮，心震悼而不敢。"《说文》："悼，惧也。陈楚谓惧曰悼。"此例甚多，不须繁举。《方言》中凡言"陈楚之间作某"或"江淮之间作某"者，都表明了陈楚语言相融的情况。

从社会风俗、文化特征方面看，陈楚也具有很大的共同性。这当中最突出的，便是陈、楚皆从很早就信巫而好鬼，并盛行巫觋歌舞，自上至下，蔚为风气，直至亡国。陈、楚都是如此。《汉书·地理志》说楚地，"信巫鬼，重淫祀"。桓谭《新论》说："昔楚灵王骄逸轻下，简贤务鬼，信巫觋之道，斋戒洁鲜，以祀上帝，礼群神，躬执羽帗，起舞坛前。"①王逸《楚辞章句》说："昔楚国南郢之邑，沅湘之间，其俗信鬼而好祠。"陈国呢？《汉书·地理志》说：

　　陈国，今淮阳之地。……周武王封舜后妫满于陈，是为胡公，妻以元女太姬。妇人尊贵，好祭祀，用史巫，故其俗巫鬼。《陈诗》曰："坎其击鼓，宛丘之下。亡冬亡夏，值其鹭羽。"又曰："东门之枌，宛丘之栩，子仲之子，婆娑其下。"此其风也。

郑玄《诗谱·陈谱》说：

_____

①　《太平御览》卷五二六。卷七三五引文字稍异。

> 太姬无子,好巫,祈祷鬼神歌舞之乐,民俗化而为之。

可见陈、楚文化存在着相当多的共同因子。楚顷襄王二十一年(前278),秦兵再次南下,火烧夷陵,危及郢都,顷襄王东北伏于陈,命曰"郢陈",不是没有原因的。

由陈国其地后来的归属、陈地的语言特点、社会风俗等三方面来看,《陈风》应是楚辞的上源之一。

三、佚诗与韵文

(一) 佚诗

属于楚辞上源的作品,除《陈风》与二《南》中部分作品外,还有一些南方佚诗,如:

1.《左传》庄公二十二年(前672)载陈公子完(谥为敬仲)为避祸奔齐,齐桓公使之为卿,敬仲辞之,并引诗曰:

> 翘翘车乘,招我以弓。
> 岂不欲往,畏我友朋。

表示感谢齐桓公使其免于难。昭公二十年言"弓以招士",敬仲借此自谦为士,不敢高居卿位。即所言"君之惠也,所获多矣,敢辱高位以速官谤?"

2.《左传》庄公二十二年(前672)载《懿氏繇》:

> 凤皇于飞,和鸣锵锵。
> 有妫之后,将育于姜。
> 五世其昌,并于正卿。

八世之后,莫之与京。

此歌以传说中的鸟"凤皇"起兴而不是以眼前所见之物起兴,同楚辞颇为相近。此本春秋时陈国作品,因为本文第二部分讲过的原因,亦收于此。唯其中后四句我疑是后人所加。

3.《说苑·至公》所载《子文歌》:

子文之族,犯国法程。

廷理释之,子文不听。

恤顾怨萌,方正公平。

这首歌产生于楚成王时代(前 671—前 626 年)。《说苑》《新序》同《战国策》都是据西汉元成之世由郡国所收集来的先秦佚书所编成,保存有很多先秦史料。

4.《新序·节士》载延陵季子将西聘晋,带宝剑以过徐君。徐君观剑,不言而色欲之。延陵季子有上国之使,未献也,然其心已许之矣。致使于晋顾反,则徐君死于楚。于是脱剑致之嗣君。从者止之曰:"此吴国之宝,非所以赠也。"延陵季子曰:"……吾心许之矣。今死而不进,是欺心也;爱剑伪心,廉者不为也。"遂脱剑致之嗣君。嗣君曰:"先君无命,孤不敢爱剑。"于是季以剑带徐君树墓而去。徐人嘉而歌之曰云云,即此诗:

延陵季子兮,不忘故。

脱千金之剑兮,带丘墓。

徐国先是依附于楚,公元前 512 年被吴楚所灭,其地自春秋末年已属楚国。春秋时徐地的民歌实际上也是战国时楚地诗歌的上源。

5.《史记·滑稽列传》所载《优孟歌》。这是公元前 6 世纪初期的作品。《古文苑》卷十九及宋代洪迈《隶释》卷三所收汉桓帝延熹三年刻立的《楚相孙叔敖碑》，文字与之有所不同，当是长期流传中造成的歧异。

又《吴越春秋》卷三所载《渔父歌》，卷四所载《河上歌》《申包胥歌》。《吴越春秋》虽成书在东汉之世，但其中一些材料的来源很早。最有力的一个证据，是书中称说时分、所说时段的名称同《左传·昭公五年》鲁国卜楚丘一段文字及杜预注相合（参李学勤《时分与〈吴越春秋〉》，见李学勤《简帛佚籍与学术史》，江西教育出版社 2001 年 9 月第 1 版）。经过秦始皇焚书与楚汉战争，先秦古籍国家藏者殆尽。汉代虽几次收集，未必能够齐全。有散在民间者，或加改篡，或据别书增补、重编。《吴越春秋》应属于这种情况。该书中收有一些先秦时代的歌谣。我国最早的民歌《弹歌》就赖此书得以保存下来。以上三歌虽不一定是伍子胥及其同时之人所作，但伍员故事最早流传在吴越一带，因而此三歌亦可作为我们认识先秦时南方民歌的参考（为谨慎起见，此三首歌不作为这一组论文立论的根据。又《吴越春秋》卷四尚有楚乐师扈子的《穷劫曲》，十八句，基本上为七言句，不似先秦时作品，此处不论）。

6.《说苑·辨物》载《楚童谣》：

楚王渡江得萍实，大如拳，赤如日。剖而食之美如蜜。

两句七言句，中间两句三言句。如果在两个七言句的第四字之后和两个三言句之间加上语助词"兮"，便和《离骚》句式完全一样。

楚王渡江兮得萍实，大如拳兮赤如日。剖而食之兮美如蜜。

7.《史记·孔子世家》载《接舆歌》：

　　凤兮凤兮，何德之衰？往者不可谏兮，来者犹可追也。已而已而，今之从政者殆而！

　　这首歌在《论语·微子》中已录入。《庄子·人间世》中说，这是孔子适楚时听楚狂接舆所唱。所载文字有所不同。

　　8.《孟子·离娄》载《沧浪歌》，"沧浪之水清兮，可以濯我缨；沧浪之水浊兮，可以濯我足。"此诗又见于《楚辞·渔父》。《尚书·禹贡》："嶓冢导漾，东流为汉，又东为沧浪之水。"是汉水之下游有沧浪水流入也。沧浪水即春秋时代的清发水（又名清水、涢水），在汉北安陆县以西向南流入汉水①。屈原在怀王二十四、五年被放汉北，在那里停留四年左右。孔子至楚，也当是只到楚国北部，未必渡汉。《沧浪歌》既产生于汉北一带，则孔子和屈原都听到，是自然的。

　　9.《说苑·正谏》所载《诸御己歌》。歌曰：

　　薪乎，菜乎！无诸御己，讫无子乎！
　　菜乎，薪乎！无诸御己，讫无人乎！

据《说苑》，这首歌作于楚庄王时，只是这"楚庄王"不是春秋五霸之一的楚庄王，而是战国末年的楚顷襄王，文献中有时称作"庄王"（参钱穆《先秦诸子系年·楚顷襄王又称庄王考》）。因其中诸御己

---

　　① 卢文弨《钟山杂记》说："沧浪青色，在竹曰苍筤，在水曰沧浪。"此话并不错，但他以此为据说"沧浪"只是形容水色，不是水名，又偏于一隅。漾水之漾本就是形容之词（"漾，水长也。"水旁为后加）。水之得名由于水色，并无不可。

谏庄王陈辞中提到的好几件事,都是春秋时楚庄王之后的。但由这首歌也可以看到战国末年楚地流传民歌,同春秋时比并无大的差别。它在表现手法上同《召南·羔羊》很相近。下面是《羔羊》一诗:

> 羔羊之皮,素丝五纪。退食自公,委蛇! 委蛇!
> 羔羊之革,素丝五绒。委蛇! 委蛇! 自公退食。
> 羔羊之缝,素丝五总。委蛇! 委蛇! 退食自公。

这种颠倒词或句子的次序以换韵的办法,在《国风》其他篇中都没有,在楚佚诗中却找到了例子。

10.《说苑·善说》所载《越人歌》:

> 今夕何夕兮? 搴舟中流。今日何日兮? 得与王子同舟。蒙羞被好兮,不訾诟耻。心几烦而不绝兮,得知王子。山有木兮木有枝,心悦君兮君不知。

这是公元前3世纪楚国的鄂君子皙听舟人用越语所唱,由楚人译为楚语。作为南方长江流域作品,本可作为认识南楚民歌风格的参考,而经楚人翻译,更带上了楚人语言表现的特点。鄂君子皙,以前学者们以为即春秋时楚王之子公子黑肱(字子皙,见《左传》襄公二十七年、昭公十三年)。然而公子黑肱未见其封为鄂君,春秋时也未见有鄂君之称。1957年,安徽寿县出土鄂君之节,为楚怀王时物。谭其骧先生考,此鄂即今湖北鄂州(见其《鄂君启节地理今释》,刊《中华文史论丛》第二辑)。则此鄂君为楚怀王前后人,比庄辛时代稍早,故庄辛尚记得其越语原词。

　　以上楚地佚诗十余首。加上应归于战国时楚地诗歌上源的

《陈风》十首；二《南》二十五篇中，属于后来楚国地区的作品约占一半左右。这样，我们今天可以见到的产生于春秋时代的，作为楚辞上源的作品，至少有三十多首。

春秋后期，随着奴隶制的瓦解，礼崩乐坏，百家争鸣。到战国时代，一切史官制度和采诗制度皆已不复存在。因而，战国时代留到今天的诸子之书很多（《六韬》《尉缭子》《文子》《鹖冠子》《晏子春秋》等以前被认为伪书者，今由山东银雀山、河北定县等地出土汉简证明为先秦所传之书，唯有的曾经散佚窜乱，经后人所增改和重新整理。《战国策》事实上也是纵横家编集的战国时人的书信和游说辞）。

战国时代屈宋以前的楚地诗歌大都失传了。我们主要从《九歌》和《大招》、《招魂》看到战国时楚国祭祀歌舞与宫廷招魂词的规模、内容和形式的大体情况。楚辞《九歌》，据王逸说：屈原"出见俗人祭祀之礼，歌舞之乐，其词鄙陋"，因而另为"作《九歌》之曲"。据朱熹说是屈原就楚地祭祀歌舞词加以修改而成。两说虽异，但从他们的论述中可以肯定这两点事实：一、《九歌》歌舞词的形式在屈原以前就已经有了；二、屈原的《九歌》保持了原来民间歌舞词的形式。因为即使是屈原所另作，它既然是代替原来的歌词用之于同一祭祀活动的，就不可能在形式上完全打破樊篱，另为一套。

《招魂》的作者，或言屈原，或言宋玉。《大招》的作者，或言屈原，或言景差。看其内容，两篇都应是用来招国君之魂的。我以为两篇都是屈原所作①。但招魂的风俗不会是至屈原之时才有，招

---

① 参拙文《屈原的冠礼与早期任职》中《屈原为左徒之前的任职与〈大招〉之作》一节，拙文《汉北云梦与屈原被放汉北任"掌梦"之职考》。并见《屈原与他的时代》，人民文学出版社 2002 年版。

魂词也不会是屈原所独创。所以《楚辞》中《大招》、《招魂》至少可以使我们知道：在屈原以前楚国就流行着这样一种文体。

以《九歌》与《大招》《招魂》同前面所举的一些春秋战国时诗歌相比，有下面两点变化：一、篇幅大大扩展；二、抒情手段更加丰富。由这两点可以知道，虽然今天所见屈原以前的楚人诗歌数量有限，但可以想见战国时楚国的诗歌是得到了充分的发展的。

（二）韵文

战国之时，由于楚国诗歌发达，楚国的有些哲学、自然科学著作也用了韵文的形式。我们看产生于北方的《墨子》《孟子》《韩非子》《公孙龙子》等都是散文形式，而楚国的《老子》及靠近楚国的宋之蒙人庄周的《庄子》就多用韵文的形式；产生于北方的《考工记》《内经》，《墨子》中的《经说》《小取》都用散文形式，而产生于南方的《相马经》用了韵文的形式。

这里对三部产生于战国时楚国的著作略加考说。

第一部：《老子》。有的章节颇有诗的味道。如第十章：

　　载营魄抱一，能无离乎？专气致柔，能婴儿乎？涤除玄览，能无疵乎？爱民治国，能无为乎？天门开阖，能无雌乎？明白四达，能无知乎？……

其句子整饬，颇似《天问》。其第二十一章也一样：

　　孔德之容，惟道是从。道之为物，惟恍惟惚。惚兮恍兮，其中有象；恍兮惚兮，其中有物。窈兮冥兮，其中有精。其精甚真，其中有信。自古及今，其名不去，以阅众甫。

《史记·老子申韩列传》说："老子者，楚苦县历乡曲仁里人也。"郭沫若认为《老子》一书的思想是老聃的,而文字是环渊(范渊)的。环渊即范蠕,也是楚人,主要活动于威王、怀王时("蠕"即"蜎"字。虫旁残损则似"王",故《战国策》误作"环")。《汉书·艺文志》著录:"《蜎子》十三篇,名渊,楚人,老子弟子。"可见范渊确实是有所著述的。《蜎子》一书早已散佚。《老子》则无论是老聃所亲著,还是范渊据老聃的思想所论述,从语言风格上来说,它反映了楚国的文风,则是无可置疑的。

第二部:《易·象传》。有的章节很有文采,如《乾卦·象传》曰:

大哉乾元,万物资始,乃统天。云行雨施,品物流行。大明终始,六位时成,时乘六龙以御天。

《象传》六十四条基本上都是韵语,而且其韵部与先秦时代北方诗歌有所出入,而与《老子》及屈宋作品相合。可见《象传》是楚人所作。《史记·仲尼弟子列传》说:"孔子传《易》于瞿,瞿传楚人馯臂子弘(姓馯,名臂,字子弘)。"《汉书·儒林传》"子弘"作"子弓"。《史记索隐》据《荀子》的《儒效》《非十二子》《非相》篇将子弓与仲尼并列及《汉书·儒林传》"子弘"作"子弓"的事实,认为馯臂子弘即馯臂子弓。高亨先生认为,馯臂子弓(子弘)即是《象传》的作者[1]。

第三部是 1973 年在长沙马王堆三号墓出土的帛书《相马经·大光破章故训传》[2]。由书中提到的地名可以肯定其为楚人作品,前面已经谈到。此书分三部分,前面一部分是"经",当中一部分是

---

① 高亨《周易大传通说》。《周易大传今注》第 3 页,齐鲁书社 1979 年版。
② 释文刊《文物》1977 年第 8 期。并参拙文《马王堆汉墓出土〈相马经·大光破章故训传〉发微》,《江汉考古》1989 年第 2 期。收入拙著《古典文献论丛》,中华书局 2003 年版。

"传"，后面一部分是故训。经、传、故训都只是相马目（马的眼睛）的部分，不全①。这一部残书的发现为我们从侧面窥探屈原之前楚国韵文的发展规律和一般特征，特别是认识屈赋语言表现上的继承与创造，提供了宝贵的资料。

以上列举的诗歌、韵文，都不能孤立地看，而应该在文学发展的总体上，既从纵的方面考虑它们的来龙去脉，也从横的方面推想它们反映了当时文学发展的怎样的状况。

战国时屈原以前的诗歌留下来的不是很多，有些人便以为《离骚》等作品的产生和屈原的出现是不可理解的事，因此不但有人认为屈原的作品产生于秦汉以后，还有些人连屈原之后的楚辞作家宋玉的不少作品也轻易地加以否定，判为魏晋间人的伪作。但是1972年在山东银雀山一号墓出土的竹简中，就有唐勒、宋玉论驭的文字（将编入《银雀山汉墓竹简》第三辑）②。我考释之结果，认为它是唐勒的《论义御》。这批竹简上的字体属早期隶字，估计是文、景至武帝初期抄成。可见唐勒、宋玉的作品在汉初所流传比今天所能见到的要多，而不是少。看来《汉书·艺文志》著录：《屈原赋》二十五篇，《唐勒赋》四篇，《宋玉赋》十六篇，《孙卿赋》十篇，是完全可信的。《昭明文选》所载宋玉《风赋》、《高唐赋》、《神女赋》、《登徒子好色赋》四篇赋和刘勰《文心雕龙》所提到的《钓赋》，在没有可靠证据足以否定其为宋玉作品之前，还应看作是宋玉的作品。唐勒作品，以前所能见到的，只有郦道元《水经注·汝水》所引《奏

---

① 参见《文物》1977年第8期《马王堆汉墓帛书〈相马经〉释文》之说明；杨宽《战国史》修订本第七章第六节。

② 银雀山汉墓竹简整理小组编《银雀山汉墓竹简》壹《银雀山汉墓竹简情况简介》："一号墓所出竹书，一部分是现在还有传本的古书，大部分是佚书。……佚书主要有……三、唐勒、宋玉论驭赋（疑宋玉赋佚篇）。"文物出版社1985年版。参拙著《屈原与他的时代》中《唐勒〈论义御〉与楚辞向汉赋的转变》。

士论》中的五句。而银雀山汉墓竹简中他与宋玉的有关文字的出土,证明了他的作品在汉初尚受到上层统治集团人物的欣赏,他确实是"好辞而以赋见称"的。

荀况是赵人,曾先后仕于齐、楚。《荀子》书中,有《谖》五篇(全用赋的形式),佹诗一首。那佹诗的形式与《橘颂》完全相同(《战国策·楚策四》所引,语助词作"兮"不作"也")。他模仿民歌而作的《成相》辞,所反映的内容很似楚国后期的状况,就像句句在申述屈原的遗愿,为屈原的遭受打击,终至跳水而死鸣不平。

战国时在楚国还产生了具有特殊成就的散文作家。莫敖子华(姓沈尹,名章字子华,任莫敖之职)的《对楚威王》①,庄辛的《谏楚襄王》《说剑》②,同屈原的《卜居》,宋玉的《对楚王问》一样,在形式上采取对话体,末尾点明讽谏之意,而当中主体部分与楚国长久流传的招魂词一样,由若干排比的段落组成,实是汉初"七体"赋之滥觞,在赋的发展史上占有重要地位,但至今均未能给以正确评价。

我们说,从春秋以至于战国,屈原之前楚国的诗苑并非荒芜一片,而是绿叶素荣,文章灿烂;也不能说在春秋时还有一些东西,到战国时便草木零落,众芳芜秽,而是兰蕙椒桂,日益繁盛。我们肯定战国时屈原以前楚国诗歌发展的繁荣状况,就同目前见不到什么关于战国一段的正经的历史著作,但我们可以从战国诸子之书认识当时历史,肯定这是一个地主阶级同奴隶主贵族决战,军事上攻战不已,意识形态上百家争鸣,政治上各国先后进行变法、改革的时代一样。

----

① 参拙文《屈原之前楚国的一位爱国作家——莫敖子华》、《莫敖子华〈对楚威王〉考校》,见《屈原与他的时代》。

② 参拙文《庄辛——屈原之后楚国杰出的散文作家》、《庄辛〈说剑〉考校》,见同上。

　　我们认为，上面所列举考实的作为楚辞上源的作品，不仅在形式上同屈原赋有着一定的关系，而且在语言、风格情调方面也表现出深刻的渊源关系。关于这些问题，将在另外几篇文章中加以探讨。

屈赋形式上的继承问题

一、我国早期诗歌发展的总趋势

古代民歌,发之于歌咏,唱起来都带着泛声的语助词,而录之竹帛之时,有的连语助词一并录下,有的将助词省略。这是因为古代书写工具不便,记载尚简,同时古人也明白此类语助词并无实义,即使删去也不妨于语意理解。《史记·孔子世家》所记《接舆歌》有"兮"、"也"二语助词,而《论语》中所记则无之;《史记·乐书》所记《太乙》、《天马》二歌都有"兮"字作为语助词,而《汉书·礼乐志》所录则全部删去,俱是明证。只是到了诗歌由口头创作转为只供诵读吟咏的书面创作之时,语助词的有无才体现着形式的同异。

以前存在着一个误解,就是以为在先秦时代,四言诗代表北方诗歌的传统,五言、六言诗代表南方诗歌的传统。于是,有的便认为《离骚》这种形式只体现着南方诗歌的传统,又有的人则因为在屈原之前的南方诗歌中并不见有"骚体"的形式,便对诗人屈原之出现感到不可理解。这些又是由于我们对于先秦漫长的历史阶段中诗歌发展的状况缺乏明确认识造成的。

诗,产生于劳动。无论在集体或单个劳动中,如需要一阵阵爆发力,往往要发出呼喊或号子声,以助其劲;而集体劳动时,号子声作为协调动作的信号,更为必要。这种呼喊或号子一般是两个音节：起音和收音。它们同劳动节奏的配合是：前者表示动作的开始，后者表示动作的暂停。这也就是所谓"前呼'舆谔'，后亦应之"（《吕氏春秋·淫辞》）。后来，在这本来只是用以鼓劲发力和调节动作的无意义的音节中，嵌入有一定含义的词语，便成了最早的诗歌。

我国最古的诗是二言的。如传为南风之祖的《候人歌》总共一句，只有四字。除去语助词"兮猗"，实只二字。这应是一首二言诗中的一句。还有传为黄帝时的《弹歌》，写上古时人们用最简单的武器（竹子的镖枪和土块）猎取食物的情景。它不像《诗经·齐风·还》说的"并驱从两肩兮"、"并驱从两牡兮"、"并驱从两狼兮"，而说是"逐肉"，说明那时人们在打猎的功利观念上主要考虑着"吃"的问题。这是一首很早的歌，也是二言的，按《候人歌》的唱法，《弹歌》唱起来应是：

　　　断竹兮猗，续竹兮猗！飞土兮猗，逐肉兮猗！

两个二言句如果意思相贯，便成了四言句。四言诗的产生也是很早的，它是中国西周、春秋时代诗歌的主要形式。

二言句的拖长的一个音节中，嵌入紧缩的两个音节，便成了三言句。因为三言句难于体现出声音上的均匀节奏，因而它始终只是一种辅助句式，独立的三言诗极少见。六言是两个三言句或三个二言句的连接，五言是一个"二言"和一个"三言"的连接。从我国诗歌发展的主流来说，先是二言，再是四言，再是六言。四言的同时也有零星的三言句出现，六言的同时也有零星的五言句出现。三言句作用的突显产生了五言和七言句。五言、七言诗产生最迟。这就是我国的诗歌形式发展的大体状况。

春秋时代产生了主要表现着北方五百年间诗歌发展水平的

《诗经》，战国时代则产生了屈宋的一系列伟大作品，这就使得一些人造成误解，以为《诗经》的形式反映着北方诗歌的传统式样，《离骚》的形式反映着南方诗歌的传统式样。但实际上，在整个西周至春秋的阶段，除《诗经》中的作品之外，黄河流域和长江流域都没有留下多少诗歌，整个战国时代除楚辞之外，南北诗坛上差不多都是空荡荡的。而从《诗经》中江汉流域的作品和《楚辞》之外仅存的一些楚地民歌、佚诗来看，春秋时代江汉流域的作品中也有四言诗，战国时代北方人作的《易水歌》，在形式上与《楚辞》中作品也并无不同——

风萧萧兮易水寒，壮士一去兮不复还！

这自然只是其中的两句，但全诗在句式上也不可能与此两样。"荆轲者，卫人也，其先乃齐人"（《史记·刺客列传》），他作此歌又在列国最北之地的易水之上。那么，这首诗也反映着战国时北方诗歌的形式，应是无疑的了。

　　先秦时代南方的诗歌确实是有着独特的风格的。但是，它的风格主要体现在语言表现（词汇、句法、各种修辞手法的运用）和意境情调方面。某些字的读音和歌唱的曲调也突出地带有地方色彩，但书面化之后，这方面的特征便基本上泯灭了。句式、句子的组合等形式的诸方面，虽然因为民间祭祀歌舞，招魂词以及作品表现内容和语言运用的影响，也带上某种民族的和地域的特征，但它主要体现着诗歌发展的共同规律，我们不能把南方诗歌同北方诗歌形式上的差异夸大到使二者对立的程度。因为诗歌体裁的发展受到社会生活、语言及整个文学发展水平的制约。个别诗人可能在诗歌的形式方面做出突出的贡献，但是，一方面他们在诗歌体裁方面的推进和创造总是体现着诗歌形式发展的规律，另一方面，他们独创的形式一旦产生,就被大家模仿、学习,从而又成为一种公用的普遍的形式。

二、屈赋句式分析

屈赋当中,有四言句,有五言句,有六言句,也有少量的三言句和七言句(这里我们称的"几言句"之中,并不将"兮"、"些"等泛声的语助词计算在内)。下面我们对屈赋中的句式加以分析,并将它们分别与江汉一带的民歌加以比较。

1. 屈赋中的四言句有三种形式。

第一种是"二二式"结构,句中有语助词"兮",一般是两句为一组,成"□□兮□□,□□兮□□"的形式。《九歌·礼魂》,大部分是由这种句式组成。《九歌》中其他篇也有一些。如:

> 吉日兮辰皇……(《东皇太一》)
> 扬灵兮未极……(《湘君》)
> 桂棹兮兰枻,斫冰兮积雪。(同上)
> 石濑兮浅浅,飞龙兮翩翩。(同上)
> 广开兮天门……(《大司命》)
> 高飞兮安翔……(同上)
> 灵衣兮被被,玉佩兮陆离。(同上)
> 乘龙兮辚辚,高驰兮冲天。(同上)
> 愁人兮奈何……(同上)
> 秋兰兮靡芜,罗生兮堂下。(《少司命》)
> 秋兰兮青青,绿叶兮紫茎。(同上)
> 荷衣兮蕙带……(同上)
> 缊瑟兮交鼓,箫钟兮瑶簴。(《东君》)

应律兮合节……(《东君》)

成礼兮会鼓,传芭兮代舞。(《礼魂》)

这种四言句其形式是同样形式的上下两句相连,或其下连接句中带"兮"的五言句。在《楚辞》作品中只出现于《九歌》中。可见,这是楚民间祭祀歌舞词的句式。

第二种是句中、句末都没有泛声的语助之词,与《诗经》中大、小《雅》的句式一致,都是两句组成一组,而四句为一节。其以整篇形式出现的,只有《天问》;而它与在句末带有语助词"兮"的四言句和三言句组相组合,却形成了另外两种诗体形式(详下)。

不带"兮"的四言句式,在北方诗歌中不用说为最常见句式,在今日见之记载的江汉流域的民歌中,也是相当普遍的。《诗经·陈风》的大部分作品,二《南》中的《草虫》《汝坟》等以及产生于公元前7世纪的《子文歌》都是。此外,《易·象传》和《老子》中有不少韵语,也属此类。

第三种在句末带有语助词"兮"。屈赋中,这种句式都是同不带"兮"的四言句相间使用的,成"□□□□兮,□□□□"的形式。如《怀沙》:

滔滔孟夏兮,草木莽莽。伤怀永哀兮,汩徂南土。

易初本迪兮,君子所鄙。章画志墨兮,前图未改。

《怀沙》一诗除乱辞外,全诗是这种格式或这种格式的变体(大多是下句中增一、二字。也有在上句增一、二字者)。在屈原以前的南方诗歌中,《越人歌》的前半与之相同:

今夕何夕兮? 搴舟中流。今日何日兮? 得与王子同舟。……

这种格式在民歌中同四言而不带语助词"兮"的应属同一类,它们在句子结构上都没有过多的限制,只是前一种在录之竹帛时删去了上下连接的两句中上句末尾的"兮"字罢了。比如《子文歌》,如果加上"兮"字,就与《越人歌》在形式上没有什么不同:

> 子文之族兮,犯国法程。廷理释之兮,子文不听。恤顾怨萌兮,方正公平。

屈原利用这种书面记载上的差异,在自己的创作中形成了韵味不同的两种四言诗。如果说不带"兮"字的形式适宜于表现理性的思考,因而屈原用它写了《天问》,则这种带有"兮"字气势舒缓的形式具有较浓厚的抒情色彩,因而屈原用它创作了直接抒发内心情感的《怀沙》。书面创作的诗歌中有节奏地运用泛声的"兮",吟诵时在上句之末拖长声音,便使诗句更接近于歌唱的情形,而更富有音乐性。《文心雕龙·章句》中说"寻'兮'字承句,乃语助余声",但"巧者回运,弥逢文体,将令数句之外,得一字之助矣"。屈原正是认识到"兮"字的这种艺术效果,使它成为在自己的创作中充分发挥了作用的"巧者"。

2. 屈赋中的三言句,句末带着语助词"兮"。在组合成篇时,它是与四言句连接起来,组成"□□□□,□□□兮"的形式。《橘颂》及《抽思》《涉江》《怀沙》三篇的乱辞大体上都是这种形式。如:

> 后皇嘉树,橘徕服兮。受命不迁,生南国兮。深固难徙,更壹志兮。绿叶素荣,纷其可喜兮。曾枝剡棘,圆果抟兮。青黄杂糅,文章烂兮……

这种形式最早见于周代冠礼等仪式的祝辞中。《橘颂》是屈原早年之作,准确地说,是其二十岁行冠礼之作,故用了冠辞的形式。当然,这也反映了他早期创作中侧重于继承和模仿的特点。《抽思》作于被放汉北之时,《涉江》《怀沙》作于被放江南之野时,故只以这种形式用为乱辞,表现了一种对早年创作的记忆。

《楚辞·招魂》描写宫廷陈设及生活状况的部分,除语助词不是作"兮",而是作"些"(先秦时楚方言中"些""思"与"兮"的发音、韵部极相近)这点不同之外,其余同《橘颂》及《涉江》等的乱辞形式完全一样:

> 魂兮归来!入修门些。工祝招君,背行先些。秦篝齐缕,郑绵络些。招具该备,永啸呼些。魂兮归来!反故居些。天地四方,多贼奸些。像设君室,静闲安些。高堂邃宇,槛层轩些。层台累榭,临高山些。网户朱缀,刻方连些。冬有突厦,夏室寒些。川谷径复,流潺湲些。光风转蕙,泛崇兰些。……

以下写饮食、歌舞、欢娱的部分也同样是这种严整的四三言相间的形式。《大招》则差不多全篇是由这种句式所组成,只不过泛声的语助词不是"兮"或"些",而是作"只",成"□□□□,□□□只"的形式。

屈赋中的这种四、三言相间的形式以前被称为"四言诗"。这是用传统的概念来范围各种丰富、复杂的文学式样,它掩盖了不同形式之间的具体区别,使我们对屈原在诗歌形式上继承与创造问题的认识总是停留在极肤浅的表面,对屈赋同楚地民间文学的关系的认识,也造成一层障碍。我们由对于《汉广》、《摽有梅》、《招魂》与《橘颂》的比较可以知道,在江汉沅湘流域,《橘颂》的这种形式也是源远流长的。它同南方的招魂词有着密切的联系。如果说屈赋中某些篇在形式上也体现了地域的特色,则《橘颂》算是比较明显的一首。

3. 屈赋中的五言句同四言句一样分为三种。第一种:"三二"结构,句中有"兮";第二种: 没有语助词"兮";第三种:句末有语助词"兮"。组织成篇时,第一种是单纯由这种句式连接起来,两句为一组,成"□□□兮□□,□□□兮□□"的形式。第二、三种则互相配合,组成"□□□□□兮,□□□□□□"的形式,零星出现于《离骚》和《九章》中,如"名余曰正则兮,字余曰灵均"等。

第一种形式,是《九歌》的主要句式,《九歌》中大部分篇章是由这种句式组成的。如《云中君》:

> 浴兰汤兮沐芳,华采衣兮若英。灵连蜷兮既留,烂昭昭兮未央。謇将憺兮寿宫,与日月兮齐光。龙驾兮帝服,聊翱游兮周章。……

这种句式只存在于《九歌》中,屈原的其他作品中一句也没有。它同四言句的第一种一样,是与楚民间祭祀歌舞相适应的特殊句式。

这种五言句同上面所说四言句的第一种形式(□□兮□□)比较起来,"兮"字已具有某种语法意义,而不只是泛声的作用。如上面所引《云中君》一段,第一句、第三句中"兮"字作用同于"而",第二句、第四句中同于用作形容词词尾之"其",第五句中同于"于",第六句、第七句中同于"而",第八句中同于"之"(《离骚》"载云旗之委蛇"的"之")。将上面这段歌词中的"兮"字替换为相关的虚词之后便是:

> 浴兰汤而沐芳,华采衣其若英。灵连蜷而既留,烂昭昭其未央。謇将憺于寿宫,与日月而齐光。龙驾而帝服,聊翱游之

周章……

这种变化，反映了社会生活复杂化对诗歌形式的表现功能提出了新的要求。作品的内容总要利用形式的多种因素来完满地表现自己。后来屈原径用各种语法意义较确切的虚词代替了"兮"，从而在这种句式的基础上创造了《离骚》体的六言句。

4.屈赋中的六言句同样有三种形式。第二种和第三种结合形成了离骚的句子，这个我们将在《屈原在完成歌诗向诵诗的转变方面所作的贡献》中专门论述。这里只谈第一种。

六言的第一种是"三三"结构，句中有"兮"。《国殇》、《山鬼》全诗基本上是由这种句式所构成。《九歌》的其他篇中，也零星出现。如：

> 入不言兮出不辞，乘回风兮载云旗。悲莫悲兮生别离，乐莫乐兮新相知。（《少司命》）
> 登九天兮抚彗星。竦长剑兮拥幼艾，荪独宜兮为民正。（同上）
> 青云衣兮白霓裳，举长矢兮射天狼。操余弧兮反沦降，援北斗兮酌桂浆。撰余辔兮高驰翔，杳冥冥兮以东行。（《东君》）
> 乘白鼋兮逐文鱼，与女游兮河之渚。流澌纷兮将来下。（《河伯》）

《山鬼》中大部分是这种句式，而《国殇》则全篇用这种句式。这种句式在组合上的最大特点是：除个别特例外，句句押韵，这同汉代七言诗句句押韵的情形相近（这种句式如计"兮"字也是七言）。

这种六言句在早期南方民歌中，见于《越人歌》：

　　　　山有木兮木有枝,心悦君兮君不知。

　　《老子》一书中也有,如:

　　　　我独泊兮其未兆。(第二十章)

至于《徐人歌》,可以说是这种形式的变体:

　　　　延陵季子兮不忘故,脱千金之剑兮带丘墓。

上下句字数均较一般为多,与《九歌·山鬼》中"余处幽皇兮独不见
天"相近。而《招魂》中有的句子则完全与之相同。

　　　　湛湛江水兮上有枫,极目千里兮伤春心!

《九歌》、《招魂》之外,这种句子在屈赋的其他篇中也都不见。看来
这也是楚祭祀歌舞词常用句式。我们由上面的事例也看到了民间
歌舞同南方民歌、韵文之间的关系。

　　总的看来,屈赋中三四言相间的形式及五言句、六言句都是各
有渊源。屈原对它们的运用情况,也各不相同。

　　### 三、几点结论

　　通过以上的分析比较可以得出以下三点结论:

　　第一,屈赋中的各种句式和几种主要的诗体形式在屈原以前
就已经存在。屈赋中各呈异彩的诗歌艺术样式,同《诗经》中产生
于北方的"雅"诗和民歌,同江汉流域的诗歌形式特别是民歌之间

都存在着千丝万缕的关系。

第二，屈原在创作中虽然对以前各体都加以尝试、利用，但根据自己创作的题材、应用场合等，有区别、有选择地运用，不是混杂乱用。如，无论是四言、五言、六言，句中有"兮"字的形式只在《九歌》中予以保留，以体现民间祭祀歌舞词音乐上的特征，而在自己的独立创作中都不再应用。显然，这是因为这种形式在表达上有时欠明确，选词选句上较多限制的缘故。不带"兮"字的四言，两句之间有"兮"字的四言，及四、三言相间的形式，在当时算是传统的形式，屈原都用来创作了完整的篇章（《天问》《怀沙》与《橘颂》），体现了屈原对过去形式的学习、继承和利用。

第三，楚民歌句中有"兮"字的五言句和两句之间有"兮"字的五言句是屈原创造出"离骚体"的基础。所以说，屈原在诗歌形式上的最杰出的创造，也都离不开楚国诗歌发展的实际环境。从"离骚体"的产生来说，是一种创造，而从这种形式产生的过程来说，也是一种继承。

上述一方面说明了骚体诗产生在六国之末是符合我国诗歌发展的规律的，单从诗体形式方面来说，也可以说：《离骚》等屈原作品的出现乃是历史的必然。另一方面，说明屈原确实是我国战国末年的伟大诗人，他为我们在如何继承文学遗产方面，树立了光辉的榜样。

从帛书《相马经·大光破章故训传》
看屈赋比喻象征手法的形成

一、屈赋的比喻与象征

《楚辞章句·离骚序》云：

> 《离骚》之文，依《诗》取兴，引类譬喻。故善鸟香草，以配忠贞；恶禽臭物，以比谗佞；灵修美人，以媲于君；宓妃佚女，以譬贤臣；虬龙鸾凤，以托君子；飘风云霓，以为小人。其词温而雅，其义皎而朗。凡百君子，莫不慕其清高，嘉其文采，哀其不遇，而愍其志焉。

屈原赋的语言，含情最浓，又最富哲理性。它对《诗经》比兴手法的发展，奠定了中国诗歌传统表现手法的基础。

> 汩余若将不及兮，恐年岁之不吾与。朝搴阰之木兰兮，夕揽洲之宿莽。日月忽其不淹兮，春与秋其代序。惟草木之零落兮，恐美人之迟暮……及年岁之未晏兮，时亦犹其未央。恐鹈鴂之先鸣兮，使夫百草为之不芳。

　　这些诗句,感动了古来无数的仁人志士,使他们抱着热情的积极的人生态度,为了国家,为了民族,为了老百姓的事情,一方面或孜孜不倦地劳作,或置生死于度外,奔走呼号,赴汤蹈火;一方面又时时刻刻、一丝不苟地加强自身修养,保持自己精神世界的纯净、广阔与完善。屈原诗句充沛的感情、鲜明的色彩、深刻的寓意,都是同所采用的比兴、象征的手法分不开的。诗人借用具体的东西(如流水),来表现或象征抽象的东西(如时间、年岁);借用具体的行为动作(如采摘、佩戴香花香草),来比喻或象征较抽象的行为(推举贤才,加强能力和品质的修养,保持美德);借用自然之美(艳丽、香洁等),来象征或比喻意识方面的概念(如本性之高洁美好)。这不仅增加了诗的形象美、色彩美,表现上更为含蓄,同时也从两个方面增加了诗的艺术魅力:

　　一、诗人不只是通过语言词汇的一般意义和感情色彩传达自己的思想和情绪,还利用词语在长时间中积累所获得的文化蕴涵,来传达更为复杂、细微的思想情感。

　　二、使诗句在一定程度上脱离具体的历史、事件,具有了典型而广泛的象征意义。作品所表现的诗人的人格、情操、道德、意志,本身就是一种崇高美的体现,叫人感受到人类心灵应该具有的完美与伟大,可以成为塑造人的灵魂的典范。但是,社会是发展变化的,就是那些坚强、正直,为国家、人民与民族而劳瘁的人,他们的阅历、遭遇及所处的环境,也是千差万别的。作为艺术作品,只有能同更多人的心灵都可以发生共鸣共振,才能超越时代与地域的局限而永远流传下去,一直拥有很多的读者。屈原的作品正是这种可以超越时代与地域而存在的不朽之作。

　　下面是《离骚》中人们最熟悉的两节诗:

　　　　制芰荷以为衣兮,集芙蓉以为裳。不吾知其亦已兮,苟余情其信芳。

　　高余冠之岌岌兮，长余佩之陆离。芳与泽其杂糅兮，唯昭质其犹未亏。

读此数句，抒情主人公形容憔悴而高冠长剑、佩花带芳，行吟于兰皋江潭的形象立即浮现眼前。那喜洁好修、遗世独立、不与腐朽势力同流合污的精神，也可以使人透纸背而见之。要说明这几句诗艺术魅力的形成，自然一方面要联系《离骚》全诗，从艺术整体来谈，另一方面，要从思想内涵、情调、修辞手法等各个因素去分析。然而只从这八句诗所反映出的语言运用上的神妙技法，也足以看出屈赋浓郁的抒情性和强烈的艺术感染力。

　　下面对此数句语言表现的形式试加分析。

　　先看前四句。茭，即菱叶；荷，即莲叶；芙蓉，即莲花。菱叶、莲叶和莲花呈较大的片状，又有鲜亮的色彩，似一片片红红绿绿的锦帛。这是用茭、荷、芙蓉以喻衣裳原料的物质基础。一般的比喻，喻体同本体之间的联系都只是停留在这一点上。但是，这四句诗中喻体与本体的联系却不限于这一点；虽然菱叶、荷叶、莲花鲜艳的色彩在烘托、映衬着抒情主人公外部形象的方面也有一定的作用，但诗人的主要目的不在这里。看这节诗的后两句："不吾知其亦已兮，苟余情其信芳。"诗人是用香洁不凡的服装来象征自己的"情"——高尚的情操、纯洁的品质、美好的胸怀。茭、荷、芙蓉生长水中，洁净清香，色彩艳丽，人们普遍对它们具有一种喜爱的心理，因而也常常用它们来比喻美好的事物。这种比喻性的反复联系，便使它们在物理性质之外，获得了情感意蕴。屈原用它们来象征自己的精神世界，正是建立在这种思想情感意蕴的基础之上的。

　　这四句诗从构成形式上说，在喻体与本体之间巧妙地运用了一个双关词将二者绾合了起来，这个双关词就是"芳"。"芳"本是形容花草气味的,这时用来形容"情",就使"情"同前面的芰荷之衣、芙蓉之裳自然地联系了起来,于是,前两句的象征意义便有了明确的指向。我们设想,如果末一句作"苟余情其高尚",亦无不可,然而,这样喻体与本体之间就不会有如此水乳交融的联系,整节诗就不会这样上下贯通、浑然一体,达到最直接、最完善的抒发感情的目的。

后一节也一样。诗人写高其冠、长其佩,并不只是在写服饰,同时也在展示自己的心灵,在暗示小人当权、世风颓败之际,自己始终坚持真理,保持着纯洁、高尚的"昭质"。所以诗的前两句作了这样突出外表特征、富有象征意义的描写之后,接着说:"芳与泽其杂糅兮,唯昭质其犹未亏。"他高其冠、长其佩,是他"昭质未亏"的象征。从形式上来说,诗人以"芳"照应"佩",以"泽"照应"冠"。香气勃发,光泽照耀,诗人的人格、意志、精神无形中得到了完满的体现。

如果说后一节是纯粹的象征手法,则前一节是比喻(以芰、荷、芙蓉喻衣裳之质地材料)同象征(以鲜艳香洁的服饰喻高尚的品质、情操)的结合,而且,其比喻又用的是暗喻的手法(不出现"如"、"像"、"似"之类的字眼)。这同全诗浪漫情调、奇特的想象相协调,同上下文联系,显得无比的自然和融洽。

"从一滴水珠可以看见太阳"。上面所观察分析的,只是屈赋中的一滴水。然而,我们由此已经看出:屈赋的比喻同《诗经》的比喻是不相同的:《诗经》的比喻一般是取喻体某一自然属性的相似,屈赋的比喻则不只注意到喻体的自然属性,而且更多注意到它在同人的关系中所获得的情感意蕴;《诗经》的比喻一般是明喻,而屈赋的比喻更多的是使用暗喻或隐喻(对喻)。屈赋还运用了象征的手法,有时将比喻同象征结合起来用,这便是《诗经》所没有的。

从整体上来说,屈赋中的比喻在喻体同本体之间形成了比较稳定的关系,这就是《楚辞章句·离骚序》中说的:"善鸟香草,以配忠贞;恶禽臭物,以比谗佞。"同一般比喻的不断追求新颖恰恰相反,它是通过喻体同本体的多方面联系和不断重复,使读者在欣赏过程中产生更好的反馈作用。因而,它同一般的比喻比起来,也更富于抒情性。

我们常说:屈赋继承和发展了《诗经》的比兴手法。当然,文学艺术在发展过程中对以前的经验总是有所继承的。但是,它究竟发展了什么?以往的回答却总是简略笼统的。比如,很多人举出以男女喻君臣这一点来说明屈赋的比喻系统及其对《诗经》比喻象征手法的发展。其实,以男女喻君臣,在屈赋中并未形成比喻系统;就美学方面来说,并不是什么贡献,也没有什么特殊的美学意义。屈赋究竟在怎样的基础上发展了比兴手法?以前有的学者虽然作了一些回答,却没有能够揭示先秦时代楚民族语言的基本风格,没有能够从横向的联系和楚地文学发展的过程中去加以认识。我以为,弄清这个问题,会使我们对屈赋比兴手法的特色及屈原在语言上的继承和发展有一个更全面而深入的认识。

二、辞赋其表、论说其里的帛书《相马经》

1973 年,在长沙马王堆三号汉墓出土了帛书《相马经·大光破章故训传》,为我们认识战国时楚国语言的民族风格、楚国书面语多比喻象征的风气提供了可贵的资料。这部帛书出土多年,但至今尚无人谈到它在语言方面的价值。

马王堆汉墓帛书整理小组写的《马王堆汉墓帛书〈相马经〉释文》(以下简称《释文》)在前言中说:

帛书《相马经》的文字和传世的本子不论在内容上和文体

上都出入很大,从它的文体类似于赋和提到南山、汉水、江水等迹象来看,有可能是战国时代楚人的著作。①

杨宽的《战国史》修订本也完全采用了此说法。汉初已有之,则成书至迟在战国之时。我以为,这部书就是战国时楚人所著②。

同时,我以为这部出土帛书只是《相马经》中的一篇(或曰一章),篇名应为《大光破章》。但是,所出土部分并非全是经文,还包括这一篇的《传》和《故训》,帛书应命为《相马经·大光破章故训传》③。对我们认识战国时楚国语言的民族特色有很大帮助的,不是其中的《传》和《故训》两部分,而主要是《经》的部分。

《相马经·大光破章》是韵文,用了赋的形式。特别值得注意的是,不少段落,如果不看传,还会以为是抒情或写景的文字。下面是开头的一段:

> 有月出其上,半矣而未明。上有君台,下有逢(芬)芳。旁又(有)积缤,急其帷刚。兰筋既鹜,狄筋冥爽;攸攸时动,半盖其明。周草既匿,莫见于旁;时风出本,行马以裹。昭乎冥乎,骏□□强。

读此文,如读《楚辞·招魂》或汉代描写宫室苑囿的驰骋大赋,花草树木、山原河谷、鸟兽虫鱼、宫室台榭,无不被张罗铺排,加以描绘。据我粗略统计,这篇《相马经》经文残存部分所用词汇,其中——

---

① 《马王堆汉墓帛书〈相马经〉释文》,《文物》1977 年第 8 期。该期图版五并有帛书《相马经》照片。
② 见本书《作为楚辞上源的民歌和韵文剖辨》。
③ 见拙文《马王堆汉墓出土〈相马经〉发微》,《文献》1989 年第 4 期。

植物方面的有：兰、狄（荻）、地草、竹、松、柏、重枣、杨、桐、叶、枝、实；

动物方面的有：兽、马、弩、兔、狐、虫、虎、鱼、鸟、欤（乌）、羽、肉；

山川土地方面的有：陵、泽、县（悬）岗、危封（峰）、崖石、巅、山之阳、大海之阿、河州（洲）、江水、汉水、南山、风穴、大田、深沟、渠、绝峦、堤、谷、溪；

自然现象方面的有：日、月、天、阴、阳、风、凉月、彗星、朝、暮、水、火；

屋宇器物方面的有：台、室、门、玉、瑜、烛、剑、缨筋、丝、垆、箴（针）、车轮、重鞍、茧、弓、矢、羽、弦……

文中还有一些关于以上事物以及人的情绪行为的形容之词，如"走"、"游"、"蜚"（飞）、"怒"、"怨"、"静居"、"深视"等等。

词汇是语言的建筑材料。如《文心雕龙·附会》所言，为文"必以情志为神明，事义为骨鲠，辞采为肌肤，宫商为声气"。故一篇作品的词汇可以反映出作品题材的范围与大体的风格。我们从这篇大约千字左右的文字（只就经文而言）所用的词汇，难道不觉得它们同《招魂》及司马相如的《子虚赋》、《上林赋》有着共同之处吗？然而，这却是一篇自然科学的著作！下面是《故训》部分对上面所引文字中前几句的解说：

> "有月出其上，半矣而未明"者，欲目上圜如半月；"上有君缓"者，欲目上如四荣之盖；"下又（有）逢（芬）芳"者，欲阴上［者良目］久；"旁又（有）积缓"者，欲□□□□□□□□；"［急］其维冈"者，欲睓本之急。"兰筋鸷"者，欲其如鸡目中绉，绉者善走；"［狄筋］冥爽"者，欲艮（眼）中白者盻（盼），细而赤，赤多气……

原来在山水花鸟的背后，藏着另外的意思，要读懂它的内容，还必须由表及里。

　　要揭示帛书《相马经·大光破章》华丽的外衣同实际内容间联系的奥秘，必须明白这种表现方法是怎样形成的。我认为，这应导源于为了突出特征、给人造成深刻印象而进行的比喻。这些概括了相马经验的比喻逐渐扩大流通范围，为人们所共用，便形成了相马谚语，甚至成了约定俗成的术语。《相马经》的文字形式是在相当长的时间中形成的，它的一系列比喻是人们在相当长时间中感性经验的凝聚。今天我们读它看到的只是水色山光、草丛花雾，当年的楚人，特别是那些相马的行家由之想到的却是马的高棱大眼、长睫明眸。

　　《相马经·大光破章》中往往由于要强调的方面不同，对同一事物在不同的地方用不同的比喻。经文开头讲眼睛的外形，因为月有圆缺，故用月来说明良马"欲目上圂如半月"的道理；讲眼之周围，则根据不同情况又把眼比作"大海"、"池"、"泽"。传的部分解释道："又（有）树产于大海［之阿］者，（稀），睫欲希（稀），希（稀）则久。""衷（中）又（有）一池者，目也；旁圂（环）以草者，欲睫举坚久。""泽光者，欲目旁之泽无毛。"讲眼珠明亮有光时，则把眼喻为"玉英"和"水之在屆"。

　　但《相马经》在运用比喻上也有两点值得注意：一、有些地方同一比喻也反复运用，表现了比喻在一定程度上的系统性和稳定性。这从比喻的种类来说趋于单纯，而从喻体的意蕴来说，是趋于丰富。如几处将马目比作月。二、有时用"丛喻"的办法，以几种事物从不同方面比喻同一事物。如将目比作月、彗星，将眼珠比作玉（圆玉）。粗看起来没有系统性，细致分析，自有其体系。比如其中说：

　　　疑（拟）之溧（凉）月，绝以（似）槜星。天地相薄，威（灭）而无刑(形)。

　　玉中又(有)瑕,县(悬)县(悬)如丝。

《故训》的部分解释道：

　　　　"疑(拟)之澡(凉)月,绝以楮(彗)星"者。欲艮(眼)赤,赤
　　多气;"天地相[薄],威(灭)而无刑(形)"者,欲目阑交上下会,
　　艮(眼)中央而平,平坚久。"玉中又(有)瑕"者,艮(眼)精
　　(睛)也。

因为比目为"月",比目光为"彗星之光",所以将上下眼皮比为
"天"、"地";因为比目中瞳孔为"瑕",故比眼珠为"玉"。这种一系
列喻体之间的相互联系,也就加深了喻体的内涵,造成了喻体同本
体之间的多维的、立体的联系。

　　归纳起来,产生于先秦时代楚国的《相马经·大光破章》在语
言表现上有下面四个特征：

　　1.用一系列的比喻表现作者的思想,同一般在叙述中偶然夹
进一两个比喻句子的情形不同。

　　2.经文中只出现喻体,不出现本体。它同本体的联系主要依
赖于人们约定俗成的比喻习惯。

　　3.喻体同本体的联系显示了一定程度的稳定性。

　　4.喻体同本体之间有着较多的联系。

　　可以看出,这些特征同屈原赋中的比喻象征手法是比较切
近的：

　　1.屈赋中往往运用一连串的比喻来表现一个意思(如《离骚》
的"余既滋兰九畹兮"以下八句,"揽木根以结茞兮"以下四句,"兰
芷变而不芳兮"以下四句,"余以兰为可恃兮"以下十二句等)。有

的部分其至是全部用象征手法表现思想或情绪(如《离骚》的天上三日游、求女等)。

2. 屈赋中多用象征的手法,其中用比喻亦以暗喻为多。此由上一条所举各例亦可以看出。

3. 表现出了喻体、象征体同本体之间较稳定的联系,如反复以兰、蕙比喻贤才或高尚的品质,以美人喻君王。此即王逸所谓"善鸟香草,以配忠贞;恶禽臭物,以比谗佞。灵修美人,以媲于君;宓妃佚女,以譬贤臣……"。

4. 喻体同本体在特征方面显示了较多的、较复杂的联系。如因为比君王为"美人"(古代男女均可称"美"。如《左传·文公十六年》:"公子鲍美而艳。"屈原是比君王为美男子,非比为美女),故有的地方以美女自喻,以"蛾眉"喻己之贤德与能力,以"众女"(平庸的女子)喻朝廷结党营私的人物。

帛书《相马经·大光破章》语言表现上的特征及其与屈相同之处,不仅说明屈赋比喻、象征手法不是凭空产生的,也说明并不只是来自"谜"或"古诗"。

而且,我们联系《相马经·大光破章》来考察战国时代楚国的谜和屈原以前的楚歌,发现它们在表现上也带有楚国的民族特色。

三、独具特色的楚谜同《相马经·大光破章》的关系

从有关文献看,春秋战国时代齐楚两国好谜成风。《新序·杂事》中说齐宣王"发隐书而读之",可见战国初期已有关于"谜"的专书;《汉书·艺文志》著录隐书十八篇,其中应有先秦时代的著作。

刘勰《文心雕龙·谐谜》一篇,其论谜,也包括了人们在不得已情况下用的隐语。一般隐语的目的是在不让第三者听懂的原则下,同特定的对象交流思想。它要尽量弄得使第三者摸不着头脑,

又要尽可能使对方容易明白。因此,它在表现上考虑说话人同受话人的关系及说话时的特定环境较多,而不要求全面地概括被影射事物的特征。像《左传·宣公十二年》所载还无社同申叔展"麦麹"、"瑙井"的对话,《哀公十二年》申叔仪同公孙有山氏"佩玉"、"庚癸"的问答,以及《列女传·仁智》所载臧文仲被齐所拘写给他母亲的信,都只是一般隐语,还不能算是"谑"。所谓"谑",虽然可以说是隐语的一种,但这是一种专门的思维游戏。它要求尽可能全面地概括事物的特征,同时又必须用比喻、拟人或拟物的手法表现出来;一般都得费一番脑筋才能射着,但任何人只要稍具有关常识,并能认真思索,也都可以射着。

因为有的国君常以射谑消遣解闷,所以,古代便有人借着说谑来进行劝谏。这样,在有关劝谏的记载中,便保留下来一些先秦时代的谑。有的设辞极简,只能算是一个很不具体的说话提纲,或引起议论的话头,如《韩非子·难三》载的"一难,二难,三难",《战国策·齐策一·靖郭君将城薛》载的"海大鱼"等便是这样。但是,现存楚国的谑却反映出设辞同底之间一种很有意思的关系。下面是《韩非子·喻老》所载楚庄王解谑的一段故事:

> 楚庄王莅政三年,无令发,无政为也。右司马御座而与王隐曰:"有鸟止南方之阜,三年不翅,不飞不鸣,默然无声,此为何名?"王曰:"三年不翅,将以长羽翼;不飞不鸣,将以观民则;虽无飞,飞必冲天;虽无鸣,鸣必惊人。子释之,不谷知之矣!"处半年,乃自听政,所废者十,所起者九,诛大臣五,举处士六,而邦大治。

首先,这种谑的形式同后代所说的谜语是有区别的:谜语以一系列的比喻从各方面来限制、暗示事物的特征,影射同一事物,而此则是一句包含一层意思。其次,底并不是由设辞推出来的,恰恰相反,它只是对设辞的逐句解释。楚讔的这两个特征以及设辞用韵语这一点,都同马王堆汉墓出土的帛书《相马经·大光破章故训传》的经同故训的关系相似。

下面我们再举《列女传·辨通》所载战国时楚国的庄侄向顷襄王说的一段讔为例,来说明楚讔同帛书《相马经·大光破章》表现上的相同处。为了看起来明白,我们把设辞同庄侄自己揭示出的底分列,以与《相马经·大光破章》的经、故训比较:

> 讔:大鱼失水,有龙无尾,墙欲内崩,而王不视。
> 底:大鱼失水者,离国五百里也,乐之于前,不知祸之将起于后也;有龙无尾者,年既四十,无太子也,国无弼辅,且必殆也;墙欲内崩而王不视者,祸乱既成而王不改也。

《大光破章》头几句及有关故训:

> 经:有月出其上,半矣而未明,上有君台,下有逢(芬)芳。
> 传:"有月出其上,半矣而未明"者,欲目上圜如半月;"上有君缳"者,欲目上如四荣之盖;"下又(有)逢(芬)芳"者,欲阴上[者良目]久。

看,它们的体例,表现形式竟如此相似! 讔的设辞同于《大光破章》的经文,底同于《大光破章》的故训;讔的底对设辞基本上是逐句加以解释,《大光破章》的故训对经也基本上是逐句加以解释(上举讔的底对设辞的前两句分释,后两句合在一起解释;《大光破章》的故训则是将经的前两句合在一起解释,后两句分释)。这种讔大体上只能说是一种比喻。它同底的联系,与《大光破章》经与故训的联系一样,不主要靠设辞对被射事物特征的暗示性描述,而主要依赖于这些事物在人们长期的社会生活中所获得的象征意义和情感意蕴;也就是说,它不主要靠本身所具有的客观特征,而主要依赖于人们的比喻习惯和心理反映。如上面所举一例中,"大鱼失水"射离国五百里,就因为当时人们常用鱼之失水来比喻君长离开了自己的都邑封地。《战国策·齐策一》齐客向靖郭君解"海大鱼"的那条就说:"君不闻大鱼乎? 网不能上,钩不能牵,荡而失水,则蝼蚁得意焉。今夫齐,亦君之水也……"

很明显,楚谲首先不同于齐晋等国谲的那种题目、话头一样的形式,而是包含着一定的比喻意义。其次,它也不同于后来之谜语,因为它不是集中从各方面表现某事物的特征,而往往是一句话包含着一层意思。再次,影射的指向限制得不太严,设辞同底的联系主要利用人们的习惯意识,人们头脑中长时间形成的对某些事物的习惯看法。从这三点来看,它同屈赋在表现上是有着较多的共同性的。

《荀子》中有一篇名曰《赋》,人们常把它视为汉赋的渊源,同屈宋之作并提。我们细读原文可知,此篇乃是由并不相关的两部分拼合而成:前一部分是五首谲,后一部分是一篇赋。这五首谲,以其"臣愚不识,敢请之王"、"弟子不敏,此之愿陈"来看,当作于其初至齐国稷下之时。荀卿在齐时曾上书齐宣王,则进谲以求接近,自有可能;因为荀卿在齐宣王时尚年轻,故有"弟子"之称。至于"佹诗"(包括"小歌")部分,从内容看反映了顷襄王时楚国的情况,句式则极似屈原的《怀沙》,而后附"小歌",这又同于屈原的《抽思》。据《战国策·楚策四》,它是作于其生平之后期离开楚国至赵国之时。

题目的"赋",应是指后一部分的"佹诗",前一部分应题"谲"。同楚辞、汉赋有着一定的源流关系的,是后面的佹诗,而不是前面的谜。因为荀卿的谜属三晋齐燕之谜,同后来的谜语一样,完全是通过双关语描摹特征来影射某一事物,同屈赋注重事物的情感意蕴,注重调动读者听者情感活动的机制是不相同的。

所以我们说,楚谜同《相马经·大光破章》形式上的一致性,反映了楚国语言的风格和整个楚地文化的特色,我们把它们横向地联系起来,便可以看到屈原赋比兴手法产生的基础。以前将屈赋同荀卿的谜及其他齐晋的谜联系起来认识,是不合于当时的实际的。

四、屈赋比兴手法的纵向观察

本文第二部分、第三部分对屈赋比兴、象征手法在社会文化方面的产生的基础进行了横向的观察。但是,楚人这种好用比喻、象征,注重词语情感意蕴,而忽于外形冷静描述的风格,并不是突然产生的,追溯起来,源远流长。这种特色也体现在屈原以前的楚地文学作品之中。下面,我们就这种手法在楚国文学作品中的发展过程,再作一纵向的观察。

《论语·微子》和《庄子·人间世》所载孔子适楚听楚人接舆唱的歌,第一句"凤兮,凤兮,何德之衰",就以凤比孔丘。古人以为凤在有道之世方见,故用以喻圣德之人。"凤"这个东西在现实社会中是并不存在的。虽然传说中关于它的外部形象说得活灵活现,但这个比喻不是建立在传说的凤的外形、色彩、声音等基础之上,而是建立在凤的象征意义和人们把它神秘化、神圣化这个心理基础之上。就这一点说,它同《诗经·周南》的《麟之趾》完全相同,而同《诗经》中二《南》以外其他作品中大量存在的从事物的外形、功用等客观属性方面联想作比的艺术表现方法有所不同。我在《作为楚辞上源的民歌和韵文剖辨》一文中已结合帛书《相马经》等资料证明,二《南》中的部分作品确实是产生于春秋时代楚国北部的江汉流域(二《南》中另一些的产地则出了楚国的范围)。麟,古称为"瑞兽"。陆玑《毛诗草木鸟兽虫鱼疏》说它"麕身、牛尾、马足,黄色,员蹄、一角,角端有肉。音中钟吕,行中规矩。王者至仁则出"。它同凤都是上古神话动物,经过长期流传,在它们身上既带有神话的色彩,也包含着浓厚的政治的伦理的意蕴。以麟喻公族,反映了奴隶制度种性等级的森严。

《孟子·离娄上》记孔子听孺子唱《沧浪歌》,便对弟子说:"小子听之! 清斯濯缨,浊斯濯足矣,自取之也。"他理解歌辞是以水的清浊喻一个人品德的高低,以濯缨、濯足喻人们所取之相应态度。《楚辞·渔父》也引了这首歌,只是《渔父》中是以水之清浊喻世道之好坏,以濯缨、濯足喻一个人在不同环境中应取之不同的处世方法。不管怎样,都说明这首歌并不是歌唱生活中的洗濯之事,而是表现着一种人生的哲理。至于人们理解上的不同,则是因为欣赏者思想、文化素养、所处环境与当时心境不同之故。一般谜(谜语),它的底并不会因为猜谜者主观因素的不同而有所变化,而这种脱离了具体事物,重在表现一种人生经验和思想情绪的象征则在理解上有较大的灵活性,人们根据自身的情况,在不同的心境中可以有着不同于他人、不同于他时的体会和联想。这也就是优秀的抒情诗具有永久生命力的原因之一。

同样的原因,楚歌中的这种艺术再现手法也不同于一般的比喻。比喻,特别是明喻,喻体同本体的关系是明确的;它们之间是在哪一点上联系起来,也是确定的。因而,运用比喻这种修辞手法虽然可以增加表达的具体性、生动性,但从抒情的角度来说却缺乏感染力和多方面的启发性,还不能更有力地带动人的情感活动。

很明显,《离骚》等屈原作品的比喻象征手法同它以前的楚歌是一脉相承的。它们都是以语汇作为情感的载体,自然地、有机地组合起来,完满地传达自己的情感体会的。而且,它造成诗句多方面的联想功能和多重的想象功能,可以与不同读者的心之间搭起桥梁,使读者发同声于万里之外,怀诗人于千古之下。

由上面的论述可知,楚人文学作品中"比兴"的运用偏于象征,重在抒情,是有着悠久的传统的。我们从本文第二、第三两部分对于帛书《相马经·大光破章》与楚谚同屈赋表现上的异同的分析可知,这种特色与南方楚民族独特的语言风格有着密切的联系。

以前不少论文在讨论屈赋比兴手法的来源时,除把它归结到《诗经》和春秋战国时的谚之外,还把它同春秋时代列国间普遍存在的赋诗言志的风俗联系起来。我以为,先秦时代楚民族语言上的偏于象征同《诗经》的比兴手法及列国赋诗言志之风会有些联系,但主要的还应在其地域、历史文化的传统方面去认识。比如楚谚,理解上灵活性大,而往往用于劝谏,与赋诗言志、微言相感属同一类型。但它之所以形成与齐晋的谚不同的特征,仍然同楚国的文化传统、楚人的语言习惯及审美趣味有关。

以上我们依次从横向、纵向两方面分析了屈赋比喻象征手法形成的文化基础。这里还应指出:屈赋的语言并不是当时楚人一般口语或书面语的照抄。它是经过了高度提炼的,是同《诗经》以来的语言艺术的经验结合而陶铸成的。比如比喻同象征的结合运用,本体同喻体、象征体之间用一个双关的词加以联结等方法,便是屈原的独创。所以说,屈赋的语言是根据当时的社会生活实际,在广泛继承基础上的艺术创造。

《相马经·大光破章》这样的楚人的自然科学著作,到后来发生分化,发展为《药性赋》之类的歌诀,失去了花草风月的外衣,那些约定俗成的专业性比喻,成了部分人中流通的行话;构成上依赖于人们的普遍意识和习惯心理的楚谚,以后则同化于《荀子·赋篇》的"礼"、"知"、"云"、"蚕"、"箴"那样的一般谚(谜语)。独有屈原偏于象征、富于抒情的比兴手法,成了中国几千年诗歌艺术的传统,经过历代伟大诗人的丰富和发展,使中国的抒情诗在世界诗歌史、世界美学史上独树一帜,增加了人类文化的光辉。

今天我们研究屈原抒情诗语言,不主要是学习其艺术表现的手法,因为这些艺术表现手法在当时来说是活的,是有血有肉的,有生活气息,能动人心扉的艺术语言,而今天对我们来说,则已是具有两千多年时代距离的死的语言。我们今天研究它,主要是学习屈原怎样总结、继承民族语言的精华、联系现实生活,创造出丰富、生动、感人的艺术语言。生吞活剥地学习屈赋的语言表现手段,把屈赋的语言艺术作为今日语言的范本,或者认为屈赋语言的表现艺术对我们毫无借鉴意义,这两种看法都是错误的。用马克思主义的观点分析、对待屈赋语言艺术的成就,对于我们创造具有民族风格的、精粹完美的艺术语言,是有现实意义的。

屈原在完成歌诗向诵诗的
转变方面所作的贡献

一、脱离曲调与配乐而独立发展的诵诗

以前关于屈原在文学史上的贡献的具体论述,同对他的一些笼统评价是极不相称的。郭沫若在《屈原研究》一文中说:

> 除掉《天问》一篇还多少遵守着四言格律之外,其余的可以说是全部打破了。……《离骚》和《九章》的一部分如把"兮"字删去,基本上是六言诗。《九歌》有一部分如把"兮"删去便是五言诗或长短句。后来的诗句变化几乎为屈原一个个所尝试尽了。这项工程无论怎样不能不说是屈原的天才所致。屈原之所以成就了这项工程的原因,我看就是因为他利用了自成天籁的歌谣体。他利用了歌谣的自然韵律来把台阁体的四言格调打破了。屈原,可以毫不夸张地给他一个尊号,是最伟大的一位革命的白话诗人![1]

郭沫若的观点在学术界有很大的影响。一些权威性的文学史

---

[1] 《郭沫若全集·历史编》四,人民出版社 1982 年 9 月第 1 版,第 53 页。

著作谈到屈原在文学上的贡献时,一般都提到两点:一是打破了"四言诗的格调",造成"诗歌形体的一次解放";一是发展了《诗经》的比兴手法①。但是,这两点是不是就概括了屈原在诗歌发展史上的最重要的贡献? 这两点能不能说明屈原在我国文学史上的崇高地位? 还是很值得讨论的。

关于屈原作品中语言表现的问题,已在《从帛书〈相马经·大光破章故训传〉看屈赋比喻象征手法的形成》中讨论过。这里谈谈屈原在诗体形式上的贡献问题。

我以为,单纯说屈原打破了四言诗的格局创造了骚体诗,并不能说明屈原在诗歌史上的地位。首先,带有"兮"字的歌谣及六言句式在屈原以前已见之篇籍,因而,还不能说四言诗的格局就是屈原打破的。其次,骚体诗除屈原、宋玉的作品和唐勒、景差的作品之外,虽然汉代以后作家也写有一些,但成功的作品不多;东汉以后,一成不变地运用这种形式的人更少。单纯就这种诗体形式而言,应用并不广泛。再次,谈到"白话诗人"和运用"自然韵律"的问题,不但《诗经·国风》中的作品都是白话,大、小《雅》中的作品,在当时也反映着实际的语言和韵律,并不同于今日言文分离的近体诗。

显然,郭沫若的评价,只注意到了诗直观的外部形式,并且夸大了句式方面的独创作用,却未能注意到构成诗这种艺术形式的其他因素。我认为:屈原在中国文学史上的最伟大的贡献在于他使语言本身潜在的艺术表现功能得到释放和发展,使作为独立语言艺术的诗在脱离音乐(曲调、配乐)的情况下真正地健全和完善

---

① 游国恩等主编《中国文学史》第一册《屈原在文学史上的地位》;中国科学院文学研究所编《中国文学史》第一册《屈原在文学史上的地位和影响》一节;及通行的其他文学史有关章节。

起来。

　　我在《屈赋形式上的继承问题》中已就屈原创造性地运用楚地民歌句式问题进行了讨论。我以为屈原正是在这个基础上完成了歌诗向诵诗的转变。

　　屈原的作品，除《卜居》、《渔父》及就民间祭祀歌舞词润色加工而成的《九歌》之外，都是"诵诗"①。《惜诵》中说："惜诵以致愍兮，发愤以舒情。"《抽思》中说："道思作颂（诵），聊以自救兮"②，都说得很清楚。"诵"的意思是什么呢？《周礼·春官·大司乐》郑玄注："倍文曰讽，以声节之曰诵。"也就是说，诵是指按节拍、节奏来朗读。汉宣帝曾"征能为《楚辞》九江被公，召见诵读"；《隋书·经籍志四》说："隋时有释道骞善读之，能为楚声，音韵清切。至今传《楚辞》者，皆祖骞公之音。"③可见诵虽不同于配乐的歌唱，但也很能显示出作品的节奏和音韵之美。《汉书·艺文志》说："不歌而诵谓之赋。"汉人称屈原作品为"赋"，正说明了它在形式上、应用上的特征，说明了它同歌诗的不同。屈原所用诗体形式当时谓之"诵"，汉代谓之"赋"，后代谓之"骚体赋"或"骚体诗"。现在有人为了同汉赋区别开来，称之为"诵"：有人因为《史记》、《汉书》皆称为"赋"，不信有称"诵"之说，这个争论，其实是不必的。这两个名称，都反映了屈原所用诗的形式是脱离了音乐而独立存在的诵诗。对今天的读者来说，它同《诗经·国风》中的作品似乎区别不大，而实际上代表着诗歌发展的两个阶段。

　　诵的形式在春秋以前就有了，《诗经·大雅》的《崧高》、《蒸民》

　　① 《大招》《招魂》不是诗，但看其韵散结合的形式，肯定不是合乐的。所以我在此将它们与诵诗归为一类。

　　② 《抽思》"道思作颂"，"颂"为"诵"之误，见刘永济《屈赋通笺》。

　　③ 文中两"骞"字原作"骞"，据姜亮夫先生考正之。姜说见《敦煌写本隋释智骞楚辞音跋》，刊《中国社会科学》1980 年第 1 期。

两诗便是明证。《崧高》末尾说:"吉甫作诵,其诗孔硕。"由这也可以看出"诵"也可称为"诗",但"诗"是泛称,而"诵"则专指用以吟诵者,同歌诗有别。《礼记·内则》记周代贵族子弟的教育:"十有三年,学乐,诵诗,舞《勺》。"则当时诗并非只用来唱,有的也可以诵。

　　虽然诵的形式早已产生,但是,充分发挥语言本身的艺术表现因素以尽可能造成诗的形式美,却是屈原的功劳。

　　不仅如此,屈原在诗体形式的改革和创造中,已注意到了掌握读者的审美习惯问题。艺术作品的创作并不是艺术家个人的事,它的艺术效果的发生,也并不是脱离客观环境,脱离读者、听众,可以完全由艺术家个人决定的。诗歌创作能否调动读者的审美趣味,激发起读者的艺术激情,使作品同读者的心声合拍,也还有一个能否继承传统、照顾读者审美习惯的问题。在这方面,屈原为我们留下了宝贵的经验。

二、骚体诗的句式与屈原的艺术体验

　　"骚体诗"的句子一般是六言①。一方面,这种六言的骚体诗形式不是屈原凭空造出来的,另一方面,它又充分体现了屈原敏锐的艺术眼光和不凡的创造精神。

　　歌诗要同乐曲配合,字音拖得长,唱完一句用的时间也长,因而,诗句就相应要短一些,过长则会前后失去照应,影响到听者对意思的理解。诵诗在吟诵时字音与字音之间间隔小,句子连贯,容易听清,因而诗句可以长一些,使语言表情达意的功能得以充分发挥。屈原以前的诵诗(主要是《诗经》中的《小雅》《大雅》)就句式来

---

　　①　我们所谓几言句,不计"兮"字在内。《文心雕龙·章句》云:"诗人以'兮'字入于句限,《楚辞》用之,字出句外。"是也。

说,同歌诗(主要是《诗经》中的《国风》)的区别,主要有两点:(一)将部分参差不齐的句式都规整为四言(即《诗经》中《国风》部分也是以四言为主,故学者常笼统称《诗经》中作品为"四言诗");(二)韵脚一般固定在偶句之末(个别也有三句中一句押韵或两句押韵者。另外,每节之首句有入韵有不入韵者)。我们并不是说诗句形式随着社会的发展和语言本身的发展会不断加长,也不是说诗句越长,就越便于反映生活、表达思想,但是,语言反映生活、抒发感情的能力及艺术表现上各种因素的发挥应该有一个最佳程度(虽然它在社会和语言发展的各个阶段都是相对存在的)。诗句适当加长之后,可以带修饰语,可以表现较复杂的关系、较丰富的内容,表达细微曲折的情绪;句子变化也更自由。屈原着眼于语言本身诸因素的发挥,第一步是根据楚民歌中两种五言的句式,创造了六言的骚体句式。

"骚体诗"的六言句在造句方面有一个特征:一般句中第四字为虚词或意义较虚之词。如:

> 帝高阳之苗裔兮,朕皇考曰伯庸。摄提贞于孟陬兮,惟庚寅吾以降。
>
> 日月忽其不淹兮,春与秋其代序。惟草木之零落兮,恐美人之迟暮。
>
> 忽驰骛以追逐兮,非余心之所急。老冉冉其将至兮,恐修名之不立。
>
> 步余马于兰皋兮,驰椒丘且焉止息。进不入以离尤兮,退将复修吾初服。
>
> 忽反顾以游目兮,将往观乎四荒,佩缤纷其繁饰兮,芳菲菲其弥章。
>
> 汤禹俨而祗敬兮,周论道而莫差。举贤而授能兮,循绳墨

而不颇。

第四字一般为"之"、"于"、"与"、"以"、"夫"、"所"、"其"、"且"、"而"等,有时也用第一人称代词"余"、"吾",指示代词"此"以及意义比较虚的动词"曰"等。因为屈赋句型在统一中也常常求其错落,有时句子的前部减去一字,这个虚词便在第三个音节上,如:"女媭之婵媛兮,申申其詈余。"有时在句子的前部加了一字,这个虚词便落在第五字上,如:"朝饮木兰之坠露兮,夕餐秋菊之落英。"这个虚词的后面一般为两个字(不计"兮"),极个别为三个字,如"恐年岁之不吾与"。

《离骚》之外屈原的其他骚体诗也是如此。如《哀郢》:

> 皇天之不纯命兮,何百姓之震愆?民离散而相失兮,方仲春而东迁。去故乡而就远兮,遵江夏以流亡。出国门而轸怀兮,甲之朝吾以行;发郢都而去闾兮,荒忽其焉极?楫齐扬以容与兮,哀见君而不再得。

"骚体诗"句式的这一特征反映了它同"九歌体"的五言句之间的关系。《九歌》的民间歌舞词句式,其第四个音节是兼具某种语法意义的语助词"兮",而《离骚》体中则换成了相应的介词、连词、助词、代词等。闻一多先生曾举出三组例句来说明《九歌》与《离骚》语言的不同:

> 《九歌》:载云旗兮委蛇。
> 《离骚》则云:载云旗之委蛇。
> 《九歌》云:九嶷缤兮并迎。
> 《离骚》则云:九疑缤其并迎。

　　《九歌》云：遭吾道兮洞庭。

　　而《离骚》则云：遭吾道夫昆仑。①

这样的例子还可以举出几个。如：

　　《九歌·湘君》：聊逍遥兮容与。

　　《离骚》则云：聊逍遥以相羊。

　　《九歌·大司命》：玉佩兮陆离。

　　《离骚》则云：长余佩之陆离。

　　《大司命》：老冉冉兮既极。

　　《离骚》则云：老冉冉其将至。

　　《大司命》：结桂枝兮延伫。

　　《离骚》则云：结幽兰而延伫。

　　这几组例句，可以说是证明九歌体的五言句向离骚体的六言句转变的"化石"。

　　语法意义不确定的语助词"兮"置换为语法意义确定的助词或介词、代词，正反映了诵诗与歌诗的区别。歌，听众往往只要听清一些主要词汇，便借助于曲调、音乐的感情，把它们联贯起来（这是在内容表达上歌对于音乐的依赖性的表现。当然，这方面的依赖性比起在艺术表现上的依赖性要小得多）。屈原将句中具有一定语法意义的"兮"字换成语法意义较为确定的词，一方面使句意更为明确，另一方面句子变长了，造句更为自由，从而完成了由五言向六言的转变。

────────────────

　　① 闻一多《怎样读九歌》，《闻一多全集》第五卷，湖北人民出版社1993年版，第380、381页。

　　屈原既然将九歌体句中的"兮"字去掉,为什么不采用完全自由造句的办法,而要在原来"兮"字的位置安排上虚词或意义较虚之字呢? 这里反映出屈原的一个很重要的美学观点:艺术的创造应考虑到人们的欣赏习惯,考虑到传统的形式对人们根深蒂固的影响。也就是说:屈原在自己的艺术创作中已经意识到,诗歌艺术欣赏过程中艺术魅力的形成不仅仅在作者方面,同时还在于读者方面,在作品的语言形式是否与读者预期的旋律合拍,是否适合读者的审美趣味、审美习惯,唤起读者的感情、情绪的共鸣。

　　九歌体的五言歌诗在楚国是有着广泛而深入的影响的。由歌诗变为诵诗,乃是一种变革,应尽可能充分发挥语言的表现功能和语言本身的音乐性因素,另一方面又要适当地保留歌诗押韵、节奏上的某些特征。屈原因为用虚词或较虚之词代替了句中的"兮",所以虽然句子由五言变成了六言,却保留着原来的节奏,而且仍然以双音节词或双音节词组作为收束。

　　骚体赋的这一特征和体现在这一特征中的屈原的美学思想,在以前是被忽略了的。谈到屈赋在诗歌形式上的贡献,从推进的方面来说,一般只说它打破了四言诗的形式,从建设的方面说,只说它是四言向七言的过渡。汤炳正先生的《屈赋语言的旋律美》始注意到屈赋作为一种诵诗同歌诗的不同。[①] 以上是就屈赋由歌诗向诵诗转变的迹象加以揭示,以明其承前启后的意义。

三、诗体音韵的旋律美

　　骚体诗的特征不仅体现在句式上,还体现在句与句组合中音韵、节奏、声音旋律的安排上。这同样表现了屈原在使我国诗歌作

―――――――――

　　① 　见汤炳正《屈赋新探》,齐鲁书社 1984 年版。

为一种语言艺术独立发展上所作的努力。

关于这个问题，我们从下面的四个方面来论述。

第一，固定的偶句韵形式。不但典型的骚体诗如此，四言体的《天问》《怀沙》也是如此。《涉江》《抽思》的乱辞及《橘颂》，都是三、四言相间的形式，其押韵也同样是整齐的偶句韵。

屈原以前诗歌的押韵方式是多种多样的。即以包括了部分楚国北部地区民歌的二《南》中作品而言，除了个别隔句为韵的（《樛木》）和一、二、四句为韵的（《羔羊》）以外，有三句一韵的（《葛覃》）；有每两句换一韵的（《采蘋》）；有一、三两句押韵的（《行露》第一章）；有二、四、五句为韵的（《小星》）；有一、三、四、五句为韵的（《江有汜》）；有前面是隔句韵，后面是句句韵的（《汝坟》）；有前两句押韵，后一两句不押韵的（《麟之趾》《驺虞》）；有第一句不入韵，后两句押韵的（《甘棠》）；有前四句为隔句韵，后二句为一韵的（《殷其雷》）；有前几章为交韵，后几章各自为韵的（《野有死麕》）……真是五花八门，分析起来，有十多种。

屈原的作品中，除作为歌舞辞的《九歌》中个别篇章带有自由押韵的特征以外，凡屈原独立创作者，全部是隔句韵，韵脚在偶句末尾。有的一节中一、三两句的第三字押句中韵，使诵诗隐隐约约保留了楚地"九歌体"歌诗的旋律，适应南楚读者的审美习惯，使这种新的诗体形式对当时的读者来说具有亲切感，却并没有固定为一种格式。

屈原使诗押韵方式趋于固定，并且采用隔句韵、韵脚在偶句之末的形式，是很值得注意的。我们看秦汉以后的创作，合乐的诗歌（乐府诗、词、曲等）一般押韵形式都比较自由，而凡诵读之诗，则都采用偶句韵的形式，不仅作为中国诗歌主体的各种古近体诗是如此，即现代的新格律诗，也是如此。这是由于屈原作品的强大影响，还是由于这种押韵方式最能体现语言特别是汉语的韵律美？

恐怕两方面的原因都有,而主要原因在于后者。

　　合乐之诗有曲调、配乐增其音乐之美,而诵读之诗的音乐美,只是由诗本身来表现,因而诗人不能不更多地考虑怎样才能在读者意识上形成一个比较稳定的音韵、节奏上的旋律,以便在人们诵读之时形成目接心应,内外谐洽的状态。自然,首先的问题是要使押韵方式基本稳定下来,其次,是要选择一种最能体现语言音乐美的押韵方式。为什么偶句句末韵比其他的押韵方式更能表现语言特别是汉语的韵律美? 因为密韵(句句韵)则韵脚太促,音韵单调,缺乏回环往复、抑扬顿挫的节奏变化;疏韵(隔两句以上出现一个韵脚)则韵脚相距过远,难于照应。再次,诵诗不同于歌诗,它没有外加的乐曲,只能由自身的节奏在读者心理上形成音乐旋律的潜在意识。所以,它的节奏的强弱变化不可能太复杂,一般说来,只能是"弱—强、弱—强"这样的回环变化。屈原以前的诵诗一般每节的句数都是双数(《诗经》中《小雅》《大雅》即如此),就说明了这点。章末、节末是要有韵,这是肯定的。那么,就只有偶句韵才能与诵读时的抑扬顿挫节奏完全吻合;而且,在划分章节、使内容与形式取得一致方面也最便于掌握。所以说,偶句韵能最有效地发挥出语言特别是汉语的音韵之美,这种押韵方式在诵诗中被固定下来,不是偶然的。

　　第二,单句之末带泛声的语助词"兮"。首先,这个语助词"兮"使上句在一定程度上失去了独立性,从而同下句语气上形成似连非连的关系。如:

> 日月忽其不淹兮,春与秋其代序。
> 惟草木之零落兮,恐美人之迟暮。
> 不抚壮而弃秽兮,何不改乎此度?
> 乘骐骥以驰骋兮,来吾道夫先路!

都是上句连接下句,其义方足。从内容表现上来说,由于上下两句语气贯通,句子的容量增大,可以更有效地表现曲折复杂的内容;从结构上说,一章诗便不只是若干六言句的联结,而成了若干个"□□□□□兮,□□□□□"的联结。

其次,所有的单句之末都带"兮",实际上也就形成一种全诗通押的虚字脚韵。虽然它只是表示诵读时声音的拖长,但因为这个表示诵读时语调的语助词是相同的,所以同偶句的实字韵脚结合起来,便形成一种特殊的交韵形式。偶句之末的韵脚一节或数节便会有变化,而单句之末的"兮"从头到尾不变。全诗的谐韵在变化之中,又显得整齐而首尾一贯。这也就是屈原的《离骚》等作品常常换韵,但又不给人造成押韵不连贯的感觉的原因。而且变与不变的结合,既避免了呆板,也不显得松散。

再次,因为上下两句中上句末尾的虚字脚韵"兮",读起来余音摇曳而语调较低、较轻;下句末尾不带"兮",为实字韵脚,至句尾声音拖长,语调较强。这样就形成更为明显的抑扬之势,造成更为强烈的节奏感。

这种在上下两句的上句之末带有语助词"兮"的形式,屈原以前的南楚民歌中就已出现。如产生于公元前六世纪的《徐人歌》:

延陵季子兮不忘故,脱千金之剑兮带丘墓。

再如产生于公元前五世纪的《沧浪歌》:

沧浪之水清兮,可以濯我缨;沧浪之水浊兮,可以濯我足。

还有用楚地民歌形式翻译成的《越人歌》(见《作为楚辞上源的民歌和韵文剖析》之"三")。这在《屈赋形式上的继承问题》一部分已说过："古代民歌，发于歌咏，唱起来都带有泛声的语助词，而录之竹帛之时，有的连语助词一并录下，有的则将语助词省略。"从歌诗的角度说，虽然作为泛声的语助词的"兮"字排在什么位置反映着曲调的特征，但有无"兮"字并不能说明是否带有楚地民歌的风味，然而屈原从诵诗的角度考虑，适当地利用它来体现、暗示诗的节奏，从而使它成了楚辞形式的特征之一。虽然汉以后的诗很少有用"兮"的，但这个泛声的语助词"兮"在我国由歌诗向诵诗发展过程中所起的作用，却是不能否认的。

第三，四句为一节。也就是说，每两个作为诗体组成单位的"□□□□□兮，□□□□□"构成一节。这首先是由押韵表现出来的，押韵、换韵都是以节为单位。屈赋中也有两节以上同韵的，但必是以节为单位①。

屈赋中的节同《诗经》中的章是不同的。《诗经》除《周颂》中个别作品外，都是由两章以上组成，一章有四句的，也有三句甚至二句的，有五句、六句甚至十多句的。《诗经》中的章是据内容而划分的段落，并不是诗体形式上的固定的组成单位，因此一章必是叙一层意思。屈赋的节却是诗体形式的一个因素，是外部结构的表现，因此，可能一节叙两层意思，也可数节叙一层意思。王夫之《薑斋诗话》卷一说："句绝而语不绝，韵变而意不变，此诗家必不容昧之几也。"王夫之正是看出了诗的句、韵是属于形式方面的因素，语、意是属于内容方面的因素。形式的变化应与内容尽可能相一致，但形式不是一定对内容起束缚、局限的作用。作为诗体固定格式的诗节，不一定同抒情、状物、叙事的起讫变化相一致。诗节形成

---

① 　《离骚》除去乱辞以外，只"曰黄昏以为期兮，羌中道而改路"二句独出，这两句是衍文，洪兴祖已言之。《涉江》开头部分章法有些变化，属特殊情况，闻一多则认为有缺乱。参闻氏《楚辞校补》。

了诵诗一种幅度更大的节奏,这种节奏与每两句上下相应的小节奏结合起来,构成骚体诗既反复回旋而又曲折多变的旋律,使诗的音响节奏更富有音乐美。

　　除骚体诗之外,屈原的《天问》《怀沙》,三、四言相间的《橘颂》也都是四句为一节(《天问》有两三个地方有缺简,但这些地方的缺乱并不影响我们对其全篇四句一节的体制的认识)。这个现象不是偶然的。屈原创造了以四句为一个单位的固定的诗节,自觉地应用它,通过自己的创作的示范,确立了诗节在诵诗形式上的地位。

　　南北朝以后,我国诗的创作逐步由诵诗向案牍诗发展,格式更加严整、固定,句子压缩,严格的对偶,多用典,以古雅为上。因而,很多诗只能接之以目,难于受之以耳。在这种情况下,节的形式不存在了(唐宋词和元明曲子都是合乐的,故不在论述的范围之内)。但是,除了古体诗之外,在近体诗中这种四句为一节的传统也是留下了它的痕迹的:绝句四句为一首,律诗在格律上实际上是同一格式的绝句重复了一次。"五四"以后,新诗产生,诗的语言接近口语,诗歌创作由案牍诗又回到了诵诗。因而,诗节又引起诗人们的注意,很多新的格律诗采取了四句一节的形式。由此可以看出屈原创造的诗节在我国诗歌发展史上的意义。

　　第四,以虚字为句腰,并已注意到平仄的协调。刘熙载《艺概》卷三云:

　　　　骚调以虚字为腰,如之、于、以、而、乎、夫是也。腰上一字与句末一字平仄异为协调,平仄同为拗调。如"帝高阳之苗裔兮","摄提贞于孟陬兮","之"、"于"二字为腰,"阳"、"贞"腰上字,"裔"、"陬"句末字,"阳"平、"裔"仄为异,"贞"、"陬"皆平为同。《九歌》以"兮"字为句腰,腰上一字与句末一字,句腰谐拗

亦准此。如"吉日兮辰良","日"仄"良"平,"浴兰汤兮沐芳",
"汤"、"芳"皆平。

汉语的声调是在汉语发展过程中为区分意义(词的滋生分化、
词性的转变、新义之产生等)及表达情感而自然形成的。上古汉语
基本上是单音节词,故也必须通过声调的变化来分别同音词,尽管
它完全是无意识地进行的。声音高低长短的协调搭配形成了语句
的抑扬顿挫,这是在语言发展到相当的高度之后,才慢慢被人体会
到的,不是哪一个人的发明、发现。所以,虽然到齐梁时代的沈约
才提出了"四声"的名称,使声调进入了理论研究的阶段,但人们无
意识地利用声调的协调搭配来表现语言的声音美,则始于此以前。
比如《诗·陈风·宛丘》:

> 子之汤兮,宛丘之上兮。洵有情兮,而无望兮。
> 坎其击鼓,宛丘之下,无冬无夏,值其鹭羽。
> 坎其击缶,宛丘之道。无冬无夏,值其鹭翿。

第一章之"汤"、"上"、"望"押韵,先秦古韵属央部(段玉裁第十
部平声),中古音俱为去声("汤"借为"荡")。段玉裁以为上古为平
声,而王念孙等以为去声,总之同声调。第二章"鼓"、"下"、"羽"押
韵,先秦古韵属乌部,中古音俱为上声。第三章"缶"、"道"、"翿"押
韵,先秦古韵属幽部(段玉裁第三部上声),中古音"缶"、"道"为上
声("道"之疏导之义中古读去声),"翿"为去声。段玉裁以为上古
音俱为上声。上古音之个别字声调上肯定与中古不同,但《宛丘》
一诗押同声调的韵,是显而易见的。

关于上古声调问题,学者们的看法分歧很大。顾炎武认为有

四声,只是一个字归于什么声调不固定,可以随时变化;段玉裁认为只有三声(有平、上、入而无去),近人杨树达先生亦主此说;王念孙、江有诰等人则认为实有四声,只是上古之四声不同于中古之四声;王国维主张有五声;黄侃主张只有平、入两类;王力先生认为古代有平、入两类,但两类中均有长短之别。大部分的学者认为上古有声调,而且同中古声调有对应关系,有的学者认为上古声调与中古声调基本相同。古人注意到声调之选择和搭配,这是可以肯定的。

《诗经》中声调只在押韵中得到体现,而《楚辞》中则注意到了一句诗中声调的搭配,开后来律诗相间相粘格式之先河,实为我国诗歌在音乐性探索方面的一个大的进展。

今录《离骚》开头五节,并以"—""丨"为号标出虚字句腰前一字与句末一字之平仄("—"代表平声,"丨"代表仄声),以便观察:

帝高阳之苗裔兮,朕皇考曰伯庸。

摄提贞于孟陬兮,惟庚寅吾以降。

皇览揆余初度兮,肇锡余以嘉名。

名余曰正则兮,字余曰灵均。

纷吾既有此内美兮,又重之以修能。

扈江离与辟芷兮,纫秋兰以为佩。

汩余若将不及兮,恐年岁之不吾与。

朝搴阰之木兰兮,夕揽洲之宿莽。

日月忽其不淹兮,春与秋其代序。

惟草木之零落兮,恐美人之迟暮。

　　以上所标平仄,各家看法不同者,以段玉裁《六书音韵表》为准。又:"皇览揆余初度兮"一句,以"余"为句腰。"余"为人称代词,同"之"一样为虚词,但较"于"、"夫"、"以"、"而"意义实在,故《离骚》中不少地方又以"余"为句腰之上一字。此句传本亦有作"皇览揆余于初度兮"者,如此,则"余"字亦为句腰之上一字。

　　以上五节诗,共 20 句,从标出之平仄可以看出两点:

　　第一,其句腰虚字之上一字同句末一字平仄相异者为 9 句,全平者 7 句,全仄者 4 句。则以平仄相交错者为多,俱为平声者次之,俱为仄声者又次之。为什么呢? 因为两位置上的字在诵读之时音韵拖长,故以前后声调交错为优;平声较仄声之音长,诵读时便于体现摇曳之风致,故不交错者,又以用平声为长。唐以后之近体诗基本上押平声韵,与此同理。

　　第二,有 4 句即每一句句腰之上一字同句末一字平仄相反,而上下两句中两个相应位置之字又平仄相反,那情形同近体诗一联中平仄相间的情形一样;有 8 句上下两句中虽句腰虚字之上一字平仄相同,但句末两字平仄相反,读起来同样形成抑扬之势;又有 2 句本句句腰上一字同句末之字平仄相同,而上下两句此两处之字平仄相异。合此三者共 14 句,占 70%。可见诗人已注意到上下两句的平仄交错搭配。

　　屈原之前诗歌在声调方面的协调搭配完全是自发的,屈原在创作中作了一些探索,实开后来文人创作中平仄相间,协调搭配之先河。过去学者们多以为声调是沈约所发明(其实先秦之时汉语、汉字即区分声调,不过沈约加以归纳、命名而已),故忽略了屈原在这个方面的探索,虽有人提出,也不以为意,这是一件遗憾的事。

　　总的来说,屈原的创作中努力发掘汉语本身潜在音乐美的因素,使诗作为语言的艺术得到充分的发展。特别要提出的是:偶句韵形式、四句为一节的大的音韵循环单位、每句之中注意平仄的协调搭配、意义相连接的上下两句中也注意平仄交错安排,都成了我国诗歌传统形式之最重要的特征(特别是隋唐以后的近体诗)。当然,在四声和韵部的概念被提出来之前,这些都只是朦胧月夜的摸索,这种摸索在天籁之上,多了一层主观的寻求美的愿望,同一系列理论概念提出来之后所作的研究探索不能相比;而且,屈原的辞赋追求的吟诵之音韵美,同近体诗一类案牍诗(重于读,不重于听觉)还不完全一样。但屈原在这个方面做了具有开拓意义和启发性的探索,其功劳是不朽的。

四、建筑美与绘画美

闻一多认为：诗的实力包括音乐的美(音节)、绘画的美(词藻)、建筑的美(节的匀称和句的均齐)①。这是针对新诗而言的,自然说的是独立于音乐之外的诗。因为合乐之诗的音乐美主要由曲调来体现,歌词本身的音乐美对它来说就不是决定性的因素,它的艺术效果的发生与听觉息息相关而与视觉毫无关系,因而也不需要考虑"建筑美"的问题;由于同样的原因,它也不必要突出地强调"绘画美"。闻一多先生提出的这三点是概括了新格律诗艺术表现的要素。因为屈原的作品除《九歌》外都是用来诵读的,而且它们也不同于后代形成了固定框架的各类近体诗,所以我们也可以从这三个方面,来说明骚体诗在形式上发展成熟的程度。

本文前两部分在探讨骚体诗的三个重要特征及其在诵诗发展中的意义时,已分析过其音乐性方面的种种表现。这一部分就只

①　闻一多《诗的格律》,《闻一多全集》第二卷,湖北人民出版社1993年版,第141页。

谈骚体诗的建筑美和绘画美问题。

　　屈原的骚体诗和其他形式的诗作都打破了《诗经·国风》重章叠句的形式，从结构、构思方面来说，使诗脱离了简单的重复和相似，有可能在更大的规模上，在表现更广阔的背景、更为丰富多彩的内容的同时，使形式既有自由灵活的变化，又体现着均衡匀称的外表美。重章叠句是民歌的特征，它易于听懂，便于记忆。这种结构方式，虽然也往往通过个别字句的更换来表示时间的推移、地域的变换或程度的加深，但是，它对于情节、情绪的描述和揭示毕竟过于简单、概括和类型化。从创作方面说，它便于推演、复唱，在反复中加重情感的表现，但难以扩展内容，变化情节；从形式方面来说，它给人的感觉是章与章的"相似"，而不是变化。内容的丰富多彩，音步、句式的变化无穷，同外观的整齐、一致、协调的统一，才是真正的诗的建筑美。重章叠句的形式在《雅》《颂》的大部分篇章中得到了克服（因为《雅》《颂》多是乐师、史官、贵族等掌握了文字工具的人所创作），但有些篇仍然部分或全部地保留着这种方式，反映出了创作构思中艺术追求的自觉性，反映了他在诗歌创作方面的深刻思考。与此相联系，屈原所作的种种努力，为诗脱离曲调和配乐，充分发挥语言的表现功能奠定了基础。

　　诗人在体现诗的旋律之时，已经同时做到了诗句的大体整齐和每节句数的匀称。

　　首先，屈原作品的句式虽各篇不完全一致，但就每一篇来说，却做到了大体的整齐。如《离骚》和《惜诵》《抽思》《思美人》《涉江》《哀郢》《怀沙》等作品基本上是六言，《天问》基本上四言，《橘颂》则是四三言相间的形式。就一篇诗来说，诗人注意到了句子的大体整齐（有时因为内容表达和抒情的需要，稍有变化）。一首诗是一个完整的艺术品，反过来说，诗歌艺术的单位是"篇"（或曰"首"），诗人在每一篇诗的形式设计上注意到了句的均齐，正说明了诗人对于诗歌本质特征的深刻认识。

　　其次,屈赋中《九歌》以外的作品无论是骚体诗还是四言诗《天问》,都是四句为一节。如分行排列就可以看出:它与现代的新格律诗完全一样。我们在上一部分已经论述了屈赋采用分节的形式在增强诗的音乐性方面的意义。其实,如果说它回旋的韵律造成了诗的美的风韵,则大体整齐的句节形式又造成了诗的美的形体。这就是骚体诗的建筑美。

　　屈原作品的绘画美,突出地体现在两个方面:第一,大量选用能引起人外形想象、给人以色彩刺激的词语,以代替抽象的概念。如《离骚》中四句:

　　　　纷吾既有此内美兮,又重之以修能。扈江离与辟芷兮,纫秋兰以为佩。

个人的优秀美德和卓异才能只有通过其言行才可以表现出来,它是不能使人直观地一眼看到的。《离骚》是抒情诗,不是叙事诗,不可能对抒情主人公的言论、行动,对待一些事情的态度,处理一些事情的过程作详细的记叙。因而,诗人用了"江离"、"辟芷"、"秋兰"这些香草来象征诗人的情操与才干。这些香草除了在社会生活中人们常常把它们同美的思想、行为联系之外,又各有其具体的外形特征,均具有鲜明的色彩。上引四句诗的后两句就像把一个看不见的影像用色彩描画、渲染了出来一样,在读者头脑中构成了一个生动的画面。

　　《离骚》等屈作不仅运用了大量的香花、香草来表现抽象的内容,在赋予诗含蓄、深厚的意蕴的同时,也造成了诗的色彩美,而且通过描述种种场面、画景来抒发感情,唤起人具体的想象。这些将在《楚国高度发展的艺术对屈原抒情诗的影响》一文中讨论,这里就不多说了。

　　绘画美的第二个方面的表现,是诗人从句与句的对应关系上考虑,发现和运用了对偶的修辞手法。这在《离骚》中如:

> 朝搴阰之木兰(兮),夕揽洲之宿莽。
> 惟草木之零落(兮),恐美人之迟暮。
> 岂余身之惮殃(兮),恐皇舆之败绩。
> 畦留夷与揭车(兮),杂杜衡与芳芷。
> 朝饮木兰之坠露(兮),夕餐秋菊之落英。
> 揽木根以结茞(兮),贯薜荔之落蕊。
> 既替余以蕙纕(兮),又申之以揽茝。
> 固时俗之工巧(兮),偭规矩而改错。
> 回朕车以复路(兮),及行迷之未远。
> 制芰荷以为衣(兮),集芙蓉以为裳。
> 高余冠之岌岌(兮),长余佩之陆离。
> 依前圣以节中(兮),喟凭心而历兹。
> 饮余马于咸池(兮),总余辔乎扶桑。
> 前望舒使先驱(兮),后飞廉使奔属。
> 纷总总其离合(兮),斑陆离其上下。
> 及荣华之未落(兮),相下女之可诒。
> 夕归次于穷石(兮),朝濯发乎洧盘。
> 苏粪壤以充帏(兮),谓申椒其不芳。
> 百神翳其备降(兮),九疑缤其并迎。
> 兰芷变而不芳(兮),荃蕙化而为茅。
> 扬云霓之晻蔼(兮),鸣玉鸾之啾啾。
> 麾蛟龙使梁津(兮),诏西皇使涉予。
> 惟兹佩之可贵(兮),委厥美而历兹。

等等，都是音步相应，词性相对，甚至在词义的类别上，也是两两相应，明显地表现出诗人在有意追求着一种辞采的安排布置之美。其中有些对句如将语助词（兮）删去，即从后代严格意义上的对仗来说，也是极其工整的。如：

> 固时俗之工巧，偭规矩而改错。
> 依前圣以节中，喟凭心而历兹。
> 夕归次于穷石，朝濯发乎洧盘。
> 苏粪壤以充帏，谓申椒其不芳。
> 惟兹佩之可贵，委厥美而历兹。

这种遣词和造句上的巧妙安排，在作用于视觉以及离开曲调按照较均匀的节奏诵读之时，便显示出语言本身的生动性，特别是显示出汉语、汉字的艺术表现力。

对偶句在屈原以前的诗歌中已有，但是极少，只能看作是一种偶然的现象。屈赋中的对偶句这样多，而且出现了极其工整的对句，则是屈原为了发挥语言本身的艺术表现力，为了美化诗的语言而自觉追求的结果。

前面已经指出，屈原的诗是诵诗，还没有发展到只用来玩味的案牍诗的地步。它既要追求建筑美、绘画美，同时还要考虑到听觉效果。因此，就像骚体的句子一般为六言，而根据表现内容和抒发情感的需要有时也伸缩变化，出现五言、七言甚至九言句一样，对偶手法的运用，一般也只是大体相对，一些介词、连词常常不避重复。我国的诗歌在南北朝以后不断向案牍诗方面发展，引僻典，用僻字、僻义，句子高度紧缩，词序颠倒等等，如不接之以目，细心玩味，有时很难弄清其含义。与此相应，有些律诗为了对仗搞得晦涩难懂，甚至不合语法。其他诗人不说，连杜甫也免不了有"香稻啄余鹦鹉粒,碧梧栖老凤凰枝"那样的句子。这是中国诗歌发展中的一股逆流,在形式上走向了自己的反面。屈赋在对偶上一般是只考虑音乐、词性和句子结构,表现着一种不刻意雕琢的古朴、自然的绘画美。

五、余论

屈原骚体诗的特征,作为单一的语言艺术的表现形式来说,有的在屈原以前的诗歌中就已经出现,但是,是屈原的艺术慧眼把它们从众多的语言现象中提取出来,发展、确定为诵诗的固定格式,并同自己的创造一起统一于新的诗体形式。屈原不仅在诗的外部形式上、诗的音韵旋律上,而且在诗的内部表现力即语言运用方面作了可贵的探索。这一切,都使诗在脱离曲调与配乐独立发展的情况下趋于健全、完善,更显示出了语言的艺术表现力和音节、音响、组词造句的丰富变化等方面语言的潜力。屈原为以后诗歌形式的多样化发展铺平了道路,在我国诗体改革上具有伟大的开创之功。

由于作为单纯语言艺术的诗在形式上、表现上的健全与完美,才有了大批书面创作和专门诗人的涌现。紧跟屈原在历史上放出了光华的有宋玉、唐勒、景差、贾谊、东方朔、严忌等,此后便层出不穷,先后辉映,不可胜数。他们浩浩如长江大河,形成了文学史上作家的主流。

屈原虽然以他深厚的艺术修养和无比巨大的气魄完成了我国诗歌由歌诗向诵诗的转变,但他并不是无视民族的传统,可以说,他取得成功的一条重要经验就是掌握并充分考虑到广大人民的艺术趣味和欣赏习惯,继承和弘扬民族的艺术传统,在继承中进行创造。这一点,永远对我们具有启发、借鉴的意义。

屈原在我国文学史上的功绩是永远不朽的。

屈赋在风格情调上的继承与创造

一、南北风气之异与南方文学的特色

一个民族，由于地理状况、气候、风俗、政治、宗教、历史等等的原因，形成特殊的思想意识、心理特征和审美习惯。这些民族特性渗透在文学艺术之中，形成了文学艺术的民族风格。黑格尔从意识方式的方面比较东西方诗歌发展的基础①，是有道理的。他认为东方的意识方式更适宜于诗，而中国则是在东方抒情诗上作出了最突出贡献的国家。这是历史的结论。现在我们要进一步探讨的是：在中国，意识方式、审美习惯、文学特征是不是各处相同，没有差异？

班固在《汉书·艺文志》中曾根据地域特征和民俗的差异，对各地文学的特征略作提示，郑玄《诗谱》也能联系各国自然条件和风俗制度论诗之思想与风格。近人刘师培《南北文学不同论》则对此有集中的论述。他说：

> 春秋已降，诸子并兴。然荀卿、吕不韦之书最为平实。刚志决理，锐断以为纪，其原出于古《礼经》，则秦、赵之文也。故

---

① 黑格尔著、朱光潜译《美学》第三卷下，商务印书馆 1981 年版，第 27 页。

> 河北、关西，无复纵横之士。韩、魏、陈、宋，地界南北之间，故
> 苏、张之横放，韩非之宕跌，起于其间。惟荆楚之地，僻处南
> 方，故老子之书，其说杳冥而深远。及庄、列之徒承之，其旨
> 远，其义隐，其为文也，纵而后反，寓实于虚，肆以荒唐谲怪之
> 词，渊乎其有思，茫乎其不可测矣。

刘氏并认为，北方之民"多尚实际"，南方之民"多尚虚无"。"民崇
实际，故所著之文，或为纪事、析理二端；民尚虚无，故所著之文，或
为言志、抒情之体。"①当然这种不同是由多方面的因素所造成的，
它有着深远的历史根源。刘氏对此尚未能进一步作深入的阐述，
但他从宏观的角度对南北文学不同、流变的论述则是极其精当的。
我们看战国时诸子文风：面对现实，循循善诱，以理辩驳，议论风
发者，莫过于《孟子》；远虑深谋，缜密推理，浑厚渊博，平心而论，莫
过于《荀子》；知微察变，条分缕析，高屋建瓴，峻峭刚强，莫过于《韩
非子》。这些产于北方的著作都表现着理性的缜密。而《老子》、
《庄子》则摆脱对事物的一项项理性分析与对个别事理的辩驳，力
求从视、听、味、嗅、触的方面对客观事物得出浑通的、完整的认识，
并把它表现出来，通过具体的描述表现自己的感觉与态度。看《老
子》第十五章：

> 豫焉若冬涉川，犹兮若畏四邻，俨兮其若客，涣兮若冰之
> 将释。敦兮其若朴，旷兮其若谷，浑兮其若浊。

文章用了各种比喻来形容善事道者的外部表现和心理状态。文中

---

① 刘师培《南北文学不同论》。程千帆《文论十笺》，黑龙江人民出版社 1983 年
版，第 89 页。刘氏此文原刊光绪三十一年《国粹学报》。

说："古之善为士者，微妙玄通，深不可识。夫惟不可识，故强为之容。"所谓"微妙玄通，深不可识"，指的是思想方面。但作者不通过分析、综合之法去论证其表现、特征、实质等，而是通过自己对他所产生的感觉的形容，让人们认识他。"夫惟不可识，故强为之容（形容、描摹）"，正反映了南方文风的特征。从美学的角度说，描摹出一个人的情绪状态和给人造成的印象，比进行理论分析更具直观性，更有感染力量。

> 南郭子綦隐几而卧，仰天而嘘，嗒焉似丧其偶。颜成子游立侍乎前，曰：
> "何居乎？形固可使如槁木，而心固可使如死灰乎？……"

在这里作者描述了一个把死生、美丑、善恶都等同看待的相对主义者的精神状态。下面通过这个人关于风的生动的描述，表现其认为世间一切，包括人在内都是自生自灭、不受任何东西主宰的思想。作者要反映的是哲学问题，却通过形象的描述来表现，而且，语言上带着浓厚的抒情味。

可以说，先秦时我国南方的这种意识方式，更突出地体现着黑格尔说的"未经分裂的、固定的、统一的、有实体性的东西总是起着作用"的特征。在这种意识方式下，写作更依赖于意象思维，更依赖于直观印象和产生于无数次感性认识积累基础之上的突然"彻悟"，也更注重在事物触及感官之后心灵产生的微妙颤动，而理性的分析、推理等退到最幽隐的层面，潜在进行。所以，最真实生动地展现主体的心灵便成了南方诗歌不自觉地追求的目标。

屈原生在南方的楚国，受命不迁，博闻强志，吸吮着南方艺术的乳汁。他的《离骚》等作品便是在这个基础上创造出来的。

二、苦恋之情的升华

《诗经》的《陈风》（陈在春秋末年为楚所灭，此后其地即属楚）与二《南》中可以看作楚辞上源的作品①，以及楚地的佚诗、民歌，大都表现出一种缠绵悱恻、深沉幽远的意境与情调。在表现感情、情绪的方面更显得细致入微，动人心弦。请看《周南·汉广》一章：

> 南有乔木，不可休思。汉有游女，不可求思。汉之广矣，不可泳思。江之永矣，不可方思。

《韩诗》认为，这首诗中的"游女"指江水女神，诗中包含了人神恋爱的神话。我们看，诗人通过面对茫茫江水、汉水的思念和哀歌，把深切悠长的情景，无可奈何的痛苦和惆怅、迷惘的心情，表现得淋漓尽致。那宽阔而悠长的汉水，一方面表现了面前阻碍的无可克服，另一方面也象征了抒情主人公无穷的思念和忧愁。这首诗的情调，《国风》中作品只有《陈风·宛丘》与之相近。《宛丘》第一章说：

> 子之汤兮，宛丘之上兮。洵有情兮，而无望兮！

看到自己喜爱的巫女在宛丘上摇摆跳舞，一方面对她产生深深的爱，另一方面又明白地知道这个爱是无望的。诗中表现的是一种"爱的折磨"，是一种和着甜蜜的苦味，或者说是两种相反情绪的交

---

① 关于《诗经》中《陈风》与《周南》《召南》中部分作品同楚辞关系的考证见本书《作为楚辞上源的民歌和韵文剖辨》部分。

织、纠缠和相互激发。这完全不同于北方民歌中"静女其姝,俟我于城隅"(《邶风·静女》)的轻快,也不同于"投我以木瓜,报之以琼琚"(《卫风·木瓜》)的大方,不同于"叔兮伯兮,倡予和女"(《郑风·萚兮》)那样的大胆泼辣,也不同于"子惠思我,褰裳涉溱。子不我思,岂无他人"(《郑风·褰裳》)那样的干脆利落。

《诗经》中表现这种"单思"式"爱的折磨"的主题的,还有《陈风》的《月出》和《泽陂》。《月出》第一章云:

> 月出皎兮,佼人僚兮。舒窈纠兮,劳心悄兮!

反复三章,意思相近。这首诗写一个男子远窥一个月下美人,身不可近,忧心焦躁。用字不多,而表现的情感真切,扣人心弦,同佼人的摇曳姿态一样,令人惊叹。张尔岐《蒿庵闲话》说:

> 《月出》一篇用字多不可解。姑以意强解之:男女相悦,千痴百怪。诗可谓能言丽情矣。

要观望美人,在白天自然并非不可,而月下窥视之时对方并不知觉,这样就可以看到她直率自然的容态,也可以无所顾忌地凝神久视;因为是月下看,自然就有一点朦胧感,而这朦胧感恰恰给这个抱着深切爱悦之心的男子留下了想象的余地,使他把她更加理想化、神圣化。但是,无论觉得她怎样美,却不能亲近,便更增加了诗中主人公的忧愁。

《泽陂》一诗,朱熹《诗集传》说:

> 此诗大旨与《月出》相类……有美一人而不可见,则虽忧伤而如之何哉! 寤寐无为,涕泗滂沱而已矣。

此可谓善说诗矣。原诗第一章云：

> 彼泽之陂，有蒲与荷。有美一人，伤如之何？寤寐无为，
> 涕泗滂沱！

也是反复三章。这首诗同《周南·关雎》的二、三节很相似，但《关雎》的第四节写抒情主人公通过钟鼓去引逗他心爱的人，以表求爱，而《泽陂》则同《汉广》《宛丘》一样，是自知其难以实现，却仍是死死地爱着。

这些《民歌》的情调同《九歌》中的《湘君》《湘夫人》《大司命》《少司命》《山鬼》等的共同性是不言而喻的。《九歌》本是楚国南郢之邑的祭神歌舞之词，屈原或为改作，或就原作"颇为更定其辞"，应是保持了原来歌词的大体风格。所以说，《九歌》在一定程度上反映了屈原以前楚人抒情诗的大体风貌。

我们说，楚人的生活与情感酿就了《陈风》、二《南》中部分作品和楚地民歌，也酿就了《离骚》中"爱的折磨"的情调。《汉广》《泽陂》中所表现的情调同《离骚》中求女部分所表现的情绪是极其相似的。当然，《离骚》中的求女是表现对知音的思慕与追求，但全诗表现出对祖国的眷恋与热爱。这种"爱"是深厚的民族感情所造成的，所以《离骚》在大的结构上表现了民族情感压倒个人得失方面的理性认识的结局。

南方民歌中，有的作品表现的是：自己抱着深切的爱，对方却全不了解，无动于衷，因而迫切希望对方能谙察衷曲，报以青睐。同前一类比较起来，这一类反映的抒情主人公的感情更为强烈，甚至表现出一种焦躁的情绪。

下面看一看公元前3世纪的《越人歌》：

今夕何夕兮？搴舟中流。今日何日兮？得与王子同舟。
蒙羞被好兮，不訾诟耻。心几烦而不绝兮，得知王子。山有木
兮木有枝，心悦君兮君不知。

诗中表现的情思不像《汉广》那么悠长，却更为强烈。抒情主人公
希望被认识、被了解的心情无比焦灼，又难于明白道出。《汉广》一
诗中抒情主人公同他所爱慕的女子之间有天堑相隔，而这首诗抒
情主人公同被喜爱的人则近在咫尺。问题是他们虽可以耳应目
接，却不能意会神交。这样就产生了抱怨的情绪。这里"怨"和
"爱"是纠结在一起的。《越人歌》的情调同《九歌·湘夫人》一诗很
相近。《湘夫人》篇是祭湘夫人的，全诗以湘君的口气表达了对湘
夫人的深沉的爱。"沅有茝兮澧有兰，思公子兮未敢言"，同《越人
歌》的"山有木兮木有枝，心悦君兮君不知"如出一口。这种情调，
这种急切希望倾诉内心的心情，在屈原的作品中同政治斗争的题
材结合起来，就使我国的政治抒情诗具有了《诗经》中的"变雅"所
没有的委婉曲折的韵味。看下面屈原的诗句，同上面的情调何其
相似：

竭忠诚以事君兮，反离群而赘肬。忘儇媚以背众兮，待明
君其知之。（《惜诵》）
心郁邑余侘傺兮，又莫察余之中情。固烦言不可结诒兮，
愿陈志而无路。（《惜诵》）
怨灵修之浩荡兮，终不察夫民心。（《离骚》）
历兹情以陈辞兮①，荪详聋而不闻。（《抽思》）
愁叹苦神，灵遥思兮。路远处幽，又无行媒兮。（《抽思》）

① "历兹情"原作"兹历情"，据洪兴祖《考异》引一本改。

申旦以舒中情兮,志沉菀而莫达。(《思美人》)

上面论述的两种情调或两种情绪类型,其"苦恋"的情绪和思想是贯穿了《离骚》《卜居》《渔父》和《惜诵》等《九章》中的屈作的,是屈原作品的基调;而迫切希望被了解,希望得到剖白的机会的心情、心理,则只体现在作于怀王朝的作品中(作于顷襄王朝的《涉江》《哀郢》《怀沙》中则没有)。这从上面所引例子就可以看出。

屈原诗中有的地方还化用了以前民歌当中的句子。《越人歌》:山有木兮木有枝,心悦君兮君不知。《湘夫人》中"沅有茝兮澧有兰,思公子兮未敢言",全由《越人歌》化出,但在喻体的选择上与《湘君》《湘夫人》的意境更为切合。再如《陈风·东门之杨》:

东门之杨,其叶牂牂。昏以为期,明星煌煌。

《抽思》"昔君与我成言兮①,曰黄昏以为期",正是由彼化出。

以上这些事实,虽然体现了屈原对喻体和象征体情感意蕴与社会共鸣性的重视,但从整个楚国抒情诗的发展历史来看,也与屈原学习民歌,吸收民歌的艺术表现手段有关。正是在这一点上,反映出了屈原批判继承的卓越能力。

对屈原作品同作为楚辞上源的民歌在表现爱恋情绪上的不同之处,我们可以通过简单的比较来认识。上面提到的楚歌所表现的是在抒情主人公同爱的对象并无深的关系,只是从外貌、行动、声音以及从侧面别人的议论中得到一些肤浅了解的情况下,单方面产生的爱慕之情。而屈原所表现的则是对家乡山川、对民族、对

---

① "成言"原作"诚言",据洪兴祖引一本及朱熹《集注》改。

自己国家人民的热爱和留恋,这种爱恋既形成于长久的多方面的濡染,又基于深刻透彻的理性认识。民族的感情、作为楚国宗族的自豪感、循吏和正直之士的责任感,都使他对楚国的国土和人民无比眷恋。这种浓厚的感情同一般的"单思"性的"苦恋"在性质上有着本质的区别。

关于爱的"阻力"的描述,在作为楚辞上源的民歌中,或属于天然障碍的阻隔,或是勇气不足,或是因为地位悬殊不敢高攀。不是来自自然方面,便是来自本人的条件、心理和意志,这后一种情况或者也包含了阶级社会不合理的等级制度方面的原因,但诗中表现并不明显。所以,同诗中深深的"爱"联结在一起的,是"痴"。但是,屈原的作品中,阻力却在于自己坚持了真理、坚持了正义,因而遭到了邪恶势力的打击排挤和陷害。诗人自己是没有责任的,因为他表明:"岂余身之惮殃兮,恐皇舆之败绩。"他将自己的一切都献给了民族和国家,他也不是勇气不足,努力不够,因为他抱定:"亦余心之所善兮,虽九死其犹未悔!"他退而静默,进而呼号,奔走先后,指天为证,他为了政治理想,为了民族和人民,尽到了一切努力。然而,不仅是奸佞党人、旧贵族势力打击屈原,必欲将他挤出楚国朝廷而后快,连楚王也不理解他,把他看作"坏人"。这是何等的悲哀! 在楚国已无施展才干、实现政治理想的可能,只是由于民族的感情而不愿远走他国。在这种爱的后面,我们看到的难道不是诗人的崇高和伟大吗?

事实上,在屈原的作品中关于"爱"与"割爱"的思想冲突的表现,还要复杂得多,有力得多。诗人不仅大大地深化了爱的内容、爱的意义,足够地表现出了爱的阻力,从而使得抒情主人公思想上"爱"与"割爱"的斗争更加尖锐、激烈,因而通过女嬃、灵氛、巫咸的劝告,更加明白地反映出来:诗人的这种"爱"不但抵抗了国内邪恶势力的打击,也还经受住了好心人的指责和劝告;不但抵御了来自国内不同方面的排挤力,也还克服了来自国外的吸引力。"何所独无芳草兮,尔何怀乎故宇?""及年岁之未晏兮,时亦犹其未央。恐鹈鴃之先鸣兮,使夫百草为之不芳。"这是多么富有哲理性的语言啊。然而,在诗人来说,一切的"理",都服从于他的基于民族感情的"爱"。他明明知道这是一个悲剧,但还是坚持自己的立场,保持了自己纯真的感情,从而以他悲剧的经历,写成了光照千秋的诗篇。

三、点铁成金的化用

屈原不仅在情调、风格上继承了他以前的楚地抒情诗歌,而且在表现手法上也向它们借鉴,甚至"为我所用",点铁成金。《周南》的"采采卷耳"、"采采苤苢",《召南》中的"于以采蘩"、"于以采蘋"等同《离骚》的"朝搴阰之木兰兮,夕揽洲之宿莽"这种比喻意象的形成之间未必没有关系;《周南·汝坟》《召南·草虫》同《离骚》《抽思》中所表现的对君王、对知音的企慕之情也颇为相近;《召南·摽有梅》中"摽有梅,迨其吉兮","摽有梅,其实三兮,求我庶士,迨其今兮"。《离骚》"及年岁之未晏兮,时亦犹其未央。恐鹈鴃之先鸣兮,使夫百草为之不芳",那种急迫心情的表达,与《摽有梅》同出机杼,只是喻体发生变化,且主客之位相反。但这正表现出屈原学习古人取其精神、学其手法,而不照搬现成,作百家衣。屈原是"取镕经意,自铸伟辞"。这方面在《离骚》等作品中有突出的表现。

《抽思》中写诗人被放汉北,思念着君王,思念着郢都,但不能返回,无法见到。诗中说:

道卓远而日忘兮,愿自申而不得。望南山而流涕兮,临流水而太息。①

曾不知路之曲直兮，南指月与列星。

思念君王，思念郢都，为什么要"望南山而流涕"、"临流水而太息"呢？因为郢都在汉北其地之西南面。诗人时时南望，数百里外的郢都他不可能看到，而每次看到的是挡住了他的视线的南山。由于深藏心底的思念，他有时会无形中向南望去，有时又无意识地看到南山而触发了对郢都的思念之情。在这种情况下，南山成了他产生悲伤哀苦情绪的条件反射的刺激物。诗人写他"望南山而流涕"是完全符合人心理变化的规律的。"临流水而太息"一句，同样反映了人情绪产生的心理机制。看见汉水向南流去，想起自己返回无期；时光如水，若将不及，春秋代谢，老其将至，又想起一生的一事无成。这些都可引起诗人的长叹。所以，这种表现，其中实蕴藏着丰富的情感内容。

但是，我们还应看到，从人心理变化的诱发物方面来表现思念、忧伤的情绪，这在春秋时代作为楚辞上源的作品中就已经有了。请看《诗经·召南·殷其雷》：

殷其雷，在南山之阳。何斯违斯，莫敢或遑？振振君子，归哉归哉！

第二、三章的第二句和第四句分别为"在南山之侧"，"莫敢遑息"，"在南山之下"，"莫敢遑处"，其他各句全同。这首诗的抒情主人公是一个妇女，她的丈夫到南山背后狩猎去了，山上起了阴云，并且由南山后远远地传来了雷声，那是暴风雨的征兆。可能是由于沉

---

① "南山"原作"北山"，据洪兴祖《考异》引一本改。

重的赋税,他不敢稍有休息,这南山,实际上也是这个妇女情绪产生波动的诱发物。这种表现的方法,可以说是深入到了人的心灵的深处。屈原学习这种手法,用之表现自己强烈的民族感情,可以看出他艺术感受的灵敏和创造上的善于学习借鉴。

《周南·卷耳》这首诗据日本学者青木正儿的研究,后三节与前一节并非同一篇的文字,是被编诗者误合为一首的①。青木氏的说法是有道理的。这首诗的后三节写离家出征的将士乘马登上崔嵬的高冈,极力控制着感情,希望不因登高望远而怀家伤情。然而:"陟彼砠矣,我马瘏矣,我仆痡矣,云何吁矣!"不只本人,连仆人和自己的马也无比伤情,不能前行(诗中"虺隤"、"玄黄"、"瘏"是写马望见家乡而痛伤的状况,"痡"是写仆人内心的疹痛)。那么,这个征人的心情如何,就可想而知了。拿这个结尾来同《离骚》的结尾相比较:

> 陟升皇之赫戏兮,忽临睨夫旧乡。仆夫悲余马怀兮,蜷局顾而不行。

屈原在他的伟大作品《离骚》中,将抒情主人公在将个人政治理想与民族感情分割开的努力已经完成之时,怀乡恋土的激情冲击着他,使他终至留下来的这个情绪变化过程表现得如此真切,真是催人泪下,撕人肝肺。但我们由上面对《卷耳》后三章的分析可以看到,屈原的这种高超的艺术表现是有所继承的。《卷耳》后三章表现的是为国出征同思念家乡、妻子之间的情绪冲突,写抒情主人公在山上似乎看到了想象中的家园,痛伤而窘步。屈原继承了这种

---

① 青木正儿《诗经章法独是》,见青木氏《支那文学艺术考》,1942 年东京弘文堂书房版。

表现情绪激变过程的手法,却将思家之情升华为民族感情,将儿女情长,难以为王前驱,转变为将个人得失置之度外,与祖国共存亡的决心。这在思想上来说,是一个质变,而从美学的方面来说,又获得了悲壮崇高的性质。而且,屈原把决心远走他国同爱国恋土的思想斗争放在全诗感情层层推进至于高潮的地方,从整个艺术构思方面来说,也具有了更为感人的力量。

四、不朽的艺术经验

我们肯定《金瓶梅》在艺术上的成就,不等于压低对曹雪芹在艺术上的贡献的估计。揭示出一部伟大的作品怎样继承前人的创作经验和艺术手法而达到艺术的顶峰,正可以具体说明它的伟大究竟在何处。上面我们对作为楚辞上源的民歌的艺术风格、情调、抒情方法及其对于屈原的影响加以分析,并不是说屈原是有意地模仿楚民歌。我们说,这些抒情民歌反映楚国的传统诗风,反映了楚国抒情诗很早就形成了缠绵悱恻、含意不尽的情调。楚国抒情诗的这种传统风格、情调,就像江汉平原上缓缓流动、悠悠不尽的流水,就像洞庭湖上雾气濛濛中摇晃波动、无边无际的水光,它带着南岳的苍翠秀色之美,又夹杂着湘水斑竹的呜咽和泪痕。它不同于经过黄河华岳浪洗风染的刚健的秦风,也不同于桑间濮上清朗明快的郑卫新声。楚地诗歌,自来就表现出了它的突出特色。同时,我们的目的主要在于说明,屈原是在这种楚风的熏染中成长起来的,他的作品无形中会带上传统楚风的特色。

但是,我们更重要的是想通过对屈原的作品同他以前的江汉一带抒情诗歌异同之处的分析和比较,来总结屈原在继承和创造方面的经验,揭示出他登上世界诗歌艺术高峰的奥秘。

诗歌风格上的特征,除去内容诸因素之外,主要表现在三个方

面。这三方面,实际上是构成诗歌艺术的三个不同结构层次:

属于最表层的,是诗歌的外部结构,即诗体形式。诗歌体裁的发展,受到语言发展和整个文学发展水平的制约。因而,诗歌在形式上达到的水平,很大程度上反映着诗歌本身发展的规律。当然,个别杰出的诗人可能在这方面作出大的推进和空前的创造,但他一旦推进到某一程度或创造出某一样式,就会被人们模仿、学习,现成取用,传承下去。

意境、情调、抒情状物的过程,是属于深层的结构。它最不易被观察、总结,最难于掌握和承传。因此,无论是鉴赏还是创作,要正确地把握它都需具备一定的生活经验和艺术修养。但是,诗的民族风格、地域风格也最深刻地体现在这一层次。

语言表现(词汇、各种修辞手法的运用等),从其语言结构的方面来说,是属于表层的,而从其意蕴的方面来说,是属于深层的。其表层的一面与诗的形式有关,其深层的一面与诗的风格、情调、意境有关,故介于二者之间。其学习、掌握的难易上,也处于居中的地位。

屈原继承《诗经》和楚歌的传统而登上世界抒情诗的高峰,汉代的楚辞作家东方朔、王褒、刘向等学习屈原的作品,却使楚辞走上了死胡同。笼统言之,善学不善学之辨也。然而究竟屈原之善学在于何处? 东方朔等人之不善学在于何处? 以前人们都未能说清楚。通过以上的分析可以知道,屈原的继承总是同创新,同对于诗歌表现力、感染力的不断追求结合在一起的,同时,也更注意意境、情调、神韵的继承;在语言方面,也更注重抒情传意功能的发挥,而不只墨守着诗体格式,套用一些词语甚至袭用原句。东方朔等人走了相反的道路,完全违背了屈原的创作精神,抛弃了屈原的艺术经验,取其椟而还其珠,则抢榆枋而控于地,不亦宜乎!

楚辞在风格上由于楚人、楚物、楚事及楚民族的生活状况、风俗习惯、特殊的心理状态等，在语言表现及情调、意境等方面，表现出突出的特征，而以前谈屈原在创作上的继承与创造者，多注重于外部结构：诗体形式方面，多只关注到对泛声的语助词"兮"的运用；语言方面，一般也局限于"比兴手法"的继承和发展。对意境、情调、抒发感情的高度技巧方面，尚未加以注意。所以，我们认为在这方面揭示出屈原同以前作品的联系与不同，探讨他在这方面的继承与创造，对于认识屈原诗歌的特色，评价屈原在艺术上的贡献及继承他的宝贵艺术经验，都是有益的。

楚国高度发展的艺术对屈原
抒情诗的影响

一、诗的双重结构和双重审美效应

诗,作为语言艺术,一方面它有由语音、音节构成的表层结构,通过不同的音响及语音的长短、节奏,作用于读者的听觉器官,给人以音乐美的感受。另一方面,词语又具有一定的含义,诗人用它作为材料叙事、描物、写景、抒情。就前者而言,具有声乐艺术的特征,使作品诵读时声音高低弇侈及相互关系的安排,同一定的时间进程相结合;就后者而言,具有造型艺术的特征,有一个整体安排及抓住特征、以貌传神,通过一角反映整体或通过一个场面反映事件发展全过程的问题。这是诗的深层结构问题。优秀的诗作不是一般的随便说话,而要给人以美的感受;不是向读者灌输自己的思想,而是以最经济的笔墨引起读者丰富的想象,因而最耐分析和玩味。诗是上面说的表层结构同深层结构的完美结合,是浑然天成的艺术作品。黑格尔《美学》第三卷《诗》这一章的《序论》中说:

> 一方面诗和音乐一样,也根据把内心生活作为内心生活来领会的原则,而这个原则却是建筑、雕刻和绘画都无须遵守的。另一方面从内心的观照和情感领域伸展到一种客观世

界,既不完全丧失雕刻和绘画的明确性,而又能比任何其他艺术都更完满地展示一个事件的全貌,一系列事件的先后承续,心情活动,情绪和思想的转变以及一种动作情节的完整过程。①

自然,黑格尔的这话不是针对民歌型的较原始古朴的诗歌说的,而是针对成熟的抒情诗说的;不是针对祀典宴享、歌功颂德的枯燥文字或一些无聊文人的无病呻吟、矫揉造作,或文字游戏说的,而是针对能真正感染人、激动人的情绪,给人以足够的美的享受的语言艺术说的。成熟的优秀的诗作要做到音韵、旋律、节奏和内容、意境、情感的双重完美,从两个方面给人以美的享受。作为语言艺术的诗的成熟发展既然与音乐艺术和造型艺术都有着密切的关系,具有它们的某些表现特征,我们就应探讨一下屈原时代楚国有关艺术门类的发展情况,探索其与屈原抒情诗艺术特征的关系,从而揭示屈原能够登上抒情诗巅峰的另一方面的奥秘。

关于屈原时代楚国艺术发展的现状,毛庆同志的《从考古发掘的楚文化资料看屈赋产生的艺术背景》一文已有较详细的论述②。本文不是论述楚国艺术发展的全部,而只是论述同诗的高度发展相联系的一些方面,并在这些方面作进一步的发掘;同时,本文将侧重于寻找屈原抒情诗发展同楚国音乐、绘画、雕刻、舞蹈之间的深层联系。也就是说,本文着重于探讨诗同配乐、曲调、舞蹈相互分离,独立发展情况下,又互相影响,使诗的语言优势得到进一步发挥的情况。

① 黑格尔著、朱光潜译《美学》第三卷下,商务印书馆 1979 年第 1 版,第 4 页。
② 湖北省社会科学院文学研究所编《文学论稿》第三辑(1984 年 9 月出版)。

二、楚国的音乐成就与屈赋对语言潜在音乐性能的发掘

我国古代音乐发达很早。东周时代,乐器见之记载的约有 70 种,仅《诗经》中提到的就有 29 种。乐律方面,已有了十二律和七声音阶①,已出现音阶的首音在十二律间移动的理论②。我国古代音乐的高度发展水平,同我国艺术包括诗歌在内从总体上说来重抒情的特点是一致的。

然而,战国时楚国的音乐发展究竟如何? 同其他时代和别的国家的音乐发展状况比较起来,这是同楚国抒情诗的成熟、发展关系更为密切的问题。

据薛尚功《历代钟鼎彝器款识法帖》、黄浚《尊古斋所见吉金图》等所载,宋代就出土过一些有铭文的楚国乐器钟、镈等。1957年在河南信阳战国楚墓中出土的编钟,从大到小共 13 枚,并有木瑟两件,漆绘锦瑟一件,漆绘大小鼓各一。据此套编钟测定,当时楚国七音阶之第三度、第四度间相差 129 音分,略大于一个半音音程;第四度、第五度间相差 185 音分,略小于一个全音音程。这与春秋以前以至战国时曾存在于北方的古音阶差异较大,而与后来之新音阶极为相近③。

1970 年,在湖北纪南城南面二公里处出土战国彩绘石磬 25

---

① 见《国语·周语》伶官州鸠对周景王问。

② 《礼记·礼运》:"五声、六律、十二管,旋相为宫也。"

③ 参河南省文化局文物工作队《我国考古史上的空前发现——信阳长台关发掘一座战国大墓》(《文物参考资料》1957 年第 9 期);中央音乐学院民族音乐研究所调查组《信阳战国出土乐器初步调查记》(《文物参考资料》1958 年第 1 期);杨荫浏《信阳出土春秋编钟的音律》(《音乐研究》1961 年第 1 期)。按此墓应为战国中期墓。当然,乐器的铸造时间,也可能比墓葬更早一些。

具。经实际演奏,这些石磬不但音质优美,而且音域宽广,至少有三个八度左右(因为这 25 具不是成套,故有重复,也有缺音)①。

　　1978 年、1980 年曾多次出土战国时楚乐器。其中最突出地反映了战国时楚国音乐发展的高度成就,表现了中华民族光辉灿烂的古代文化的,是 1978 年在湖北随县曾侯乙墓出土的组合完整的大批精美乐器。

　　据专家们研究,这个"曾国"可能即文献中说的"随国"。根据镈钟铭文与墓葬特点分析,年代应为公元前 433 年或稍晚,其时曾国是楚国的附庸。曾侯乙墓出土的编钟共 64 件,分三层挂在架上。19 个钮钟挂在上层,上有铭文,标明律名和阶名(宫、商、角、徵、羽等),当是用来定调的;中层 33 个甬钟钟口沿上部正中和两角部位有铭文标明阶名。只要准确敲击标音部位,就能发出一定音阶的乐音。每个甬钟根据所标不同的敲击部位,可发出两个乐音。中层为主要演奏部分。下层的 12 件甬钟,主要起烘托和声的作用。钟架中下层悬挂编钟的配件上和编钟所在的横梁部位也刻有标音文字,以便在演奏中根据一定音调的需要临时调换编钟位置,重新配合使用。根据标音铭文对整套编钟实际发音进行测定,总音域跨五个八度之多。在中心音域的三个八度范围内,12 个半音齐全,而基本骨干是七音阶结构。这说明当时人已懂得八度位置和增减各种音程的乐理。根据实际演奏的结果,能演奏采用和声、复调和转换手法的乐曲。

　　同时出土石编磬 32 件以及鼓、箫、琴、笙、排箫(即《楚辞·九歌》所谓"参差")和横吹的竹笛。排箫之音节同样超过五个音节的范围,至今可以发出悦耳的声音。

────────────

　　①　湖北省博物馆《湖北江陵发现的楚国彩绘石编磬及其相关问题》(《考古》1972年第 5 期)。

　　由这些事实可以看出什么呢？

　　第一，战国时楚国音乐理论和实际演奏技巧以及乐器的制造水平不但不比中原国家低，就目前所出土的实物而论，实居七国之冠；

　　第二，组合音乐编钟、编磬的宽广的音域说明当时已可以演奏很复杂的乐曲，表现十分自由而细致的旋律。演奏上已有很高的精确度要求。这自然也反映了当时的乐曲创作已达到了相当高的水平；

　　第三，几种组合乐器及多种单个乐器的配合演奏，具体地体现了我国古代音乐理论中“和谐为美”的思想。以金、石、竹、木做成的大大小小管、弦、敲击等各种乐器，有着不同的音色、不同的音量、不同的声音延续形式。可以想见，当时的音乐家把它们配合在一起演奏，那音乐或如百鸟争春，千啼百啭，闻之使人心旷神怡，百愁顿消；或如幽谷石泉，滴水回音，清脆悦耳，沁人心脾；或如激湍飞瀑，澎湃镗鞳，开阔人的心胸，振奋人的意志；或如万马奔腾，蹄声、鼓声、号角声杂沓而来，使人惊心动魄。总之，他们造成的和谐的声响，优美的旋律，深广的意境，是足可使人“三月不知肉味”的。

　　当然，音乐发展的各个方面都会对诗歌，特别是抒情诗产生积极的影响，而乐伎的密切配合，指挥的准确提点，众多乐器合奏的和谐表现，对于抒情诗的进一步高度发展，有着更大的启示作用。

　　《楚辞·九歌》中几次写到音乐合奏的场面。如：

　　　　扬枹兮拊鼓，疏缓节兮安歌，陈竽瑟兮浩倡。（《东皇太一》）
　　　　缅瑟兮交鼓，箫钟兮瑶簴。鸣篪兮吹竽。（《东君》）

《大招》《招魂》也几次写到音乐演奏的情况：

　　代秦郑卫,鸣竽张只。伏戏《驾辩》,楚《劳商》只。讴和
《扬阿》,赵箫倡只。魂乎归徕,定空桑只。二八接舞,投诗赋
只。叩钟调磬,娱人乱只。四上竞气,极声变只。(《大招》)
　　陈钟按鼓,造新歌些。(《招魂》)
　　竽瑟狂会,搷鸣鼓些。宫庭震惊,发《激楚》些。吴歈蔡
讴,奏大吕些。(《招魂》)
　　铿钟摇簴,揳梓瑟些。(《招魂》)

《九歌》虽是民间祭祀歌词,但已经屈原的润色加工。《大招》是楚
威王死后屈原为招威王之魂而作,《招魂》是屈原被放汉北时招怀
王生魂所作。由此可知,屈原至少对于当时的音乐表演情况是了
解的。

　　《屈原在完成歌诗向诵诗的转变方面所作的贡献》一文中已经
谈过,屈赋打破了《诗经·国风》的重章叠句的形式——所谓重章
叠句不仅是形式上的重复,也是内容表达上的重复和雷同——使
诗在内容的表现上更为自由灵活。它可以叙述复杂的事件,描绘
广阔的场景,适应各种情感节奏的变化,而在形式上也带上了一种
旋律和音韵之美。也就是说,屈原使诗的表现力和音乐性都明显
地增强。《诗经》的《大雅》《小雅》和《颂》这些非民歌的作品已表现
出打破重章叠句的特点,但还未形成固定的隔句押韵、韵脚在偶句
之末及四句为一节的形式,也并没有固定在上下两句的上句之末
加一泛声的“兮”,形成抑扬顿挫的语调,使节奏旋律更为复杂而富
于变化。这就可以看出屈原在诗体形式方面的努力探索。屈原在
抒情诗方面的这种努力探索正同当时楚国远远高于、精于民间短
歌小调的气势恢宏的乐曲、阵容庞大的演奏相一致。

　　在诗歌用韵方面,或主张连韵,或主张变化,但都是一般的连
韵或换韵。屈赋用韵中却有一个很微妙的现象,它使诗更具乐律

之美。汤炳正先生的《屈赋语言的旋律美》一文详细论述了这个问题。屈赋的通韵（主要元音相同的阴、阳、入三声互押）、合韵（元音不同而韵母发声相近的两韵互押）例中，在一节诗之中鱼部之字同铎部之字相叶、之部之字同职部之字相叶及之部之字与鱼部之字相叶的次数最为频繁。可见之、职、鱼这三韵在楚语中各有其相近处（之、职通韵，为平入相转，属对转；之、鱼合韵为旁转；鱼、铎通韵为旁对转。这三种情况在《诗经》中即已存在）。屈原就是利用这些相近的韵部，造成诗在韵脚上的渐变形式，创造出比诗节范围更大的旋律。这同诗的以内容转变为准则的段落划分是两回事，它完全是形式方面的问题。下面以《离骚》为例来说明。

从"纷吾既有此内美兮"至"夫唯捷径以窘步"24句，其韵脚依次为：

> 之部、之部、鱼部、鱼部、鱼部、铎部、铎部、铎部、之部、之部、铎部、鱼部。

由之部到鱼部，由鱼部到铎部，由铎部又回到之部，又由之部转到铎部，最后又回到鱼部。从"吾令凤鸟飞腾兮"至"吾令蹇修以为理"的24句及从"理弱而媒拙兮"至"谓幽兰其不可佩"的24句中，也用了鱼、铎、之、职回旋转韵的手法①。这种相近韵部间的回旋转换，比起一韵到底的情况来，有波澜、有变化，可以适应诗人情绪的起伏颤动。而比起带有突变性的换韵来，韵与韵之间又多着一丝联系，因而给人感觉到的是流水般自然的变化，带有一种连续的音乐美。这种转韵形式同带有突变性的换韵形式在不同场合下的

---

① 汤炳正《屈赋新探》，齐鲁书社1984年2月第1版。

运用,丰富了诗的音乐性因素,使它表现情感、情绪的功能大大增强。

诗,特别是抒情诗,真实、浑通、完整地表现出诗人内心感情、情绪的变化,是艺术的最高准则,是有眼光、有艺术才能的诗人努力的最终目标。如果说音乐是意义模糊的抒情诗,那么,最好的抒情诗应该成为具有明确蕴意的音乐。战国时楚国的音乐成就如此之高,则屈原在抒情诗形式创造方面取得前无古人的成就,便是很自然的事了。

总之,楚国高度发展的音乐在使抒情诗在更细致地表现主体的内心生活,将一般诗歌的重叙事转向真切地表现思想感情方面,使诗歌由重章叠句的表现形式转向同人的思想情绪的波动变化相一致方面,都无疑是起到了启迪作用的。

三、楚国的造型艺术与屈赋语言表现功能、表现艺术的发挥

战国时楚国在造型艺术方面取得的成就也不低。

目前发现我国最古的几件绘画作品,都是战国时楚国的。一幅为《妇女凤鸟图》[①],一幅为《龙舟人物图》[②]。前一幅正中下部画着一个身着华衣的中年妇女,面朝左方侧身而立,颀身细腰,长裙博袖。人物头部及身体部分线条准确、洗练,而且腰肢及裙裾部分

---

① 此画 1949 年出土于长沙陈家大山战国墓葬,最早被称为《晚周帛画》。这个名字较为笼统,而且以后在楚地又发现了其他帛画。于是,有人根据画面上的动物摹本只有一足的现象,定为《夔凤人物画》或《人物夔凤帛画》。但是,这幅画经过专门人员细心观察,上面的龙状动物并非一足,而是两足(1978 年中国古画邮票即据新摹本,作两足)。为何物尚不清楚。故本文称之为《妇女凤鸟图》。

② 此画 1973 年出土于长沙城东子弹库的楚墓中。见《文物》1973 年第 7 期《新发现的长沙战国楚帛画》。此画一般称为《人物御龙图》。但画上所表现的实为驾着龙舟而非龙。故本文称之为《龙舟人物图》。

表现出夸张、浪漫的情调。上部一凤鸟头亦朝左，昂首奋翅，尾羽前卷，跨腿前奔，显得通身充满了力量。从整个凤鸟的姿态来看，是要去抓取或啄食它前面的龙状怪物。凤鸟的嘴微张，由于画家笔法的高超，表现得异常有力；其爪部的姿态，也强劲有力如任伯年所画钟馗像中的那个弯曲的拇指。龙状怪物的身体微曲而头部向右。这两个动物表现着生死搏斗前刹那间的状态，显示出动的感觉和无限的爆发力。这同下面妇女安详祝福的情态形成紧张、激烈与和缓、从容的对比，耐人寻味。

另一幅《龙舟人物图》实可以看作《离骚》的写意画。"高余冠之岌岌兮，长余佩之陆离。芳与泽其杂糅兮，唯昭质其犹未亏。""忽吾行此流沙兮，遵赤水而容与。麾蛟龙使梁津兮，诏西皇使涉予……"你看画中人物高冠微须，手持缰绳，驾驭着一条龙舟。龙舟，大体看来，式样是舟；然细看又似龙，其首尾皆腾起，头部扭转，表现着正在翻腾的姿态。人物头顶上伞盖的穗子，人物的冠缨、佩物，都飘向身后，表现着龙舟在快速地前行。

此外，长沙出土的漆奁画，上绘11个女人，有舞者，有观赏者。服色艳丽，丰姿婀娜。整个画面用八种颜色，浓浅相间，色彩协调，风格柔媚，也表现了高超的技巧。

以上几幅画，特别是前面两种帛画，表现出丰富的想象力，高度的概括力和浓厚的浪漫主义情调。

绘画是通过线条和色彩描绘出一目了然、具体可见的形象，只能表现事物发展中的一个横切面，即一刹那间存在的景象，不能反映事物持续发展变化的过程。诗是语言艺术，它不能在片刻间使人对所表现的事物有整体的了解，而必须在时间过程中表现事物的发展过程和存在的状态；即使是静止状态中的事物、景象，也必须依次录入时间的"磁带"，由读者一点点地接收，再在头脑中还原为整体。这是诗与绘画的不同之处。

　　但是另一方面,苏轼所说:"诗画本一律。"①克罗齐也说过:"诗人的理念和画家的理念是相同的,他们的区别只是'语言和颜色'。"②诗与绘画之间有着相通之处,因而,楚国绘画艺术的成就,亦无疑给屈原的艺术创造以有益的启迪。从对屈原作品的艺术表现来分析,主要表现在以下几个方面:

　　第一,使诗人注意对人物外部形象和场面、景象的细致描绘。如《九歌·山鬼》中对山鬼的外部形象的描绘:

　　　　若有人兮山之阿,被薜荔兮带女萝。既含睇兮又宜笑,子慕予兮善窈窕。乘赤豹兮从文狸,辛夷车兮结桂旗。被石兰兮带杜衡,折芳馨兮遗所思。

诗中对于山鬼所处环境——人物形象的自然背景,也作了极生动的描述:

　　　　表独立兮山之上,云容容兮而在下。杳冥冥兮羌昼晦,东风飘兮神灵雨。

诗中"余处幽篁兮终不见天","石磊磊兮葛蔓蔓","雷填填兮雨冥冥,猿啾啾兮狖夜鸣。风飒飒兮木萧萧"等,也都是描画山鬼所处环境的。人物同背景结合起来,不是展现出了一幅逼真的图画吗?一个美丽的少女,在阴云恶雨之中,背竹林而立,久久地怅望着山下的来路,她惆怅、忧伤、渴望,忘记了自身的痛苦。闪电映着她凄

---

　　①　苏轼《书鄢陵王主簿所画折枝二首》之一。
　　②　克罗齐著、王天清译《作为表现的科学和一般语言学的美学》第二部分《美学的历史》,中国社会科学出版社 1984 年第 1 版,第 66 页。

凉的脸,风雨中树叶飘落在她的身上。她是一个战乱年间"望夫女"的形象。诗人在描绘外形及背景当中抒发了感情。这种表现手法,在《诗经》的个别篇章中也可以见到(如《鄘风·君子偕老》《卫风·硕人》《郑风·大叔于田》),但还不像屈原作品的能将人物和背景两方面结合起来,同绘画一样作这样完整的展现。这就像《妇女凤鸟图》在表现女主人公的同时也刻画了凤鸟与龙状物的争斗,《龙舟人物图》在表现男主人公的同时也画出了龙舟的翻腾、伞穗的飘拂、仙鹤的回首观望等。从抒发情感的方面说,它们都是整体的展现。

特别要指出的是《离骚》中对神游太空的宏大场面的描述,展现了一个神奇诡异的、富于幻想的美妙图景,这在屈原之前的诗歌中是没有的:

> 前望舒使先驱兮,后飞廉使奔属。鸾皇为余先戒兮,雷师告余以未具。吾令凤鸟飞腾兮,继之以日夜。飘风屯其相离兮,帅云霓而来御……扬云霓之晻蔼兮,鸣玉鸾之啾啾。朝发轫于天津兮,夕余至乎西极。凤皇翼其承旂兮,高翱翔之翼翼……屯余车其千乘兮,齐玉轪而并驰。驾八龙之婉婉兮,载云旗之委蛇……

从其内容、材料、精神方面说,这与诗人的情绪及楚国丰富的神话材料有关,但从表示手法的豪迈、洒脱,气势的恢宏方面说,不能说与当时的绘画无关。王逸说屈原被放之时,"见楚有先王之庙及公卿祠堂,图画天地山川神灵,琦玮僪佹,及古贤圣怪物行事"。那画的规模既十分巨大,则它也就会扩大诗人的胸襟与眼界,使诗人以泼墨健笔,挥染巨幅。我们只要把《龙舟人物图》同《离骚》中"忽吾行此流沙兮,遵赤水而容与。麾蛟龙使梁津兮,诏西皇使涉予"等句联系起来看,就可以知道屈原作品中高超的艺术表现同当时绘画之间的联系。

第二,无论绘画还是诗,都不能不分主次,巨细无遗地加以描摹。拘泥于毫发,反会失其神韵。它们都有一个抓住特征表现的问题。如上举两幅画对人物的衣饰只是作粗略的表现甚至予以忽略。但是,女主人公的发髻及男主人公的高冠却得到了清楚的表现,因为这反映着人物的年龄和身份。服装式样及男主人公微须,也是这样。我们看屈原的抒情诗,是深得其妙的:"高余冠之岌岌兮,长余佩之陆离。"(《离骚》)"带长铗之陆离兮,冠切云之崔嵬。"(《涉江》)刻画外貌三言两语,然而却表现出了最主要的特征。无论古今哪一位画家据以作成的屈原行吟图,都使人一眼可以认出画的是谁。这也就可以看出屈赋与绘画相通之处。

第三,优秀的绘画同成功的诗作都不仅真实、典型地反映事物的主要特征,而且能自然、真切反映出作者对事物的微妙感觉。如《龙舟人物图》,由其 U 字形及尾部所立的鹤以及上面的伞盖来看,人物所乘无疑是一条舟,而不是龙。但是,这条龙形舟破浪前进之时如一只真龙凌驾于波涛之上,故画面上不只是画了龙头,而且画出了它翻腾的姿态,给人以动的感觉。这条龙舟能激发人的想象,给人留下宽阔的再创造的余地。《离骚》中也大量地运用了这种手法来抒情状物,烘托和象征抒情主人公的美好胸怀、高尚情操。"揽茹蕙以掩涕兮,沾余襟之浪浪。""制芰荷以为衣兮,集芙蓉以为裳。"谁也不以为这是真的,然而,谁也不会觉得其中有虚假。因为,正是在这种真与假、似与不似之间,表现了诗人伟大的胸怀、高尚的情操,包含着深厚的情感意蕴。

第四,一幅好的图画,如果表现的是动态的事物,它可以通过某事物一刹那间的存在状态,反映出他的前因和后果,让人们想到它的整个变化过程。本来,绘画不能表现过程,不能画出动在时间中存在的形态,而文学作品则不能直观地、立体地表现场面。我们前面谈到的《妇女凤鸟图》上关于凤的姿态,《龙舟人物图》上龙舟的动的感觉。这是画家在努力突破绘画这种艺术在表现生活上的局限。这对于诗人语言表现上的提炼,也是有启发意义的。优秀的诗人,要用连续的文字描述,展现出丰富、复杂的生活内容,在读者头脑中形成生动的、立体的生活画面。诗虽然是一句一句排列,读者要一句一句读下去,在自己头脑中再作组合,但它们有诱发作用,它通过字、词的多方面意义,与其他的词句照应、联系,使读者顺利地、成功地在头脑中进行恢复形象和实现创造的工作。后代诗歌的"炼字"、"炼句"正是为了这个目的。过去说"花开两朵,各表一枝","一张口难说两处话"。《离骚》中"雷师告余以未具"一句在叙事上就有复线进行的效果。此前的"前望舒使先驱兮,后飞廉使奔属,鸾皇为余先戒兮"是依次叙述其仪仗情况,是一条一条地罗列,从叙述上来说,是一条线。而"雷师告余以未具",则不但叫人想到雷师正在准备服饰及仪仗器具的情况,也叫人想到此前的望舒、飞廉、鸾皇匆忙准备、立即各就各位,各司其职的情况;同时,又造成一处暗笔:在后面还有雷师就位司职一事。因此说,它的蕴意对前、后都有辐射力。正是由于诗人运用语言上的这种能力,才展现了一幅雄伟壮阔的图画,而并不叫人觉得有过多的罗列。

我们由上面的分析就可以看出楚国高度发展的绘画同抒情诗成熟并达于艺术顶点的关系。

后来一些人说的"诗中有画,画中有诗",也是从评价有高度艺术性的诗和绘画作品的角度提出的。手法较古朴、较原始的作品是不可能达到这种境地的。

与绘画相近的雕刻与伏虎、双凤形鼓架之类的漆器,是立体的造型艺术。它在表现背景的方面受到很大的限制,但在表现飞禽走兽等的形象上,却可以达到更为逼真、更具直观感染力的程度。

　　1973年湖北江陵出土的彩绘木鹿,身体作静卧状,而头部高高扬起,两个叉角向上升出,显出警觉的样子,很有精神。此类彩绘木鹿在江陵、随县先后出土过三个,形态各异,而皆惟妙惟肖,逼真生动①。此外在长沙楚墓中还出土有木雕怪神像两种,表现出张牙舞爪的神情,形象亦极为生动。

　　木板漆雕,显示了独特的艺术风貌。湖北江陵楚墓出土的彩绘木雕座屏,上雕蛇、蛙、鹿、雀等50个动物,或奔或卧,相向而趋,或身体交错,都舒展、自然,充满生机。

　　其次,楚国漆器也显现异彩。江陵出土的鸟架鼓是两个相背而立的鸟,用冠子和尾部拉着一面圆形鼓。两个鸟的爪下各有一虎,相背而卧,尾部相连。所雕鸟、虎的形象本身就夸张地表现了各自的特征,在似与不似之间,它们又都周身布满彩绘图案,这图案是由动物外部体态、斑纹演变提炼而成的,它不是再现(模拟),而是表现(带有主观的想象性),因而更具抒情味。

　　雕刻、漆器美术工艺对于诗歌成熟的发展所起作用同绘画基本一样,这里不再细述。战国时楚国这一类艺术品多为实用工艺品。马克思的《政治经济学批判导言》中说:"艺术对象创造出懂得艺术和能够欣赏艺术的大众——任何其他产品都是这样。"从这个角度说,实用工艺是使艺术渗透到生活之中,从而加以普及的最有效的形式。

　　造型艺术中还有舞蹈。绘画、雕刻是静的造型艺术,而舞蹈是动的造型艺术。根据《招魂》、《九歌》反映的情况看,战国时楚国的

---

　　①　木雕彩绘卧鹿是1973年在江陵藤店一号墓出土。见《文物》1973年第9期《湖北江陵藤店一号墓发掘简报》。

舞蹈也是比较发达的。《招魂》中说：

> 美人既醉，朱颜酡些。娭光眇视，目曾波些。被文服纤，丽而不奇些。长发曼鬋，艳陆离些。二八齐容，起郑舞些。衽若交竿，抚案下些……

这里写的是宫廷一般宴乐中的舞蹈，由 16 个女乐伎集体表演。身体旋转之时，衣襟扬起，与身体成交叉形，状若交竿，在旋转中身体重心时而降低，时而升起。这是难度很大的舞蹈动作。旧说舞者身体旋转的动作是汉代由西域传来，故称之为"胡旋"。其实是误解。先秦时楚国舞蹈已有了这种快速转体的动作。

楚国因为信巫好祀，所以祭祀舞蹈极为普遍。史载楚灵王"躬执羽绂，起舞坛前"。《九歌》为巫觋祀神歌舞词，由它可以看出当时舞的规模是不小的。

舞蹈对于抒情诗的启示，主要是在节奏方面。《九歌·东君》中说：

> 展诗兮会舞，应律兮合节。

舞蹈是有节奏的（舞律）。发展成熟的诗歌也有旋律和节奏。所以说，屈原使抒情诗的形式得到健全与完善，不能说与舞蹈的发展无关。

四、诗与音乐舞蹈分道扬镳后在更高阶段上的相互吸收与结合

本文第一部分所引黑格尔《美学》中那段话的前面，黑格尔还这样明确地说过：

> 诗，语言的艺术，是第三种艺术，是把造型艺术和音乐这两个极端，在一个更高的阶段上，在精神内在领域本身里，结合于他本身所形成的统一整体。

所以，抛开屈原的创造性不说，单从客观条件来说，除了楚国抒情诗的传统之外，楚国高度发展的音乐和造型艺术，是使屈原抒情诗臻于艺术峰巅的两个重要因素。反过来说，也正由于楚国的音乐和造型艺术都有着很高的成就，所以在战国末年的楚国产生了屈原这样伟大的诗人，乃是历史的必然，是艺术发展的必然。

以前在谈到屈原艺术上取得成就的原因之时，客观上只看到留存到现在的十来首楚地民歌，主观上便夸大了屈原的独创精神，忽略了屈原对当时其他艺术形式的吸收与借鉴，未能注意它同当时的音乐和造型艺术的关系。这自然同当时所发现楚国这方面的实物很少有关，但也同人们在探讨先秦诗体形式的发展时只注意到诗句的延展，而未能深入到反映着本质特征的一些因素有关。这样，一方面对屈原艺术成就的评价就难免空洞概括，不切实际；另一方面，也就不能做到令人信服的回答：为什么在六国之末会出现《离骚》这样鸿篇巨制的不朽的抒情诗，会出现屈原这样伟大的诗人？

我们说，诗歌的成熟发展并不是一件孤立的现象，它受到其他艺术门类的影响、推动或制约是不言而喻的。在艺术发展的早期阶段，诗、音乐、舞蹈结合在一起，相互依赖，表现着一种纯朴的美。当各门艺术发展之后，首先是发挥本身的优势，然后借鉴其他的艺术门类，汲取其表现手法上的长处，使自己的表现更为灵活、丰富而有力。这是同诗歌发展初期阶段与音乐、舞蹈相互依赖完全不同的更高阶段上对其他艺术经验和技巧的吸收。因此,它不仅向已经成熟发展的音乐、舞蹈中汲取经验,也从绘画、雕刻等艺术门类中获得启发。

　　屈原领悟学习其他艺术门类的经验和技巧,来充分发挥语言表现上的优势,是他能登上世界抒情诗高峰的原因之一。

下　编

《离骚》正读

《离骚》评点

　　《离骚》原文据洪兴祖《楚辞补注》（中华书局 1983 年 3 月出版，白化文等校点本），个别地方据《文选》、洪兴祖《楚辞考异》、朱熹《楚辞集注》和其他一些学者的研究成果有所校改。校改情况在《新注》有关条的开头说明。

　　《史记·屈原列传》引淮南王刘安《离骚传》语"离骚者，犹离忧也"，解释"骚"为忧愁、忧伤之意。《楚辞章句·离骚序》云："离，别也。骚，愁也。"解释"离骚"为"放逐离别，中心愁思"之意。班固《离骚赞序》则说："离，犹遭也。骚，愁也。"此后各家关于《离骚》的题义异说纷纭，莫衷一是。我以为钱锺书先生《管锥编》中的解释比较妥帖：

　　　　"离骚"一词，有类人名之"弃疾"、"去病"或诗题之"遣愁"、"送穷"；盖"离"者，分阔之谓，欲摆脱忧愁而遁避之，与"愁"告"别"，非因"别"生"愁"。

则《离骚》题义为排遣忧愁之意。

　　清代朱冀《离骚辩》云：

　　　　《楚辞》全帙均属三闾绝唱，何为乎止辩《离骚》？盖《楚

辞》中最难读者莫如《离骚》一篇。大夫毕生忠孝,全副精神,
俱萃于此。章法大则开阖亦大。中间起伏呼应,一离一合,忽
纵忽擒,如海若汪洋,鱼龙出没,变态万状,令人入其中而茫无
津涯。

所以历来学者对《离骚》结构的看法、段落的划分很不一致。今分
为三大部分,每一部分又为若干段。乱辞另为一部分。为读者便
于掌握全诗脉络,在每一段之末、每一部分之末及关键之处加以归
纳或提示。至于词义的理解,则另见《新注》。

帝高阳之苗裔兮,[1]
朕皇考曰伯庸。[2]
摄提贞于孟陬兮,[3]
惟庚寅吾以降。[4]

屈原被放汉北后,北上至楚故都鄢郢拜谒先王之庙及公卿祠
堂而有此作。面对先王太祖之灵,作为裔孙、宗臣,且又生于吴回
任祝融职之日,则只有为国献此一腔热血,一寸丹心。

皇览揆余初度兮,[5]
肇锡余以嘉名。[6]
名余曰正则兮,[7]
字余曰灵均。[8]

纷吾既有此内美兮,[9]
又重之以修能。[10]
扈江离与辟芷兮,[11]

纫秋兰以为佩。(12)

汩余若将不及兮,(13)
恐年岁之不吾与。(14)
朝搴阰之木兰兮,(15)
夕揽洲之宿莽。(16)

日月忽其不淹兮,(17)
春与秋其代序。(18)
惟草木之零落兮,(19)
恐美人之迟暮。(20)

以上第一段,总叙身世、怀抱与为实现政治理想所作的努力。
"美人"二字引起以下三节向怀王倾诉之词。

不抚壮而弃秽兮,(21)
何不改乎此度?(22)
乘骐骥以驰骋兮,(23)
来吾道夫先路!(24)

前二句引起以下伤心之语,后二句承上而指出自己志向所在。

昔三后之纯粹兮,(25)
固众芳之所在。(26)
杂申椒与菌桂兮,(27)
岂维纫夫蕙茝?(28)

彼尧舜之耿介兮，⁽²⁹⁾

既遵道而得路。⁽³⁰⁾

何桀纣之猖披兮，⁽³¹⁾

夫唯捷径以窘步？⁽³²⁾

将怀王与楚三王加以对照。欲成楚三王的业绩，而所遇国君则目光短浅，根本无此大志。

惟夫党人之偷乐兮，⁽³³⁾

路幽昧以险隘。⁽³⁴⁾

岂余身之惮殃兮，⁽³⁵⁾

恐皇舆之败绩！⁽³⁶⁾

指出当初何以要制定宪令，进行政治改革。

忽奔走以先后兮，⁽³⁷⁾

及前王之踵武。⁽³⁸⁾

荃不察余之中情兮，⁽³⁹⁾

反信谗而齌怒。⁽⁴⁰⁾

《史记·屈原列传》载，上官大夫向怀王谗屈原曰："每一令出，平伐其功，曰：'以为非我莫能为也。'王怒而疏屈平。"

余固知謇謇之为患兮，⁽⁴¹⁾

忍而不能舍也。⁽⁴²⁾

指九天以为正兮，⁽⁴³⁾

夫唯灵修之故也！⁽⁴⁴⁾

初既与余成言兮，(45)
后悔遁而有他。(46)
余既不难夫离别兮，(47)
伤灵修之数化。(48)

　　怀王十年任命屈原为左徒，六国伐秦，楚为纵长。据《史记·屈原列传》，屈原"入则与王图议国事，以出号令，出则接遇宾客，应对诸侯，王甚任之"。其后"怀王使屈原造为宪令"，进行政治改革。此即所谓"初既与余成言"。怀王十六年听信谗言而疏屈原，十八年又任命屈原使齐恢复邦交，二十四五年又放之汉北，此即"灵修之数化"。
　　以上第二段，以向怀王倾诉的语气表白内心。

余既滋兰之九畹兮，(49)
又树蕙之百亩。(50)
畦留夷与揭车兮，(51)
杂杜衡与芳芷。(52)

冀枝叶之峻茂兮，(53)
愿竢时乎吾将刈。(54)
虽萎绝其亦何伤兮，(55)
哀众芳之芜秽！(56)

　　屈原去左徒之职后任三闾大夫，掌王族子弟之教育。他悉心教育，希望有人能继其志，然终一无所成。

众皆竞进以贪婪兮，(57)

凭不厌乎求索。⁽⁵⁸⁾
羌内恕己以量人兮，⁽⁵⁹⁾
各兴心而嫉妒。⁽⁶⁰⁾

忽驰骛以追逐兮，⁽⁶¹⁾
非余心之所急。
老冉冉其将至兮，⁽⁶²⁾
恐修名之不立。⁽⁶³⁾

朝饮木兰之坠露兮，
夕餐秋菊之落英。⁽⁶⁴⁾
苟余情其信姱以练要兮，⁽⁶⁵⁾
长顑颔亦何伤！⁽⁶⁶⁾

揽木根以结茝兮，⁽⁶⁷⁾
贯薜荔之落蕊。⁽⁶⁸⁾
矫菌桂以纫蕙兮，⁽⁶⁹⁾
索胡绳之纚纚。⁽⁷⁰⁾

謇吾法夫前修兮，⁽⁷¹⁾
非世俗之所服。⁽⁷²⁾
虽不周于今之人兮，⁽⁷³⁾
愿依彭咸之遗则。⁽⁷⁴⁾

　　以上第三段，写为国培养人才，也因腐朽势力的强大而失败。看整个社会风气变坏，诗人痛心之极。自己宁可时时面黄肌瘦，也要保持修洁。

长太息以掩涕兮，[75]
哀民生之多艰。[76]
余虽好修姱以鞿羁兮，[77]
謇朝谇而夕替。[78]

既替余以蕙纕兮，[79]
又申之以揽茝。[80]
亦余心之所善兮，[81]
虽九死其犹未悔！[82]

此指怀王二十四五年因谏被放事。一则屈原坚持联齐抗秦，至二十四年秦厚赂楚，秦楚合婚，二十五年秦楚又盟于黄棘，屈原自然成受排斥之人；二则上官大夫之流怂恿楚王为无道之事，屈原时时力谏，更成罪名。而诗人的坚贞之志使千古忠烈之士行所当行而义无反顾。

怨灵修之浩荡兮，[83]
终不察夫民心。[84]
众女嫉余之蛾眉兮，[85]
谣诼谓余以善淫。[86]

固时俗之工巧兮，[87]
偭规矩而改错。[88]
背绳墨以追曲兮，[89]
竞周容以为度。[90]

忳郁邑余侘傺兮，[91]

吾独穷困乎此时也！
宁溘死以流亡兮，(92)
余不忍为此态也！(93)

鸷鸟之不群兮，(94)
自前世而固然。
何方圜之能周兮，(95)
夫孰异道而相安？(96)

屈心而抑志兮，
忍尤而攘诟。(97)
伏清白以死直兮，(98)
固前圣之所厚。

以上第四段，表现了对于正与邪、法治与心治两不相容的深刻认识，和坚持到底决不屈服的思想准备。

悔相道之不察兮，(99)
延伫乎吾将反。(100)
回朕车以复路兮，(101)
及行迷之未远。(102)

夏大霖云：“言受屈抑如此，由不察贤奸不并立之势所致。今知悔矣。”

步余马于兰皋兮，(103)
驰椒丘且焉止息。(104)

进不入以离尤兮,⁽¹⁰⁵⁾
退将复修吾初服。⁽¹⁰⁶⁾

制芰荷以为衣兮。
集芙蓉以为裳。
不吾知其亦已兮,
苟余情其信芳。

"芳"由"芰荷"、"芙蓉"而来,而用以形容"情",则芰荷、芙蓉实象征诗人之情(内心)。

高余冠之岌岌兮,⁽¹⁰⁷⁾
长余佩之陆离。⁽¹⁰⁸⁾
芳与泽其杂糅兮,⁽¹⁰⁹⁾
唯昭质其犹未亏。⁽¹¹⁰⁾

岌岌之冠,陆离之佩,亦昭质之象征。

忽反顾以游目兮,⁽¹¹¹⁾
将往观乎四荒。⁽¹¹²⁾
佩缤纷其繁饰兮,⁽¹¹³⁾
芳菲菲其弥章。⁽¹¹⁴⁾

民生各有所乐兮,⁽¹¹⁵⁾
余独好修以为常。⁽¹¹⁶⁾
虽体解吾犹未变兮,⁽¹¹⁷⁾
岂余心之可惩!⁽¹¹⁸⁾

以上第五段,写诗人在被剥夺了一切为国效力的权利之后,仍决定保持自身的修洁,决不与反动腐朽的旧贵族同流合污。

以上第一部分,总述身世、理想与政治遭遇,揭露了楚国黑暗的社会现实,表达了诗人宁死不屈的精神。

朱熹曰:"我独好修以为常,虽以此获罪于世,至于屠戮支解,终不惩创而悔改也。自'悔相道'至此五章(遂夫按:为六节,朱子误数),又承上文清白以死直之意,而下为女媭詈予起也。"(朱熹与下文朱冀所言"章"即今所谓节)

　　　　女媭之婵媛兮,⁽¹¹⁹⁾
　　　　申申其詈予。⁽¹²⁰⁾
　　　　曰:"鲧婞直以亡身兮,⁽¹²¹⁾
　　　　终然殀乎羽之野。⁽¹²²⁾

　　　　汝何博謇而好修兮,⁽¹²³⁾
　　　　纷独有此姱节?⁽¹²⁴⁾
　　　　薋菉葹以盈室兮,⁽¹²⁵⁾
　　　　判独离而不服。⁽¹²⁶⁾

　　　　众不可户说兮,⁽¹²⁷⁾
　　　　孰云察余之中情!⁽¹²⁸⁾
　　　　世并举而好朋兮,⁽¹²⁹⁾
　　　　夫何茕独而不予听?"⁽¹³⁰⁾

以上第二部分第1段,通过亲人也劝自己从俗的情节,表现了诗人无与伦比的孤独感。客观上也反映出诗人所处地位的危险。

依前圣以节中兮，⁽¹³¹⁾

喟凭心而历兹。⁽¹³²⁾

济沅湘以南征兮，⁽¹³³⁾

就重华而陈辞。⁽¹³⁴⁾

　　对前二句，清王邦采《离骚汇订》云："二语是追维平日之言行，非有过差，因叹息今日之遭逢，动辄龃龉。似答非答，以心问心，真有如姊媭所云者。故下文就重华而陈词云云，见举国之无一人也。"

　　舜为历史上实有之人物，但在屈原当时来说是传说中一千八百年前的人物，故向重华陈辞已带有幻想性质。诗人写的是到苍梧舜的墓前陈辞，具有生活的现实性。但当时诗人身在汉北或鄢郢，并不在南方苍梧之地，所以诗中所写实为想象。此段为全诗由现实世界向超现实世界的过渡。

"启九辩与九歌兮，⁽¹³⁵⁾

夏康娱以自纵。⁽¹³⁶⁾

不顾难以图后兮，⁽¹³⁷⁾

五子用夫家巷。⁽¹³⁸⁾

　　朱冀曰："此下七章，乃自陈其平日以往昔兴亡之故谏君，而撮其大略如此耳。要知大夫一言一泪，一字一血，全是为楚王对症发药，并非心间无事，坐古庙中，对土木偶人攀今吊古也。此一章对楚王不思继穆、庄伯业，而耽乐是从。"

羿淫游以佚畋兮，⁽¹³⁹⁾

又好射夫封狐。⁽¹⁴⁰⁾

固乱流其鲜终兮，⁽¹⁴¹⁾
浞又贪夫厥家。⁽¹⁴²⁾

浇身被服强圉兮，⁽¹⁴³⁾
纵欲而不忍。⁽¹⁴⁴⁾
日康娱而自忘兮，⁽¹⁴⁵⁾
厥首用夫颠陨。⁽¹⁴⁶⁾

夏桀之常违兮，⁽¹⁴⁷⁾
乃遂焉而逢殃。⁽¹⁴⁸⁾
后辛之菹醢兮，⁽¹⁴⁹⁾
殷宗用而不长。⁽¹⁵⁰⁾

以上说昏君亡国之教训。

汤禹俨而祗敬兮，⁽¹⁵¹⁾
周论道而莫差。⁽¹⁵²⁾
举贤而授能兮，⁽¹⁵³⁾
循绳墨而不颇。

以上说圣君美政之典范。

皇天无私阿兮，⁽¹⁵⁵⁾
览民德焉错辅。⁽¹⁵⁶⁾
夫维圣哲以茂行兮，⁽¹⁵⁷⁾
苟得用此下土。⁽¹⁵⁸⁾

瞻前而顾后兮,⁽¹⁵⁹⁾
相观民之计极。⁽¹⁶⁰⁾
夫孰非义而可用兮,⁽¹⁶¹⁾
孰非善而可服?⁽¹⁶²⁾

　　由桩桩件件具体人事归纳出成败兴亡的规律,由历史的回顾到哲学的思考。

阽余身而危死兮,⁽¹⁶³⁾
览余初其犹未悔。⁽¹⁶⁴⁾
不量凿而正枘兮,⁽¹⁶⁵⁾
固前修以菹醢。"⁽¹⁶⁶⁾

　　涉及自身之申辩仅以上四句,然而亦出于国家社稷之利益,非为一己一家之事。

曾歔欷余郁邑兮,⁽¹⁶⁷⁾
哀朕时之不当。⁽¹⁶⁸⁾
揽茹蕙以掩涕兮,⁽¹⁶⁹⁾
沾余襟之浪浪。⁽¹⁷⁰⁾

　　以上第二部分第二段,向帝舜陈述申辩之辞,表现了诗人的法治主张和希望国君弃秽端行的愿望,从侧面反映了诗人第一次被放的根由。

跪敷衽以陈辞兮,⁽¹⁷¹⁾
耿吾既得此中正。⁽¹⁷²⁾

> 驷玉虬以乘鹥兮, [173]
> 溘埃风余上征。[174]

　　既得中正之道,便觉顶天立地。然而不容于人间,只有求天帝和知音于天上。求天帝象征求君王;求知音,即求得同僚等的认可与支持,求得真理被承认。诗人神志飞扬,驾龙马,乘鹥车而升至天上。

> 朝发轫于苍梧兮, [175]
> 夕余至乎县圃。[176]
> 欲少留此灵琐兮, [177]
> 日忽忽其将暮。[178]

　　昆仑为神仙聚居之处,可由之上天。故先至昆仑。

> 吾令羲和弭节兮, [179]
> 望崦嵫而勿迫。[180]
> 路曼曼其修远兮, [181]
> 吾将上下而求索。

　　上两节写天上第一天情况。毫无所得,但毫不气馁。

> 饮余马于咸池兮, [182]
> 总余辔乎扶桑。[183]
> 折若木以拂日兮, [184]
> 聊逍遥以相羊。[185]

第二天起从东到西，从上午到下午，又毫无所得。以下写当天黄昏时明月前导而上达帝居，决心夜以继日而行。

> 前望舒使先驱兮，[186]
> 后飞廉使奔属。[187]
> 鸾皇为余先戒兮，[188]
> 雷师告余以未具。[189]
>
> 吾令凤鸟飞腾兮，
> 继之以日夜。[190]
> 飘风屯其相离兮，[191]
> 帅云霓而来御。[192]
>
> 纷总总其离合兮，[193]
> 斑陆离其上下。[194]
> 吾令帝阍开关兮，[195]
> 倚阊阖而望予。[196]

终于到了天宫门前，然而帝阍阻拦，不被接纳。则天上和人间一样无是非可言。

> 时暧暧其将罢兮，[197]
> 结幽兰而延伫。[198]
> 世溷浊而不分兮，[199]
> 好蔽美而嫉妒。

以上第二部分第三段，写诗人天上前二日之游，到天宫前被拒之门外。进一步表现了君门九重、告诉无由的悲愤。

朝吾将济于白水兮,[200]
登阆风而緤马。[201]
忽反顾以流涕兮,
哀高丘之无女。[202]

天帝不见,转而求女。喻因为不被国君所信任,转而于臣僚中求知音。

溘吾游此春宫兮,[203]
折琼枝以继佩。[204]
及荣华之未落兮,[205]
相下女之可诒。[206]

吾令丰隆乘云兮,[207]
求宓妃之所在。[208]
解佩纕以结言兮,[209]
吾令蹇修以为理。[210]

纷总总其离合兮,[211]
忽纬繣其难迁,[212]
夕归次于穷石兮,[213]
朝濯发乎洧盘。[214]

保厥美以骄傲兮,[215]
日康娱以淫游。[216]

虽信美而无礼兮，
来违弃而改求。⁽²¹⁷⁾

求宓妃未成。因其骄傲而过于无礼。

览相观于四极兮，⁽²¹⁸⁾
周流乎天余乃下。⁽²¹⁹⁾
望瑶台之偃蹇兮，⁽²²⁰⁾
见有娀之佚女。⁽²²¹⁾

吾令鸩为媒兮，⁽²²²⁾
鸩告余以不好。⁽²²³⁾
雄鸠之鸣逝兮，⁽²²⁴⁾
余犹恶其佻巧。⁽²²⁵⁾

心犹豫而狐疑兮，⁽²²⁶⁾
欲自适而不可。⁽²²⁷⁾
凤皇既受诒兮，⁽²²⁸⁾
恐高辛之先我。⁽²²⁹⁾

求有娀佚女又未成，因无妥当之人传递言语之故。

欲远集而无所止兮，⁽²³⁰⁾
聊浮游以逍遥。⁽²³¹⁾
及少康之未家兮，⁽²³²⁾
留有虞之二姚。⁽²³³⁾

理弱而媒拙兮,⁽²³⁴⁾

恐导言之不固。⁽²³⁵⁾

世溷浊而嫉贤兮,

好蔽美而称恶。⁽²³⁶⁾

　　再次失望之际,想到有虞之二姚。然而看世道如此,深知求知音之难,因而罢手。

闺中既以邃远兮,⁽²³⁷⁾

哲王又不寤。⁽²³⁸⁾

怀朕情而不发兮,⁽²³⁹⁾

余焉能忍与此终古!⁽²⁴⁰⁾

　　以上第二部分第四段,写天上第三天周游求女,表明诗人不甘失败的努力。

　　第二部分通过女媭斥责,向重华陈辞和天上三日的追求与寻找,表现了诗人宽阔的胸怀,顽强的精神和不懈的努力。

　　诗人虽不容于世,不被所有的人理解,然而面对上古圣君帝舜的神寝回顾历史,以反省自己所主张,无愧于心。而诗人一片热情与希望到了天上,同样重重障碍,告诉无门。天上实为人间补充性再现。诗人所面临现实之黑暗程度与当时心情之沉重由此可见。

索藑茅以筳篿兮,⁽²⁴¹⁾

命灵氛为余占之。⁽²⁴²⁾

曰两美其必合兮,⁽²⁴³⁾

孰信修而慕之?⁽²⁴⁴⁾

思九州之博大兮,[(245)]
岂唯是其有女?[(246)]
曰勉远逝而无狐疑兮,[(247)]
孰求美而释女?[(248)]

何所独无芳草兮,
尔何怀乎故宇?[(249)]
世幽昧以眩曜兮,[(250)]
孰云察余之善恶?[(251)]

民好恶其不同兮,
惟此党人其独异。
户服艾以盈要兮,[(252)]
谓幽兰其不可佩!

览察草木其犹未得兮,[(253)]
岂珵美之能当?[(254)]
苏粪壤以充帏兮,[(255)]
谓申椒其不芳!

以上第三部分第一段,写灵氛占卜。占卜的结果是:应远走他处。

欲从灵氛之吉占兮,
心犹豫而狐疑。
巫咸将夕降兮,[(256)]
怀椒糈而要之。[(257)]

灵氛之语,尽为成语、谚语,为人生经验的总结。听来如重锤击鼓,声声震撼心扉。然而离邦去国,毕竟为诗人的重大抉择,故又趁巫咸之降神而再求明断。

百神翳其备降兮,⁽²⁵⁸⁾
九疑缤其并迎。⁽²⁵⁹⁾
皇剡剡其扬灵兮,⁽²⁶⁰⁾
告余以吉故。⁽²⁶¹⁾

曰:"勉升降以上下兮,⁽²⁶²⁾
求矩矱之所同。⁽²⁶³⁾
汤禹严而求合兮,⁽²⁶⁴⁾
挚咎繇而能调。⁽²⁶⁵⁾

苟中情其好修兮,⁽²⁶⁶⁾
又何必用夫行媒?⁽²⁶⁷⁾
说操筑于傅岩兮,⁽²⁶⁸⁾
武丁用而不疑。⁽²⁶⁹⁾

吕望之鼓刀兮,⁽²⁷⁰⁾
遭周文而得举。⁽²⁷¹⁾
宁戚之讴歌兮,⁽²⁷²⁾
齐桓闻以该辅。⁽²⁷³⁾

及年岁之未晏兮,⁽²⁷⁴⁾
时亦犹其未央。⁽²⁷⁵⁾
恐鹈鴂之先鸣兮,⁽²⁷⁶⁾

灵氛之语,尽为成语、谚语,为人生经验的总结。听来如重锤击鼓,声声震撼心扉。然而离邦去国,毕竟为诗人的重大抉择,故又趁巫咸之降神而再求明断。

百神翳其备降兮,[258]
九疑缤其并迎。[259]
皇剡剡其扬灵兮,[260]
告余以吉故。[261]

曰:"勉升降以上下兮,[262]
求矩矱之所同。[263]
汤禹严而求合兮,[264]
挚咎繇而能调。[265]

苟中情其好修兮,[266]
又何必用夫行媒?[267]
说操筑于傅岩兮,[268]
武丁用而不疑。[269]

吕望之鼓刀兮,[270]
遭周文而得举。[271]
宁戚之讴歌兮,[272]
齐桓闻以该辅。[273]

及年岁之未晏兮,[274]
时亦犹其未央。[275]
恐鹈鴂之先鸣兮,[276]

　　　　使夫百草为之不芳。"

　　此一段全是讲具体事例。而末一节亦意味深长。
　　以上第三部分第二段,写决疑于巫咸。巫咸降神的结果,仍然
是趁着尚未年老和时机尚未过去,而另求明君。
　　以上两段实际上表现了诗人自己内心的矛盾与斗争。

　　　　何琼佩之偃蹇兮,(277)
　　　　众薆然而蔽之。(278)
　　　　惟此党人之不谅兮,(279)
　　　　恐嫉妒而折之。

　　自此以下八节为一段,当最后决断之时回首一哭。

　　　　时缤纷其变易兮,(280)
　　　　又何可以淹留?
　　　　兰芷变而不芳兮,
　　　　荃蕙化而为茅!(281)

　　　　何昔日之芳草兮,
　　　　今直为此萧艾也?(282)
　　　　岂其有他故兮,
　　　　莫好修之害也!

　　汪瑗曰:"言时人始焉为君子,中焉而变易者,盖由于不肯爱自
修洁,无志向上,其弊遂至于如此也。"

余以兰为可恃兮，⁽²⁸³⁾

羌无实而容长。⁽²⁸⁴⁾

委厥美以从俗兮，⁽²⁸⁵⁾

苟得列乎众芳。⁽²⁸⁶⁾

椒专佞以慢慆兮，⁽²⁸⁷⁾

榝又欲充夫佩帏。⁽²⁸⁸⁾

既干进而务入兮，⁽²⁸⁹⁾

又何芳之能祇！⁽²⁹⁰⁾

固时俗之从流兮，⁽²⁹¹⁾

又孰能无变化？

览椒兰其若兹兮，

又况揭车与江离！

惟兹佩之可贵兮，⁽²⁹²⁾

委厥美而历兹。⁽²⁹³⁾

芳菲菲其难亏兮，⁽²⁹⁴⁾

芬至今犹未沫。⁽²⁹⁵⁾

和调度以自娱兮，⁽²⁹⁶⁾

聊浮游而求女。

及余饰之方壮兮，⁽²⁹⁷⁾

周流观乎上下。

　　以上第三部分第三段，写听了灵氛和巫咸的劝告后对现实所
作的又一次审视，觉得确实无可寄托希望之处。

　　此段虽同第一部分三、四段一样回顾现实,伤叹世风之败坏,但第一部分诗人是置身其中,故多"愿依彭咸之遗则"、"虽九死其犹未悔"、"固前圣之所厚"等坚定意志之语,而此时则诗人将置身局外,因而重新审视之,觉原来之希望完全破灭,唯有一走。此段文字,直如出家剃度前遥拜父母之一哭。不是诗人要离开祖国,是现实不能容诗人安身。

　　　　　灵氛既告余以吉占兮,
　　　　　历吉日乎吾将行。⁽²⁹⁸⁾
　　　　　折琼枝以为羞兮,⁽²⁹⁹⁾
　　　　　精琼爢以为粮。⁽³⁰⁰⁾

　　　　　为余驾飞龙兮,⁽³⁰¹⁾
　　　　　杂瑶象以为车。⁽³⁰²⁾
　　　　　何离心之可同兮,⁽³⁰³⁾
　　　　　吾将远逝以自疏。⁽³⁰⁴⁾

　　万事解脱难。在未能解脱,而现实又无路可走的情况下,最为痛苦。及至一切看破,"赤条条来去无牵挂",则心身俱轻。

　　　　　遭吾道夫昆仑兮,⁽³⁰⁵⁾
　　　　　路修远以周流。⁽³⁰⁶⁾
　　　　　扬云霓之晻蔼兮,⁽³⁰⁷⁾
　　　　　鸣玉鸾之啾啾。⁽³⁰⁸⁾

　　　　　朝发轫于天津兮,⁽³⁰⁹⁾
　　　　　夕余至乎西极。⁽³¹⁰⁾

凤皇翼其承旂兮，[(311)]
高翱翔之翼翼。[(312)]

忽吾行此流沙兮，[(313)]
遵赤水而容与。[(314)]
麾蛟龙使梁津兮，[(315)]
诏西皇使涉予——[(316)]

路修远以多艰兮，
腾众车使径待。[(317)]
路不周以左转兮，[(318)]
指西海以为期。[(319)]

——屯余车其千乘兮，[(320)]
齐玉轪而并驰。[(321)]
驾八龙之婉婉兮，[(322)]
载云旗之委蛇。[(323)]

抑志而弭节兮，[(324)]
神高驰之邈邈。[(325)]
奏九歌而舞韶兮，[(326)]
聊假日以婾乐。[(327)]

陟升皇之赫戏兮，[(328)]
忽临睨夫旧乡。[(329)]
仆夫悲余马怀兮，[(330)]
蜷局顾而不行。[(331)]

以上第三部分第四段。当决定远走他方时，心情一下轻松起来。然而当先祖的灵光升起，诗人斜睨到楚人旧乡之时，一腔爱国的热血涌上心头，再不忍离去。

结尾写到旧乡，与诗开头第一节照应。

第三部分表现去留问题上的思想斗争，最后是爱国之情压倒了一切。

> 乱曰：[(332)]
> 已矣哉！
> 国无人莫我知兮，[(333)]
> 又何怀乎故都！[(334)]
> 既莫足与为美政兮，[(335)]
> 吾将从彭咸之所居。[(336)]

以上乱辞为尾声，说明诗人的爱国之情同美政理想是统一的，不可分割。"莫我知"似为一身而言，然而己之留，为在楚国实现美政；己之欲去，为不得已而至他国实现美政，实现个人政治理想。则"国无人莫我知"，也是为国家社稷，非为一己而言。全篇诗中，诗人的个人利益都与国家利益联系在一起。

说明：

一、注文根据王逸以来各家注文和一些学者的研究论著，择善而从。书中引及前贤之书，常见书中书名之前二字作"楚辞"者，省"楚辞"二字。如洪兴祖《楚辞补注》作《补注》；朱熹《楚辞集注》作《集注》。"楚辞"二字不在开头者不省，作"离骚"者不省，以免混乱。

二、前人无争议或说法已成定论者简单注明即可，学者们看法有分歧者稍加辨析。有些问题较复杂，或出于个人看法须详论者，另作《〈离骚〉辨证》附于后，注中只列出结论。

《离骚》新注

（1）高阳，楚人远祖祝融，即吴回。参《离骚辨证·高阳、祝融、吴回》。　苗裔，远末子孙。朱熹《集注》云："苗者草之茎叶，根所生也；裔者衣裾之末，衣之余也。故以为远末子孙之称也。"

（2）朕（zhèn），我的。蔡邕《独断》："朕，我也。古者尊卑共之，贵贱不嫌。至秦天子独以为称。"按战国以前"朕"用为领格，同于今之"我的"，自秦始皇定为皇帝专用第一人称代词。　皇考，太祖，始封君。参《离骚辨证·"皇考"辨误》。

（3）摄提，摄提格，即俗所谓寅年。王逸注："太岁在寅曰摄提格。孟，始也。贞，正也。正月为陬。"朱熹《楚辞集注》谓"摄提"，只是星名。"其曰'摄提贞于孟陬'，乃谓斗柄正指寅位之月耳"。顾炎武《日知录》卷二十已驳之："岂有自述其世系生辰乃不言年而止言月日哉！"蒋骥《山带阁注楚辞》："古人删字就文，往往不拘。

如《后汉书·张纯传》：'摄提之岁，苍龙甲寅。'时建武十三年，逸尚未生，已有此号。可知摄提为寅年，其来久矣。"据胡念贻考证，这一年为公元前353年，即楚宣王十七年。参胡念贻《屈原生年新考》(胡念贻《先秦文学论集》，中国社会科学出版社1981年12月版)。　贞，正当。　孟陬(zōu)，夏历正月。

（4）惟，句首语助词，用于表时间的句子开头。　庚寅，庚寅之日(用干支纪日)。《史记·楚世家》："帝乃以庚寅日诛重黎，而以其弟吴回为重黎后，复居火正，为祝融。"楚之先祖出自祝融吴回，故楚人以为吴回始任祝融之庚寅日所生之子为非同寻常之人，甚或克父。　降，降生。此前郭沫若考证公元前341年为摄提格(寅年，然而这一年正月无庚寅日，故用"超辰"之假设，后移至公元前340年。浦江清也推算公元前341年为寅年，而以战国时各国以岁星在娵訾宫为摄提格的假设为依据，推后两年以公元前339年为太岁在寅之年，这年的正月十四日为庚寅。然而同郭说一样存在根据不足的缺陷。汤炳正先生有《历史文物的新出土与屈原生年月日再探讨》(《四川师范学院学报》1978年第4期，收入《屈赋新探》)，也否定了朱熹之说。考定屈原生于公元前342年)。

（5）皇，皇考。　览，察看，视。如："皇天无私阿兮，览民德焉错辅。"　揆，测，度量，估量。　初度，初生时的样子。《白虎通·姓名篇》："故《礼服传》曰：'子生三月，则父名之于祖庙。'于祖庙者，谓子之亲庙也，明当为宗庙主也。"又《史记·日者列传》记楚人司马季主语："产子，必先占吉凶，后乃有之。"则楚俗是生子三月后由父亲在祖庙中求先祖的旨意，为子取名，故曰"皇览揆余初度"。

（6）肇(zhào)，借作"兆"，卦兆。刘向《九叹·离世》："兆出名曰正则兮，卦发字曰灵均。"即言太祖的神灵通过卦兆赐给他美名。
锡(cì)，通"赐"。

（7）名，同下"字"都用为动词，取名，取字。《水经注·汾水注》引《春说题辞》:"原,端也,平而有度也。"所谓"有度"即有法则,今"原则"二字连用,并非无因。则"正则"包含着"原"的意思。为屈原在诗中的化名。《史记》人物传记一般是直接说出传主的名,然后介绍其字。如《仲尼弟子列传》中所述有名有字的弟子73人,皆如此。则《屈原列传》中"屈原者名平","名"为"字"字之误。《昭明文选》的体例于作者皆标字,在《离骚》等屈原作品下皆标"屈平",即证明"平"为其字。

(8)灵均,屈原的字"平"在诗中的化名。《文选》李周翰注:"灵,善也;均,亦平也。言父观我初生时日法度,能正法则,善平理。故思善应而名之,以表其德。"王念孙《广雅疏证》谓"灵""令"同声同义。《尔雅》:"令,善也。"王说是也。"灵均"中包含有"平"字之义。《周礼·大司马》云:"大司马之职,掌建邦国之九法,以佐王平邦国","均守平则,以安邦国。"屈原取名、取字之义,盖本于此。其名字本身即反映了家族对他的期望。

(9)纷,多,盛。　内美,内在的美,指思想、精神、情操之美。

(10)重(chóng),加上。　修能,优异的才能。《荀子·修身》:"见善修然,必以自存也。"杨倞注:"修,整饬貌。"由整饬、修养,又引申出美好贤俊之义。钱澄之《屈诂》曰:"内美以质言,修能以才言。"胡文英《屈骚指掌》曰:"内美,本质也;修能,学力也。"二说相近,俱是。

(11)扈,披。王逸注:"楚人名被为扈。"左思《吴都赋》:"扈带蛟函。"刘渊注:"楚人名被为扈可证。"又《方言》:"帗裱谓之被巾。"《广雅疏证》谓:"帗犹扈也。被巾所以扈领,故有帗裱之称。"则"帗"为"扈"之本字。　江离,即江蓠,大叶苦荬。参《离骚辨证·江离辨析》。　辟芷,缀织联接起来的白芷。辟,缳绁、系结。《孟子·滕文公下》:"妻辟纑。"刘熙注:"缉绩其麻曰辟。"(《文选·张景阳杂诗》注引)《方言》卷六:"擘,楚谓之纫。"《九歌·湘夫人》:

"罔薜荔兮为帷,擗蕙櫋兮既张。""擗"、"擘"同字。又《广雅·释训》:"纫,劈也。"闻一多以"辟"为"酺"之借,"辟芷"为酒中浸渍过的白芷。屈原作品中所写香花香草皆自然生长鲜花鲜草。闻说恐非。芷,白芷,一种香草,多年生,开白花。有祛风解表、消肿、止痛作用。其叶楚人也称之为"药",可以用来煮水沐浴。

(12)纫,联结。《方言》:"续,楚谓之纫。" 秋兰,即古所谓兰草,《诗·溱洧》中说的"蕳"。秋末开淡紫色小花,香气更浓,故曰秋兰。因香气浓,可以防蠹藏衣。参《离骚辨证·秋兰辨疑》。佩,身上佩戴之饰物。古人一般以玉为之,楚人有佩戴香草的习俗,这同南方多虫瘴有关。

(13)汩(yù),水流急的样子。这里比喻时间过得快。《方言》卷六:"汩,疾行也,南楚之外曰汩。""汩"字从水,"疾行"一义由水流急引申而来,故王逸注:"去貌,疾若水流也,言我念年命汩然流去。" 不及,赶不上。

(14)与,同在。 不吾与,不等待我。

(15)搴(qiān),摘。参《离骚辨证·释搴》。 阰(pí),山坡。汪瑗《集解》说:"与坒同,亦作坒,音陛,地之相次而比者也。对下句洲字而言。"王夫之《通释》说:"与陂同。"按:阰、坒同字,而阰、陂、坡之义也相同,都指山坡。 木兰,李时珍《本草纲目》曰:"木兰枝叶俱疏,其花内白外紫,亦有四季开者。深山生者尤大,可以为舟。按《白乐天集》云:木兰生巴峡山谷间,民呼为黄心树,大者高五六丈,涉冬不凋,身如青杨,有白纹,叶如桂而厚大,无脊,花如莲花,香色艳腻皆同,独房蕊有异。四月初始开,二十日即谢,不结实。此乃真木兰也。其花有红、黄、白数色,其木肌细而心黄,梓人所重。"

(16)揽,王逸注:"采也。" 洲,水中陆地。 宿莽,一种越年生草本植物,叶含香气,可以祛虫除蠹,也可以毒鱼。楚人名草曰

"莽"。此草经冬不死，故名。参《离骚辨证·说宿莽》。

（17）忽，倏忽，快的样子。《广雅·释诂一》："忽，疾。" 淹，停留。《左传·宣公十二年》："二三子无淹久。"杜注："淹，留也。"

（18）代序，代谢，更迭，交替。指季节变化，终始循环。王逸注："代，更也；序，次也。言日有昼夜常行，忽然不久，春往秋来，以次相代。言一时易过，人年易老也。"李详《文选拾零》："代序，代谢也。古人读序为谢。"李说是。

（19）惟，思，念及。 零落，凋谢落下。王逸注："皆堕也，草曰零，木曰落。"

（20）美人，王逸注："谓怀王也。"吕延济、朱熹、蒋骥等并以为指君。《九章·思美人》一诗也是抒发对君王（怀王）的思念之情。两诗都作于被放汉北之时，创作环境相同。鲁笔《楚辞达》云："美人比君，此《三百篇》遗法，即汉乐府《君马黄》亦以美人目君、佳人目相……盖美人犹好人之谓，为人所珍爱，本可公同借用。始于赞妇人，时而借喻贤君。但在妇人则指美色，在贤君则指美德。"奚禄诒《详解》等说同。 迟暮，指年岁老大，晚暮之年。

（21）抚，持，"抚壮"即趁着盛壮之年。 秽，钱杲之《离骚集传》云："秽德也。"指王之恶德。由下面陈辞中举"启九辩与九歌兮，夏康娱以自纵"，"羿淫游以佚畋兮，又好射乎封狐"以及"夏桀之长违"、"后辛之菹醢"等等，说这些昏暴之君皆弄得身死国亡，没有好下场，以证明自己的看法、做法正确来看，怀王在其中期确实好"鼓舞作乐"，淫游畋猎，屈原曾多次劝谏，因而惹怒怀王，被放汉北。

（22）此句《补注》原作"何不改此度"，据朱熹《集注》及洪兴祖《考异》引一本加"乎"字。 度，态度。汪瑗《集解》云："大抵所谓度者，犹今俗言态度也。言此等态度不好，当速改之可也。"

（23）骐骥，喻国君的权力与威势，为战国时革新家在理论上的通喻。《韩非子·外储说右上》:"国者,君之车也;势者,君之马也,夫不处势以禁诛擅爱之臣,而必德厚以与天下齐行以争民,是皆不乘君之车,不因马之利,释车而下走者也。"《难势》又云:"以国位为车,以势为马,以号令为辔,以刑罚为鞭策。"屈原此处是说国君应诛戮危及国家的擅权之臣,禁止宠幸臣妾妨害国事。此所谓"驰骋",指整顿朝纲,肃清政纪,励精更始。

(24)来,汪瑗《集解》曰:"招邀之词。"表呼唤号召的语气。道,"导"字之借。《文选》作"导"。 先路,前路。闻一多《离骚解诂》一书取吴景旭、周拱辰之说,以为车名。按:《礼记·郊特牲》《左传·襄公二十六年》均提到"先路",闻说不为无据。然而本句"先路"前有"夫"字,虽为语助,但同"乎"字一样,起着介词的作用,其后所带应为表场所或目标之词。又上句言:"乘骐骥以驰骋",已以"骐骥"为喻,又插进先路(或作"辂"),则喻象混乱,恐不合诗人之意。

(25)三后,即三王,楚三王,西周末年楚君熊渠所封句亶王、鄂王、越章王。楚三王之时为楚国第一次空前发展时期(详拙文《屈氏先世与句亶王熊伯庸》,《文史》第二十五辑,中华书局1985年10月出版)。 纯粹:指精神的纯洁精粹。王逸注:"至美曰纯,齐同曰粹。"《庄子·刻意》:"其神纯粹。"又云:"纯粹而不杂,静一而不变,恢而无为,动而以天行,此养身道也。"《荀子·赋》:"明达纯粹而无疵也。"此皆楚语(荀况中年以后一直在楚国),可以明证。《史记·楚世家》"熊渠甚得江汉间民和,乃兴兵伐庸、杨粤,至于鄂"云云,其开拓南土,为楚国以后的发展奠定基础。

(26)固,本来。此下"予固知謇謇之为患兮","固乱流其鲜终兮","固前修以菹醢","固时俗之流从兮"等,意并相同。"自前世而固然","固然"为"本来如此"之义,用意亦同。 众芳,王逸注:"谓群贤。"刘向《九叹·愍命》:"昔皇考之嘉志兮,喜登能而亮贤。

情纯洁而罔秽兮,姿盛质而无愆。"与《离骚》此处所说一致。所谓
"情纯洁而罔秽"正是此处所说"纯粹"之意。

(27)杂,兼收,聚集。《说文·衣部》:"杂(雜),五采相合也,
从衣,集声。"段注:"借为聚集字。《诗》言'杂佩',谓集玉与石为佩
也。《汉书》凡言'杂治之',犹今云会审也。"《国语·郑语》:"先以
土与金、木、水、火杂。"韦昭注:"杂,合也。"《国语·楚语》:"古者民
神不杂。"韦昭注:"杂,会也。" 申椒,申地所产的椒。胡文英《屈
骚指掌》:"申椒,申地所产之椒。"申本姜姓之国,后灭于楚,其地在
今河南省南阳市,西距西周末年楚都丹阳(丹水以北,今河南省淅
川县一带)不远。秦椒、蜀椒皆以地名,申椒亦当以地名。菌桂,即
肉桂,樟科常绿乔木,高可数丈,叶长,圆形而尖,有光泽,夏季开小
花绿黄色,有香气,药用可以强壮、矫臭、矫味。"菌"、"圆"声义近。
《说文》:"圌谓之困,亦谓之京。""菌"由"困"孳乳而来,亦应有圆的
意思。肉桂皮可用为香料、调料,干则圆圈如筒,故称"菌桂",或曰
"筒桂"。字或作"箘"。李时珍《本草纲目》云:"桂有数种,今以参
访,牡桂叶长如枇杷叶,坚硬有皮及锯齿,其花白色,其皮多脂。箘
桂叶如柿叶,而尖狭光泽,有三纵纹而无锯齿,其花有黄有白……
但以卷者为箘桂,半卷及板者为牡桂。"

(28)维,通"唯",仅、只。 蕙,即蕙草、薰草、零陵香,豆科草
本。总状花序于茎上层层叠起,故又名九层塔。《山海经·西山
经》:"浮山有草焉,名曰薰,麻叶而方茎,赤华而黑实,臭如蘼芜,佩
之可以已疠。"稽含《南方草木状》曰:"蕙草一名薰草,叶如麻,两两
相对,气如蘼芜,可以止疠。"李时珍《本草纲目》引苏颂语:"零陵
香,今湖广诸州皆有之,多生下湿地,叶如麻,两两相对,茎方,常以
七月中旬开花,至香,古云薰草。"并皆相合。 茝,"芷"之古字,白
芷。参《离骚辨证·茝芷古今字说》。

(29)彼,指三后。 彼尧舜之耿介,言楚三王像尧舜一样专

一而有节度,守正不阿。潘岳《射雉赋》:"厉耿介之专心兮。"徐爰注:"耿介,专一也。"又引薛汉《韩诗章句》:"雉,耿介之鸟也。"《仪礼·士相见礼》郑玄注:"士贽使雉者,取其耿介,交有时,别有伦也。"《周礼·大宗伯》郑注又云:"雉,取其守介而死,不失其节。"以上各注,意皆相通。又江邃《文释》引《管子》佚文:"夫士怀耿介之心,不荫恶木之枝。恶木尚犹耻之,况与恶人同处。"亦专一而行不苟且之义。

(30) 道,先秦时楚人著作《鹖子》云:"发政施令为天下福者谓之道。"参《离骚辨证·屈原之道》。

(31) 猖披,也作昌披、昌被,放纵妄行的样子。《易林·观之大壮》:"心地无良,昌披妄行。"《文选》五臣注刘良曰:"昌披,谓乱也。"陈远新《屈子说志》云:"昌披,犹言放肆。"说并是。王逸以为"衣不带貌",乃就"披"字望文生义,《广雅》采之,洪兴祖又据以证王说,后人顺风而从,误之久矣。此句与下一句并承上一节"美人"一词,是对怀王的倾诉。"何桀纣之猖披兮"正是问王何为如此,与"不抚壮而弃秽兮,何不改乎此度"同义。参《离骚辨证·是说三王,还是说尧舜? 是说怀王,还是说桀纣?》。

(32) 唯,只是,一味地。　捷径,斜出的步道,捷路。　窘步:难以举步。

(33) 惟,想,想起。　党人,朋党,小集团。王注:"党,朋也。《论语》曰:群而不党。"指结党营私。　偷乐,不顾国家安危苟且享乐。偷,苟且。

(34) 幽昧,昏暗。　险隘,危险而狭窄。

(35) 惮(dàn),害怕。

(36) 皇舆(yú),先王的灵舆,此处借指社稷。　败绩,颠覆倾败。汪瑗《集解》云:"败绩则指车之覆败,以喻君国之倾危也。"

(37) 忽,即忽忽,快、匆忙的样子(与前"日月忽其不淹兮"一句的用法同)。 先后,用作动词,一会儿在前,一会儿在后。

(38)及,赶上。 前王,前代君王。此处指楚三王。 踵,脚跟;武,足迹。踵武,此处指步伐。

(39)荪,即溪孙,今叫菖蒲、石昌蒲。多年生草本,生水泽处。叶为长条形,具突起中肋。花为圆柱形,似蜡,长四至七厘米。全株具特殊香味,根状茎可入药,为芳香的健胃剂。原作"荃",据隋释智骞《楚辞音》与朱熹《集注》引一本改。参《离骚辨证·"荪"与"荃"之别》。

(40)齌(jì)怒,暴怒。《说文》:"齌,炊餔疾也。"王逸注:"急也。"乃是以猛火烧炊而沸腾之状,比喻暴怒。

(41)謇(jiǎn)謇,楚辞中也作"蹇蹇",或单字作"謇"、"蹇"。正直敢言的样子。此为楚方言,与骾直的"骾(鲠)"为一音之转。参《离骚辨证·"謇"、"骾"一音之转说》。

(42)忍而不能舍也,打算忍住不说,但总是不能自止。舍,停止。

(43)九天,古人以为天有九重,如《天问》云:"圜则九重,孰营度之。""九天之际,安放安属。""九"本来为虚数,言其高,后视为实数,但仍以指高天。 正,"证"字之借。

(44)灵修,楚人对君王的美称。参《离骚辨证·说灵修》。此下原有:"曰黄昏以为期兮,羌中道而改路"二句,《文选》唐写残本以至今本、钱杲之《离骚集传》皆无此二句。洪兴祖曰:"一本有此二句,王逸无注,至下文'羌内恕己以量人',始释'羌'义。疑此二句后人所增耳。《九章》曰:'昔君与我成言兮,曰黄昏以为期。羌中道而回畔兮,反既有此他志。'与此语同。"按《离骚》中此二句正是《九章·抽思》中"曰黄昏以为期,羌中道而回畔兮"二句窜简阑入。窜入之后,抄者以其兮字在下句末不合《离骚》句例,移"兮"字于"期"字下,又因"畔"与上下皆不叶韵,而改"回畔"为"改路"。

以与前面的"舍""故"押韵。然而《离骚》皆四句为一节,则窜入之痕迹仍显然可见。今删。

(45) 初,当初。　成言,彼此约定。参《离骚辨证·"成言"例释》。此指怀王十年任命屈原为左徒联络五国伐秦,后又任命屈原草拟宪令进行变法事。参拙文《〈战国策〉中有关屈原初任左徒时的一段史料》,收入《屈原与他的时代》(人民文学出版社 2002 年 10 月第 2 版)。

(46) 悔遁,后悔而改变心意。　他,别的。此指别的想法。《诗·鄘风·柏舟》:"之死矢靡它。"传曰:"至己之死,信无它心。"他、它同。与《离骚》一样作于汉北时的《抽思》中说:"羌中道而回畔兮,反既有此他志。""他志"即他心。

(47) 难,怕,担心。刘熙《释名》卷四:"难,惮也,人所忌惮也。"此句意谓:我经过一次次打击,已将个人遭遇置之度外,不害怕自己被赶出朝廷。

(48) 数(shuò),屡次。化,变化。

(49) 滋,栽种。王逸注:"莳也。"《广雅·释地》:"莳,种也。"此当是楚方言。　兰,即秋兰。　畹(wǎn),三十亩。《说文》:"田三十亩曰畹。"段玉裁注:"大徐本'三'作'二'误。《魏都赋》'下畹高堂',张注云:'班固曰:畹,三十亩也。'此盖引班固《离骚章句》'滋兰之九畹'解也。王注乃云十二亩曰畹,或曰田之长为畹,恐非是。"

(50) 树,栽。

(51) 畦,田垄。此处用作动词,指垄种。　留夷,即芍药,毛茛科多年生草本,茎高二三尺,复叶,初夏开花,有单瓣、复瓣、白、红色。果实有蓇葖。根可供药用。王逸注:"香草也。"《广雅·释草》:"挛夷,芍药也。"王念孙《疏证》:"挛夷即留夷,留、挛声之转也。"此言之甚明。旧注又多沿王逸《湘夫人》注将留夷、辛夷、芍药视为一物。然而辛夷为木本,甚高大,非香草(《汉书·扬雄传》《甘泉赋》颜师古注已指出。《九歌·湘夫人》洪兴祖《补注》亦云:"辛夷树大连合抱,高数仞。此花初发如笔,北人呼为木笔。其花最早,南人呼为迎春。逸云香草,非也。")。《太平御览》卷九九〇"药部"引《晋宫阁名》:"晖章殿前芍药六畦。"可见古人种芍药正是用垄种法。　揭车,一种香草,即珍珠菜。王逸注:"亦芳草,一名艺舆。"《考异》曰:"揭一作藞。《尔雅·释草》同。"臧琳《经义杂记》卷一三云:"车即舆字之驳文。藞舆即艺舆,一声之转矣。"洪兴祖引陈藏器《本草拾遗》曰:"藞车味辛,生彭城,高数尺,白花。"《重修政和证类本草》卷一〇"二十五种陈藏器馀"并言可以"去臭及虫鱼蛙蚰"。其药性"微寒无毒,主霍乱,辟恶气,熏衣甚好"。《齐民要术》云:"凡诸树虫蠹者,煎此香令淋之,辟也。"

(52)杂,聚集,指穿插种植,套种。　杜衡,马兜铃科常绿草本,地下根状茎,叶一、二片,生于茎端,马蹄形,全边,叶质稍厚。冬日根际叶间开暗紫色小花,花被筒状,三裂。根茎可供药用。又名杜葵、马蹄香、土细辛、土卤等。古人用以煮浴汤,或作衣香。上古传说可以已瘿。参《离骚辨证·杜衡证本》　芳芷:即白芷。

(53)冀,希望。　峻茂,舒展茂盛。

(54)竢(sì),同"俟",等待。竢时,指等到成长之后。　刈(yì),收割。

(55)萎绝,黄落,枯萎断折而坠落。参《离骚辨证·"萎绝"与"芜秽"》。

(56)众芳,喻自己培养的人才。参《离骚辨证·离骚所说的"众"》。　芜秽,与杂草混同而荒秽。

(57)众,一般人,庸人。　贪婪,贪得无厌,不知满足。《逸周书·史记篇》:"竞进争权。"("竞",王念孙说当读如"竞")。则屈子此处也是就一些庸人们的争权夺利而言。

(58) 凭,饱满。王逸注:"楚人谓满曰凭。"段玉裁《说文解字注》"冯"字注,谓"皆畐字之合音假借。畐者,满也"。　求索,此处指对人民搜刮勒索。《吕氏春秋·怀宠》:"征敛无期,求索无厌。"此处指那些庸人们永远不满足于财货的搜刮聚敛。

(59) 羌,楚方言,同于"何为"、"何乃"、"竟然"。表示"想不到"的意思。　恕己以量人,根据自己的思想来推测别人。王注:"以心揆心为恕。"《论语·卫灵公》:"子贡问曰:'有一言而可以终身行之者乎?'子曰:'其恕乎! 己所不欲,勿施于人。'"又《论语·里仁》:"夫子之道,忠恕而已矣。"皇侃疏:"恕谓忖我以度人。"又《贾子·道术》:"以己量人谓之恕。"有的注者于"恕"字不加注,是以常义视之。而钱杲之曰:"恕己,不责己也。"则显然误解。

(60) 兴心,生心。

(61) 驰骛,本指马乱跑,此处喻奔走钻营。

(62) 冉冉,渐渐,同"荏苒"。《文选》潘岳《悼亡诗》:"荏苒冬春谢。"李善注:"荏苒,犹渐也。"

(63) 修名,美名。"修"有修养、修饰义。修养有素,则其言行懿美,故"修名"即美名,"前修"即前贤,"灵修"为对君王尊称之词。

(64) 餐,动词,食。　落英,落花。丹阳以东的南阳甘谷水,其山上即有大菊落水。参《离骚辨证·芳菊溪、落水大菊、秋菊之落英》。

(65) 苟,假如。如《史记·陈涉世家》:"苟富贵,毋相忘。"信,确实。　姱(kuā),美。这里指内心之美。参《离骚辨证·"姱"字考原》。　练要,精诚专一。朱熹说:"练要,言所修精练,所守要约也。"林云铭《楚辞灯》约其言为"精所修而约所守"。戴震《屈原赋注》又约为"精练要约"。其义即今日所谓精诚专一。《荀子·修身》:"凡治气养心之术……莫神一好。"此即是说,最能发生效用的是专一致志。可见南方的楚人对于修身养性方面的专心致志十分强调（《庄子》一书亦可见）。

（66）顑（kǎn）颔（hàn），不饱而面黄肌瘦的样子。同于顑颔（yín）。《说文》："顑颔，面黄起行也。"《广韵》"顑颔，瘦也。"

（67）揽，采，同于前"夕揽洲之宿莽"之"揽"。　木根，兰槐之根。《荀子·劝学》："兰槐之根是为芷，其渐之滫，君子不近，庶人不服。"所谓"是为芷"，是说兰槐的根上挽结白芷。

（68）贯，穿过，串上。　薜荔，桑科，常绿的攀缘藤本植物，蔓生，叶卵形，花小，生于囊状总花托内。亦名木莲。《山海经·西山经》：小华之山"其草有薜荔，状如乌菲，而生于石上，亦缘木而生，食之已心痛"。则自上古即作药用。全株并无香味，后人误以为楚辞中正面写到的都是香草，故误以为香草。　之，同于"其"。　此句言贯穿薜荔花时，花蕊纷纷落下。参《离骚辨证·释"贯薜荔之落蕊"》。

（69）矫，使之直（王逸注），即"矫枉"、"矫正"的"矫"。《广雅·释诂》三："直也"（此"直"用为动词，使之直）。《汉书·杨王孙传》注："正曲曰矫。"古人将不直之竹木略烤热以后使之变形，称为"揉"（《易·系辞》："揉木为耒"），又作"輮"（《荀子·劝学》："輮以为轮"），使之直者称为"矫"，故《说文》云："矫，揉箭箝也。"旧或训《离骚》"矫菌桂"之"矫"为"举"，虽于训诂有据，然则不合于诗意。木根弯曲，故使之直，然后用柔软之物纫蕙草其上，以为佩戴。至于纫蕙之时要拿起木根，此不待言之，诗中不必述说。

（70）索，搓成绳，即《诗·豳风·七月》："宵尔索绹"的"索"。　胡绳，王逸注："香草也。"方以智《通雅》："结缕，胡绳也。"《汉书·司马相如传》收《上林赋》"布结缕"，颜师古注："结缕者，著地之处，皆生细根。如线相结，故名结缕。"　纚（xǐ）纚，王逸注："索好貌。"本义为多毛的样子。（参闻一多《离骚解诂》）此形容用胡绳搓成的绳子，上带着花叶，很好看。

（71）謇，刚直不阿的样子，与"鲠直"之"鲠"为一音之转。用于句首，其作用略同于"纷吾既有此内美兮"、"汨余若将不及兮"、"耿吾既得此中正"形容词提于句首之词。　前修，前代贤人。

（72）服，佩，用。

（73）周，合。

（74）彭咸，楚先贤。屈原作于汉北时的《抽思》《思美人》《天问》中也都提到彭咸。"望三王（"王"原误为"五"，今正）以为像兮，指彭咸以为仪"（《抽思》），看来彭咸是楚三王时代的贤臣。《史记·楚世家》云：陆终生子六人，"三曰彭祖"，彭祖氏殷之时尝为侯伯，殷之末世灭。彭氏与楚为近亲氏族。注所谓"殷贤人，投水而死"的说法，乃是由《楚世家》"殷之时尝为侯伯"附会，又误解《离骚》文意而成。陈远新《屈子说志》云："大抵咸（彭咸）是处有为、出不苟、才节兼优、三闾心悦诚服之人。"我以为屈原在自己的作品中是借以指吴起、沈尹章这类具有改革思想的人。吴起是被车裂而死的，沈尹章被贬谪，两人都距作者时间很近，不便出现于诗中，故用以暗喻。　遗则，遗留下的信条。这里指改革思想。

（75）太息，叹息。　掩涕，即拉泪、拭泪。《诗·陈风·泽陂》："涕泗滂沱。"《毛传》："自目曰涕。"《列子·汤问》："悲愁垂涕。"《释文》："涕，目汁也。"以自鼻出者谓之涕，为后出之义。

（76）民生，人生。此处及下文"终不察夫民心"、"民好恶其不同兮"等"民"皆泛指人。　多艰，多困苦。

（77）虽，借为"唯"。王念孙《读书杂志》曰："虽与唯同。言余唯有此修姱之行，以致为人所系累也。'唯'字古或借作'虽'。《大雅·抑》'女虽湛乐从，弗念厥绍'，言女唯湛乐之从也。"　好（hào），喜好。　修姱，美好。此处指美德懿行。　靰（jī）羁（jī），自我约束，行不苟且。

（78）诼（suì），骤谏、激谏。姜亮夫《楚辞通故·意识部》："诼者,《说文》训让,即责让也。当即'骤谏君而不听'之骤谏,犹言疾谏或激谏也。"其说是。

(79)缥(xiāng),王逸注:"佩戴也。"下文"解佩缥以结言兮",佩缥即指此蕙缥,蕙草的带子。因为是带,故曰"解"。陈辞后"揽茹蕙以掩涕兮","茹蕙"也应指此蕙缥。 以,因。

(80)申,重,加上。

(81)亦,句首助词,有加强语气的作用。同于《诗经·周南·草虫》"亦既见止,亦既觏止,我心则降"两"亦"字用法。

(82)九,表多,同于《九章·惜诵》"九折臂而成医"的"九"。

(83)灵修,楚人对君王的美称,此处指楚怀王。 浩荡,恣意放纵的样子。《文选·七发》:"今如太子之病者,独宜世之君子,博见强识,承间语事,变度易意,常无离侧,以为羽翼。淹沉之乐,浩唐之心,遁佚之志,其奚由至哉!"李善注:"唐犹荡也。"又《九歌·河伯》:"登昆仑兮四望,心飞扬兮浩荡。"王逸注:"志放貌……心意飞扬,志欲升天,思念浩荡,而无所据也。"则浩荡为放纵之义,王逸在本篇注:"浩犹浩浩,荡犹荡荡,无思虑貌也。""以其用心浩荡,骄傲放恣,无有思虑,终不省察万民善恶之心"云云,也是言其志意放纵而无主张。

(84)终,始终。 民心,人心。周拱辰《离骚拾细》云:"此民字乃屈原自谓。"

(85)众女,喻朝中反对政治改革的旧贵族。 蛾眉,如蚕蛾之触角一样细长而好看的眉。用以代指女子的美貌。参《离骚辨证·释"蛾眉"》。

(86)谣诼(zhuó),谮毁,造谣诽谤。参《离骚辨证·"谣诼"补说》。

(87)固,本来。 工,善于;工巧,善于投机取巧。

(88)偭,面对着。参《离骚辨证·"偭"字辨误》。 规,画圆的工具;矩,画方的工具。这里用来比喻法度和政治、道德的准则。错,措施、设置。

(89)绳墨,木工用墨斗打的直线,此处用以比喻法制。司马迁《报任安书》:"且人不能早自裁绳墨之外。"用法相同。　追,追求。曲,承上"绳墨"而言,指曲线,比喻枉法行为。

(90)竞,争先恐后地。　周容,指求合与取悦于人的柔媚表情。　度,法则,此处指生活的准则。

(91)忳(tún),忧懣烦乱之义。郁邑,心情抑郁不伸的样子。参《离骚辨证·释"屯郁邑"》。　侘(chà)傺(chì),茫然失神的样子。参《离骚辨证·释"侘傺"》。

(92)宁,宁肯。溘(kè),忽然,很快地。

(93)此态,指上面所说工为巧伪欺诈之事的行为。

(94)鸷鸟,"鸷"为"挚"之借。挚鸟,性专一之鸟,即雎鸠。《诗·关雎》一诗《毛传》:"雎鸠,王雎也,鸟挚而有别。"郑玄《笺》:"挚之言至也。谓王雎之鸟,雌雄情意至,然而有别。"屈子以挚鸟自喻,表现了他坚持真理、恪守正道的情操。

(95)圜,同圆。　周,相合。

(96)道,指思想意识、政治主张。

(97)尤,过错。忍尤,忍受着加给自己的罪名。　攘诟,隐忍耻辱。攘,退让,受受。《说文》:"攘,推也。"段注:"推手使前也。古推让字如此作。《上曲礼》注曰:'攘,古让字。'……《汉书·礼乐志》'盛揖攘之容',《艺文志》'尧之克攘',《司马迁传》'小子何敢攘',皆用古字。凡退让用此字,引申之,使人退让亦用此字,如'攘寇''攘夷狄'是也。"朱季海《楚辞解故》:"今谓'攘诟'即'忍诟'。此承上言'忍尤',故变云'攘诟'。忍、攘于楚,直是代语,皆谓隐忍耳。"　诟,耻辱。

(98)伏,读为"服"。本义为佩戴,此处为保持、持守之义。二字古常通用。如《庄子·说剑》"剑士皆服毙其处也","服"日本高山寺卷子本作"伏"。《韩非子·初见秦》"荆王君臣亡走东服于陈","服"《战国策·秦策》作"伏"。《七谏·怨世》"服清白以逍遥兮",与《离骚》"伏清白以死直"句式相同,"服"字与《离骚》"伏"字的用法也同,而正作"服"。《招魂》"身服义而未沫","服"字用法也同。

(99)相(xiàng),看。 察,细心地看,看得仔细、清楚。此处为后一义。

(100)延伫,即"延眝"(zhù),远望。"伫"为"眝"字之借。参《离骚辨证·说"延伫"》。 反,同"返"。

(101)回,此处为使动用法,调转。

(102)及,趁着。行迷,迷路,走错路。

(103)步,徐行。 皋,水湾处岸边。王逸注:"泽曲曰皋。"此专指水湾处。《九歌·湘夫人》"朝驰余马兮江皋",即是指水湾处岸边。《离骚》此处正同此。

(104)椒丘,长满椒树的山丘。 且,将要。 焉,于之,指在椒丘之上。

(105)进不入,进而不能入。其句式同于"听而不闻"、"视而不见"。 离,通"罹",遭到。 尤,过错。

(106)复,重新。 初服,当初的服装。汪瑗《集解》:"退谓隐也。复修,重整也。初服,士服也。下文言衣裳冠佩之类是也。"

(107)岌岌,高的样子。

(108)佩,佩饰。 陆离,此处指长的样子。王念孙《读书杂志馀编·下》云:"陆离有二义,一为参差貌,一为长貌。下文云:'纷总总其离合兮,斑陆离其上下。'司马相如《大人赋》云:'攒罗列聚,丛以茏茸兮。衍蔓流烂,疢以陆离。'皆参差之貌也。此云'高余冠之岌岌兮,长余佩之陆离',岌岌为高,则陆离为长貌,非谓参差也。《九章》云：'带长铗之陆离兮，冠切云之崔嵬。'义与此同。"

（109）泽，光泽。　杂糅，混合，同于《橘颂》"青黄杂糅"的"杂糅"。王逸注："言我外有芬芳之德，内有玉泽之质，二者杂会，兼在于己。"朱熹《集注》："芳，谓以香物为衣裳；泽，谓玉佩有润泽也。"同样作于汉北时的《思美人》云："芳与泽其杂糅兮，羌芳华自中出。纷郁郁其远烝兮，满内而外扬。情与质信可保兮，羌居蔽而闻章。"其开头一句与《离骚》此句完全一样。而后面五句又阐发了这句的蕴涵。则《离骚》此句也应是说挚情洁质出自内心，就像芳香之气与润泽之质交混相合。

（110）昭质，纯洁光明的品质。　亏，减损。

（111）忽，忽然。　反顾，回顾。　游目，纵目远望。

（112）四荒，四方荒远之地。王注："荒，远也。"《九思·哀岁》"将驰兮四荒"注："四裔谓之四荒。"《尔雅·释地》："觚竹、北户、西王母、日下谓之四荒。"觚竹，在最东北面；北户在最北，西王母在西北，日下在东方，皆古所谓最荒远之地。

（113）佩，佩戴（动词）。　繁饰，繁盛的饰物。　此句中"其"为结构助词，同于"之"。《书·康诰》"朕其弟小子封"，即"朕之弟小子封"。《大戴礼·保傅》："凡是其属，太师之任也。"即"凡是之属，太师之任也"，与此同。

（114）芳菲菲，等于说"香喷喷"。　弥，更。　章，通"彰"，明显、突出。

（115）民生，人生。

（116）好修，好修饰。此处指品德的修养。　以为常，为素所操守。

（117）体解，支解（也作肢解）。古代一种酷刑，即将身体四肢分解之。商鞅变法，后遭车裂（亦属支解）；吴起变法，"卒支解"。屈原此处是暗以吴起、商鞅等改革家自喻。

（118）惩，因受打击而有所戒。《诗·周颂·小毖》："予其惩而毖后患。"（毖，谨慎）《九歌·国殇》："首身离兮心不惩。"

（119）女嬃，屈原姊（王逸注）。郑玄注《周易》则云："屈原之妹名女须"（见《诗经正义·桑扈》引）。段玉裁《说文解字注》、林昌彝《砚精绪录》以为"妹"乃"姊"字之误。二字形体相近，段、林之说可信。又《说文》："嬃，女字也。从女须声。贾侍中说，楚人谓姊曰嬃。"所谓"女字也"，是说用于女性之字，《说文》中"嬃"字前后先以"女字也"作释的字有十余个。是则贾逵、许慎并以"嬃"为姊，以上皆汉以前旧说。后人奇说百出，俱不可从。　婵（chán）媛（yuán），一作掸援，情绪激动而喘息的样子。王逸注："婵媛，犹牵引也。"《说文》："喘，喘息也。""歇，口气引也。"（"喘"、"歇"同字异体）。《方言》卷一："凡怒而噎噫……南楚沅湘之间曰婵咺。"恐惧或生气则心跳加快，呼吸急促，即王逸所说的"牵引"。婵媛为古之联绵词，写法无定。此句是写其生气的样子。

（120）申申，重复地，絮絮叨叨地。王注："重也。"陆时雍《楚辞疏》曰："申申，繁絮貌。"　詈（lì），骂，斥责。

（121）鲧，同"鲧"，禹的父亲。《山海经·海内经》："洪水滔天，鲧窃帝之息壤以堙洪水，不待帝命。帝命祝融杀鲧羽郊。"《天问》中也有关于鲧的传说与神话。在南方神话传说中，鲧是一个刚直不阿、为人民利益不顾自身安危的人物，保持着未被儒家改造过的较原始而且近真的面貌（儒家是以尧舜为准划分是非界线；鲧被尧所杀，故在儒家之书中与四凶并列）。　婞（xìng）直：刚直。《说文》："婞，很也。"洪兴祖曰："言鲧盖刚而犯上者。"朱释为"婞很自用，不顺尧命"。《孟子·公孙丑下》音义引丁音曰："婞，很直也。"《九章·惜诵》："行婞直而不豫兮，鲧功用而不就。"义并相同。

亡，一本作"忘"，"亡"字之借。忘身，不顾自身的安危。

（122）终然，终于，结果。殀，早死，非正常死亡，此处指被诛。

洪兴祖曰："殀，殁也。"义相近，闻一多、姜亮夫、刘永济皆释为"夭
阏"之"夭"(遏阻)。然不合于《山海经》关于鲧的记载，也与《离骚》
文意不合。　羽，羽山，也作委羽之山，在北方阴寒之地。《山海
经·南次二经》有羽山，郭璞注云："今东海祝其县西南有羽山。即
鲧所殛处，计此道里不相应，似非也。"《淮南子·地形训》："触龙在
雁门北，蔽于委羽之山，不见日。"又曰："北言曰积冰，曰委羽。"高
诱注："委羽之山，在北极之阴，不见日也。"

（123）博謇，处处直言。《礼记·学记》："不学博依，不能安
诗。""能博喻然后能为诗。""博依"、"博喻"指广为依物寄意。"博"
为广泛之义。

（124）纷，多。　姱节，朱骏声《离骚补注》谓"节"为"饰"字形
误(二字繁体轮廓极相似)，其说是。姱饰，美好的佩饰。

（125）薋(cí)，聚积。《说文》："薋，草多貌。"段注："据许君说，
正谓多积菉葹盈室。非草名。《禾部》曰：'穧，积禾也。'音义同。
蒺藜之字，《说文》作茨，今《诗》作茨，叔师所据《诗》作茨，皆假借字
耳。"《广雅·释诂一》："茨，积也。"又《释诂三》："茨，聚也。"又徐锴
《说文系传》："薋犹积也。""薋"、"薋"、"穧"乃一字之孳乳，其义相
通。　菉(lù)，草名，即王刍，又名荩草，俗名菉蓐草。《本草》云：
"荩草，叶似竹而细薄，茎亦圆小，生平泽溪涧之侧，俗名菉蓐草。"
葹(shī)：枲耳，或写作蕙耳，又名卷耳、苓耳、棠枲、胡枲、野茄等；
因其味滑如葵，又名地葵。陆玑《毛诗草木鸟兽虫鱼疏》云："卷耳，
叶青白色，似胡荽，白华细茎，如妇人耳中珰，今或谓之珰草，幽州
谓之爵耳。"按菉、葹皆普通草，一般人或服之，并非恶臭之草。故
女媭以之喻一般平庸的人和平庸的行为。

（126）判，判然，特出而不同于众。按《楚辞》文例，"判"作为
提前至句首的副词，是形容"独离而不服"，乃是表现诗人是非分明
的思想。　离，去，远离。

（127）众，一般人，平庸之辈。　户说，一户户地去劝说。《韩非子·难势》："尧舜户说而人辩之，不能治三家。""户说"与"人辩"相对，则"户"亦为名词用为副词。《淮南子·原道》："使舜无其志，虽口辩而户说之，不能化一人。"《管子·水地》："是以圣人之治于世也，不告人也，不户说也。"《尹文子·大道上》："出群之辩，不可为户说。"《史记·货殖列传》："虽户说以眇论，终不能化。"《说苑·政理》："众不可户说也，可举而示也。"用法皆同。

（128）云，语助词。　余，此处用为复数，我们。

（129）并举，犹言"并起"。此就风气之兴起与蔓延而言。好朋，好结为朋党（以营私利）。参《离骚辨证·释"世并举而好朋"》。

（130）茕独，孤独。　予，我。第一人称单数。与上"余"有别。

（131）依，依靠，凭借。　前圣，前代圣贤。　节中，折中，评判。林云铭《楚辞灯》："节中，即折中，乃持平之意。"

（132）喟（kuì），叹息。　凭心，愤懑，怨愤填胸。　历，逢；兹，此。"历兹"犹言逢此不幸。《补注》："叹逢时之不幸也。"下文"委厥美而历兹"，王逸注："历，适也。"又《抽思》"历兹情以陈辞"，犹言"逢此令人忧伤之情实，因而向君王申辩之"。或训为"历年"，则与《抽思》例不合，不可从。

（133）济，渡。　沅，沅水。　湘，湘水。　征，行。

（134）就，趋往。　重华，舜之号。洪兴祖《补注》曰："先儒以重华为舜名。按《书》云：'有鳏在下曰虞舜。'与帝之咨禹一也。则舜非谥也，名也。又曰：'若稽古帝舜，曰重华。'与尧为放勋一也，则重华非名也，号也。群臣称帝不称尧，则尧为名；帝称禹不称文命，则文命为号。"其说是。　陈辞，诉讼、声辩。参《离骚辨证·"陈辞"释义》。

（135）启，禹之子。九，言其多次。　辩，辩说（动词）。　歌，歌唱。与《天问》"启棘(梦)宾商(帝),九辩九歌"同。此因传说启有《九辩》、《九歌》之曲而言之。参《离骚辨证·"九辩"、"九歌"考原》。

(136)夏,泛指夏初朝廷。包括启、太康。与下文"周论道而莫差"之"周"指周初文王、武王相同。《墨子·非乐上》引《武观》曰:"启乃淫溢康乐,野于饮食,锵锵锵铭[铭],筦磬以力,湛浊于酒,渝食于野,万舞翼翼,章闻天下,天用弗式。"启名其子为"太康",亦可以看出其意识。则太康失国,夏启已肇其端。　康娱,寻欢作乐。　自纵,放纵自己。

(137)顾,顾及。　难,患难。　图,图谋。　后,后面,将来。

(138)此句原作"五子用失乎家巷"。"失"为"夫"字之误(闻一多《校补》已言之)。"乎"盖旁注"夫"字之义者,阑入正文。今正之。五子,启的五个儿子。据《竹书纪年》,夏启十一年启放其第五子武观于西河,十五年,武观以西河为据点而叛,启派人率兵收武观于朝。启死,其子太康继位,耽于田乐,不恤民事,其弟作乱成内讧。有穷氏首领羿趁机入夏都斟鄩,"因夏民以代夏政"。　用夫,因而。家巷,"巷"为"閧"字之借;"家閧"即内讧。启的五子内讧,导致了夏朝的亡国。

(139)羿(yì),即后羿,有穷氏部落首领,非指一人。此处指夏代初年趁夏启死、太康继位、启五子内讧而夺取夏朝权力的一位。参《离骚辨证·后羿考》。　淫游,无度游乐。淫,过度。　佚,放纵。　畋,打猎。

(140)封狐,大狐。闻一多据《天问》"封豨是射"句,疑此"狐"为"豨"字之误,姜亮夫疑为"豨"字之误。然而《左传·襄公四年》魏绛说:"在帝夷羿,冒于原兽,亡其国恤,而思其麀牡……用不恢于夏家。"则封豨(野猪)言其凶猛,而封狐言其迅捷,皆用以概指野兽,未必专猎一种。不烦改字。

（141）乱流，钱澄之《屈诂》："谓逆乱之流。统诸凶言也。"王夫之《通释》曰："横流而渡曰乱流，言不顺理也。"按：此处指政治昏乱而言，与"淫游以佚畋"相应，王说近之。　鲜，少。　终，正常的结局，引申为好的结果。

（142）浞（zhuó），寒浞，本为伯明氏之谗子弟，伯明氏弃逐之，后羿收而加以任用，以为相。浞行媚，笼络羿宫内亲近，又收买臣民，欺骗百姓，而怂恿羿放纵畋猎游乐，以孤立羿。后来在羿打猎归来之时杀死羿，而夺取其国。　贪，夺取。参《离骚辨证·"贪"字释义》。　家，妻室。《左传·襄公四年》言，"浞因羿室，生浇及豷"。

（143）浇，通"奡"（ào），寒浞强占后羿妻室所生之子。　强圉（yǔ），坚甲。《尔雅·释天》"在丁曰强圉"孙炎注："万物皮孚坚者。"皮孚即甲壳；古人作战所服名"甲"，也取其可以护身之义。上古甲分上下两部分。《考工记·函人》："凡为甲，必先为容，然后制革，权其上旅与其下旅而重若一。"郑众注："上旅谓要（腰）以上，下旅谓要以下。"《释名·释兵》："凡甲聚众札为之谓之旅，上旅为衣，下旅为裳。"《天问》曰："浇（原误作"汤"）谋作旅，何以厚之？覆舟斟寻，何道取之？""厚旅"即"强圉"。《竹书纪年》："（帝相）二十六年，寒浞使其子浇帅师，灭斟灌。二十七年，浇伐斟郭，大战于潍，覆其舟灭之。"可见浇有武力，寒浞借之消灭敌对势力。

（144）欲，私欲，情欲。　忍，克制。

（145）康娱，寻欢作乐。　自忘，忘却自身的安危，犹言"忘身"。

（146）厥首，其头。用，因；夫，语助词。"用夫"同"因而"。颠陨，落地。《左传·襄公四年》魏绛言，寒浞得国之后"恃其谗慝作伪而不德于民。使浇用师灭斟灌及斟寻氏。处浇于过，处豷于戈。靡自有鬲氏收二国之烬以灭浞，而立少康。少康灭浇于过，后杼灭犷于戈,有穷由是遂亡。"《左传·哀公元年》又载:"昔有过浇杀斟灌以伐斟鄩,灭夏后相。后缗方娠,逃出自窦,归于有仍,生少康焉,为仍牧正,惎浇能戒之,浇使椒求之,逃奔有虞,为之庖正,以除其害。虞思于是妻之以二姚,而邑诸纶,有田一成,有众一旅,能布其德,而兆其谋。以收夏众,抚其官职。使女艾谍浇,使季杼诱犷,遂灭过、戈,复禹之绩。"又《论语·宪问》:"羿善射,奡(浇)荡舟,俱不得其死然。"《天问》与《竹书纪年》中也对浇被灭之事有记载与反映。女艾(《天问》作"女歧")是浇的异父同母兄之妻,受少康之计,骗浇而杀之。所谓"纵欲而不忍"即指浇上淫于嫂,忘乎所以,以致其头堕地。

(147)夏桀,夏代最后一个国君。　常违,汪瑗曰:"谓屡背乎道也。"钱澄之曰:"常违,无往不违。"

(148)遂,《广雅·释诂》:"竟也。"遂焉,犹"终然"。　逢殃,指为商汤所诛灭。《史记·夏本纪》:"帝桀之时,自孔甲以来,而诸侯多畔。夏桀不务德,而武伤百姓,百姓弗堪。乃召汤而囚之夏台,已而释之,汤修德,诸侯皆归汤。汤遂率兵以伐夏桀。桀走鸣条,遂放而死。"《书·汤誓》、《国语·晋语一》引史苏语、《左传·昭公四年》椒举语皆言夏桀事,可参。

(149)后辛,殷纣王,名辛。　菹(zū)醢(hǎi),这里指将人杀死,把肉块和上醢酱贮藏之,或切细做成肉酱。王注:"藏菜曰菹,肉酱曰醢。言纣为无道,杀比干,醢梅伯。"《说文》:"菹,酢菜也。"《史记·殷本纪》:帝辛"使师涓作淫声,北里之舞,靡靡之乐,厚赋税……百姓怨望,而诸侯有畔者。于是纣乃重刑辟,有炮烙之法……九侯有好女,入之纣,九侯女不喜淫,纣怒杀之,而醢九侯。鄂侯争之强,辩之疾,并脯鄂侯"。《天问》及《吕氏春秋》之《行论》、《过理》皆言之,可参。

(150)殷宗,殷朝的宗祀、国祚。　用而,因而。

（151）汤，商代的开国君主。　禹，夏朝的奠基人。"汤禹"之称，未按时代先后排之，乃当时习惯。下文"汤禹俨而求合兮，挚咎繇而能调"。咎繇即皋陶，为禹臣；挚即伊尹，为汤臣。次亦颠倒，同此。汤姓子而名履，又名天乙。汤是号，本义为"广大"。　俨（yǎn），严肃。王夫之曰："俨，庄恪也。"　祗敬，谨慎。《尚书·皋陶谟》载皋陶曰："日宣三德，夙夜浚明有家；日严祗敬六德，亮采有邦。"

（152）周，指周初的文王、武王。《天问》"武发杀殷"，以"殷"代殷纣王，亦以国名代指国君之例。姜亮夫先生以"周"为状词，非。　论道，讲论道义。　莫差，没有偏差。　此句与上句互文见义。

（153）举，选拔。　贤，贤才。　授能，把职务交给有能力的人。举贤授能，即所谓使贤人在位，使能人在职。

（154）绳墨，木工用墨斗打的线，用以比喻法度。此为战国时常用语。如《商君书·定分》："不待法令绳墨而无不正者，千万之一也。"《荀子·王霸》："百吏皆畏法循绳，然后国常不乱。"《韩非子·外储说右上》："绳之外与法之内，雠也，不相受也。"　颇，倾斜、偏差。

（155）皇天，上天。　私阿，私情偏爱。

（156）览，察看。　德，意动词，认为有德的。　错，通"措"，安置，给予。　辅，辅助。

（157）维，同"唯"，只有。　以，而，连词。　茂行，有盛德高行者。

（158）苟，庶几，或许。　用，享有。　下土，犹言"天下"，包括土地臣民而言。

（159）前，前代。　后，以后，将来。

（160）相观，观察。楚辞中常有联迭同义词语以表强调的情况。如下文之"览相观于四极兮"。　计,计划,谋虑。　极,终极。蒋骥曰:"极,标准也。"《诗·卫风·氓》:"士也罔极。"《毛传》:"极,中也。"即定准、标准。"计极"指谋虑的最终归向。汤炳正《民德·计极·天命观》一文以为"计"为"所"字之误,"极"通"亟",为敬爱之义,亦可参(见《屈赋新探》一书)。

(161) 可用,指可以享有、拥有。

(162) 服,役使、统治之。

(163) 阽(diàn),临近高危之地。王注:"阽犹危也。"《汉书·文帝纪》注:"阽,近边欲堕之意。"《文选·思玄赋》:"阽焦原而跟趾。"注:"临危曰阽。"其字从"阜",则王逸、颜师古、李善之解皆是。或训为"危",则稍欠确切。　危死,几乎死去。

(164) 初,当初。此处指被放汉北以前为推行政治主张进行种种努力的情况。

(165) 量,度量(动词)。　凿,木工为衔接木条、木板凿的孔眼。正,修正。枘(ruì),榫头。榫头之加工在外部,易为方正;凿之加工在内部,非技术纯熟者难以方正且合于枘的大小尺寸。故技术拙劣者往往按所凿孔眼之歪邪形状修正榫,以求相合。

(166) 固,本来。　前修,前代贤人。此处指夏之关龙逢,商之九侯、鄂侯、梅伯等。

(167) 曾(céng),通层,重叠,一次次地。王注:"累也。"　歔(xū)欷(xī),哀叹抽泣。

(168) 朕时,我所遭遇的时世。　当(dàng),值。　不当,此指未遇上好的时世。

(169) 揽,持、拿起。　茹,柔软。茹蕙,即前面所说"蕙纕"。王逸注:"茹,柔软也。"洪兴祖说同,并驳五臣以"香"字解。然而此后又有种种奇说,俱不可取。《广雅·释诂》:"茹,柔也。"王念孙《广雅疏证》引《韩非子·亡征》:"柔茹而寡断。"又云:"渐湿之地谓洇洳,义亦相近。"其他诸说皆与《离骚》文意不合。又:朱季海《解故》云:"日本古钞卷子本《杨雄传反离骚》:'临江濒而掩涕兮',晋灼曰:'《离骚》云:"挐茹蕙以掩涕。"'(景祐本以下并作茹蕙)寻《反离骚》'袀芰茹之绿衣兮,集芙蓉以为裳'。正旁《离骚》'制芰荷以为衣兮,集芙蓉以为裳'。师古曰:'茹,亦荷字,见张揖《古今字诂》。'是也。平既荷衣而蕙纕,故云'挐茹蕙以掩涕,沾余襟之浪浪'也。"其说可参。按《离骚》上文有"既替余以蕙纕"之句,亦有"集芙蓉以为裳"之句,朱季海先生之说似有理。然而据诗意亦可是揽蕙以掩涕泪,泪下则沾荷襟也,未必既揽蕙带(纕),又揽荷衣(襟)也。故不烦改字。　掩,本指以布帛覆水迹上以吸干之。意同沾去,拭去。

(170)沾,濡湿。之,同"其"。后面所带为补充描述性成分。浪(láng)浪,滚滚,形容流不断的泪水。

(171)敷,铺开。　衽(rèn),衣服的前襟。古人双膝着地而坐,跪则膝以上端直。前面铺正衣襟,为庄重的表现。

(172)耿,光明的样子。此处指内心一下豁然开朗。　中正,适中、正确。此处犹言在理。

(173)驷,车前驾上四马。　虬,无角无鳞之龙。王注:"有角曰龙,无角曰虬。"《天问》"焉有虬龙",王注同。柳宗元《天对》云:"有虬蝼蛇,不角不鳞。"则虬为无角无鳞之龙。屈原这里用以指龙马,最为贴切。玉虬:白色的龙马。　鹥(yì),一种身五彩而群飞的鸟,飞起时遮天蔽日,故曰"鹥",也作"翳"。这句是说成群的鹥鸟作为车将诗人托起,前面四匹白色的龙马作为前导,以协调方向。参《离骚辨证·鹥、翳与鹥车》。

(174)溘(kè),忽然。王注:"掩也。""掩"同"奄",忽然。　埃风,犹言风云,风可感而不可见,以尘埃而显,古人又以云气是尘土地气所成。《淮南子·地形篇》:"正土之气御乎埃天。"(《太平御览》卷七〇引注曰："正土,中土也,其气上曰埃。")"黄泉之埃上为黄云","青泉之埃上为青云","赤泉之埃上为赤云","白泉之埃上为白云","玄泉之埃上为玄云"。可见"埃风"即今所谓"风云"。

(175)发轫(rèn),启程;轫,止车之木,车将起行则发之。苍梧,传说即九嶷山,在湖南省宁远县。王注:"苍梧,舜所葬也。"《礼记·檀弓》:"舜葬于苍梧之野。"郑玄注:"舜征有苗而死,因葬焉。"《山海经·海内经》:"南方苍梧之丘,苍梧之渊,其中有九疑山。舜之所葬,在长沙零陵界中。"《海内南经》亦有载。《说文》则云"九嶷山,舜所葬,在零陵营道"。则九嶷山包括在苍梧山脉之中。

(176)县(xuán)圃,也作"悬圃"。昆仑山上的地名,意为高空中的圃薮。"县"通"悬",有作"玄"者,同音假借,又涉于"神仙"之说故也。钱杲之《集传》今本作"元圃",乃后人避清代康熙帝玄烨名讳而改书。

(177)少,短暂地,稍稍。　灵琐,"琐"为"薮"字之借。《穆天子传》:"春山之泽,清水出泉,温和无风,飞鸟百兽之所饮食,先王之所谓县圃。"灵薮即指悬圃,以其为神灵与奇花异草所聚处,故云。

(178)忽忽,迅疾的样子。

(179)羲和,日御(王逸注)。洪兴祖曰:"虞世南引《淮南子》云:'爰止羲和,爰息六螭,是谓悬车。'注云:'日乘车驾以六龙,羲和御之,日至此而薄于虞渊,羲和至此而回。'"神话中又以为日是羲和所生,日行则又为车御,于情理亦不悖。　弭节,按节徐步。王注:"弭,按也,按节徐步也。"《子虚赋》:"弭节徘徊。"又曰:"弭节容与兮。"用法与此处同。徘徊、容与非止而不行,故洪兴祖《补注》于此处注"弭"为"止"则非也。节,以竹竿和羽毛制成的符节,本为使者随身持以示信之用,故以"弭节"指放慢行程的速度,有时也指停息。

（180）崦（yān）嵫（zī），神话中山名，日入之处。《山海经》言在鸟鼠同穴山西南三百六十里处。此神话应出于秦人。秦人发祥于今天水西南、礼县东北部一带。崦嵫山为早期秦人所见日落之处，应指礼县东北茅水河以西的高山，属古之西县地。"西"字甲骨文为乌（日象）在巢中的形象（表日已入）。参《离骚辨证·崦嵫山考》。　勿迫，不要太急切。

（181）曼曼，长远的样子。《诗·閟宫》："孔曼且硕。"《毛传》："曼，长也。"《笺》："修也。"修、长义同。

（182）咸池，神话中日浴处。《淮南子·天文训》："日出于旸谷，浴于咸池，拂于扶桑，是谓晨明。"日浴神话由太阳出现于东方之时海平面上金光荡漾而来。海水咸，故曰咸池。

（183）总，拿在一起。　辔，马缰，汪瑗《集解》曰："而总揽六辔于手以控乎马，自扶桑而起行耳。"王夫之《通释》曰："总辔，总握六辔驰车行也。"　扶桑，神话中树名，在汤谷之上，日憩息之处。实从有关墨西哥的传说而来（二者音近）。参《离骚辨证·扶桑考原》。

（184）若木，神话中树名，长在西方日入之处。王注："若木在昆仑西极，其华照下地。"《山海经·大荒北经》："洞野之山，有赤树，青叶赤华，名曰若木，生昆仑。"　拂日，蔽日。《悲回风》："折若木以蔽光兮"，意相近。应璩《与从弟君苗君胄书》："折若华以翳日。"正是用《离骚》句意。

（185）相羊，同徜徉，随意徘徊。

（186）望舒，月御（王逸说）。洪兴祖云："《淮南子》曰：月御曰望舒，亦曰纤阿。"　先驱，在前开路。

（187）飞廉，风伯（王逸注）。洪兴祖《补注》："《吕氏春秋》曰：'风师曰飞廉。'应劭曰：'飞廉，神禽，能致风气。'晋灼曰：'飞廉鹿身,头如雀,有角,而蛇尾豹文。'"(按晋灼语见《汉书·武帝纪》元封二年夏四月师古注引)马王堆出土汉代帛画及汉代画像石、画像砖多有之。沈括《梦溪笔谈》曰:"予昔年在姑苏王敦城下土中得一铜钲。其钲中间铸一物,有角,羊头,其身如篆文,如今时术士所画符。旁有两字,乃大篆'飞廉'字。篆文亦古怪。则钲间所图盖飞廉也。"沈括所见应为先秦之物,所述飞廉形象与晋灼所述一致。

奔属(zhǔ),奔走跟随。属,连结,跟从。

(188)鸾皇,即鸾鸟。古人简称凤皇为"凤",不简称为"皇",故以为"鸾皇"指鸾与凤者非。洪兴祖曰:"《山海经》:'女床山有鸟,状如翟,而五彩皆备,声似雉而尾长,名曰鸾。见则天下安宁。'《瑞应图》曰:'鸾者,赤神之精,凤皇之佐也。'"

(189)未具,未准备停当。钱杲之《离骚集传》曰:"雷师主号令,又告余以未具,言不苟动。"

(190)继之以日夜,犹言夜以继日,上文更言已至西极,天已黄昏,故令月神先驱以照路,令凤鸟之属在夜晚继续飞腾。

(191)飘风,旋风。王注:"回风为飘。" 屯,聚集。洪兴祖:"聚也。"朱骏声《离骚补注》:"屯读为笔,犹聚也。"按:"笔"由"屯"孳乳而来。"屯"本字即有"聚"义。如《后汉书·班彪传》附班固传《典引篇》:"而礼官儒林屯朋笃论之士,而不传祖宗之仿佛。"李贤注:"屯,聚也。" 离,通"丽",附依,相靠近。

(192)帅,率领。 霓,与虹对称出现的色暗淡的虹影,或曰副虹,位于主虹外侧。也作"蜺"。云霓,犹言云彩。 御,通"迓",迎接。王注:"御,迎也。"洪兴祖曰:"御,读若迓。"

(193)纷,盛多的样子。 总总,纷乱的样子。《周书·大聚》:"殷政总总若风草。"注曰:"总总,乱也。"纷总总犹言乱纷纷。

离合,忽聚忽散。

(194)斑,色彩驳杂的样子。 陆离,此处为参差不齐的样子。

(195)帝阍,把守天宫之门者。王注:"帝谓天帝。阍,主门者也。" 关,门闩。天宫之门关闭并且栓起,拒诗人于门外。"开关"指开门。

(196)倚,靠着。 阊(chāng)阖(hé),天宫的门。王注:"天门也。"洪兴祖《补注》:"《淮南子》曰:'排阊阖,沦天门。'注云:'阊阖,始升天之门也。天门,上帝所居,紫微宫门也。'《说文》云:'阊,天门也。阖,门扇也。楚人名门曰阊阖。'《文选》注云:'阊阖,天门也。'王者因以为门。屈原亦以阊阖喻君门也。"

(197)暧暧,王注:"昏昧貌。"洪兴祖曰:"日不明也。"其义相通。罢,完了。

(198)结,绾结,联缀。 幽兰,兰草(秋兰)。以其多生于幽僻之处,故云。幽兰本为身上佩物,诗人挽结之,将用以付可为知言者表示诚信(即所谓结言)。 延伫,伫借为"竚"。延竚即远望。

(199)溷(hùn)浊,同"混浊"。 不分,不分是非、善恶、美丑。

(200)济,渡过。 白水,黄河上游。《尔雅》:"河出昆仑虚,色白。所渠并千七百一川,色黄。"是中下游因纳入支流多,冲刷泥沙,才使水色变黄。参《离骚辨证·白水即黄河说》。

(201)阆(láng)风,王注:"山名,在昆仑之上。"《淮南子·地形》:"县圃、凉风、樊桐,在昆仑阊阖之中。"注:"悬圃、凉风、樊桐,皆昆仑山名也。"凉风即阆风,为昆仑山上山名。 缥(xiè),系。

(202)高丘,高山。此处指阆风之山。 无女,无神女,喻无知音。

(203)溘(kè),忽然。 春宫,神话中之苑囿,在昆仑山上。闻一多《解诂》:"春宫盖亦在昆仑墟中。宫者苑囿之名。"(《礼记·儒行》:"儒有一亩之宫。"注:"宫谓墙垣也。")按:诗上言缥马昆仑,下言求宓妃之所在(宓妃传为伏羲氏之女,伏羲氏在西方),则此段写求女未出西方昆仑一带。旧注以为"东方青帝之宫"者误。

(204)琼枝,琼树之枝。下文"折琼枝以为羞兮"句,洪兴祖《补注》引张揖云:"琼树生昆仑西流沙滨,大三百围,高万仞,其华食之长生。"又《玉篇》引《庄子·外篇》云:"积石生树,名曰琼枝,其高一百二十仞,大三十围,以琅玕为之实。"(亦见《艺文类聚》卷九〇引《庄子》佚文)积石山在今甘肃中部,为昆仑山之余脉,为神话中名山。神话中言昆仑多玉树琅玕。《淮南子·地形》:"昆仑虚……中有增城……上有木禾……珠树、玉树、璇树、不死树在其西。" 继佩,把玉佩加得长一些。与"长余佩之陆离"意相近。

(205)及,趁着。 荣华,花。这里指玉树琼枝上的花。

(206)相(xiàng),看,察看。 下女,人间之女。洪兴祖曰:"下女,喻贤人之在下者。"王夫之《通释》云:"高丘无女,在位者不可与谋,故相下女,求草泽之贤,欲贻琼枝,而与偕游春宫耳。"诒,同"贻",赠送。

(207)丰隆,王注:"丰隆,云师,一曰雷师。"洪兴祖曰:"《归藏》云:'丰隆,筮云气而告之。'则云师也。《穆天子传》云:'天子升昆仑,封丰隆之葬。'郭璞云:'丰隆筮师,御云得大壮卦,遂为雷师。'……其说不同,据《楚辞》,则以丰隆为云师,飞廉为风伯,屏翳为雨师。"按:洪说是。以音求之,丰隆为雷师,而楚辞中则作云师。

(208)宓妃,神话中人名,传说为伏羲氏之女。王注曰"神女"。《文选》吕延济注:"洛水神。"《汉书音义》如淳曰:"宓妃,宓羲氏即伏羲氏。妃,宓羲氏之女,溺死洛水,为神。"(《洛神赋》李善注引)。按:"宓"、"伏"古音同,宓羲氏即伏羲氏。伏羲氏起于今甘肃南部,而迁于陈东之封太山(司马贞《补三皇本纪》),故有其女为洛水神之传说。

(209)佩纕(xiāng),一种佩戴。 结言,即约言、成言。此句言以佩纕为信物，以求订约。参《离骚辨证·结言考辨》。

　　（210）蹇修，乐师。章太炎《菿汉闲话》云："今谓蹇修为理者，谓以声乐为使，如《司马相如传》所谓以琴心挑之。《释乐》：'徒鼓钟谓之修，徒鼓磬谓之蹇。'则此蹇修之义也。"但诗中言令丰隆乘云求宓妃之所在，则宓妃不仅不在近处，且诗人并不知在何处，无法以音乐达其意。周有采诗之官，振木铎以循于路，则蹇修当指此。　理，媒。《文选》刘良注："为媒以通辞理也。"《左传·昭公十三年》："行理之命，无月不至。"杜注："行理，使人通聘问者。"《广雅·释言》："理，媒也。"顾炎武《日知录》："古者谓行人为行李，亦曰行理，《左传·昭公十三年》、《襄公八年》作李，《昭公十三年》作理。《国语·周语中》周之《秩官》有之曰：'敌国宾至，关尹以告，行理以节逆之。'贾逵曰：'理，吏也，小行人也。'"则行理本为邦国与邦国之间通聘交接者，"理"则亦用于个人、家庭之间的传语交接，即媒。

　　（211）纷总总，乱纷纷。此处形容媒理的忙乱奔波。　离合，忽离忽合；时而有意，时而无意。陈本礼《屈辞精义》："纷总总，见媒理之往返也。离合，辞未定之象。"

　　（212）忽，忽而。纬繣（huà），乖戾，闹别扭。朱珔《文选集释》注云："纬，乖戾也。案《说文》无繣字，惟支部䌤字云：'戾也。'段氏谓纬者，䌤之假借。《广雅·释训》：'䌤繣者，乖刺也'。《玉篇》亦作㦜。《广韵》二十一麦作徽繣，云乖违也。马融《广成颂》：'徽繣霍奕，别鹜分奔。'然则䌤与纬、徽，繣与婳、㦜，字异而音义同。"难迁，难以说动，难以使其改变态度。

　　（213）次，舍、宿。　穷石，神话中地名，有穷氏曾迁于此。据战国时传说，在西北，即今甘肃省山丹县兰门山（一名合黎山）。参《离骚辨证·穷石考》。

　　（214）洧（wěi）盘，神话中水名，出崦嵫山。王注："洧盘，水名。《禹大传》曰：洤盘之水，出崦嵫之山。"徐文靖《管城硕记》曰："《山海经》崦嵫之山，苕水出焉。郭注曰：《禹大传》曰：洤盘之水，出崦嵫山。《十道志》：昧谷在秦州西南，亦谓之兑山，亦曰崦嵫。"崦嵫山在今甘肃天水西南，礼县北部。

（215）保，保持，凭借。《汉书·武五子传》广陵厉王胥赐策："扬州保强。"李奇注："保，恃也。"

（216）淫游，无度游荡。

（217）来违弃而改求，汪瑗《集解》云："来者，呼其仆卫服役之词也。违者，去其地也。弃者，舍其人也。改求，谓别求他邦之女也。""来"同于"来吾导夫先路"之"来"。

（218）览、相、观，意义均为看。楚语中动词联迭使用，表强调。朱骏声《离骚补注》曰："览、相、观，三叠字，犹《诗》'仪式型文王之典'，《左传》'缮完葺墙'，亦三叠。"　四极，汪瑗《集解》曰："大抵屈子所言四极，犹言四方耳。"闵齐华《文选瀹注》曰："四极，天之四极也。前帝阍、白水、阆风、春宫皆在天也。"

（219）周流，周游。汪瑗《集解》曰："周流，遍游也。上谓天上也，下谓世间也。"

（220）瑶台，美玉装饰的台。《山海经·海内北经》有帝喾台、帝尧台、帝舜台。　偃蹇，夭矫，连蜷，屈曲婉转。此言台曲折延伸，较长，规模较大。参《离骚辨证·释"偃蹇"》。

（221）有娀（sōng），传说中的古代部族名。就屈赋言之，在今甘肃张掖一带。参《离骚辨证·有娀考》。　佚女，美女。王注："佚，美也。"《吕氏春秋·音初》言有娀氏有二佚女，为之九成之台。帝令燕往视之，二女爱而覆以玉筐，少顷，发筐而视之，燕遗二卵。《帝系》记喾四妃，"次妃，有娀氏之女也，曰简狄氏。产契。"《史记·殷本纪》承其说，以为简狄吞燕卵而生商。参《离骚辨证·有娀考》。

（222）鸩，一种鸟，又名运日，羽有毒。王逸注："鸩，运日也，羽有毒可杀人。"洪兴祖引《广志》云："其鸟大如鸮，紫绿色，有毒，食蛇蝮，雄名运日，雌名阴谐，以其毛历饮卮，则杀人。"（《广志》言鸩"形似鹰，大如鸮"，洪引有删节）。《广雅疏证》卷一〇云："此用《淮南注》也……按《缪称训》云：'鹊巢知风之所起，獭穴知水之高下，晕日知晏，阴谐知雨'。四句各举一物，四物各为一类，鹊与獭非牝牡，晕日与阴谐非雄雌也，遍考诸书，言鸩鸟别名者多矣，皆言运日而不及阴谐，亦可知鸩鸟无阴谐之号，而《缪称训》注非确诂矣。"屈原以鸩鸟喻用心不良之人。

（223）鸩告予以不好，言鸩非但不去，还别有用心地说有娀二女不漂亮。《战国策·赵策三》："鬼侯有子而好，故入于纣。"汉王褒《四子讲德论》："故毛嫱、西施，善毁者不能蔽其好；嫫母、倭傀，善誉者不能掩其卫。"义同此。此处以好女喻贤能，以貌美喻德才。

（224）鸣逝，言其一面叫着，一面飞去（去说媒）。

（225）恶（wù），厌恶。　佻巧，轻佻而好花言巧语。

（226）狐疑，姜亮夫《屈原赋校注》曰："惑疑之声转，亦双声联绵。"

（227）适，往。

（228）凤皇受诒，诒同贻，言凤皇受高辛氏之聘礼，而为高辛氏去向简狄关说。诒，此处作名词，指礼物。

（229）高辛，高辛氏，指帝喾。《帝系》曰："高辛氏，为帝喾。"《楚辞·思美人》："高辛之灵盛兮，遭玄鸟而致诒。"又《天问》"简狄在台，喾何宜?"均与《吕氏春秋·音初》、《史记·殷本纪》所载有关传说一致。

（230）远集，到很远的地方去落脚。"集"为会意字，表示鸟在木上。《楚辞·抽思》"有鸟自南兮，来集汉北"，两处设喻之意相同。　无所止，没有地方可以停留。

(231) 浮游,游荡。   逍遥,优游自得。

(232) 及,趁着。   少康,夏后相之子。   未家,未成家。钱杲之《集传》曰:"未有室家也。少康未有室家,则二姚尚留,可得而求也。"

(233) 有虞,上古部族名,舜之后。王注:"有虞,国名,姚姓,舜后也。"《左传·哀公元年》杜预注:"梁国有虞县。"皇甫谧云:"今河东大阳西山上有虞城。"   二姚,有虞氏的两个姑娘。有虞氏把她们嫁给少康。

(234) 理弱,媒理(即所谓"媒人"、"中人")不得力。   拙,能力差。

(235) 导言,沟通双方的言词。   不固,不牢靠。

(236) 称恶,说人的坏话,夸大、张扬人的缺点。王注:"称,举也。""蔽美"、"称恶"都是就嫉贤而言。

(237) 闺中,宫中。《文选》吕延济注:"闺中,言宫门中也。"洪兴祖曰:"《尔雅》:'宫中之门谓之闱,其小者谓之闺。'"   以,通"已",甚,很。《孟子·公孙丑下》:"三月无君则吊,不以急乎?"又《韩非子·难二》:"管仲非周公旦以明矣。"   邃,深。

(238) 哲王,明哲之王。此是臣称说国君的套语。赵南星《离骚经订注》云:"哲王,本国臣子之词也,犹云圣上。"说极是。   寤,王注:"觉也。"《诗·周南·关雎》:"寤寐求之。"《毛传》同。"寤"即醒来,引申为醒悟,理解。如《淮南子·要略》:"欲一言而寤,则尊天而保真。"

(239) 不发,不能抒发。

(240) 忍,忍受。   此,指"世溷浊而嫉贤",王又糊涂而不寤的状况。   终古,终身,引申为永远。此处作终身解。"古"为"故"的意思,与"终"义同。"终古"指终其身。《哀郢》"去终古之所居",亦犹言离开一生所居之地。

（241）索，取。 藑（qióng）茅，王逸注："灵草也。"《尔雅》："菖，藑茅也，一名舜。"又曰："舜（蕣），草也，楚谓之菖，秦谓之藑。"《文选》作"琼"。《说文》"琼"重文作"璇"，故《本草》又作"璇"。"璇花去面奸黑，色媚好。"蜀本注："璇，菖花也。"字又作"荀"，《山海经·中山经》中作"舜"（"舜"、"荀"古音同）。《诗·郑风·有女同车》曰："颜如舜华。"一名"美草"。楚人用以占卜。 以，犹"与"。《左传·襄公二十九年》："乐氏其以宋升降乎？"《仪礼·乡射礼》："主人以宾揖。""各以其耦进。""以耦左还。"《论语·微子》："滔滔者天下皆是也，而谁以易之？"俱用为"与"。 筵（tíng）篿（zhuān），截断的竹片，也是占卜用具。汪瑗《集解》曰："即今籤挺校杯之类。"既取藑茅而占之，又取筵篿而占之，再三反复，欲其审也。按《后汉书·方术传序》中说："有逢占挺专须臾之术。"注曰："挺专，即筵篿。"则"筵篿"本为卜具，不当一为名词，一为动词。胡文英《屈骚指掌》云："寸折为筵篿，布策也。《周易》策字从竹，可以类推。"说甚是。

（242）灵氛，古代的神巫。王注："古明占吉凶者。"《山海经·大荒西经》："大荒之中有灵山，巫咸、巫即、巫盼、巫彭、巫姑、巫真、巫礼、巫抵、巫谢、巫罗，十巫从此升降，百药爰在。""巫盼"即灵氛（《九歌·云中君》注："楚人名巫为灵子。"）。

（243）曰，此下述灵氛之语。此下十四句皆灵氛言占卜结果。

（244）信修，确实美好。 莫念，原作"慕"，闻一多《校补》以为"莫念"二字之误。其说是。竖书而竹简磨擦，字迹模糊而误识。"念之"同上"占之"押韵。此句承上句说：完美的人一定会与完美的人合得来，哪里有确实美好而不眷念你的呢？

（245）九州，古代中国分为九州，后以"九州"指整个中国。

（246）唯，只。 是，此，指楚国。女，美女。此承"两美必合"的喻意而来。"九州处处有美女"，应是当时谚语，故诗中借以为喻。

（247）曰，在此表叮咛语气。此下也是灵氛之语。　勉，努力。　远逝，远去。

（248）释，放掉，舍弃。　女，同"汝"。

（249）怀，思恋。　故宇，旧居。此处代指故地、故国。

（250）眩曜，"眩"原作"眩"，《考异》及敦煌发现《楚辞音》皆作"眩"，朱熹《集注》亦作"眩"，今据改。眩曜，眼光迷乱，此处为惑乱之意。

（251）余，我们。与"孰云察余之中情"句"余"字之义同。

（252）户，户户。　服，佩戴（动词）。　艾，艾蒿。吴仁杰《离骚草木疏》云："《尔雅》郭璞注：艾，即今艾蒿也。逸以艾为白蒿。按艾蒿与白蒿不同。白蒿，《诗》所谓繁也。《诗》有采繁，有采艾。《本草》有'蒿'，又别出'艾叶'条。《嘉祐图经》云艾初春布地生苗，茎类蒿，而叶背白。又云：白蒿叶上有白毛，从初生至枯，白于众蒿，颇似细艾。按艾与白蒿相似耳，便以艾为白蒿，则误矣。"　要，古"腰"字。

（253）览察，细心察看。　犹未得，尚不能弄清香臭之实际情况（不辨香臭）。

（254）珵（chéng），美玉。王逸引《相玉书》云："珵大六寸，其耀自照。"　美，美玉、美石。　当（dàng），得当。与上句的"得"为互文。朱熹《集注》释以上二句云："言时人观草木尚不能别其香臭，岂能知玉之美恶所当乎"？张凤翼《文选纂注》释云："言观草木犹未知香臭之宜，岂能辨玉而得其当乎？"释并是。

（255）苏，抓取。王注："取也。"《说文》："穌，杷取禾若也。"段玉裁注："杷，各本作把，今正。禾若散乱，杷而取之，不当言把也。"引《离骚》此句及王注。然以《离骚》引句观之，作"把"是也。又《汉书·韩信传》曰："樵，取薪也，苏，取草也。""穌"、"苏"义相通。

充,充塞,装满。　帏,王注:"谓之縢。縢,香囊也。"并释此下二句云:"言苏粪土以满香囊,佩而带之,反谓申椒臭而不香。言近小人远君子也。"

(256)巫咸,传说中的神巫,与灵氛并为灵山十巫之一。王注:"古神巫也,当殷中宗之世。"神话、传说与历史往往有关。《尚书·咸乂序》云:"伊陟相大戊,亳有祥桑谷共生于朝。伊陟赞于巫咸。"《史记·天官书》:"昔之传天数者,高辛之前重黎,于唐虞羲和,有夏昆吾,殷商巫咸。"秦《诅楚文》云:"不显大神巫咸。"又《说文》云:"巫,祝也,古者巫咸初作巫。"《吕氏春秋》又云:"巫咸作筮。"总之史有其人,而传说中又加以神化,在《离骚》则虚拟。降,降神。夕降,于夕时降神。古时降神都在夜间,故曰"夕降"。

(257)怀,揣着,衣内带着。《九章·怀沙》:"怀瑾握瑜兮。"王注:"在衣为怀。"《九叹·愍命》:"怀椒聊之蔼蔼兮。"王注:"在袖曰怀。"均指带在身上。　椒糈(xǔ),王注:"椒,香物,所以降神。糈,精米,所以享神。"椒因味道芬芳,可以上扬而达于天。与点燃香烛同理,故用以降神。　要(yāo),拦截,这里是迎候之义。

(258)百神,众位神灵,指所降的神。　翳(yì),遮蔽。言其多,一队队遮天蔽日。　备,都。

(259)九疑,指九疑山的山川之神。钱杲之《集传》云:"九疑,九疑山之神也。九疑,舜所葬也,时原南征在其地。"　缤,盛多的样子。　迎,先秦古韵在央部,与下乌部之"故"为对转,可以谐韵。戴震以为"迓"之误,其实不烦改字。

(260)皇剡(yǎn)剡,灵光闪耀的样子。"皇"为"煌"的古字。"剡"为"欻"或"歘"之借字。张诗《屈子贯》:"皇犹煌也。见巫咸辉煌剡剡,发扬其精灵。"刘梦鹏《屈子章句》云:"扬灵,灵气发扬之谓。言百神咸降,剡剡灵光,以吉来告也。"其说是,游国恩《离骚纂义》云:"盖剡剡犹闪闪也。然窃疑皇剡剡三字为一联绵句,剡当作欻，或作歘，此字之误也。"说可参。唯张诗误从王逸理解"巫咸将夕降"为"巫咸将夕从天上来下"，故误说主语。

（261）吉故，吉利的故事。指以下所述历史上君臣遇合的事例。

（262）升降，上下。即上面所说"上下求索"。

（263）矩，原作"榘"，音义同"矩"，据洪兴祖引一本、朱熹《集注》及钱杲之《离骚集传》改。画方的器具。　钁（huò），尺度。王夫之《通释》："钁，两截尺，屈伸以定度者，皆谓法也。"何焯《义门读书记》云："求矩钁之所同，则无'不量凿而正枘'之患也。"

（264）汤，商汤。　禹，夏禹。　严，严肃恭谨。字一作"俨"。合，匹配（名词），志同道合者。王注："严，敬也。合，匹也。"王夫之《通释》曰："俨，敬也。谓敬贤以求一德也。"

（265）挚，王注："伊尹名，汤臣也。"按《孙子·用间》："昔殷之兴也，伊挚在夏；周之兴也，吕牙在殷。"《尚书·商书》中收有伊尹所作《汝鸠》等文，与仅存其目者共九篇，占《商书》篇目之大半，可见伊尹为我国商代初年卓越的政治家。商代卜辞中也多次提到，或作"伊尹"，或作"伊"，《齐侯镈钟》作"伊小臣"，先秦文献中又作"小臣"。《吕氏春秋·本味》："有侁氏女子采桑，得婴儿于空桑之中。……长而贤。汤闻伊尹，使人请之有侁氏。有侁氏不可。伊尹亦欲归汤。汤于是请取妇为婚。有侁氏喜，以伊尹为媵送女。故贤主之求有道之士，无不以也；有道之士求贤主，无不行也。相得然后乐。不谋而亲，不约而信，相为殚智竭力，犯危行苦，志欢乐之，此功名所以大成也。"　咎（gāo）繇（yáo），即皋陶（yáo），舜、禹之臣，掌刑狱之事。春秋时之英、六诸国即其后。见《书·舜典》《皋陶谟》《史记·五帝本纪》等。　调：协调。王注："调，和也。"朱熹云："言升降上下而求贤君，与我皆能合乎此法者，如汤之得伊尹，禹之得咎繇，始能调和而必合也。""调"字古音在第三部（幽部),先秦时与"同"可为韵(参段玉裁《六书音均表·诗经韵分十七部表》第九部《古合韵》,朱珔《文选集释·离骚》)。

(266)苟,假如。同于"苟余情其信姱以练要兮"之"苟"。中情,内心,内在的情操。

(267)行媒,即媒理,行理。中介通聘问者。春秋战国时代国家之间通聘问者叫"行人",《周礼·秋官》有大行人、小行人,皆主聘问接待之事。故一般之作中介通聘问者,亦称"行理"、"行媒"。

(268)说(yuè),傅说,商王武丁时贤相。 筑,打土墙时用来捣土的工具。 傅岩,地名。《史记·殷本纪》《正义》引《括地志》:"傅险即傅说版筑之处,所隐之处窟名圣人窟,在今陕州河北县北七里,即虞国、虢国之界。又有傅说祠。《水经注》云:沙涧水北出虞山,东南径傅岩,历傅说隐室前,俗名圣人窟。"(唐代河北县即今山西省平陆县)。

(269)武丁,殷高宗,为商代著名贤君。《史记·殷本纪》:"帝武丁即位,思复兴殷,而未得其佐。三年不言,政事决定于冢宰,以观国风。武丁夜梦得圣人,名曰说。以梦所见视群臣百吏,皆非也。于是乃使百工营求之野。得说于傅险中。是时说为胥靡,筑于傅险。见于武丁,武丁曰是也。得而与之语,果圣人。举以为相,殷国大治。"

(270)吕望,姜子牙。《史记·齐太公世家》:"太公望吕尚者,东海上人……本姓姜氏,从其封姓,故曰吕尚。吕尚盖尝穷困,年老矣,以渔钓奸(通"干")周西伯……周西伯猎,果遇太公于渭之阳,与语,大说,曰:'自吾先君太公曰:"当有圣人适周,周以兴。"子真是邪?吾太公望子久矣。'故号之曰'太公望',载与俱归,立为师。" 鼓刀,鸣刀,拍刀以屠。《战国策·秦策五》:"太公望,齐之逐夫,朝歌之废屠,子良之逐臣,棘津之不雠庸,文王用之而王。"注云:"吕尚为老妇之所逐,卖肉于朝歌。肉上生臭不售,故曰废屠。"

《史记索隐》引谯周曰:"吕望尝屠牛于朝歌,卖饮于孟津。"又《天问》:"师望在肆,昌何识? 鼓刀扬声,后何喜?"注云:"吕望鼓刀在列肆,文王亲往问,对曰:'下屠屠牛,上屠屠国。'"传说稍有不同。《秦策》及注、《天问》注及谯周说所反映与《离骚》、《天问》均可相合。

(271)遭,遇。　周文,周文王,姬姓,名昌。　举,拔擢任用。

(272)宁戚,齐桓公的贤臣。《吕氏春秋·举难》:"宁戚欲干齐桓公,穷困,无以自进。于是为商旅,将任车以至齐,暮宿于郭门之外。桓公郊迎客。夜开门,辟任车,爝火甚盛,从者甚众,宁戚饭牛居车下,望桓公而悲,击牛角疾歌。桓公闻之,抚其仆之手曰:'异哉! 之歌者非常人也。'命后车载之。"又《晏子春秋·内篇问下·景公问桓公何以致霸》:"君过于康庄,闻宁戚歌,止车而听之,则贤人之风也,举以为大田。"《太平御览》卷五七二引《淮南子·道应训》、《史记·鲁仲连邹阳列传·集解》、《文选·啸赋》李注引应劭说并载其歌,相互稍异。

(273)齐桓,齐桓公,名小白,春秋五霸之一。　该,备。该辅,备辅佐。

(274)及,趁着。　晏,晚。钱杲之《集传》曰:"晏,暮也。未晏,年尚壮也。"

(275)时,时机。　未央:还没有过去。央,尽。

(276)鹈(tí)鴂(jué),即子规、杜鹃。春夏之间鸣,时百花开始凋谢。"鹈",《考异》曰:"一作鹈"。王注:"鹈鴂,一名买鹆,常以春分鸣也。""言我恐鹈鴂先春分鸣,使百草华英摧落,芬芳不得成也。"李时珍《本草纲目》:"鹃与子巂、子规、鷤鴃、催归诸名,皆因其声似,各随方音呼之而已。其鸣若曰'不如归去'。谚云'阳雀叫,鷤鴃央',是矣。《禽经》云:江左曰子规,蜀右曰杜宇,瓯越曰怨鸟。服虔注《汉书》以鹈鴂为伯劳,误矣。名同物异也。伯劳一名

鴂,音决,不音桂。"则道骞《楚辞音》,洪兴祖、朱熹引服虔语以为即
伯劳,皆误。

(277) 琼佩,即上文所云:"折琼枝以继佩"之琼佩。　偃蹇,
夭矫,委曲好看的样子。

(278) 蓊然,遮蔽的样子。《方言》卷六:"掩、翳,蓊也。"

(279) 谅,诚信。王夫之曰:"不谅,险诈不可测也。"

(280) 缤纷,纷乱。此句言朝政混乱,失去法度。

(281) 兰芷变而不芳二句,上句是言一些人蜕化,下句是言一
些人变质。

(282) 直,径,干脆。　萧,荻蒿,牛尾蒿。　艾,艾蒿。洪兴
祖云:"萧自是香蒿,古祭祀所用,合脂爇之以享神者。艾即今之灸
病者。名既不同,本非一物。《诗》云'彼采萧兮'、'彼采艾兮'是
也。《淮南》曰:'膏夏紫芝,与萧艾俱死。'萧艾贱草,以喻不肖。"吴
仁杰《离骚草木疏》云:"按祭用郁酒,诸侯以薰,大夫以兰芝,士以
萧,庶人以艾。谓萧艾为贱草,固有自来,《诗正义》引《尔雅》:'萧,
荻。'李巡曰:'荻,一名萧。'陆玑云:'今人谓之荻蒿,或谓之牛尾
蒿。似白蒿,叶白,茎粗,科生,多者数十茎,可作烛,有香气,祭祀
以脂爇之,许叔重以为艾蒿,非也。'"

(283) 恃,倚靠。

(284) 羌,楚方言,表"为何竟……"的语气。　实,实际。指
实际德能。　容,外表。长,"美"的意思。先秦时无论男女,以长
大为美。如《诗·卫风》:"硕人其颀。"硕为大,颀为长。朱熹《集
注》云:"容长,谓徒有外好耳。"

(285) 委,丢弃。

(286) 苟,苟且,勉强。上二句说,他丢弃好的美德而随波逐
流,看来他算不上真正的香花,只是苟且地忝列在众芳之中罢了。

(287) 专,专断。　佞,谄上。　慢慆(tāo),傲慢。

（288）樧（shā），一种亚落叶乔木，又名食茱萸。《尔雅》："椒、樧、丑、莍"。郭璞注："樧似茱萸而小，赤色。"《说文》："樧似茱萸，出淮南。"李时珍《本草纲目》云："此即檔子也。蜀人呼为艾子，楚人呼为辣子，古人谓之藙及樧子。因其辛辣蜇口惨腹，使有杀毅党然之状，故有诸名。"又云："吴茱、食茱乃一类二种。茱萸取吴地者入药，故名吴茱萸。檔子则形味似茱萸，惟可食用，故名食茱萸也。"吴仁杰《离骚草木疏》说略同。王逸以为樧即茱萸，误。

（289）干（gān），求。干进务入，钻营求进。

（290）祇（zhī），振。王念孙《读书杂志馀编·下》附王引之说："祇之言振也，言干进务入之人，委蛇从俗，必不能自振其芬芳，非不能敬贤之谓也……《逸周书·文政篇》'祇民之死'，谓振民之死也。祇与振，声近而义同。故字或相通。《皋陶谟》曰'严祇敬六德'，《史记·夏本纪》祇作振；《柴誓》'祇复之'，《鲁世家》祇作敬，徐广曰：一作振；《内则》'祇见孺子'，郑注曰：祇，或作振。"王说是也。下文"固时俗之从流兮，又孰能无变化"，是既概括"余以兰为可恃"以下八句，亦带出"览椒兰"二句。不当其间又加入敬芳（敬贤）的意思。

（291）从流，原作"流从"，据洪兴祖、朱熹皆引一本改。明夫容馆本《楚辞》亦作"从流"。从流即随大流，随俗。屈原《哀郢》："顺风波以从流兮。"一用于实义，一用于比喻，义相通。

（292）兹佩，指琼佩。

（293）委，弃置，听任。　历兹，逢此（指以上所说忧患）。

（294）亏，减损。

（295）沬（mèi），通"昧"，暗淡。洪兴祖曰："沬，音昧，微晦也。《易》曰：'日中见沬。'《招魂》曰：'身服义而未沬。'"王观国《学林》云："《易·丰卦》九三爻曰：'丰其沛，日中见沬。'王弼注曰：'沬，微昧之明也，音莫贝切。盖屈平自谓我之芬芳未至于晦昧也。宋玉自谓身服义而未至于晦昧也（逵夫按：王氏以《招魂》为宋玉作）。沫无'已'之义,五臣以沫为已,误矣。《前汉·王商传》引《易》曰：'日中见昧,折其右肱。'盖沫与昧义则同也,故通用之。《玉篇·水部》曰：沫,亡活、莫盖二切。观国按：亡活切者,旁从本末之末,所谓'浮沫',所谓'避沫水之害'是也。莫盖切者,旁从午未之未,即《易》所谓'日中见沫',《诗》所谓'爰采唐矣,沫之乡矣'是也。二字偏旁不同,而《玉篇》同为一字而分二切以训之,则误矣。"辨析甚为精辟。

（296）和,调节使和谐。　调（diào）,佩玉所发出的声响。度,有节奏的步伐。钱澄之《屈诂》云："调度,指玉音之璆然,有调有度也。古者佩玉,进则抑之,退则扬之,然后玉声锵鸣。和者,鸣之中节也；自娱,谓自适其志,言足自乐也。"陈本礼《屈辞精义》云："和,谐也……此承上兹佩而言。《诗》'佩玉锵锵',《礼》'君子佩玉,左徵角,右宫羽'。调者声容,谓其从容中节也。度者身容,谓其周旋中规,折行中矩也。娱者,娱其昭质之美也。"其说并是。王逸以来多"和调"连读为一词则误。《悲回风》"心调度而弗去",姜亮夫《楚辞通故》以为"调度"连文（姜误为《远游》）。然《悲回风》乃屈子后学所作,误解《离骚》文意而模仿之,故有此语,不足以据之而解《离骚》。

（297）及,趁着。　壮,壮盛。《尔雅·释诂》："壮,大也。"《广雅·释诂二》："壮,健也。"《说文》："大也。从士爿声。"则本为用于人之词。《离骚》"不抚壮而弃秽兮",即用于言人之年岁。此处用于形容琼佩,实质上是比喻手法。朱熹曰："余饰,谓琼佩及前章冠服之盛。方壮,亦巫咸所谓年未晏、时未央之意。"

（298）历,选择。《文选》李周翰注曰："历,选也。"《上林赋》："历吉日以斋戒。"张揖曰："历,算也。"洪兴祖曰："灵氛告以吉占,百神告以吉故,而此独曰灵氛者,初疑灵氛之言,复要巫咸,巫咸与百神无异词,则灵氛之占诚吉矣。"

(299)羞,美味的食物。《周礼·天官·膳夫》:"掌王之食饮膳羞,以养王及后、世子。"郑玄注:"羞,有滋味者。"《仪礼·既夕礼》:"燕养馈羞,汤沐之馔如他日。"郑玄注:"四时之珍异。"其义相通。略等于今日所谓"山珍海味"。这与以琼枝为食物的比喻,最为贴切。

(300)精,王注:"凿也。"凿之使精,去其糠皮之类。《说文》:"精,择也。"即拣米使净,均指精制米粟。 琼麋(mí),玉粒。王注:"麋,屑也。" 粻(zhāng),干粮。王夫之《通释》:"粻,干粮,以玉为粮。"

(301)飞龙,指龙马。徐焕龙《屈辞洗髓》曰:"为余者,命仆夫也。乘龙,龙马。"夏大霖《屈骚心印》:"飞龙,良马之弥。"说甚是。

(302)杂,错杂。 象,这里指象牙(王逸注),朱熹云:"杂用象玉,以饰其车也。"

(303)离心,不一致的心思、思想。

(304)自疏,主动地疏远。

(305)邅(zhān),转。王注:"邅,转也。楚人名转曰邅。""邅吾道夫昆仑"言转道向昆仑山而行进,非在昆仑转道。王逸曰:"言己设去楚国远行,乃转至昆仑神明之山,其路遥远,周流天下,以求同志也。"朱冀《离骚辨》云:"道昆仑,非便至昆仑也。谓方启行时,预先打算,我今望昆仑而税驾,但为途修远,非周流辙环不能到也。"二说是。因下文所言赤水、流沙,皆在昆仑以东。 昆仑,神话中之山名。战国时流传神话中昆仑山之原型,乃今甘肃祁连山。参《离骚辨证·昆仑考》。

(306)周流,环绕曲折。言人则指行动路线环绕曲折,如《离骚》"周流乎天余乃下",《天问》"穆王巧梅,夫何周流"等。言水,则指曲曲折折。如《九叹·远游》:"波淫淫而周流兮。"言光则指转换移动,如《九怀·危俊》:"遗光耀之周流。"此处用以形容路,指曲曲折折。

(307)扬,举。扬云霓,言以云霓为旌旗。下文所说"云旗"即指此。林云铭《楚辞灯》云:"云霓为旌,扬之则荫蔽。" 晻(yǎn)蔼,王逸注:"犹翁郁,荫貌也。"《文选》李周翰注:"晻蔼,旌旗蔽日貌。"

(308)玉鸾,玉的铃铛,挂在马的脖颈和车衡上。王注:"鸾,鸾鸟也,以玉为之,著于衡和著于轼。啾啾,鸣声也。"李周翰曰:"鸾,车铃也。啾啾,铃佩之声。"洪兴祖曰:"许慎云:'鸾'以象鸟之声。《诗》云:'和鸾雝雝。'注云:'在轼曰和,在镳曰鸾。'《礼记》曰:'君子在车,则闻鸾和之音。'注云:'鸾在衡,和在式。'《正义》云:'鸾在衡,和在式,谓常所乘之车。若田猎之车,则鸾在马镳。'《韩诗外传》曰:'升车则马动,马动则鸾鸣,鸾鸣则和应。'啾,《埤仓》云:'众声也。'"

(309)天津,天河上的渡口。王逸注:"天津,东极箕斗之间,汉津也。"朱熹云:"箕北斗南,天河所经,而日月五星,于此往来,故谓之津。又有天津九星,在虚危北,横河中,即津梁所渡也。"

(310)西极,西部的边极。《文选·上林赋》:"左苍梧,右西极。"

(311)翼,展翅(名词用为动词)。 承,承接,相连接。刘梦鹏《屈子章句》云:"承,接也。言凤皇同翱其上,其翼与车旆相承接也。" 旂(qí),上面画有双龙,竿头悬有铃铛的旗。

(312)翼翼,整齐的样子。《小雅·信南山》:"疆埸翼翼。"《商颂·殷武》:"商邑翼翼。"皆排列、布局整齐之义。此处旧注"敬也"或"闲暇貌",用于形容凤鸟飞翔中情态,皆未妥。

(313)流沙,神话中地名,在西北沙漠中。参《离骚辨证·流沙、不周、西海考》。

（314）遵，循着。　赤水，神话中之水名，在昆仑山以东。《山海经·海内西经》："赤水出东南隅，以行其（按指昆仑）东北。"据此，似由弱水（黑水）传说而来。　容与，王逸注："游戏貌。"《九歌·湘君》："时不可兮再得，聊逍遥兮容与。"王逸注："聊且逍遥而游，容与而戏。"《九辩》"农夫辍耕而容与"，朱熹《集注》云："言不恤国政而嬉游也。"则"容与"为双声联绵词，本义为徘徊。无事而徘徊，亦即游戏，故引申为游戏貌。

（315）麾，用手指挥。　蛟龙，也即蛟，传说生活于水中的蛇状动物。王逸注："水虫也。"洪兴祖引郭璞云："蛟似蛇，四足，小头，细颈，卵生，子如三斛瓮，能吞人，龙属也。"王树楠《离骚注》云："《说文》：'蛟，龙之属也。'蛟为龙属，而非即龙也。"说极确。　梁，浮桥。此处作为动词。　津，渡口。"梁津"为偏义复词，指渡口架起的浮桥。

（316）诏，命令。　西皇，主西方之神。指帝少皞。《淮南子·时则训》："西方之极，自昆仑绝流沙、沈羽，西至三危之国……少皞、蓐收之所司者万二千里。"则少皞金天氏与神蓐收均为主西方之神。又《远游》："遇蓐收乎西皇。"则"西皇"指少皞，王逸注是也。　涉予，渡过我。此处指由西皇看护照料，使安全渡过。

（317）腾，传告。《说文》："腾，传也。"《远游》："腾告鸾鸟迎宓妃。"《汉书·礼乐志》："腾雨师洒路陂。"均为传告之意。　径待，抄小路先至而待之。王逸注："使人邪径以相待也。"径，小路，直路。

（318）路不周，取路不周。不周，神话中之山名。据战国时传说，在昆仑西北。就当时神话传说言之，当指祁连山西端今甘肃省敦煌县以南当金山口左右之山（阿尔金山主峰与党河南山）。参《离骚辨证·流沙、不周、西海考》。

（319）西海，神话中西北的湖名。当指今青海湖。参《离骚辨证·流沙、不周、西海考》。　期，约定。此处指约定的地点。王逸注："期，会也。"言已传语众车，我所行之道，当过不周山而左行，俱会于西海之上。

（320）屯，聚集。王逸注："屯，陈也。"《文选》刘良注："屯，聚。"与上文"飘风屯其相离兮"中"屯"字之义同。钱澄之《屈诂》曰："屯车千乘，指径待之从车也。既至西海之上，众车齐驾，玉轪并驰。"

（321）轪（dài），车轮。《方言》卷九："轮，韩楚之间谓之轪，或谓之軝。"也用以指车辖，即毂端铁，此处指车轮。

（322）婉婉，龙马前后相连，逶迤而行的样子。《大招》："虎豹蜿只。"王注："蜿，虎行貌也。""蜿"、"婉"同。《文选·上林赋》："象舆婉僤于西清。"李善注："婉僤，动貌也。""婉婉"、"婉僤"同。可用于形容虎豹、车舆，亦可用于形容神骏龙马。

（323）云旗，云霓的旗。朱熹曰："以云为旗也。"古者旌旗皆载于车后。　委蛇（yí），卷曲飘动的样子。汪瑗《集解》云："委蛇，犹飘扬。谓载之于车。车腾则旗动而飘扬也。"

（324）志，意志。汪瑗《集解》："抑志，谓按抑其西涉之志也，弭节，谓弭止其旌节之属也。"按"抑志"指控制住自己的心志。弭节谓放慢速度。

（325）神，神思，神魂。　邈邈，高远的样子。王注："远貌。"

（326）九歌，夏启时所作颂扬大禹功德之歌。　韶，王注："《九韶》，舜乐也。"洪兴祖云："又《山海经》：夏后开始歌《九招》。开即启也。《竹书》云：'夏后启舞《九韶》。'"《列子·周穆王》张湛注也以为舜乐。

（327）聊，姑且。　假，借。假日，趁着眼下的时光。　媮，同"愉"。

（328）陟升，升起，汪瑗《集解》曰："陟亦升也，陟升重言之也。"钱澄之《屈诂》云:"陟升同义,言上而益上也。"以上"升"字各种注本,选注本均据原书作"陞",为"升"之异体,且此处原意也为"升"之义,无需保留异体,今按国家有关汉字规范规定皆改为"升"。　　皇,皇考。即前"皇览揆余初度"之"皇"。此指屈氏先祖的神灵。　　赫戏,闪耀的灵光。王逸注:"光明貌。"徐焕龙《屈辞洗髓》云:"赫,盛大;戏,显明也。"均依原文稍有体会而未得其解。上文"皇剡剡其扬灵兮",即写神灵扬其光示人以去就吉凶。汉《郊祀歌·赤蛟》:"灵殷殷,烂扬光。"又《汉书·郊祀志》:"其神……光辉若流星,从东方来。"则古人以神灵有光。

(329)忽,忽然。　　临睨,从上向下斜看到。朱熹曰:"睨,旁视也。"　　旧乡,指楚故都鄢郢,其地在今湖北省宜城县南。城南十里郑集之东面有皇城遗址,中有昭王墓,1976年出土大量春秋时代文物。鄢郢故城东南约六十里处又有楚昭王临时所建都城都(即上都。当今钟祥县北丰乐乡)。

(330)怀,依恋,思念。王逸注:"思也。"《诗·周南·卷耳》"嗟我怀人"《毛传》同。《哀郢》"出国门而轸怀兮"用法同。由"想念"而引申为留恋不舍、爱惜。

(331)蜷(quán)局,屈曲,这里形容龙马回转身子的样子。王逸注:"蜷局,诘屈不行貌。"《文选》刘良注:"蜷局,不进貌。蜷局回顾而不肯行也。"　　顾,回头看。

(332)乱,尾声。王逸注:"乱,理也。所以发理词指,总撮其要也。"朱熹云:"乱者,乐节之名。《国语》云'其辑之乱'。辑,成也。凡作篇章既成,撮其大要,以为乱辞也,《史记》曰:'《关雎》之乱,以为《风》始。'《礼》曰:'既奏以文,又乱以武。'"汪瑗《集解》云:"乱者,总理之意。曰者,更端之词……《论语》曰:《关雎》之乱。'注曰:'乱者,乐之卒章也。'《乐记》曰:'复乱以武,治乱以相。'注曰:'乱者,乐章之节,屈子之所谓乱者,盖昉于此。'"李陈玉《楚辞笺注》云:"凡曲终曰乱,盖八音竞奏,以收众声之局。"以上各家之说互不矛盾。唯李陈玉以为所以名"乱",乃因"犹之涉水者截流而渡"(按《书·禹贡》"乱于河",《传》:"正绝流曰乱")则未必。蒋骥取李陈玉之说,而以为"乐之将终,众音毕会,而诗歌之节,亦与相赴,繁音促节,交错纷乱",故曰"乱"。蒋说较李说为近理。总之,"乱"为乐之卒章,屈子借以为诗之尾声。

(333)国无人,国家无贤人。王逸注:"谓无贤人也。"《管子·明法》:"属数虽众,非以尊君也;百官虽具,非以任国也。此之谓国无人,国无人者,非朝臣之衰也。家与家务于相益,不务尊君也;大臣务相贵,而不任国,小臣持禄养交,不以官为事。故官失其能。"《韩非子·三守》云:"国无臣者,岂郎中虚而朝臣少哉!"《论衡·艺增》云:"《易》曰:'丰其屋,蔀其家,窥其户,阒其无人也。'非其无人,无贤人也。"则"国无人"为战国秦汉间政治术语,指国无贤臣。

(334)故都,郢都(纪郢),当时的楚国都城。今湖北江陵。

(335)莫足与为美政,不足以、不能够一起来实现美政,不能一起来为实现美政而努力。

(336)从,跟从。　彭咸之所居,指被放后洁身自好的生活环境。

《离骚》辨证

一些前辈学者致力于《离骚》的诠释工作,发覆解惑,破难纠谬,成绩是显著的。但因为此诗写于两千多年前的战国时代,又反映的是楚人、楚事、楚地风物,且多用楚语,因而要将它全部读懂,困难仍然不少。显然,过去我们对其中一些词语的解释也还未能尽惬人意。

文学艺术是以形象反映现实的。对原诗字句的说解不确,影响到读者对诗中所描绘的艺术形象、艺术画面的再现,影响到对诗的内容的理解甚至对全诗主题的把握。又因为《离骚》是诗人半生政治遭遇的反映,因而,也影响到对屈原生平与思想的认识。

下面对《离骚》中一些疑难的词语加以辨析与论证。引书体例同前。

一、高阳、祝融、吴回

高阳即祝融吴回。《国语·郑语》说,荆为"重黎之后",又说"融之兴者,其在芈姓乎?"重黎本为祝融,后因过失被诛,帝喾命其弟吴回继之为祝融。楚人名义上为重黎之后,而实为吴回之后,故《国语》中说:"融(指祝融)之兴者,其在芈姓乎?"楚为芈姓。《史记·楚世家》云：

> 重黎为帝喾高辛居火正，甚有功，能光融天下，帝喾命曰祝融。共工氏作乱，帝喾使重黎诛之而不尽，帝乃以庚寅日诛重黎，而以其弟吴回为重黎后，复居火正，为祝融。

这就说得很清楚。从有关文献看，楚人自己也一直认为楚出自祝融。《礼记·丧服小记》："王者祀其祖之所自出，以其祖配之。"楚祖是鬻熊（《史记·楚世家》楚武王说："吾先鬻熊，文王之师也。"）。那么，其祖之所自出是谁呢？《左传·僖公二十六年》记载，楚武王以夔不祀鬻熊与祝融而灭之。夔与楚同祖，不祀其祖与祖之所自出而获罪，则祝融是其祖之所自出，即祖先中可以追溯得最远的一位。那么，屈原所说高阳即祝融无疑。《史记集解》引虞翻语："祝，大；融，明也。"高则大，阳则明，高阳与祝融是两种不同的尊称，其义同。

　　春秋战国时有的传说中以颛顼为祝融之祖。如《左传·昭公四年》蔡墨云："颛顼氏有子曰黎"，为祝融。但至《史记》方将"高阳"之号归之颛顼，并通过颛顼将楚民族归为黄帝之后。这是秦汉大一统王朝建立后为适应新的意识形态建设而改造古史的结果。《国语·周语下》伶州鸠曰："昔武王伐殷，岁在鹑火，月在天驷，日在析木之津，辰在斗柄，星在天鼋，星与日辰之位皆在北维，颛顼之所建也。"则颛顼本为主北方之神，乃由居北方之部族首领转化而来。《楚辞·远游》云："轶迅风于清源兮，从颛顼乎增冰。历玄冥以邪径兮，乘间维以反顾。"据《淮南子·时则训》，赤帝与祝融皆南方之神，玄冥与颛顼皆北方之神。又《礼记·祭法》郑玄注："夏日其帝炎帝，其神祝融……冬日其帝颛顼，其神玄冥。"看来在汉初以前，颛顼尚与高阳氏无涉，也与楚民族无涉。则高阳氏指祝融吴回,应是无疑。

二、"皇考"辨误

"朕皇考曰伯庸"一句,王逸以"父死称考"解此"皇考",误,其举证亦不确。叶梦得《石林燕语》:"父没称皇考,于《礼》本无见。《王制》言天子五庙,曰考庙、王考庙、皇考庙、显考庙、祖考庙。则皇考者,曾祖之称也。"《周颂·雝》云:"假哉皇考。"据《毛诗序》为禘太祖之诗。刘向《九叹·愍命》:"昔皇考之嘉志兮,喜登能而亮贤……放佞人与谄谀兮,斥谗夫与便嬖。亲忠正之悃诚兮,招贤良与明智。"则西汉时人以此"皇考"指屈氏先祖之有王侯地位者,非一般卿大夫。伯庸,西周末年楚君熊渠长子名熊伯庸。周夷王之时,熊渠甚得江汉间民和,趁周衰而向南扩张,灭庸(在今湖北省竹山县),伐杨粤(同"越"。杨越西周时在今湖北省南部、湖南省东部,春秋时向东移至今江西一带),兵至于鄂(今湖北武昌)。因而封中子红为鄂王,封少子执疵为越章王,封长子伯庸在庸以北甲水边上,为句亶王。"句"、"甲"、"屈"双声,可以假借,故"屈氏"也称为"甲氏"。按先秦宗法制度,诸侯不能以天子为祖,大夫不能以诸侯为祖。诸侯之子,嫡长相继为君。嫡长而外,不敢以先君为祢,其后世遂奉开始受封之人为该氏太祖。屈原高谈阔论说"帝高阳之苗裔",是说屈氏本出于高阳氏,但不敢直以高阳氏为始祖;熊伯庸为西周末年楚君熊渠之子,被封为句亶王,但楚君之位由其弟熊红继承,故伯庸一支按众子例,以伯庸为祖(太祖)。因此说"朕皇考曰伯庸"(详拙文《屈氏先世与句亶王熊伯庸》,刊中华书局《文史》第二十五辑)。旧说为屈原父亲,误。诗中不当第一句言楚人远祖,第二句即言自己的父亲。以父亲而与楚人远祖并列,不相称,且过实。曹操《董卓歌词》中以时人郑康成行酒伏地气绝入诗,人皆以为通脱,屈原之时更不当如此。

三、江离辨析

　　江离即江蓠,多年生草本植物,伞形花科,叶有香味,也即大叶芎藭。以为蘼芜者误。司马相如《子虚赋》云:"芎藭、昌蒲,江蓠、蘼芜。"《上林赋》中又云:"被以江蓠,揉以蘼芜。"则显然为二物,此皆湖湘巴蜀一带之植物,司马相如不至不知。许慎为东汉汝南召陵(今河南郾城)人,对南方草木并不是很熟,一时未能弄清,难免有误。然而《说文》影响太大,故其中"江蓠、蘼芜"之语,使很多人致误。其实在屈原作品中,也是有区分的。《离骚》中有"扈江离与辟芷兮"、"又况揭车与江离",《惜诵》中有"播江离与滋菊兮",而《九歌·少司命》中又有"秋兰兮蘼芜"之句,可见至少屈原之时楚人是看作两种植物无疑。

　　《山海经·西山经》引郭璞注:"芎藭,一名江蓠。"又《史记·司马相如列传》《索隐》引郭璞注:芎藭,"今历阳呼为江离"。均指大叶芎藭。《淮南子·氾论》:"乱人者,芎藭之与藁本也,蛇床之与蘼芜也。此皆相似者。"又《重修政和证类本草》卷八,《嘉祐补注》出朱字《神农本经》"当归"条引《唐本注》:"当归苗有二种,于内一种似大叶芎藭,一种似细叶芎藭,惟茎叶卑下于芎藭也。"大叶芎藭似藁本,即江蓠;细叶芎藭似蛇床,即蘼芜。故李时珍《本草纲目》说:"大叶似芹者为江蓠,细叶似蛇床者为蘼芜。"自唐以来,江蓠、蘼芜、芎藭、藁本一直相混,纠缠不清;洪兴祖《补注》引张勃云:"江离出海水中,正青似乱发"(谢翱《楚辞芳草谱》),唯"海水"作"临海县水中",其余全同,又将江蓠与海萝(海苔)相混。历来治《本草》者,释《楚辞》之草木鱼虫者,愈治愈纷,注者就其所知,酌择一说,往往传讹。

江蓠之为草,不是生在水中,而是因产地而得名。春秋时江国在今河南省息县以西,信阳市东北。江国灭于楚,其地后来属于楚国。屈原被放汉北,其地在今湖北省天门、应城、云梦、汉川一带,北面与古江国之地相去不是很远。江蓠同申椒一样因产地出名,其实际生长范围自然要大一些。江蓠可以熏衣,佩戴以避虫蠹,是其特征。

四、秋兰辨疑

"纫秋兰以为佩。"王逸注:"兰,香草也,秋而芳。"王注是也。然过于简略,加之《楚辞》中又有"兰"、"春兰"等名目,注者往往混淆不清。秋兰,即泽兰、兰草,一物二种,为多年生草本植物,高可达二米,叶长椭圆形,对生,锯齿缘。管状花,花集生成伞房状。因生于水边,故称泽兰。也即《诗经·溱洧》中说的"蕳",不是兰花(春兰)。吴仁杰《离骚草木疏》曰:"《本草》有兰草、泽兰二物。兰草一名水香,一名水兰……陶隐居云'兰草都梁',是也。盛弘之《荆州记》亦云:都梁县山下有水,生兰草,名为都梁,因山为号也。兰俗呼为燕尾香,煮水以浴,疗风,故又名香水兰。《夏小正》五月蓄兰,为沐浴也。故曰浴兰汤兮沐芳。"李时珍《本草纲目》云:

> 兰草、泽兰,一类二种也。俱生水旁下湿处,二月宿根生苗成丛,紫茎素枝,赤节绿叶,叶对节生,有细齿,但以茎圆节长而叶光有歧者为兰草,茎微方节短而叶有毛者为泽兰。嫩时并可挼而佩之。八九月后渐老,高者三四尺,开花成穗,如鸡苏花,红白色,中有细子。雷敩《炮炙论》所谓"大泽兰"者,兰草也;"小泽兰"者,泽兰也。《礼记》"佩帨兰茝",《楚辞》"纫

秋兰以为佩",《西京杂记》载汉时池苑种兰以降神,或杂粉藏衣、书中避蠹者,皆此二兰也。

兰草叶茎皆香,秋末开淡紫色小花,香气更浓,故曰"秋兰"。

五、释"搴"

"朝搴阰之木兰兮,夕揽洲之宿莽。""搴",王逸注:"取也。"乃是摘取之义。洪兴祖《补注》引《说文》:"搴,拔取也。"后之注《离骚》者皆注为"拔"或"拔取"。按《史记·叔孙通传》:"故先言斩将搴旗之士。"唐司马贞《索隐》引许慎语:"搴,取也。"则《说文》的解释原文并无"拔"字。又扬雄《方言》:"撵,取也,南楚曰撵。"("攘"、"撵""搴"同字)《说文》、《方言》、王逸注并相合。《说文》:"取,捕取也,从又从耳。《周礼》:'获者取左耳。'《司马法》曰:'载献聝。'聝者,耳也。"所谓"取左耳",即摘下左耳,"取"本义为摘,而不是今日"拿取"之义。所谓"斩将搴旗",乃是言斩其将而断折其旗杆取其旗,不是去拔旗。勇将孤身冲入敌营中军,是在马上,只能举刀砍断,不会下马去拔取。《庄子·至乐》:"见百岁髑髅,攘蓬而指之曰。""攘"也是折的意思。

又《尔雅·释言》:"芼,搴也。"《诗·关雎》:"参差荇菜,左右芼之。"《毛传》:"芼,择也。""择"也是折摘的意思。《礼记·少仪》:"为君子择葱薤则绝其本末。"既绝其本末,则也有摘、折的意思。"芼"、"择"、"搴"同义,则"搴"为摘、折断之义可以肯定。

由于字义的引申与旧注的影响,在晋以后一些文人作品中"搴"也确实有"拔"的意思。但战国时楚人用为摘、折断之义,则显而易见。木兰为木本植物,花在树上,"朝搴阰之木兰",应是摘其花,决不至像鲁智深那样去拔树。

六、说宿莽

古所谓"宿莽"有多种,人们常说的一种为常绿灌木,木兰科,高丈余,叶如石南的叶。三四月间叶腋生短梗,开黄白花,花瓣细长。果实为蓇葖,种子有剧毒,古人用于毒鱼。其叶含有香气,可制木香、绿香,可以祛虫除蠹。然此非《离骚》中所说的宿莽。

关于《离骚》中说的宿莽,学者们众说纷纭,而大抵多误。朱季海《解故》辨析《楚辞》草木名物最精,而亦未及之。论之者多与其他植物相混。王逸注:"草冬生不死者,楚人名曰宿莽。"此说并不算错,只是过于宽泛,难免产生误解。后人以为"宿莽"是楚人泛指冬生不死之草,而郭璞又误解而以为是卷施草。(《尔雅·释草》:"卷施草,拔心不死。"郭注:"宿莽也。《离骚》云。")然而,宿莽乃是"经冬不死",非"拔心不死"。《方言》:"草,南楚之间谓之莽。""宿"则正是言其"经冬不死"。"宿"字本义为过夜,引申为过冬、隔年。如隔年的草曰"宿草",过冬可发的根曰"宿根",过冬的麦子曰"宿麦"等。郭璞只就"不死"二字而附会之。洪兴祖《补注》取其说,此后学者率皆遵之。有异说者,也仅二三家。钱杲之《离骚集传》释为"众芳之既枯者",戴震似从其说,然根据不足。吴仁杰《离骚草木疏》据《山海经》以为是芒草、莽草,但只指出可以毒鱼入药,未能指出其经冬不死及叶有香味等特征,又以王逸之说为非,本来可以联系而使问题得到解决,却在中间又划成一道鸿沟。朱珔《文选集释》、胡绍煐《文选笺证》并引郭璞《山海经赞》以驳之。至于钱杲之《离骚集传》释为"众草之既枯者",李陈玉《笺注》释为"陈草芜秽",虽皆无据,信之者鲜,但也起到搅混水的作用,故这里加以辩说。

《山海经·中山经》:"有葌山……有木焉,其状如棠而赤叶,名曰芒草,可以毒鱼。"又"朝歌之山……有草焉,名曰莽草,可以毒鱼。"又《太平御览》引《淮南万毕术》曰:"莽草浮鱼。""芒草"即"莽草"。又《周礼·秋官·翦氏》:"掌除蠹物,以莽草薰之。"可以薰蠹物,可见其叶、实皆味道颇大,可以杀虫蠹。这同《山海经》所说莽草、芒草的特征一致。《本草纲目》曰:"莽草一名菌草,一名芒草,一名鼠莽。"又曰:"此物有毒,食之令人迷惘。"所谓"鼠莽",即"宿莽"之音误,"鼠""宿"古音相近。《山海经》中一次说是"木",一次说是"草"。寇宗奭说:"莽草,诸家皆谓之草,而今世所有皆木,叶如石南叶,枝梗干则皱,揉之其臭如椒。"对木本的特征作了较具体的说明。

《离骚》中所说宿莽应指草本者,又名菵(mǐ),又名春草。郭璞注引《本草》云:"一名芒草。"按《本草别录》云:"芒草,一名菵,一名春草。陶隐居云:今东间处处皆有。叶青,辛烈者良。人用捣以和米,内(纳)水中,鱼吞即死,浮出,人取食之无妨(逵夫按:此言用芒草所毒之鱼人食之无妨。若其果实,人食之可致死)。莽字一作菵字,今俗呼菵草也。"则"芒"乃"莽"字之假借,"菵"为"莽"之异体。"菵"、"莽"一音之转。宿莽日本则名之为樒。"樒"、"菵"同音,同"莽"在古汉语皆重唇音,因音变而韵部转移。

古代所说"莽草"中,有一种是蔓生的,性质相同,故吴仁杰说:"然谓之草者,乃蔓生者是也。"《聊斋志异》卷二有一篇《水莽草》,其中说:"水莽,毒草也,蔓生似葛,花紫类扁豆。误食之,立死。"又说用以煮水,"嗅之有异味","芳烈无比"。从这篇小说所写看,楚中桃花江(今黄陂以北的倒水)一带多有之。所谓"水莽",也是"宿莽"的音变。

清吴其浚《植物名实图考》卷二十四《毒草类》云:

　　莽草,《本经》下品,江西、湖南极多,通呼为"水莽子",根尤毒。长至尺余,俗曰"水莽兜",亦曰"黄藤",浸水如雄黄,色

气极臭。园圃中渍以杀虫,用之极亟。其叶亦毒,赣南呼为
"大茶叶",与断肠草无异。《梦溪笔谈》所述甚详。宋《经》云
无花,实未之深考。

又云:

> 余所至赣衡澧山中,皆多莽草,而按其形状,与《笔谈》"花
> 如杏花,可玩",李德裕所谓"桂红",靳学颜所谓"丹萼素蕾"
> 者,都不全肖。盖沈存中所云,"种类最多"者耶? 江右产者,
> 其叶如茶,故俗云"大茶叶";湘中用其根以毒虫,根长数尺,故
> 谓云"黄藤";而"水莽"则通呼也,岂与"鼠莽"有异同耶?

"水莽"、"鼠莽"皆"宿莽"之讹。吴氏曾为湖北、湖南、江西等地学
政,所至收集植物标本,访之民间传说,以古书相对照,对水莽(鼠
莽、宿莽、莽草)的记述特详。惜因此植物异名太多,几种名称又与
其他草木相混(如民间又有称黄牙之类为"罔子草"者,与"罔草"相
涉;因为"蕳"、"薇"音近,又有谓蕳为白薇者)。而古书记载往往只
举其某一特征,各书往往不能吻合(如《尔雅》曰"莽数节",本就其
蔓状之节而言,而又有误以莽为竹类者)。加之因其有毒、可以毒
鱼的特征,一名而兼指木本、蔓生的同性质植物,故学者终叹其"难
以确诂"。

总之,《离骚》中所说"宿莽"乃指草本者,又名莽草、芒草,古又
叫罔草、蕳、春草,或误作"水莽"、"鼠莽"。"莽"为古代楚人关于草
的通名,"宿"指其经冬不死。其性辛烈。可以祛虫防蠹,又有香
味,诗人采撷它表示意志的培养(有松柏之节),修洁而不同流合污
的本性(香味及去虫蠹)。又因其与木兰同科,故诗中曰"朝搴阰之
木兰兮,夕揽洲之宿莽"。

七、是说三王，还是说尧舜？ 是说怀王，还是说桀纣？

《离骚》中下面一段文字，王逸以来，一直被误解，以讹传讹，以
迄于今。

> 不抚壮而弃秽兮，何不改乎此度？
> 乘骐骥以驰骋兮，来吾道夫先路！
>
> 昔三后之纯粹兮，固众芳之所在。
> 杂申椒与菌桂兮，岂维纫夫蕙茝？
> 彼尧舜之耿介兮，既遵道而得路；
> 何桀纣之猖披兮，夫唯捷径以窘步？

"不抚壮而弃秽兮"四句是对楚王苦谏的语气。"昔三后之纯
粹兮……"四句是言楚"三王"贤明得人的事（拙文《屈氏先世与句
亶王熊伯庸——兼论三闾大夫的职掌》中已谈过）①。也是承接上
文，对楚王倾诉之语。我以为后四句也是承上对楚王诉说的语气。
这一节第一句的"彼"字应是承上指楚三王。这四句是说："那
楚三王像尧舜那样的专一有节度，遵循正道找到了使国家富强的
途径；王啊，你为什么要像桀纣一样随心所欲，贪图捷径，而弄得一
蹶不振？"我以为"彼"指楚三王，因为"彼"字前边紧接的四句是讲
楚三王的。历来学者都以这个"彼"字为复指成分，把"彼尧舜之耿
介兮"两句看作只是说尧舜，下面紧接的两句看作只是说桀纣。然

---

① 见中华书局《文史》第二十五辑，及拙著《屈原与他的时代》，人民文学出版社
2002 年 10 月第 2 版。

而,此前并未提到尧舜,这样理解,"彼"字就成了多余。我以为"何
桀纣之猖披兮,夫唯捷径以窘步"是说楚王。因为这节诗的前面紧
接的一段是:"……恐美人之迟暮。不抚壮而弃秽兮,何不改乎此
度? 乘骐骥以驰骋兮,来吾道夫先路!"自"不抚壮而弃秽兮"直至
"夫唯捷径以窘步"十二句,上承"美人"一词(喻怀王),完全是对怀
王倾诉的语气。"何桀纣之猖披兮,夫唯捷径以窘步"同"不抚壮而
弃秽兮,何不改乎此度"的语意是完全一致的。只是一个用了反问
的语气,一个是正面陈述,而"昔三后"以下四句是由"道夫先路"所
引起,表达了诗人要怀王走楚国历史上最盛时代的楚三王富国强
兵道路的愿望。

洪兴祖《补注》云:"捷,邪出也。""径,步道也。"蒋骥《山带阁注
楚辞》云:"捷径窘步,言不由正道,自致穷戚也。"楚王离开正道走
"捷径",结果弄得一蹶不振,这正是怀王后期楚国历史的反映。
《离骚》作于怀王二十四、二十五年被放汉北之后的两三年中。在
这之前,楚怀王曾听信张仪欺骗的话:"楚能绝齐,秦愿献商於之地
六百里。"放弃了联齐抗秦的政策,疏远了屈原。结果被秦国先后
在丹阳、蓝田打得大败,丧师亡土,损失巨大,而韩国又乘机指兵南
向。楚国面临数敌,只得割地与秦和。这不正是求捷径而反致窘
步吗? 怀王在十六、十七年连吃败仗之后省悟了一点,所以十八年
又任用屈原使齐结好。但是,至二十四年,又与秦结亲。二十五
年,怀王与秦昭王会于黄棘,秦国归还了以前侵占去的楚上庸之
地。于是,楚怀王又放弃了正确的方略,轻信于秦,打击联齐抗秦
的中坚力量,放屈原于汉北,屈原在《离骚》中的这几节诗,正是针
对这些事实说的。

同样作于汉北时的《抽思》中说:"善不由外来兮,名不可以虚
作;孰无施而有报兮,孰不实而有获?"与《离骚》中这几节诗的含义
相同。楚怀王不是通过坚持改革政治、整饬法度来谋求富强,而只

是想白白地得到土地,正是企图"无施而有报"、"不实而有获"。结果便是"捷径以窘步"。

王逸注《楚辞》为一句一注,有的注文又很长,这样,读起来重重隔阂,上下脱节。王逸本人,大约也只是注重字义、句义的考索,而忽略了上下文意的贯穿。他注"彼尧舜之耿介兮"四句时,未考虑前面谈三后的部分,而孤立地就这四句作解。他说"尧舜所以有光大圣明之称者,以循用天地之道,举贤任能,使得万事之正也"。"言桀纣愚惑,违背天道,施行惶遽,衣不及带,欲涉邪径,急疾为治,故身触陷阱,至于灭亡。以法戒君也。"依王逸之说,这四句诗的意思是:"尧舜贤明,找到了治国的正道,为什么桀纣却违背天道,至于灭亡?"如果确是这样,这四句诗便与上下文全然没有联系了。

同时,依王逸以来的说法,"三后"指汤、禹、文王;那么,先举汤、禹、文王,再举尧、舜,再又是桀、纣,则此诗的条理安在? 即使进行比较,也只能是禹、汤同桀、纣相比较,而不至刚赞美了禹、汤、文王,即置之一边,而又将桀纣与尧舜比较。

此后各家对这四句诗的解释,虽字句小异,而大体皆依王逸之说,其误不一一辩说。

又"何桀纣之猖披兮,夫唯捷径以窘步"二句非凭空言之,实有所指。同时,联系"彼尧舜之耿介兮,既遵道而得路"二句也可以看出屈原思想中法家思想的成分。楚怀王十六年怀王听信张仪的欺骗之辞,想白白得到商於之地六百里,却遭到丹阳、蓝田两战的失败,而二十四五年又受秦国之赂,与秦会于黄棘,秦复与楚上庸而秦楚和好。《韩非子·难势》中说,如能处势而用法,中等之君即可以使天下治。"中者,上不及尧舜,而下亦不为桀纣,抱法处势则治,背法去势则乱。今废势背法而待尧舜,尧舜至乃治,是千世乱而一治也。抱法处势而待桀纣,桀纣至乃乱,是千世治而一乱也。

且夫治千而乱一，与治一而乱千也，是犹乘骐骥而分驰也，相去亦远矣。"《离骚》此处所表现的思想，与此一致。诗人把三后同怀王相比较，似乎是说：三后以尧舜的专一而有节度，守正不阿，即使不处势抱法，也能因贤才良臣而使天下治，何况他们能为天下而守法；而王你又为何要像桀纣那样任意妄为，导致败亡！

此八句承"乘骐骥以驰骋兮，来吾道夫先路"，含义至深，惜以前治骚者皆泛泛论之。

八、"茝""芷"古今字说

"岂维纫夫蕙茝。"茝即白芷。朱熹引一本作"芷"。"揽木根以结茝兮"、"又申之以揽茝"，两处"茝"亦作"芷"。按："茝"即"芷"之古体。《说文》"蔄"字，段玉裁注："茝，《本草经》谓之白芷，'茝'、'芷'同字，同义，同在一部也。"《离骚》中有"兰芷"，《九章·悲回风》中作"兰茝"，可证二字并无区别。今有注"茝"为"chǎi"者，乃据洪兴祖所注昌改切而误注。此"改"字在《广韵》中为详里切，作"改"，可见在汉代已与"改"为异体字，后人混而同之。又武威发现医药汉简，"白芷"皆作"白茝"，可证汉以前字本作"茝"；后世渐易以后起通用之字，有改而未尽者，遂两字并存。

芷为多年生草本植物，茎粗壮，紫红色，高可二米。植物体含有挥发油及多种香豆精衍生物。叶有长柄，叶片羽裂状，卵圆形。古代煮水用于沐浴。有顶生或腋生复伞形花序，有总苞及小苞片，花白色，因而又名"白芷"。《神农本草经》言其能"祛风解表"，可用于排脓、消肿、止痛。有香味，《楚辞》中又称其叶为"药"。《九歌·湘夫人》："辛夷楣兮药房。"王逸注："药，白芷也。"洪兴祖《补注》："《本草》：'白芷，楚人谓之药。'《博雅》曰：'芷，其叶谓之药。'"其叶可用以煮水沐浴。

九、屈原之"道"

《离骚》云:"彼尧舜之耿介兮,既遵道而得路。"又云:"汤禹俨而祗敬兮,周论道而莫差。"王逸注"遵道"为"遵用天地之道"。就一般意义上说,王逸的解释是对的,"道"就是指事物的发展规律。《韩非子·解老》云:"道者,万物之所然也,万理之所稽也。"又曰:"道者,万物之所以成也。"《荀子·儒效》亦云:"故君子务修其内,而让之于外;务积德以身,而处之以遵道。"这些,都是从普遍意义上说的。但先秦时楚人所说的"道",也还有其特定的内容。先秦时楚人著作《鹖冠子》(未必鹖熊所著,然已于汉墓出土,见《文物》1981 年第 8 期。总是先秦时楚人之作)卷一云:"发政施令为天下福者谓之道。"《离骚》中说的"道",正是指这个意思。上引前两句是说三王守正不阿,事有章法,遵循着尧舜为天下求福之道,走上了美政的方向。这里也体现出了屈原美政的思想。

一○、说"皇舆"

"恐皇舆之败绩。"皇舆,王逸注:"皇,君也。舆,君之所乘,以喻国也。"王注误。按《韩非子·外储说右上》云:"夫猎者,托车舆之安,用六马之足,使王良佐辔,则身不劳而易及轻兽矣。今释车舆之利,捐六马之足与王良之御,而下走逐兽,则虽楼季之足无时及兽矣……国者,君之车也;势者,君之马也。"《外储说右下》又云:"故国者,君之车也;势者,君之马也。无术以御之,身虽劳,犹不免乱;有术以御之,身处佚乐之地,又致帝王之功也。"汤炳正先生以为"此为战国时代革新家在理论上的通喻"(见其《楚辞类稿》四二)。汤先生之说很有启发性,对于由《离骚》认识屈原的思想也很有意义。只是从全诗中"皇"字的意思看,"皇舆"的"皇"应是指先王。"皇览揆余初度兮"及"陟升皇之赫戏"二句的"皇"指屈氏太祖,而"皇舆"的"皇"指楚先王。下面紧接着说:"忽奔走以先后兮,及前王之踵武。"前王即先王。这几句是一意相承的。那么,"皇舆"犹汉初《郊祀歌》第十六首、阮籍《咏怀诗》第二十二首中说的"灵舆",都是就先祖的神灵而言。古人将宗庙的延毁与国家的存亡看作一回事。社稷是先王借以延祚受享的象征,所以"皇舆"犹言社稷,如以"皇"为君,"皇舆"为君之所乘,所指过实,就失去了象征意义。

一一、"荪"与"荃"之别

荪,原作"荃",据隋释智骞《楚辞音》与朱熹《集注》引一本改。"荪",溪荪,即今石菖蒲,多年生草本,绿叶细长,花穗圆柱形,形如蜡。全株有香味。古代祭祀时常用以缩酒。《九歌》中用以喻神,此处喻君。《九章·抽思》:"数惟荪之多怒兮"、"荪详聋而不闻"、"愿荪美之可光",用以喻君;《九歌·少司命》:"荪何以兮愁苦"、"荪独何宜兮为民正",用以喻神。"荃"在屈原作品中共两见,都在《离骚》中,另一为"荃蕙化而为茅",以喻同辈臣僚或后学晚辈。则不能同时用以称君明矣。另《九叹》之《惜贤》《愍命》中各一见,俱"荃蕙"连称。则"荃"非喻君之称。"荪"在屈原作品中用以喻君或神灵,乃是通例。《离骚》中"荪不察余之中情兮"一句中,今本多作"荃",隋释智骞《楚辞音》残卷作"荪"。朱熹《集注》引一本亦作"荪"。洪兴祖《补注》云:"'荃'与'荪'同。《庄子》云:'得鱼而忘荃。'《音义》云:'七全切。崔音荪。可以饵鱼。'《疏》云:'荃,荪也。'"《集注》云:"荃,七全反,一音孙,一作荪,或者二字古音同。"有以"荃"借为"荪"者。而屈赋中用例显然有别,"荪"为喻君和神灵者,"荃"为一般贤才。

一二、"謇""骾"一音之转说

"余故知謇謇之为患兮,忍而不能舍也。""謇謇"为正直敢言貌,为楚方言。《离骚》"謇吾法夫前修兮",王逸注:"言为我忠信謇謇。一云:謇,难也。"《易·象传》:"蹇,难也。"《方言》:"蹇、展,难也。齐晋曰謇……荆吴之人相难谓之展。"蹇与蹇同。由《方言》可知,"蹇"作"难"用并非楚人语,故王逸解作难,并不合于《楚辞》本义。《说文》:"蹇,跛也。"又《方言》十:"謉,吃也,楚语也。"《广雅·释诂》:"謉,吃也。""吃"即所谓"蹇吃"、"謇吃",即今所谓口吃。"謉"即"謇"。口吃一义虽是楚语,但与《离骚》"謇"、"蹇"的用例并不相合。

"謇"、"蹇"实即"骾"、"鲠"。皆为见纽字,古韵并在寒部(段玉裁十四部)。骾、鲠在唐部,同为阳声,战国以前楚方言中音应相同。骨骾(或作骨鲠)、鲠直(或作骾直)、骾骬皆与"謇愕"(蹇愕、謇谔)"謇"字之义相同。如《汉书·杜钦传》"朝无骨骾之臣。"《后汉书》卷十五《来歙传》自书表:"太中大夫段襄,骨鲠可任。"同书卷六十一《黄琬传》:"(刁翐)在朝有鲠直节。"《离骚》"謇吾法夫前修兮"犹言"鲠吾法夫前修兮"(我取法前修的鲠直气节);"謇朝谇而夕替",犹言"鲠朝谇而夕替"(我早上鲠直地进谏,晚上便被解职);"汝何博謇而好修兮",犹言"汝何博鲠而好修兮"(你为何对什么事都如此鲠直固执,并且喜好修洁)。

《说文》:"骾,食骨留嗌(咽)中也。"(今所谓"哽咽""哽结","梗塞"的"哽"、"梗"由此而来)。骨骾在咽,则语不能畅,故古称口吃为"謇吃"、"蹇吃"。王念孙《广雅疏证》:《众经音义》卷一引《通俗文》云:'言不通则谓之謇吃。'……謉、謇、蹇古通用。"刘献廷《离骚经讲录》说:"謇者,从塞从言,欲言而不能言之貌。"正道出了"蹇"、"鲠"、"骾"三字内在的联系。由此可以看出,"謇"、"蹇"不仅被作为"骾"、"鲠"的借字,而且获得了"骾"字的某些引申意义。

事实上,在《楚辞》中,"蹇"字已有梗阻、停留之义,显示着"骾"字的较原始的意义。《九歌·湘君》"蹇谁留兮中洲","蹇"为梗阻之义(是谁梗阻,使他留在洲上至今未来);"蹇将儋兮寿宫"(我将安闲地停留在寿宫);《抽思》"蹇吾顾兮"(使我的愿望受到梗阻而未能实现);《九辩》"蹇淹留而无成"、"蹇淹留而踌躇",用法并同。

由梗阻、停留一义,又引申出挽结一义。《哀郢》"蹇侘傺而含戚"(我神志不畅,昏昏然内心充满了悲伤);《惜诵》"蹇不可释也"。"蹇蹇"、"謇謇"重迭使用,确定地表示忠贞之义(敢于直言相谏即忠贞之表现,两义相通)。今言"忠心耿耿",其"耿耿"二字与楚语"謇謇"也有语言上的演变关系。

所谓骾直、鲠直,本是言劝谏之时能很直接地堵对方的话头,进行辩驳,使之鲠咽不能出语。骾直(鲠直)同骾噎(鲠噎)的意思是相通的。"謇"、"蹇"二字之謇吃(蹇吃)之义同忠直敢言一义,也是相通的。

所以说,"謇"、"蹇"、"謇謇"是"鲠"、"骾"在楚方言中的演变,它们只是一音之转。

一三、说"灵修"

灵修,为楚人对君王的美称,一般用在当面称说时。《离骚》第一部分中,由"恐美人之迟暮"一句引起对怀王的倾诉之言("美人"为比喻性称谓,与"哲王"一样非当面称谓所用)。从"不抚壮而弃秽兮"至"伤灵修之数化"为对怀王倾诉之言,虽非面对怀王,但在诗人心中,如同向怀王倾诉。此由"何桀纣之猖披兮"这一问句可以看出来。故诗中连上说："余固知謇謇之为患兮,忍而不能舍也,指九天以为正兮,夫唯灵修之故也。""初既与余成言兮,后悔遁而有他。余既不难夫离别兮,伤灵修之数化!"下面一段中"怨灵修之浩荡兮,终不察夫民心"至"余不忍为此态也"十二句,是诗人在抒发内心情感之时由于对怀王糊涂昏庸的怨恨,而转为诉说与慷慨陈词,故亦用"灵修"。其他作为对君王的第三人称的指代,是用香草"荪"("荪不察余之中情兮"一句,"荪"误作"荃")或"美人"。

王逸注"灵修"云:"灵,神也;修,远也。能神明远见者,君德也,故以喻君。"近人王树楠《离骚注》说:

> 灵修皆美善之义。称君为"灵修",犹称君为"圣明"耳。在君曰灵修,在臣曰好修,其义一也。

所言均是。只是未能指出"灵修"与"荪"、"美人"在运用上的区别。

一四、"成言""结言"例释

"初既与余成言兮,后悔遁而有他。余既不难夫离别兮,伤灵修之数化。"王逸注:"成,平也。言犹议也。"洪兴祖《补注》:"成言,谓诚信之言,一成而不易也。"王逸注本来是对的,但只解字之本义,未能举证以确切地加以解说,故欠明了。洪兴祖之解反使其扑朔迷离。按"成言"犹"成说",即彼此约定。《诗·邶风·击鼓》:"死生契阔,与子成说。执子之手,与子偕老。"王先谦《诗三家义集疏》说:"《淮南·修务训》高注:'说,言也。'成说犹成言,谓与之定约相存救。"又《左传·襄公二十七年》:"楚公子黑肱先至,成言于晋。丁卯,宋向戌如陈,从子木成言于楚。"成言、成说之义相同。《离骚》此句是指怀王任命屈原为左徒,后又令他草拟宪令、准备进行政治改革之事。屈原同样作于被放汉北时的《抽思》中也回忆及此事:"昔君与我成言兮,曰黄昏以为期。羌中道而回畔兮,反既有此他志。"也用了"成言"一词(今本此处多作"诚言",而洪兴祖引一本作"成言",朱熹《集注》本也作"成言",作"成言"是也)。

又"解佩纕以结言兮,吾令謇修以为理。""结言",王、洪、朱皆无注。《九叹·逢纷》:"始结言于庙堂兮,信中塗而叛之。"王注:"结犹联也。"《公羊传·桓公三年》:"古者不盟,结言而退。"则盟有盟书,结言则口头约定而已。结言的双方不必直接见面,可以使人代往。如《公羊传·襄公二十七年》:"无所用盟,请使公子鱄约之。""子固与我为之约矣。"《离骚》此处下句"吾令謇修以为理"正反映了这一点。媒理结言,往往带着当事人所给信物以为凭证,所谓"解佩纕"即指此。媒理须将当事人结言的内容原原本本带给对方。如下文"理弱而媒拙兮,恐导言之不固",所谓"导言"即指将结言内容转达给对方。《惜诵》:"固烦言不可结而诒兮,愿陈志而无路。"意谓话很多,难以通过媒理转达,又自陈无门。《思美人》:"愿寄言于浮云兮,遇丰隆而不将。因归鸟而致辞兮,羌迅高而难当。"寄言于媒理,亦即结言之表现。于省吾《泽螺居楚辞新证》以古代缄封之制说解之,似求之过深。

"结言""成言"的意义大体一样,若要细分,似"成言"指在一系列事情上双方意见取得一致;"结言"是在某一具体问题上达成协议。在《离骚》无明显区别。

一五、杜衡证本

"杂杜衡与芳芷。"洪兴祖《补注》:"《尔雅》:杜,土卤。注云:杜衡也。似葵而香。《山海经》云:天帝山有草,状似葵,其臭如蘼芜,名曰杜衡。《本草》云:叶似葵,形如马蹄,故俗云马蹄香。"洪引《山海经》文见《西山经》。经文并云杜衡可以走马。郭璞注："带之令人便马。或曰马得之而健走。"（按：说皆非。盖指可以通精）食之已瘿。又《名医别录》："杜衡香人衣体。"陶注云："根叶都似细辛，惟气小异耳。"《史记·司马相如列传》《索隐》引《博物志》："杜衡一名土杏，其根一似细辛，叶似葵。"王念孙《广雅疏证》卷一〇上："杜衡与土杏古声同。杜衡之'杜'为'土'，犹《毛传》'自土沮漆'，齐诗作'杜'也。'衡'从'行'声而通作'杏'，犹《诗》荇菜字从行声，而《尔雅》《说文》作'苔'也。"关于杜衡的形状及性能，吴仁杰《离骚草木疏》说得很清楚："今人用作浴汤及衣香甚佳。根粗，黄白色。初春于宿根上生苗，高二三寸，茎如麦藁粗细，每窠上有五七叶或八九叶，别无枝蔓。又于叶茎间鳞内芦头上，贴地生紫花，暗结实如豆大，窠内有碎子，苗叶俱青。"

《神农本草》等以杜若一名杜衡，苏颂《本草图经》遂以为杜若即楚衡（杜衡），失之。大体古称"衡"、"蘅"，指杜衡，称"杜"、"杜若"则为姜科之高良姜，两不相混。参《广雅疏证》、朱珔《文选集释》。

总之，杜衡即马蹄香，又名杜葵、土细辛。乃是马兜铃科常绿草本植物，全株有辛香味，自上古即作药用，或作为卫生保健用品。亦可随身佩戴作香料。

一六、"萎绝"与"芜秽"

"虽萎绝其亦何伤兮，哀众芳之芜秽。"王逸注："萎，病也。绝，落也。""言己所种芳草，当刈未刈，蚤有霜雪，枝叶虽蚤萎病绝落，何能伤于我乎？哀惜众芳摧折，枝叶芜秽而不成也。"据此解，则上下两句意重。故或以为上句指诗人自己而言。但此段从"余既滋兰之九畹兮"至此，全说培育人才事。此二句中看不出指称有什么变化,应是俱就所培育人才而言。问题在于对"萎绝"、"芜秽"二字之义未能辨析明白。

"萎"是因为缺乏必需的生存条件或受到摧残而枯萎,"绝"是指根被拔出或茎干被折断,俱是比喻保持正直修洁而受到摧残、打击与排挤。《思美人》:"佩缤纷以缭转兮,遂萎绝而离异。""萎绝"也是指枯萎、断折,枝叶解散。

"芜秽"则是指同杂草混同,比喻丧失气节,与坏人同流合污。《汉书·杨恽传》:"田彼南山,芜秽不治。"《离骚》中这两句是说:即使为坚持正义备受摧残、穷困而死也没有什么值得伤心的,我痛心的是所培养的一些人才在我被放以后无人教育调理,被坏人引诱而变质,与坏人同流合污。

一七、《离骚》所说的"众"

"众皆竞进以贪婪兮,凭不厌乎求索。"这个"众"字王逸无注,古之注《离骚》者一般也不加诠释。依训诂通例,是视为常见义。故今人都译释为"众人"、"大家"。于是,有的学者说屈原认为其他所有的人都不好,只有自己好,完全脱离群众,孤芳自赏;又有的学者在论述屈原生平与怀王朝楚朝廷状况时说,当时楚国朝廷中除屈原之外,确实再没有坚持联齐抗秦路线的人。其实,这两种看法都是不符合实际的。

《离骚》中的"众",有"一般人"、"庸人"之义。《庄子·天地》:"垂衣裳,设采色,动容貌,以媚一世,而不自谓道谀;与夫人之为徒,通是非,而不自谓众人,愚之至也。"此"众人"即庸人之义。庄周楚人,其语言运用时有与屈子一致处。又《荀子·修身》:"狭隘褊小,则廓之以广大;卑湿重迟贪利,则抗之以高志;庸众驽散,则劫之以师友……""庸、众、驽、散"四字都是平庸的意思。《列子·力命》：季梁病，其子请矫氏、俞氏、卢氏三医。矫氏诊而述其症，且曰："虽渐，可攻也。"季梁曰："众医也，亟屏之！"俞氏诊而述其症，且曰："其所由来渐矣，弗可已也。"季梁曰："良医也，且食之！"卢氏诊而述其症，且曰："药石其如汝何！"季梁曰："神医也，重贶遣之！"则"众医"指庸医甚明。

又贾谊《鵩鸟赋》以"众人"同"至人"、"真人"相对，而同"愚士"、"怵迫之徒"并列，则"众人"非泛指大家、广大群众，而是特指平庸之徒。荀况在楚数十年，在楚国著述成其书；贾谊被谪长沙王傅，在长沙作成《鵩鸟赋》。故以上二例亦应反映了楚人语言的习惯，与屈赋相通。

则屈子的所谓"众"，乃指平庸的人，同"国无人"的"人"指杰出的忠良能臣一样。汪瑗《集解》曰："众，指党人也"。下文"众薆然而蔽之"，《文选》张铣注："众，小人也。"所释近是，而欠明确，故从之者罕。

一八、释"羌"

"羌内恕己以量人兮"，王逸注："羌，楚人语词也，犹言'卿'，何为也。"后两句一般被误读为"犹言卿何为也"（如中华书局1983年版《楚辞补注》的标点），所以不少学者因不明王注的意思而抛开它另为寻求答案。其实王注所谓"犹言卿"，是说"羌"同于东汉时楚人方言中之"卿"，意思是"何为"。故黄侃于王引之《经传释词》"羌"字上批云："'羌'、'庆'、'卿'、'謇'皆训'乃'，其本字作'其'，实当作'丨'。"扬雄《反离骚》云："懿神龙之渊潜，竢庆云而高举。亡春风之被离兮，孰焉知龙之所处？愍吾累之众芳兮，飏烨烨之芳苓。遭季夏之凝霜兮，庆夭悴而丧荣。"（《汉书·扬雄传》）"庆云"之"庆"，宋祁引萧该《音义》："庆音羌。""庆夭悴"之"庆"，颜师古引张晏曰:"辞也。"并注:"庆读与羌同。"则此"庆"正是《楚辞》中之"羌",而存于汉人语言中者。看各句中的意思及王逸注,大体同于今日之"竟",表示"意想不到"的语气。《反离骚》中八句,其第四句明显为问句,第八句乃是反问句,表示一种惊异的感情:"遭到季夏六月之凝霜,何乃即夭折憔悴而丧其荣华!"可见,王逸的注是确切的。"羌内恕己以量人兮,各兴心而嫉妒",是说"为什么他们以己之心而猜度别人,生了各种心思而互相嫉妒?"此词之义徐仁甫、姜亮夫先生已言之,而注《骚》者仍多误,故更饶舌论之。

一九、芳菊溪、落水大菊、秋菊之落英

"夕餐秋菊之落英"一句,也是《离骚》中自古聚讼的一个疑难所在。秋菊,以菊在八月着花,故称秋菊。

《太平御览》卷九九六引《风俗通》佚文:

> 南阳郦县有甘谷,谷中水甘美。云山上大有菊华,水从山上流下,得其滋液。谷中三十余家,不复穿井,仰饮此水,上寿者百二三十,中者百余岁,七八十者,名之为夭。菊华轻声益气,令人坚强故也。

此段文字又见《初学记》卷二七、《艺文类聚》卷八一、《太平御览》卷五四。《抱朴子·仙药》一段文字与此略同。《水经注·湍水注》载:

> 湍水又南,菊水注之。水出西北石涧山芳菊溪……源旁悉生菊草,潭涧滋液,极成甘美。云此谷之水土,餐把长年……是以君子留心其甘臭,尚矣。

汉魏时郦县在今河南省西南部南阳市以北,湍水在县西向南,在郦县以南与淯水合。则菊水当古之楚都丹阳附近,在今南阳市西南。《花卉释异》曰:"南阳甘谷水,其山上有大菊落水,从山涧流出,饮其液者多寿。此所谓甘谷之水。"因为有大菊花瓣落流中,饮其液者多寿,水亦名之为"菊水"。屈原被放汉北之后,到过楚人旧都鄢郢,也有可能北上到楚人发祥地丹阳去,寻访先王遗踪,寄托对楚三王业绩的怀念。

落英,即落花,王逸之注是也。孙奕《示儿编》及洪兴祖《补注》疑菊花不落,故远求曲说,以"落"为"始",以"落英"为初放花苞。今人闻一多又以"落英"为"日没以后之气",似屈原是一个神仙家或巫觋,徒乱读者视听,俱不可从。宋代史正志《菊谱》一书《后序》说:"菊之开也,既有黄白深浅之不同,而花有落者,有不落者……花瓣扶疏者多落,盛开之后,渐觉离枝,遇风雨击撼之,则飘散满地矣。"联系《风俗通义》《抱朴子》《水经注》等书记载看,屈原所写,正是菊之可以凋谢者。蒋骥《山带阁注楚辞》说:"按落字与上句'坠'字相应。强觅新解,殊觉欠妥。且此二句,本极言清贫之况,为下'颛颔'作引,非徒尚芳淑,致滋味也。"论旧解之非极是。

二〇、"姱"字考原

"苟余情其信姱以练要兮,长颛颔亦何伤!""姱"(kuā)字王逸无注。洪兴祖《补注》云:"信姱,言实好也,与信芳、信美同义。"洪氏之注是,然而注解简单。因为此字此义仅用于《楚辞》,究竟因何形成此义,读者仍觉不很踏实。按《尔雅·释草》:"华、荂,荣也。木谓之华,草谓之荣,不荣而实者谓之秀,荣而不实者谓之英。"则荂、华之义今天看来是完全相同的,都是指花朵,应为一音之转。今以花喻美,犹古以荂喻美。以"荂"喻女人为习之后,则字改从

"女"旁,成"媠"。《离骚》中用以喻内心之美。

二一、释"贯薜荔之落蕊"

"揽木根以结茝兮,贯薜荔之落蕊。"花蕊细微,丝绳难以贯穿,欲用木根贯之,正如以木橼捅鼠牙,以铁勺掏鸡耳。然而古今学者仍多如此理解。如徐焕龙《屈辞洗髓》说:"薜荔之香聚于蕊。贯其落蕊,使成一串。"近人游国恩《离骚纂义》说:"此但言采取香木之根,以结香芷,又贯之以薜荔之蕊耳。"但很早就有人觉得如此理解不合事理,故对其中有的词作了新的解释。王逸说:"贯,累也;蕊,实也。"陆善经说:"贯,拾也;蕊,花也。"王念孙《广雅疏证·释草》王引之云:"按上文言'餐秋菊之落英',此言'贯薜荔之落蕊',盖俱是华,积累香草之华,文义亦通耳。蕊之言蘂也。《说文》云,蘂,草木华垂貌。狄,草木实狄狄也……《广韵》云,花外曰萼,花内曰蕊。实谓之狄,亦谓之蕊;华谓之蘂,亦谓之蕊,皆垂垂貌也。《说文》云:'榮,垂也。'与蕊声义正同。故《南都赋》'敷华蕊之蓑蓑'李善注云:'蓑蓑,下垂貌矣。'"二王为朴学大师,就字之形、音、义的关系上来说,他们所说都是有道理的,但就《离骚》中这句诗来说,似乎扯得太远,稍嫌迂曲牵强。

实则此句之理解,关键在句式上,不在词义上。诸家虽新说屡出,但都注意于对某一字词作出新的解释,故一直未得满意的解决。按此句中之"之"字,相当于"其","落蕊"是形容"贯薜荔"时的状态。用木根从花心穿过,花蕊纷纷落地。"贯薜荔之落蕊",其句子结构同于"索胡绳之纚纚"。"之"字用在动宾结构词组之后,状语之前,指示状态,或者说联结后置的状语,作用同于"其"。这种用法在《离骚》中不少见。如下文"扬云霓之晻蔼","鸣玉鸾之啾啾","驾八龙之蜿蜿","载云旗之委蛇"等。所以说,在这一句的理解上,作为结构助词的"之"字倒是一个关键。

二二、说"蛾眉"

"众女嫉余之蛾眉兮,谣诼谓余以善淫。"王逸注:"蛾眉,好貌。"洪兴祖《考异》:"蛾,一作娥。"《补注》引颜师古说:"蛾眉,形若蚕蛾眉也。"(按颜注出《汉书·扬雄传·反离骚》)此表面是言:"蛾眉即如蚕蛾之眉",实是言如蛾之触角。后人或误为眉如蚕蛾,或误为如蚕蛾之眉。然而上古美女之眉不至如刿诸、子路之粗,同时蚕蛾是没有眉的;即使有,也看不清。所以,至今有的学者照搬旧注,不再深究。有的则别寻他解。因为字也作"娥眉",有的便以"女子的秀眉"之类一句了之。还有的以为是"蛾媌"之借。刘师培《古书疑义举例补》云:"蛾媌二字为形容貌美之词。《诗·卫风·硕人》云:'螓首蛾眉。'蛾眉螓首,非并列之词也。蛾眉二字即系蛾媌之异文,眉媌又一声之转,所以形容女首之美也……至于魏晋之时,始以眉为眉毛之眉,如陆士衡诗云:'美目扬玉泽,蛾眉象翠翰。'以'眉'对'目',而眉媌通转义亡矣。"按:刘说非。眉之本义为眉毛之眉,由字之形体构造即可知之;"螓首"之"螓"与"蛾眉"之"蛾"皆"虫"旁,"目"、"首"又相对,则"螓首蛾眉"为并列结构可知。刘氏所以曲解者,是未弄清何以用"蛾眉"二字来形容秀眉。

按古代妇女眉毛以细长清晰而弯度匀称为美,故妇女常常将眉毛剃去,而用黛色来描画。《释名》云:"黛,代也,灭眉而去之,以此代画其处也。"出土战国时楚地木俑,其女者眉毛都细长成匀称的弧形,如蛾之触角。则古人所谓"蛾眉",是言其眉如蛾之触角一般细长弯曲。至于"娥眉"的写法,也是因为"蛾眉"后成美女的代称,而改"虫"旁为"女"旁。

二三、"谣诼"补说

谣诼,谮毁,造谣诽谤。"众女嫉余之蛾眉兮,谣诼谓余以善淫。"王逸注:"谣谓毁也,诼谓谮也。"王逸楚人,当系据方言释之。《方言》:"诼,诉也,楚以南谓之诼。"古所谓"诉",有诉说痛苦冤屈和控告谮毁二义。如《孟子·梁惠王》:"天下之欲疾其君者,皆欲赴诉于王。"此诉说痛苦之义;《左传·成公十六年》:"郤犨将新军……取货于宣伯,而诉公于晋侯,晋侯不见公。"此乃谮毁之义;《汉书·成帝纪》鸿嘉元年诏:"刑罚不中,众冤失职,赴阙告诉者不绝。"此控告之义。《方言》解"诼"为"诉",正是用谮毁一义。故郭璞注云:"诼,谮,亦通语也。"又《左传·哀公十七年》:"太子又使椓之。"杜注:"椓,诉。""椓"即"诼"字之借。《广雅·释诂》一:"间、诼、谮、訾、诽、诋、伤、谮、谤、诉、罪、讪,谴也。"则其义即十分明了。

二四、"偭"字辨误

"固时俗之工巧兮,偭规矩而改错。背绳墨以追曲兮,竞周容以为度。"王逸释前二句云:"偭,背也……言今世之工,才知强巧,背去规矩,更造方圆,必失坚固,败材木也。以言佞臣巧于言语,背违先圣之法,以意妄造,必乱政治,危君国也。"总的意思,都是对的。但释"偭"为"背",则是未能理解原文而强为作解。这不仅在《离骚》中"偭规矩而改错"这句诗的解释上以讹传讹,百传而成是,而且引起了在汉字规则上有没有反训现象的问题。

按《说文》:"偭,乡也。"《少仪》曰:"尊壶者偭其鼻。"《礼记·少仪》郑玄注:"鼻在面中,言乡中也。"《说文》用以解释"偭"字之义的

"乡",即今之"向"。王夫之《楚辞通释》云:

> 偭,面向也。规矩在前,舍之而自为方圆,所谓改错也。

"错"即措施,指方式、办法。"偭规矩而改错"是说面对着规矩不管,随意地改变政治礼法。

王念孙《广雅疏证》曰:"《离骚》'偭规矩而改错',《汉书·贾谊传》'面蟂獭以隐处兮',王逸、应劭注并云:'偭,背也。'《汉书·项籍传》'骓面之',师古注云:'面谓背之不面向也。面缚亦谓反背而缚之。'"按应劭注《汉书》及《广雅》"偭,背也"皆本之王逸注,后之注《离骚》者又据《广雅》等以证王逸之有据,实为循环论证。王念孙《广雅疏证》乃是依据了"注不离经,疏不破注"的成规而强为之说。《吊屈原赋》中"偭"字,亦面向之义,谓欲从神龙入九渊之下,与蟂獭为伍,岂能从蛭蚓小虫以浅水为足?《项籍传》项籍"顾见汉骑司马吕马童曰:'若非吾故人乎?'马童面之,指王翳曰:'此项王也。'"此言吕马童不答项王的话,当面把项王指给王翳。这"面"字正强调吕马童的行为是当着项王的面进行的。训"面"为"背",反失其义,古所谓"面缚",也是指两手在前缚之,以别于一般的缚绑(双手在后)。段玉裁《说文解字注》云:"偭训向,亦训背,此穷则变,变则通之理,如废置徂存苦快之例。"但并没有说出可靠的理由。所举例句除王念孙已举者外,引《汉书·张驱传》:"上具狱事,有可却,却之;不可者,不得已,为涕泣,面而封之。"按:此指不忍心即封而发之,故泪流面对良久,始封之。如《考工记》,"审曲面势",从字面即可以知道"面"当训为向。段氏取以证其说,殊牵强。则训"偭"、"面"为背之说不能成立。因王逸注已误,而清代朴学大师王念孙等亦承其说又加以论证,后人多从之。

《离骚》中上"偭规矩",下言"背绳墨",自有"背"字。如将"偭"

训为"背",则"面向"之义如何表达？故旧说殊不可从。

二五、释"忳郁邑"

"忳郁邑余侘傺兮，吾独穷困乎此时也。"小屯，玉逸注"忧貌"，似只就上下文作了笼统的解释。《补注》："闷也。"又《九辩》"忳慆慆而愁约"，王逸说："忧心闷瞀，自约束也。"《补注》与此处王注则是就本义言之。又《广雅·释诂一》："屯，满也。"胸中满胀也即懑，"懑"由"满"得声，在表现心情上意思相通，即烦闷。"忳"之为懑、烦闷，也得义于"屯"。《尔雅·释训》："梦梦讻讻，乱也。"《释文》引顾舍人曰："梦梦讻讻，烦懑乱也。"讻"即"忳"之异体。则"忳"为忧懑烦乱之义。

郁邑，双声兼叠韵联绵词。也作郁悒、郁殪、郁壹、郁湮、郁悠，心情抑郁不伸的样子。《仓颉篇》："悒悒，不舒之貌。"又《九章·哀郢》"惨郁郁而不通兮"，王逸注："心中忧满，虑闭塞也。"郁邑、郁郁、悒悒，并为联绵词，声音相近，义亦略同。"不舒"、"不通"、"忧满"、"虑闭塞"，都是抑郁不伸的样子。司马迁《报任安书》"是以独郁悒而谁与语"，《淮南子·精神》"情心郁殪，形性屈竭"，《后汉书·崔寔传·正论》"是以王纲纵弛于上，智士郁邑于下"，注："郁邑，不申之貌。"《左传·昭公二十九年》："郁湮不育。"刘师培《古书疑义举例补·一》曰："郁湮即郁伊之转音，又转为郁邑，不申之貌。"又转为郁阒。《吕氏春秋·古乐》："民气郁阏而滞著，筋骨瑟缩不达，故作为舞以宣导之。"则"郁邑"指心情不舒展。"忳郁邑"连用，指心情不舒展，内心懑胀。这是极度忧伤的表现。

二六、释"侘傺"

"忳郁邑余侘傺"，"忳郁邑"为一层意思，"侘傺"更补充言之。

佗傺，王逸注："失志貌。佗，犹堂堂立貌也。傺，住也。楚人名住曰傺。"洪兴祖《补注》："《方言》云：'傺，逗也。南楚谓之傺。'郭璞云：'逗，即今住字。'"只是对王逸注中关于"佗"字之义的说解作了一个引证性补充说明。此后注《楚辞》者，基本上都照搬此注。古今汉语词义有所发展变化，但许多今注仍照搬旧注，也有的依据错误的理解更换为"失意貌"（如朱东润主编《中国历代文学作品选》），或"不得志貌"（如游国恩主编《先秦文学史参考资料》），则错误更为明显。因为今天所说"失志"，即失意貌，或不得志貌，与王逸所说的"失志貌"为古今同形词，意思是不同的。

有的学者觉得王逸"失志貌"的解释与《楚辞》中此词的几处用法并不吻合，故另作新解。如明汪瑗《楚辞蒙引》云："佗傺当如彷徨、徘徊之意，直解作失志貌可也。"并未讲出根据。方以智《通雅》云："智谓当以声取之，状其咄怪耳。赵凡夫曰佗傺，本又作濎炐，吴氏言当用吒愭。此取《说文》重文，合其音尔。"以为是形容咄怪之词。姜亮夫《屈原赋校注》云："佗傺，王注'失志貌'……又或作欿傺，见《九辩》；又作佗傺，见《后汉书·冯衍传》。在《诗经》则用踟蹰；《毛传》'一前一却也'，即失志伫立之意。《说文》更有踌躇、簋箸、赵趄诸文，其最简单之字或作彳亍，其实彳亍不成字也。在《易》则为次且，字变作赵趄，皆佗傺一音之变也。以意象大小强弱之殊，其音有夳侈洪纤之别，合而观之，盖皆一族之流愆矣。"其《楚辞通故·词部》又旁征远引曰："是佗傺犹彷徨徘徊不安之意。"则与踟蹰混而同之矣。

按：以"佗傺"为失意、不得志的样子或咄怪的样子，或以为同于踟蹰，皆误。王逸注是对的，可惜为后人所误解。王逸说的"失志"，即今天所说的"失神"，为茫然神无所主的样子。"志"为今天所说"神志不清"的"志"，而不是志向、志愿的"志"。《九歌·少司命》："临风怳兮浩歌。"王逸注："怳，失意貌。"洪兴祖《补注》："怳，懒悦也。""怳"即今"恍惚"之"恍",怅怳、怅然若失、神志恍惚之意,故王注为"失意貌"。"佗傺"之义与之相近。江淹《杂体三十首·王征君养疾》:"怅然山中暮。"刘良注:"怅然,失志貌。"李善注则引《淮南子》"怅然若有所亡"一句为证。可见至唐代"失志"仍有怅然若有所亡的意思。司马迁《报任安书》中说到自己在刚遭宫刑之后的一段时间中"肠一日而九回,居则忽忽若有所亡,出则不知其所往",正可作为"忳郁邑余佗傺"一句的解释。特别是对于理解"佗傺",最有启发作用。王逸说:"犹堂堂立貌也。"如果是正正堂堂站着,还说什么"失志"? 此"堂"乃是"瞠"的假借字。"立貌也",乃是就茫然呆立的表情言之。事实上,"佗傺"一词中"立"的意思在"傺"字上,不在"佗"字上。王逸说:"傺,住也,楚人名住曰傺。"《方言》:"傺,逗也,南楚谓之傺。"郭璞注:"逗,即今住字。"住、逗即言伫立不动之貌。"傺"一词如按楚语析字而言之,犹言茫然呆立。笼统说来,是失神的样子。《古文苑》卷九引魏文帝《仓舒诔》曰:"兼悲增伤,佗傺失气。"亦失去神志之意,故同"失气"连用。

二七、说"延伫"

"悔相道之不察兮,延伫乎吾将反。回朕车以复路兮,及行迷之未远。"王逸注:"延,长也。伫,立貌。《诗》曰:伫立以泣。"后之注《离骚》者,大率皆据王说。按"伫"为眝(zhù)之假借,"延眝"为远望之义。《说文》:"眝,长眙也。"("眙"为直视貌)段玉裁注:

> 《外戚传》:饰新容以延眝,此"眝"正"眝"之误。"延眝"谓长望也。凡辞章言延"伫"者,亦皆当作"眝"。《说文》无眝、竚字。惟有宁字。宁、伫、竚皆训立,延眝非谓立也。

段说是。王所引《诗·邶风·燕燕》中句子,原句为"瞻望弗及,伫立以泣",前句已言"瞻望",故下句言"伫立"。此为中原语言。楚人则"名住曰伫"(王逸注),住、立同义。那么,"延伫"不当指久立,而是同《汉书·外戚传》,乃远望之义。诗人写自己在行进途中远望前途,觉得错了路,朝前后远望之后,决定返回原路,而且也发现错得还不算太远。"延伫"引起下面的"及行迷之未远"一句,如没有远望,怎知"行迷之未远"?

《离骚》又云:"时暧暧其将罢兮,结幽兰而延伫。世溷浊而不分兮,好蔽美而嫉妒。"这个"伫"同样是"贮"字之借。因为诗人被拒闾阖之外,至黄昏时分,已断了进入天门的念头,才向下远望。于是引起"世溷浊而不分"二句。诗人这里说的"世溷浊",表面上是就黄昏时天色朦胧立言,而实际上是指的世道黑白不分。这种语言,这种表现方法,正是屈骚的特征。

二八、"世并举而好朋"

"世并举而好朋兮"一句中,"举"字王逸、洪兴祖、朱熹等皆无注。钱澄之曰:"世并举,犹言举世也。"近人刘永济《屈赋音注详解》云:"并举,举同与,并相党与也。"马茂元《楚辞选》云:"并举,互相抬举也。"刘、马二说较钱说为长。但是,"举"与"互举"意思不同,释"并举"为互相抬举有增字之嫌。"并举"解为"并与"是可通的,但"并与"同"好朋"义重,而且作为假借字也略嫌迂曲。

"举"在这里实为"起来"、"兴起"的意思。这句是说:当今的世道,都起而结党营私,风气越来越坏。屈原这句诗正反映了楚国政治开始变得腐败、朝野风气日下的状况。如果没有这个"举"字,则这一句就只是写出了一种状况。有了这个"举"字,就同时反映出了这种状况不断扩大,并朝着越来越严重的程度发展的趋势。

由此可以看出诗人用字的确切。《吕氏春秋·论威》云："知其不可久处,则知所兔起凫举死殙之地矣。""举"与"起"对言,"举"即起来(飞起)的意思。

本来王树楠《离骚注》已说过:"韦昭《晋语注》云:'举,起也。'"游国恩先生《离骚纂义》也说:"并举者,举为动词。王树楠说可参。"但因王氏未说明联系全句应如何理解,所以今人多不从。我以为作如上解说,是符合怀王后期楚国的形势,也是符合《离骚》诗意的。

二九、"陈辞"释义

"依前圣以节中兮,喟凭心而历兹。济沅湘以南征兮,就重华而陈辞。""就重华而陈辞"一句王逸注云:"就舜陈词自说,稽疑圣帝,冀闻秘要以自开悟也。"以"辞"为言辞。后来的《楚辞》注家大都以这个"辞"为言辞之义,故多不加注。正由于对"陈辞"的"辞"字理解不确,所以对《离骚》中屈原那一段陈辞内容的看法也甚为歧异。如陆善经《文选·离骚注》:"陈辞,谓兴亡之事也。"其释"依前圣以节中兮"一句云:"己之所行,皆依前圣节度中和之法。"王夫之《通释》云:"就重华而陈辞,考前圣之节也。"联系陈辞部分的内容及"节中"一词的含义,这些解释都未必符合诗人原意。

"节中"即"折中",评判曲直的意思。扬雄《反离骚》云:"将折中乎重华。"用意相同,而字作"折中",就是明证。屈原《惜诵》"令五帝以折中兮",其用意也与之相同。林云铭《楚辞灯》云:"节中即折中,乃持平之意。"林仲懿《离骚中正》云:"节中者,裁制事理,以协于中,正是《中庸》执两用中确义。"二林氏可谓取得"节中"一词之确解。

"陈辞"的"辞",是诉讼、申辩的意思。"陈辞",即陈述对自己的声辩。林云铭及林仲懿从陈辞部分的内容意识到了这一点。《楚辞灯》云:"陈辞者,求其折中也。"此"折中"犹言"评判"。《离骚中正》云:

> 就重华而陈辞,庶几为己与党人判其曲直耳。

但是,因为他们都未能从训诂的方面对"辞"字加以诠释,因而他们对陈辞内容的正确概括并未引起人们的注意。

按"陈辞"之"辞"字当作"辞"而不是"词",今本《楚辞》"就重华而陈辞"一句"辞"字作"词"。《考异》云:"一作陈辞。"钱杲之《离骚集传》亦引一本作"辞"。下面"跪敷衽以陈辞"一句则《补注》本和《集注》本均作"辞"。《离骚》中前一个字当从一本作"辞",《抽思》前一字当与后一字相一致作"辞"。

段注《说文》:"辞,说也。从㕞辛。㕞辛犹理罪也。"段玉裁注:"说者释也。"则这个"说"即开脱的"脱"字。"说"、"脱"皆喻纽四等字。喻纽四等古读定,"说"、"脱"的关系同"俞"与'偷'、"弋"与"代"、"余"与"涂"、"移"与"多"的关系一样。大徐本《说文》:"辞,讼也。"又《说文》:"讼,争也。"可见"辞"有争辩、诉讼之义。《说文通训定声》云:

> 分争辩讼谓之辞。《礼记·大学》:"无情者不得尽其辞。"按今所谓口供也。

其例再如《尚书·吕刑》:"民之乱,罔不中听狱之两辞。"《周礼·秋官·小司寇》:"以五声听其狱讼,一曰辞听。"《周礼·秋官·乡士》:"听其狱讼,察其辞。"又引申为解说之义。《礼记·表记》:"故仁者之过易辞也。"谓仁者的过错容易解说明白。《左传》中还有几

条实例可以证明"辞"有申说、申辩、要求裁正评判之义。其《桓公十年》载:

> 齐、卫、郑来战于郎,我有辞也。初……齐人饩诸侯,使鲁次之。鲁以周班后郑。郑人怒,请师于齐。齐人以卫师助之,故不称侵伐。先书齐、卫,王爵也。

杜注:"不称侵伐而以战为文,明鲁直,诸侯屈。故言'我有辞',以礼自释。""自释"即自我辩解。可见"有辞"指有可以辩解的理由。

《文公十年》,楚子西战败,"将入郢,王在渚宫,下见之。惧,而辞曰……"。陶鸿庆《左传别疏》说:此辞字为解说之义。

《成公二年》载:

> 齐侯使宾媚人赂之以纪甗、玉磬与地。晋人不可,曰:……对曰:"……子实不优,而弃百禄,诸侯何害焉?不然,寡君之命使臣则有辞矣。"

"有辞"指有与晋决战的理由,有可以申说的道理。

《僖公四年》载:

> 或谓大子:"子辞,君必辩焉。"(杜注:"以六日之状自理。")大子曰:"君非姬氏居不安,食不饱。我辞,姬必有罪……"

杜注:"吾自理则姬死。"杨伯峻《春秋左传注》:"辞,《说文》云:'讼也。'此处可解作申辩。"

《宣公十一年》载:

　　王使让之曰:"夏征舒为不道,弑其君,寡人以诸侯讨而戮之,诸侯、县公皆庆寡人,女独不庆寡人,何故?"对曰:"犹可辞乎?"王曰:"可哉。"

以下是申叔时的辩解。可见"犹可辞乎"意为"还可以申辩吗"。

　　《离骚》中"陈辞"的"辞"正是这个用法。这里作为名词意为申辩词或申述的理由。

　　有的人不解"陈辞"一词含义,因而读《离骚》中的陈辞,只看到谈的是三代兴亡,没有看到屈原谈这些的目的是要证明自己的无罪。如果不是为了替自己申辩,为什么在谈三代兴亡之后忽然接上说"阽余身而危死兮,览余初其犹未悔。不量凿而正枘兮,固前修以菹醢"这样的话呢?

　　弄明白了这个问题,《离骚》陈辞部分对我们了解屈原任左徒期间的政治主张以及获罪的原因,就有了很大的意义。由这段陈辞可以看出,屈原的主张是"俨而祗敬"、论道莫差、举贤授能、"循绳墨而不颇"。也就是说,他要整饬法度、讲论政绩、举用贤人、提拔才识之士,统治集团的人也要循法而行,不得胡作非为。屈原在陈辞中列举了夏启因"康娱以自纵",羿因"淫游以佚畋",浇因"纵欲而不忍",造成祸殃;夏桀因为违常乱行,后辛因为任用酷刑,国亡身死。屈原拿这些作为自我辩解的材料,可以看出他曾经反对过楚怀王荒淫放荡的生活方式。他的获罪,亦与此有关。诗的前面说"不抚壮而弃秽兮,何不改乎此度",也正是诗人这种思想的反映。

　　以前研究屈原的政治主张及得祸事由,除《史记·屈原列传》之外,有的人也根据一些不可靠的材料进行推测。结果异说纷出,莫衷一是。《离骚》是最可靠的屈原作品,从它来了解屈原的思想与政治遭遇,是不会有什么问题的。

三〇、"九辩""九歌"考原

"启九辩与九歌兮,夏康娱以自纵。"王逸注:"九辩、九歌,禹乐也。"洪兴祖引《山海经注》:"皆天帝乐名。"戴震《屈原赋注》说:"言启作九辩、九歌。"各家之说虽不同,但以为"九辩""九歌"是乐名则无异。然而细读原诗,此说可疑。启是人名,为主语。若"九辩""九歌"是两个乐名,那么,在"启"后面应有一个动词以说明主宾关系,不然就不成为句子。《天问》也有类似的句子:"启棘宾商,九辩九歌。"上句自成一句,下句独立,也没有谓语。这就是说,按照以前对"九辩""九歌"的解释,《离骚》与《天问》中与之有关的两处都是不通的。

实际上,这两处的"辩"、"歌"都是动词。《归藏·开筮》曰:"昔彼九冥,是与帝辩同宫之序,是谓九歌。"其中"辩"字就用为动词。"九"在这里是表示次数之多。

1978年我写《天问正读》时,将"九辩九歌"解释为"多次地辩说与歌唱"。1981年见到新整理出版的闻一多先生的《天问疏证》,闻先生亦以"辩"、"歌"为动词。但闻先生仍据《离骚》中洪兴祖注引了《山海经》"夏后上三嫔于天,得《九辩》与《九歌》以下"为说,关于"辩"、"歌"的含义尚未道及。下面对这个问题作一探讨。

夏代是中国阶级社会的开端。要由有一定民主性,民主选举氏族、部落联盟、部落首领的社会形态,转变为父子相传的家天下,转变为专制的社会,不会是一帆风顺的。由于禹在部落联盟中的突出贡献,禹的时代禹家族在部落联盟中就已经有很高的威望。但即使这样,当启与益斗争,继其父为首领,将部落联盟首领的权力转变为家天下的王权之时,仍要遭到多方面的反对。启除了以武力打击反对势力(如讨灭有扈氏)以外,必然要采取一些"文治"

的手段,如夸大和宣扬禹的功绩,夸大和宣扬禹家族在部落联盟中的作用,辩说和歌颂等级森严的奴隶制等等。《离骚》、《天问》中说的"九辩九歌"正是指此。

《易·履卦》象辞:"君子以辩上下,定民志。""辩上下"即辩说统治阶级与被统治阶级的不同地位,"定民志"即让被统治阶级安于被奴役的状况。《左传·文公七年》郤缺言于赵宣子曰:

> 《夏书》曰:"戒之用休,董之用威,劝之以九歌,勿使坏。"九功之德皆可歌也,谓之九歌;六府、三事,谓之九功;水、火、金、木、土、谷,谓之六府;正德、利用、厚生,谓之三事。义而行之,谓之德、礼。无礼不乐,所由叛也。若吾子之德,莫可歌也,其谁来之?盍使睦者歌吾子乎?

由所引《夏书》文字可以知道,所谓"九歌",确是产生于夏代。历来学者谈九歌者,有的以为是"禹乐"(或言舜禹之乐),有的以为是"启乐",有的以为是启所窃"天帝之乐"。从以上论述可知,进行"九辩九歌"的文治,是夏启时的事,而所谓九歌的内容则主要是歌颂禹的业绩(平治水土的"九功之德")。"九辩九歌"同统治阶级的"威"(杀戮刑法)一样,是奴隶主阶级用以增强其统治的手段。

王逸在"启九辩与九歌兮"句下注云:

> 言禹平治水土以有天下,启能承先志,缵叙其业,育养品类,故九州之物,皆可辩数;九功之德,皆有次序而可歌也。

此说本之《左传》。从这段注看,似乎王逸也觉得"辩"、"歌"都是指行为而言,与他以"九辩"、"九歌"为乐名的说法相矛盾。王逸本身的矛盾实际上反映了较早的传说与汉人说法之间的矛盾,我们自然应取较早的传说。

再联系下一句的内容看,戴震解释"夏康娱以自纵"说"而夏之失德也,康娱自纵,以致丧乱"。戴氏以"康娱"连文的说法,已成定论。"夏"指夏启。夏朝之初,由于统治阶级才开始积累统治经验以及剥削阶级一开始就有的贪图享乐的本性,启的"文治"自然同显示王权与满足个人享乐联系在一起。我们看一看秦始皇与金海陵王这两个分别在建立汉族与女真族封建地主阶级政权上作出特殊贡献的人物在巩固政权过程中所采取的一些措施,就可以想到比他们早几千年的启会是怎样。"康娱自纵"正是指启在增强王权,突出君主地位当中种种荒淫奢侈的事情。正由于这样,古代传说中才将启的"九辩九歌"同他的康娱自纵联系在一起。

三一、"五子用夫家巷"说解

此句明夫容馆本《楚辞补注》作"五子用失乎家巷",由字句到所包含史事之说解皆多疑问,二者又相互纠结;又因王逸注误读文句,误解史事,故其误根深蒂固。今依次说解之。

句中"失"为"夫"字之误。"夫"同于"乎",为语助之词,无义。或注"乎"于"夫"字旁,阑入正文,成"五子用失乎家巷"。又因王逸注中有"家居闾巷,失尊位也"之语,从而又误"夫"为"失"。王引之以为"失"字因王注而衍,辩之甚长,实未能深研致误之由。此句句式实与下文"厥首用夫颠陨"相同。

关于"五子",或言启的五个儿子,或言启季子武观,或言太康五子,莫衷一是。王逸注"不顾难以图后兮,五子用失乎家巷"二句云:太康"'更作淫声',放纵情欲,以自娱乐,不顾患难,不谋后世,卒以失国,昆弟五人,家居闾巷,失尊位也。"《尚书序》曰:"太康失国,昆弟五人,须于洛汭,作《五子之歌》,此佚篇也。"王逸引用伪

《古文尚书》,不可全信,但它反映了一种较早的传说,又当注意(王符《潜夫论·五德志》亦云:"启子太康、仲康更立,兄弟五人,皆有昏德")。徐文靖《管城硕记》云:"《尝麦解》曰:'其在启之五子,忘伯禹之命,假国无正,用胥兴作乱,遂亡厥国。'《竹书》:'夏启十一年,放王季子武观于西河;十五年,武观以西河叛。'注曰'武观即五观'。盖此五子者,谓启第五子也。"以为"五子"即"武观"。此后梁玉绳、王引之及今人游国恩等学者并以"五子"指武观。按:《逸周书·尝麦解》先言"启之五子",后言"胥兴作乱"(胥,相也),则非指一人而是多人。启子名太康、仲康,其下亦或为"叔康"、"季康"之类,其第五子依次名曰"五观",为可能之事。但五观(武观)叛于西河,其诸兄自然均服从启命,当不会有大乱。至十六年(徐文靖《竹书纪年笺》以为十八年)启死,子太康立;太康死,其弟仲康立。此期间争夺帝位,兼泄前愤,则不会无大的内乱。不然,不至在太康之时羿即入夏都斟鄩,从而代夏。则屈原所谓"五子用夫家巷",非仅指武观叛于西河此一事,还指造成夏朝中衰乃至暂时失国的大乱。"不顾难以图后兮"一句已说明,五子之乱在启之身后,不在启活着之时。则徐文靖、梁玉绳、王引之等一定要以"五子用夫家巷"与见之史籍的某事相牵合,是又将上古繁复的历史看得过于简单,片面看重史料的原因。

"巷",《考异》曰:"一作居。"朱熹《集注》作"衖",注云"衖,一作巷,与巷同……一作居,非是。"朱说作"居"为非是,朱说是对的。王念孙《读书杂志》引王引之说:

　　巷读《孟子》邹与鲁战之鬨。刘熙曰:鬨,构也,构兵以斗也。五子作乱,故曰家鬨。家犹内也,若《诗》云"蟊贼内讧"矣。

王氏关于"巷"字之解释极为精辟。家鬨,即内讧。

《离骚》"不顾难"二句是承"启九辩与九歌兮"二句针对启而说的,所以称武观等人为"五子";如以为"五子用夫家巷"即武观以西河叛事,则与"不顾难以图后"句中"图后"的含义不合。前儒之几成定论者,其实也还未能完全弄清《离骚》文意,也未能弄清当时历史。

三二、后羿考

《左传·襄公四年》云:"昔有夏之方衰也,后羿自鉏迁于穷石,因夏民以代夏政。"杜预注:"禹孙太康,淫放失国,夏人立其弟仲康。仲康亦微弱。仲康卒,子相立,羿遂代相,号曰有穷。"《尚书·胤征》伪《孔传》云:"羿废太康而立其弟仲康。"看来,在太康之时,羿即趁机掌握了夏朝的实际权力,所谓"因夏民以代夏政",造成太康失国。此后继立的仲康、相也都是傀儡,最后后羿干脆废相自立,以其本氏族部落之名"有穷"为国号。

"羿"本为有穷氏部落的首领之名号,自尧舜至夏初,非止一人。然而出名者两人。《天问》、《山海经》中对其事迹有反映,但已带上了神话的色彩。神话是历史的曲折反映,我们可以透过神话的外衣,去认识历史的真相。《山海经·海内经》中说:"帝俊赐羿彤弓素矰,以扶下国,羿是始去恤下地之百艰。"所谓"下地之百艰",从神话传说的方面说,便是指"十日并出,焦禾稼,杀草木,而民无所食。猰貐、凿齿、九婴、大风、封豨、修蛇皆为民害。"帝俊即舜(参郭沫若《中国古代社会研究》第三篇《卜辞中的古代社会》)。所以说,后羿氏族(有穷氏)在帝舜之时是有过很大贡献的。

帝舜将部落联盟的领导权传给禹,禹不按照部落联盟民主选举的程序传给益,却传给了自己的儿子启(禹会诸侯于会稽之山,防风氏后至而斩之,即已体现了杀一儆百的专制手段。《晋书·束晳传》引《竹书纪年》:"益干启位,启杀之。"《战国策·燕策一·燕王哙既立章》、《史记·燕召公世家》载鹿毛寿之语说,禹虽授益以职,而以启的人为吏,及老,"传之益也,启与支党攻益而夺之天下"。是禹表面上传于益,而实令启自取之)。夏初各氏族部落对此种转变不能接受,启之伐甘,实际上是对反对力量的一种镇压。太康之时有穷氏的首领后羿因夏民以代夏政,人们便认为是帝俊(舜)的神灵所派遣。《山海经·海内经》记载的神话,正反映了这种事实。至汉代,刘氏为了神化自己的家族统治,让人考证刘氏是帝尧之后(见《汉书·高帝纪赞》),对古史和神话传说的改造,自然也遵循着这条原则。故《淮南子》记载有关后羿射日的神话,改背景为"逮至尧之时",变帝俊为帝尧,与《山海经》相矛盾(事实上刘安未见到甲骨文,也弄不清"帝俊"究竟指谁;而且在《天问》中也只作"帝",更易于被转移为尧)。至于《说文·弓部》"羿,帝喾射官",则既为大一统国形成之后的附会之言,又与西汉认唐尧为刘氏祖之所自出者不同,应为东汉人的附会,可以不论。

《离骚》中说:"羿淫游以佚畋兮,又好射夫封狐。固乱流其鲜终兮,浞又贪夫厥家。"按《左传·襄公四年》云:后羿代夏以后"恃其射也,不修民事而淫于原兽。弃武罗、伯困、熊髡、龙圉而用寒浞"。因而被寒浞篡其国。《史记·夏本纪·正义》引《帝王世纪》略同。看来羿是步了夏启和太康的后尘,代他而立的寒浞又步了他的后尘。故屈原讲述这一段历史,作为对自己主张君王"俨而祗敬"、"论道莫差"、"举贤授能"、"循绳墨而不颇"的政治思想的辩解。

三三、"贪"字辨义

"羿淫游以佚畋兮,又好射夫封狐。固乱流其鲜终兮,浞又贪夫厥家。""贪"字今人多不注,当是以常义(贪婪)视之。但这里按贪婪是讲不通的。因为后羿的祸殃并不只是浞想得到他的妻子，而是夺去了他的妻子。有的人释为"贪淫"或"贪恋"，仍然是从心理方面来说的，所以也仍然于义未安。

"贪"字在这里是不择手段地夺取的意思。"贪"的本义是不择手段地取得财物，故其字从贝。《左传·襄公二十三年》"贪货弃命"即是这个用法。由此引申为泛指不择手段地夺取。如《左传·僖公二十四年》："窃人之财，犹谓之盗，况贪天之功以为己力乎？"这里"贪"与"窃"对举，"贪"是指一种不义的攫取行为。"贪天之功以为己力"是说把上天成就的功绩（或者说按形势发展自然产生的结果）据为己有，说成是自己的能力所造成。《释名·释言语》："贪，探也，探取入他分也。""探"即"胠箧、探囊、发匮之盗"（《庄子·胠箧》）之"探"，"他分"即非自己分内应有者。"探取入他分"应包括巧取与豪夺两方面的意思。《离骚》中"浞又贪夫厥家"是说寒浞不择手段地夺取了后羿的妻室。

自然，"贪"字的本义也引申出对各种东西不满足地追求等意义。引申出的各义之间有联系，也有区别，应作细致分析。财物、权力是无限的，"贪财"、"贪权"可以理解为不择手段地夺取，也可以理解为不知满足地追求。说到某人的妻室，具体只有一个，则"贪夫厥家"就不能理解为"不知满足地追求他的妻室"。

根据具体史实看，这个"贪"字也应是不择手段地夺取的意思。《左传·襄公四年》记魏绛的话：

> 寒浞，伯明氏之谗子弟也。伯明后寒弃之，夷羿收之，信而使之，以为己相。浞行媚于内（杜注："内，宫人也。"），而施赂于外，愚弄其民，而虞羿于田，树之诈慝，以取其国家，外内咸服。羿犹不悛。将归自田，家众杀而亨之……浞因羿室（杜注："就其妃妾。"按"室"犹妻室，犹《离骚》所谓"家"），生浇及豷。

后羿信任寒浞，而浞用阴谋的手段夺取了羿的政权与妻室，这正与《离骚》中"贪夫厥家"之"贪"字的意思相符。此句王逸注为"贪取其家，以为己妻"。则王注本不误。问题在于后人未能确切理解"贪"字的意思。

三四、鷖、翳与鷖车

"驷玉虬以乘鷖兮，溘埃风余上征。"王逸注："鷖，凤皇别名也。《山海经》云：鷖身有五采，而文如凤。凤类也。以为车饰。"显然错误。洪兴祖《补注》：

> 言以鷖为车，而驾以玉虬也……《山海经》云：九嶷山有五彩之鸟，飞蔽一乡。五彩之鸟，鷖鸟也。又云：蛇山有鸟，五色，飞蔽日，名鷖鸟。

今本《山海经·海内经》云："北海之内有蛇山者，蛇水出焉，东入于海。有五彩之鸟，飞蔽一乡，名曰翳鸟。"（此前之一条为苍梧山，未提及鷖鸟）其字作"翳"。日本古写本《文选集注》残卷第六十三卷《离骚经》文及王逸章句、《字夬》，字亦并作"翳"。朱季海先生《解故》论证曰："楚人言蔽为翳，翳鸟正得名于它'飞蔽一乡'的特征。"

郭璞《山海经注》云："汉宣帝元康元年，五色鸟以万数，过蜀都，即此鸟也。"并引《离骚》"驷玉虬以乘鷖兮"一句（字亦作翳）。那么，鷖鸟的"飞蔽一乡"或"飞蔽日"不是说它大，而是说它成群而飞。

这样看来，《离骚》中说的"乘鷖"（字本作翳）不是乘一只鷖，而是说由一群五彩的鷖鸟拥载着诗人升上天空，诗人就像乘着车一样。这群鷖鸟的前面有四条白色的虬，像拉车的马一样，决定着鷖车前进的方向与速度。鷖鸟很多，要飞得集中一致，自然得有前导。玉虬的作用在于此。这一系列的想象既奇特得出人意外,又体现了生活的真实而显得合情合理:因为鸒鸟很多,有在下面负载的,有在后面及左右两面拥持,甚至在上面像车顶一样覆盖的,才像车的样子。如果只乘一只鸒,同仙人乘鹤一样,不像车子,前面那四条玉虬也就完全成了多余。而且,如果那样单调,也同前望舒以先驱、后飞廉使奔属,鸾皇先戒、雷师传呼,所到之处飘风云霓皆来迎逐,"纷总总其离合"、"斑陆离其上下"的宏大场面不协调。

　　我国古代关于牛郎织女的传说中,有喜鹊架桥的情节,这最早见于西汉时《淮南子》(见《白氏经史事类》卷九引文:"乌鹊填河成桥而渡织女。"),又见于东汉应劭的《风俗通义》佚文:"织女七夕当渡河,使鹊为桥。"[①]从上面论述可知,关于成群飞起的鸟鹊拥载着人在空中的这个想象,是开始于屈原的《离骚》的。"鹊桥"的想象反映了人们对于忠贞爱情的赞扬和对自由的向往,而"鸒车"则表现了伟大爱国诗人屈原坚持真理、上下求索的精神。鸒车和鹊桥以其想象的奇特和所包含的积极向上的精神而在我国文学史上先后辉映。

三五、崦嵫山

　　"吾令羲和弭节兮,望崦嵫而勿迫。路曼曼其修远兮,吾将上下而求索。"王逸注:"羲和,日御也。弭,按也。按节,徐步也。""崦嵫,日所入山也,下有蒙水,水中有虞渊。"洪兴祖《补注》:"《山海经》云:日入崦嵫,经细柳,入虞渊之氾。"按《山海经·西山经》:

---

　　① 唐白居易《白氏经史事类》三十卷,后人合宋孙传《六帖新书》三十卷,改为一百卷,作《白孔六帖》一百卷。其卷九所引《淮南子》文为佚文。唐代韩鄂《岁华纪丽·七夕》云:"鹊桥已成,织女将渡。"注:《风俗通》云:织女七夕当渡河,使鹊为桥。"此为《风俗通》佚文,今本无之。

"鸟鼠同穴山……西南三百六十里,曰崦嵫之山。"毕沅曰:"字当作'崤兹'。《穆天子传》曰:'天子升于崤山。'郭云:崤兹山。当即此也。"《太平御览》卷三引《淮南子》曰:"日入崦嵫,经细柳,入虞泉之地。"今本《淮南子·冥览》云:"日入落棠。"高诱注:"落棠,山名,日所入也。"姜亮夫《通故》云:"落棠殆崦嵫之异名矣。"鸟鼠山在今甘肃省渭源县。崦嵫山据其他文献所记载,不在其西南,而在其东南;距离也稍远,但俱属今甘肃省。

今天水市秦城区西南、西和县以北、礼县以东汉代有西县。"西"字甲骨文像鸟在巢中(《说文》:"㢴,鸟在巢上也,象形。"以"鸟"为"鸟",是以类名代具体名词)。鸟,古代神话中乃是日象。《山海经·大荒东经》:"汤谷上有扶木。一日方至,一日方出,皆载于鸟。"即以鸟为日象。后羿射日,亦下垂为鸟(《天问》:"羿焉彈日,鸟焉解羽。"西汉帛画,亦日中有鸟)。"西"正表示日入之处,其中包含着早期秦人的神话传说(甲骨文中已有"西"字,故以日为鸟的神话,至迟产生在商代以前)。秦人发祥于今天水西南、陇南礼县东北部。崦嵫之山,应为早期秦人所见日落之处,当指茅水河以西的高山。《十道志》云:"昧谷在秦州西南,亦谓之兑山,亦曰崦嵫。"新编《辞源》说:"崦嵫,山名,在甘肃省天水县西,古代神话说是日入之处。"《书·尧典》:"分命和仲宅西。"郑玄注:"西者,陇西之西,今人谓之兑山。"《后汉书·郡国志》汉阳郡"西县"下引郑玄此语作"今人谓之八充山"盖"兑"乃"八充"二字之误。"八充"为"嶓冢",一音之转。因为历代州、郡、县治地的迁徙变化,以今地考之,稍有矛盾,但其地望大体相合(在成县西北,非东北)。

嶓冢山,今人谓即天水西南的齐寿山。然而齐寿山在秦人发祥地(礼县大堡子山、圆顶山、祁山一带)之东北,不在西北。当是因两山相近,且大体都在天水之西南而相混。

三六、扶桑考原

"饮余马于咸池兮,总余辔乎扶桑。"扶桑,王逸注:"日所拂木也。"《山海经·海外东经》:黑齿国"下有汤谷,汤谷上有扶桑"。郝懿行《笺疏》:"扶当为博。《东次山经》云:'无皋之山,东望博木。'本谓此。《说文》云:'博桑,神木,日所出也。'又云:'日初出东方汤谷,所登博桑,叒木也。'""叒木"即若木,《离骚》所谓"折若木以拂日兮"。此皆神话。就神话的角度言之,扶桑本是一神树,生于汤谷之上,日浴之后,即息于扶桑之上。然而上古神话乃是自然界和社会现实的曲折反映,我们可以由它们考究古代社会。过去已有学者从历史的角度加以解说,如徐文靖《管城硕记》引《南史·扶桑国传》释之。然而也有的望文生义,照字面而加以附会(如《后汉书·张衡传》云:"扶桑日所出……其桑相扶而生。"陆次云《八弦译史》云:"桑木两干同根,相为依倚,故名扶桑。")而"扶桑"的传说中,也确实包含重要的文化信息,故这里特加以探索。

《管城硕记》引《南史·扶桑国传》云:

> 齐永元年,其国有沙门慧深,来至荆州,说云:扶桑在大汉国东二万余里,土多扶桑木,故以为名。扶桑叶似桐,初生如笋。国人食之,实如梨而赤,绩其皮为布,亦以为锦。有文字,以扶桑皮为纸。其国人名国王为乙祁。

近年学者们或以为即莫桑比克(旧译莫三鼻给)。莫桑比克古代崇拜太阳神,自称马卡兰加,意为太阳之国,故此说似有一定道理。然莫三鼻给在非洲东南,由中国舟行,当由东南向西绕行,非一直东行,与基本方位不合。且中国同非洲在很早以前是否有往来,别无证明。我以为中国古代所说扶桑，乃指美洲之墨西哥。墨西哥城在其南部，是古代玛雅文化中心之一。玛雅文化同中国殷商文化多有共同之处，且人们多次在美洲发现上古中国人到过美洲之物证。"墨"、"扶"(榑)古音为同位双声，"桑"、"西"亦同声纽，俱可以互转。"哥"为音尾，译名——一对应译出。墨西哥城所在地过去是一个湖，印第安族阿兹蒂克人称之为 Metz—xih—co，意为月亮和水。古人乘大船东行，有时借着大洋水的循环流动之力或海风的作用，走得很远，有可能一直到南美洲。这方面证据很多，已有多人专文论述之。

姜亮夫先生《通故》也从历史方面考察之，而以为"扶桑者，正伏羲具体化之一事物，其义相类，其语根亦相同"，然缺乏其他根据，从地理方位言之，也不相合。

三七、白水即黄河说

"朝吾将济于白水兮，登阆风而缫马。"王逸注："《淮南子》言：白水出昆仑山，饮之不死。"洪兴祖引《河图》曰："昆山出五色流水，其白水入中国，名为河也。"《尔雅·释水》："河出昆仑虚，色白。"朱珔《文选集释》云："案《尔雅》：'河出昆仑虚，色白。'《释文》引孙炎曰：'白者，西方之色也。'又引郭注云：'发源处高激峻凑，故水色白也。'（今本脱文）。郝氏谓《后汉书注》引《河图》云：'昆山出五色流水，其白水东南流，入中国，名为河。'然则白水即河水。故《左传》晋文投璧于河，而曰：'有如白水。'《晋语》即作'有如河水'，是其证也。余谓郝说本之《困学纪闻》万氏《集证》。《御览》引《山海经》曰：'昆仑山纵横万里，高万一千里……其白水出东北陬，曲向东南流，为中国河。'（郝谓《初学记》亦引之。乃《禹本纪》文，非《山海经》也）与《河图》略同。若今《淮南·地形训》说昆仑云：'疏圃之池，浸之黄水，黄水三周，复其原。是谓丹水，饮之不死。'与此不同。《读书杂志》谓《御览·地部》引《淮南》，与此注所引皆作白水，后人妄改为丹水。《水经·河水注》引作丹水，亦系后人依俗本所改。但《尔雅》又云：'所渠并千七百一川，色黄。'郭注云：'潜流地中，汩漱沙壤，所受渠多，众水混涌，宜其浊黄。'是河水之黄，在并所渠以后。"按《淮南子·地形》说"疏圃之池，浸之黄水"。故朱琦又以为与《尔雅》及郭璞注彼此参错。其实，一则朱琦认定疏圃即县圃，二则误以"黄水"为黄河。但是，黄河上游未带泥沙，水并不黄。何况《淮南子》在上面那段文字下才说"河水出昆仑山东北陬"。戴震说："白水，谓河源。"河之上游水流澄清，称之为"白水"也合乎情理，郭璞之说是。

三八、穷石考

"夕归次于穷石兮，朝濯发乎洧盘。"王逸注："《淮南子》言弱水出于穷石，入于流沙也。""洧盘，水名。《禹大传》曰：'洧盘之水，出崦嵫之山。言宓妃体好清洁，暮即归舍穷石之室，朝沐洧盘之水……"洪兴祖曰：

> 郭璞注《山海经》云：弱水出自穷石。穷石今之西郡删丹，盖其别流之源。《淮南子》注云：穷石，山名，在张掖。《左传》曰：后羿自鉏迁于穷石。

二家之说俱是。今人或以有穷后羿为东方夷人，归次穷石即归于羿，故以穷石在东方。《括地志》云："兰门山，一名合黎山，一名穷石山。"《史记正义》曰："合黎山在张掖县西北二百里。"朱琦《文选集释》曰："盖此穷石，乃《史记正义》引《括地志》所云'合黎山，一名穷石山'者也。"又"按《地理通释》云：弱水出吐谷浑界穷石山，自删丹县西至合黎山,与张掖河合。是穷石与合黎相近,而非即合黎。洪氏《图志》云:穷石山在今甘州山丹县西南,一名兰门山也。"朱琦以《山海经》、《括地志》所言穷石,非《左传》所言后羿国之穷石,后羿国之穷石在河南穷谷。朱琦所言实西北文化东传之后所形成,非最早的传说,同"不周"的传说情形相似。据《左传·襄公四年》文,自钼迁往穷石,在后羿代夏政之前。至少康复国之后,后羿氏又西窜至合黎山一带的可能性也存在。《离骚》写求女皆在昆仑一带,当神话中西方各地,故《离骚》中所说穷石不当在河南,而以在删丹(今甘肃山丹)为近理。

三九、释"偓佺"

《楚辞》中"偓佺"共出现四次,王注均不同。

《离骚》:"望瑶台之偓佺兮,见有娀之佚女。""偓佺",王逸注:"高貌。"

《离骚》"何琼佩之偓佺兮",王注:"众盛貌。"

《九歌·东皇太一》"灵偓佺兮姣服",王注:"舞貌。"

《远游》:"服偓佺以低昂兮,骖连蜷以骄骜。"王释此两句为:"驷马骏骖而鸣骧也。"

洪兴祖《补注》于第一、二、四例无说,于《东皇太一》句补注云:"委曲貌,一曰众盛貌。"

这样,偓佺一词仅王、洪二家就有五种解说。加上其他种种说法[1],就更纷繁了。清代以来一些学者作了不少探讨,而对于"望

---

[1] 只举对"望瑶台之偓佺兮"一句的解释为例,徐焕龙《屈辞洗髓》:"偓佺,美好众多,若隐若现,不可枚举之形。"鲁笔《楚辞达》云:"偓佺,孤特貌。"胡文英《屈骚指掌》云:"偓佺,翘起貌。"林云铭《楚辞灯》云:"偓佺,徜佪貌,自上望下,见其块然,而徜佪不动也。"徜佪本有回环往复的意思,但他又说"块然",便使人糊涂起来。

瑶台之偃蹇兮"一句中"偃蹇"为"高"或"高耸"的意思,各家略无异议。由于未能确切把握此词的含义,在解释其他有关的句子时,自然仍囿于王逸之说,时有未当。

"偃蹇"是否有高、高耸之一义?要弄清这个问题,得从全面考究这个词在汉魏以前的用法入手。

下面看几个例句:

一、《淮南子·本经》:"偃蹇寥纠,曲成文章。""偃蹇"与"寥纠"连用,并明言是"曲"的样子。"寥纠"的"寥"应写作"缭"。"缭纠"是并列结构的复音词,屈曲缠绕的意思。

二、《楚辞·招隐士》:"偃蹇连蜷兮枝相缭。"这里"偃蹇"又与"连蜷"(屈曲貌)连用,并指出都是"相缭"的样子("缭"即缭绕,与"寥纠"同义)。

三、张衡《思玄赋》:"偃蹇夭矫,娩以连卷兮。"("连卷"即例二的"连蜷",屈曲貌)。此处同"夭矫"、"连卷"连用,并用"娩"来形容,应是"缭纠"的意思。

四、司马相如《大人赋》:"跮踱辍辕容以委丽兮,绸缪偃蹇怵奂以梁倚。""跮踱""辍辕"都是忽进忽退的样子。"委丽"为曲折蜿蜓之貌。"怵奂"为奔走貌。"梁倚"言像屋梁之互相倚靠。这两句形容车驾仪仗行走之状:大队人马簇拥向前,长长的车马仪仗蜿蜓摆动,时离时合。这里"偃蹇"一词仍然是缭纠的意思。文中"偃蹇"与"绸缪"连用,也说明这一点。

由以上四例看,"偃蹇"与"缭纠"、"连蜷"、"夭矫"同义,即委曲缠绕的意思。

五、王延寿《鲁灵光殿赋》:"飞梁偃蹇以虹指。"以虹为喻,则这里"偃蹇"是形容曲梁微弯上翘的样子。李善注:"《西京赋》:抗应龙之虹梁。""虹梁"即曲梁。"曲"与"蜷"同义。"偃蹇"这里指的是规则的弯曲,与上几例略异,而意义则相通。

六、司马相如《上林赋》:"夭蟜枝格,偃蹇杪颠。""夭蟜"、"偃蹇"相对为文,形容猿猴在树枝上伸屈自如的样子。再如枚乘《七发》:"旍旗偃蹇。"即旌旗翻卷飘动。这个用法至唐代尚有,如韩愈《丰陵行》:"偃蹇旗施卷以舒。"舒卷也即伸屈。无论形容猿猴还是旗帜,其伸屈舒卷,"伸""舒"只是自然地摆动中短暂呈现出的展开的样子,这种展开既不稳定,也不很平直,不过是委曲摆动中的一个环节罢了。所以,虽然这里"偃蹇"一词在运用上略有发展变化(前四例都是写静止的弯曲状态,这里写动的屈曲状态),但由这种"卷舒"的"舒"(或"屈伸自如"的"伸")是引申不出"高"、"高耸"、"高傲"的意思的。或以为"偃蹇"一词"高"、"高耸"的意思由伸展自如一义引申出,是缺乏根据的。

七、司马相如《大人赋》:"垂旬始以为幓兮,曳彗星而为髾(旓)。掉指桥以偃蹇兮,又猗狔以招摇。"这里作者想象以旬始之气为旓,扯来彗星作为旌旗的飘带。"指桥"、"偃蹇"、"猗狔"、"招摇",都是形容旌旗的旓和旓(飘带)随风飘动的样子。颜师古引张揖曰:"指桥,随风指靡也。偃蹇,委曲貌。"这个解释是对的。"猗狔"、"招(音韶)摇"也是摆动的样子①。这些词一般都用来形容树枝、旗帜、龙蛇等自如的摆动或人体舞蹈屈曲的姿态。"偃蹇"与"指桥"、"猗狔"的意思相近,说来,仍然是自然摆动、委曲舒卷的样子。

从以上的例句可以看出,偃蹇一词用来描写具体物或人时,只

---

① 《汉书·司马相如传》颜师古注引张揖曰:"猗狔,下垂貌。招摇,跳踬也。"这里对两个词的解释均误。按宋玉《高唐赋》云:"东西施翼猗狔丰沛。"(李善注:"言东西则南北可知。")此言树枝四向分布,如鸟翼一样上下摆动。又《上林赋》:"猗狔从风。"是说随风飘起抖动的样子。那么,"猗狔"并非下垂的意思。关于"招摇",《汉书·礼乐志》所载《郊祀歌》之第十一云:"饰玉梢以舞歌,体招摇若永望。"颜注:"招摇,申动之貌。"则是用以形容身体摆动时的曲线美。

有两种意思：一个是委曲、屈曲缠绕，一个是伸屈自如。这与"夭矫"的词义完全相合（应该指出："委曲"、"屈曲缠绕"与"伸曲自如"意思也是相通的）。

《广雅·释训》："偃蹇，夭矫也。"王念孙曰："此叠韵之转也。"实际上"偃"与"夭"，"蹇"与"桥"、"矫"不只古韵可以旁转，而且"偃"与"夭"皆影纽字，"蹇"、"桥"、"矫"皆见纽字，声纽也是完全相同的。"偃蹇"、"夭矫"不过是同一词的两种写法。

这里也顺便谈魏晋时代的一个用例，因为这个例子也被用来作为"偃蹇"有"高"之一义的证据。嵇康《琴赋》："若乃重巘增起，偃蹇云覆。"李善注："偃蹇，高貌。"李善看到上一句说"重巘增起"，便以为"偃蹇"是说山的；既然是说山的，自然是"高"的意思。其实这里"偃蹇"是形容流云蜿蜒缠绕、飘忽变化的状态的。是说层层高起的山峰上，有缭绕的云气遮盖。因而，这里的"偃蹇"仍然是"夭矫"的引申用法。

"偃蹇"用于形容人的思想作风或性格方面，是超脱不俗、难以掌握的意思①。这是由伸屈自如一义引申出的。

丢开屈赋中的例子暂且不论，在魏晋以前的书中，找不到"偃蹇"作"高"、"高耸"用的例句。

现在再看屈赋的两例。"何琼佩之偃蹇兮"，王逸注云："言我佩琼玉，怀美德，偃蹇而盛。"今人亦多以为指一般佩玉，这是由于未贯通全诗而产生的误解。上文云："折琼枝以继佩兮，相下女之

---

① 《后汉书·赵壹传》："偃蹇反俗，立致咎殃。""偃蹇"是伸屈自如，不受约束的样子。《玉篇·人部》："偃僊，不服也。""偃僊"同"偃蹇"。不服也就是不能相合。《左传·哀公六年》："彼皆偃蹇，将弃子之命。"此是言其随意变化、难于掌握。《北史·王昕传》："我帝孙、帝子、帝弟、帝叔，今亲起舆床，卿何偃蹇?"这是说："卿何潇洒自如，无动于衷?"又《荀子·非相》："足以为奇伟偃却之属。""偃却"也即"偃蹇"，这里指超脱不俗。这些用例前人都释为"骄傲"，意思相去不远，但引申之迹就晦而不明了。

可诮。"那么诗中"琼佩"系指所佩的琼枝。"偃蹇"应是形容琼枝连蜷相缭的样子,琼枝而连蜷相缭,自然是很美的。

《东皇太一》:"灵偃蹇兮姣服。"此句与《云中君》"灵连蜷兮既留"一句句式相同。前半句意思也相同。"偃蹇"即"连蜷",都是形容灵巫舞蹈时伸屈自如的样子。王逸注为"舞貌",笼统说来自然不错,但所言不具体:看来他并不知道这个词同"连蜷"同义。洪兴祖注为"委曲"本是对的,但他又说:"一曰众盛貌。"可见也不是十分明了。

看来屈赋以上两例中"偃蹇"一词的用法与"夭矫"的意思并无不同,只是由于人们未弄清其确切词义,因而或解释含含糊糊,模棱两可,或随文立训,令人不可捉摸。

最后说"望瑶台之偃蹇兮"一句。这句中"偃蹇"仍然是夭矫、屈曲的意思。后人之所以深信王逸之说而不疑,除了对这个词意思没有弄清之外,还有一个原因是没有弄清《离骚》中说的"台"到底是怎样的建筑。为了彻底弄清"偃蹇"一词的含义和对《离骚》中这句诗有一个确定的理解,这里必须对此先加以考释。

《淮南子·本经》:"逮至衰世……构木为台。""积壤而丘处。"这是说用土筑成台,再在上面构木建屋。《尚书·武成》说:周武王诛纣而"散鹿台之财"。如果台上无屋,怎能贮财?《尔雅·释宫》云:"阇谓之台。"阇即城楼。曹植《登台赋》:"建高殿以嵯峨,浮双阙乎泰清。立冲天之华观,连飞阁乎西城。"则至汉魏时台上有高殿、华观、飞阁者仍谓之"台"。这与《尔雅》所说是相符的。

同时,这种上有殿阁的"台"并不只是四方的式样,除此之外还有狭长曲折的一种。《尔雅·释宫》:"四方而高曰台,陕(狭字本字)而修曲曰楼。"这两句是相对为文的,意思是说:台上有房屋,其形四方者曰"台",其形狭而修曲者曰"楼"。此是析言之,统言之则一并称之为"台"。所以《淮南子》中说"构木为台",未言及楼。

《新序·刺奢》说:"纣为鹿台,七年而成,其大三里,高千尺。"大可三里,则屋宇之婉转曲折可知,亦可见传说中上古时的"台"应是其上构屋,有的还连为一线,狭长曲折。正由于这样,战国时开始有上下均可住人的多层建筑之后,"楼"即专指这种上下均可住人的多层建筑①,与广义的"台"的意思分离开来。"台"同后来所谓"楼"的区别在于下部是否为屋室,而同"榭"的区别在于:榭的上层只是一个亭子一样的建筑,用以观望游览,"台"则上部为屋室,可以住人。

《离骚》中"望瑶台之偃蹇兮,见有娀之佚女",这"瑶台"正是说的有木构建筑而狭长曲折的"台"("瑶"是形容在梁柱门牖等上面饰有美玉)。"偃蹇"是形容其婉转曲折的样子,与"夭矫"的意思并无不同。

自然,《天问》"简狄在台,喾何宜"一句中,"台"也应作如此解。

现在我们就可以肯定地说:"偃蹇"并没有"高"、"高耸"之一义,也不是什么"众盛貌"、"孤特貌"、"翘起貌"或"块然"、"不动貌"等等。它用以形容具体的形象,是夭矫义;用于形容人的思想,是潇洒自如、难于掌握之义。

四〇、有娀考

《离骚》借写寻求同心的美女表现对知音的追求。其中写诗人寻遍四方,一无所获。他从天上到了人间,"望瑶台之偃蹇兮,见有娀之佚女。"按:有娀(sōng),传说中的古代部族名。《淮南子·地

---

① 《史记·平原君列传》:"平原君家楼临民家……平原君美人居楼上。"此楼当指上下均可住人的建筑。又《孟子·尽心》:"孟子之滕,馆于上宫。"赵岐注:"上宫,楼也。"宫即屋室,"上宫"系对楼下而言。

形》:"有娀在不周之北。长女简翟,少女健疵。"《淮南子》成书于楚都寿春,故其中记述神话传说多与《楚辞》相合。此南方神话。《史记·殷本纪》云:"桀败于有娀之虚,桀奔于鸣条,夏师败绩。"《括地志》曰:"高涯原在蒲州安邑县北三十里南坂口,即古鸣条陌也。"则有娀应去鸣条不远。故《史记正义》曰:"有娀当在蒲州。"《正义》又引《张掖记》"黑水出县界鸣山。有娀氏女简狄浴于幺(玄)丘之水,即黑水也",而以为非是。按:前人总是将神话同历史混为一谈。就屈赋言之,有娀佚女简狄浴于黑水的神话,在张掖一带。瑶台,美玉装饰的台。古之有地位者宫室皆修于台上,一可以防洪水猛兽的侵袭,二可以防盗、兵与民变。如《山海经·海内北经》有帝喾台、帝尧台、帝舜台。今存武威之雷台、皇娘娘台其形制即如此。《吕氏春秋·音初》:"有娀氏有二佚女,为之九成之台,饮食必以鼓。帝令燕往视之,鸣若谥隘。二女爱而争搏之,覆以玉筐,少选,发而视之,燕遗二卵,北飞,遂不返。"《帝系》记喾四妃曰:"此妃,有娀氏之女也,曰简狄氏,产契。"《史记·殷本纪》承其说,以为简狄吞燕卵而生商。《天问》:"简狄在台,喾何宜?玄鸟致贻,女何喜?"即是问此传说。

四一、昆仑、悬圃、灵薮考

《离骚》云:"遭吾道夫昆仑兮,路修远以周流。"玉逸注引产生于西汉时的《河图·括地象》云:"昆仑在西北,其高万一千里,上有琼玉之树也。"这不但指出了战国时所传神话中昆仑的方位,也说出了神话中昆仑景观形成的自然方面的原因。所谓"琼玉之树",正是由积年冰雪的山顶上的冰柱奇观演变而来(如青海南部靠近西藏有地名"玉树",正是冰雪高寒之处)。《山海经·海内西经》云:"海内昆仑之虚,在西北,帝之下都。昆仑之虚,方八百里,高万仞。上有木禾,长五寻,大五围。面有九井,以玉为槛。面有九门,门有开明兽守之,百神之所在。在八隅之岩,赤水之际。非仁羿莫能上冈之岩……昆仑南渊深三百仞,开明兽身大,类虎,而九首,皆人面,东向立昆仑上。"以下又依次述开明西、北、东之奇景与神灵,又《西次三经》:"昆仑之丘,是实惟帝之下都,神陆吾司之。其神状虎身而九尾,人面而虎爪。是神也,司天之九部,及帝之囿时……有鸟焉,名曰鹑鸟,是司帝之百服。"如果说前引一段主要描述了神话中昆仑山的景致,其中具体写到开明兽,关于"百神"只是笼统提了一句,则这一段中则提到了"帝"。史前时代在部族的融合方面作出了巨大贡献的部落联盟首领黄帝本就是发祥于西北的,所以作为这种历史曲折反映的神话,其中的黄帝也居于西北。《穆天子传》卷二:"天子升于昆仑之丘,以观黄帝之宫。"可见昆仑山上的帝正是黄帝。

　　又《离骚》中说:"朝发轫于苍梧兮,夕余至乎县圃。欲少留此灵琐兮,日忽忽其将暮。"王逸注:"县圃,神山,在昆仑之上。《淮南子》曰:'昆仑悬圃,维绝乃通天。'言己朝发帝舜之居,乃至悬圃之上,受道圣王,而登神明之山。"则"县圃"即"悬圃",因上有琼玉之树,而甚高,如悬在空中,故曰"悬圃"。《淮南子·地形训》述昆仑云:"上有木禾,其修五寻。珠树、玉树、璇树、不死树在其西,沙棠、琅玕在其东,绛树在其南,碧树、瑶树在其北。旁有四百四十门,门间四里,里间九纯,纯丈五尺,旁有九井,玉横维其西北之隅。北门开以内(纳)不周之风。倾宫、璇室、悬圃、凉风、樊桐在昆仑阊阖之中,是其疏圃。疏圃之池,浸之黄水。黄水三周复其原,是谓丹水,饮之不死。"《天问》云:"昆仑县圃,其居安在? 增城九重,其高几里? 四方之门,其谁从焉? 其北辟启,何气通焉?"也全是问神话传说中有关昆仑山的问题,大体在上面所引材料中可以找到答案。

　　《离骚》中说的"灵琐",闻一多说"琐"为"薮"之声误。"灵薮"

即上文所说之悬圃（见闻一多《楚辞校补》）。《淮南子·地形训》云："昆仑之丘，或上倍之，是谓凉风之山，登之而不死。或上倍之，是谓悬圃，登之乃灵，能使风雨。或上倍之，乃维上天，登之乃神，是谓太帝之居。"则将昆仑山高处又分为三层，其说近神仙家言。其所谓"太帝"，也是指经过神仙家装扮的皇帝。《离骚》下文中又云："朝吾将济于白水兮，登阆风而绁马。""阆风"即《淮南子》所说"凉风"，"阆"、"凉"音近。

　　《离骚》中昆仑虽为神话中地名，但也反映了古人一定的地理观念和上古史的传说，是古人朦胧记忆的实录。《晋书·张轨传》晋穆帝永和元年（345）酒泉太守马岌上言：

　　　　酒泉南山，即昆仑之体也。周穆王见西王母，乐而忘归，即谓此山。此山有石室玉堂，珠玑镂饰，焕若神宫。宜立西王母祠。

《十六国春秋》后魏昭成帝建国十年，凉张骏亦载酒泉太守马岌上言（按：马岌《上言宜立西王母祠》又见严可均辑《全晋文》卷一五四）。朱熹《楚辞辨证》云："《博雅》曰：'昆仑虚，赤水出其东南陬，河水出其北陬，洋水出其西北陬，弱水出其西南陬……'《后汉书》注云：'昆仑山在今肃州酒泉县西南，山有昆仑之体，故名之。'二书之语，似得其实。"则以祁连山为古之昆仑。按：《汉书·地理志》金城郡临羌县下云："西北至塞外，有西王母石室、仙海、盐池。北则湟水所出，东至允吾入河。西有须抵池，有弱水、昆仑山祠。"又云：敦煌广至县"治昆仑障"。又《后汉书·孝明帝纪》："遣奉车都尉窦固、驸马都尉耿秉、骑都尉刘张出敦煌昆仑塞。"李贤注："昆仑，山名，因以为塞，在今肃州酒泉县西南。山有昆仑之体，故名之。周穆王见西王母于此，有石室、王母台。"朱熹《楚辞辨证》引

《博雅》与《后汉书》注云:"二书之语似得其实。"则朱熹亦以祁连山为古之昆仑。唐人撰《括地志·肃州酒泉下》云:"酒泉南山即昆仑之体,周穆王见西王母,乐而忘归,即谓此山,有石室、王母堂。"也与《后汉书》注同。则神话中昆仑山原型,乃今之祁连山。河西走廊自上古为东西方民族交流的通道,文化比较发达。祁连山在河西走廊以南,很多神话传说与它有关,是自然的。李斯《谏逐客书》中说的"昆冈之玉",应即祁连玉。

四二、流沙、不周、西海考

《离骚》云:"忽吾行此流沙兮,遵赤水而容与。"王逸注:"流沙,沙流如水也。《尚书》曰:余波入于流沙。"《山海经·海内西经》:"流沙出于钟山,西行,又南行昆仑之虚,西南入海。"郭璞注:"今西海居延泽。《尚书》所谓有流沙者,形如月生五日也。"居延泽西汉时属张掖郡(今属内蒙)。所谓"形如月生五日"当指敦煌月牙泉边之鸣沙山。沈括《梦溪笔谈》卷三云:"予尝过无定河,度活沙,人马履之,百步之外皆动,颎颎然如人行幕上。其下足处虽甚坚。若遇其一陷,则人马驼车,应时皆没,至有数百人平陷无孑遗者。或谓:此即流沙也。又谓:沙随风流,谓之流沙。"虽非写西北之流沙,而描述流沙景况足以揭示传说真相。神话中流沙,当由今甘肃西部敦煌鸣沙山一带景况传说而成。有关流沙周围的其他传说,可参《山海经·海内经》与《海内西经》《海内东经》《大荒西经》有关条。

《离骚》云:"路不周以左转兮,指西海以为期。"王注:"不周,山名,在昆仑西北。"《山海经·大荒西经》云:"西北海之外,大荒之隅,有山而不合。名曰不周。"郭璞注:"《淮南子》曰:'昔者共工与颛顼争帝,怒而触不周之山,天维绝,地柱折。'(今本《淮南子·天文训》作"天柱折,地维绝")故今此山缺坏不周匝也。"又《西次山经》:"不周之山……爰有嘉果,其实如桃,其叶如枣,黄华而赤柎,食之不劳。"《吕氏春秋·本味》云:"饭之美者……不周之粟。"就战国时神话传说中不周山之原型言之,当指祁连山西端今甘肃省敦煌县以南当金山口两面之山(阿尔金山主峰与党河南山)。敦煌以南的三危山、鸣沙山亦皆进入神话传说,这同中原一些氏族的西迁及上古时东西方文化交流有关。

中国史前传说中颛顼与共工争为帝,共工氏触之造成天塌地陷般大灾难的不周山,本在今河南省西北部黄河以南之地,洛阳附近。徐旭生《中国古史的传说时代》一书以为"共"即今河南省辉县,共工居于共。共工氏用了堵塞峡口的办法,使峡内水位升高,以养殖鱼类,靠水而吃水。故《左传·昭公十七年》记郯子语:"共工氏以水纪,故为水师而水名。"《管子·揆度》云:"共工之王,水处什之七,陆处什之三,乘天势以隘制天下。"所谓"乘天势以隘制天下",指以不周山所聚之水对下游造成威胁,借此同处于其下游的颛顼氏争夺部落联盟的领导权。共工氏后来决开不周山的堤坝造成了颛顼氏的灾难。故《国语·周语下》载太子晋言共工氏"壅防百川,堕高堙卑,以害天下"。《山海经·中山经》云:"其(按指长石之山)西有谷焉,名曰共谷,多竹。共水出焉,西南流注于洛。"不周山应距之不远。随着人们地理观念的扩大和中原一些氏族的西迁,不周山的位置由中原移至西北的可能性有,早期产生于西北的神话传至中原以后同中原一带的山水联系起来的可能也有,这里难以细论。

《离骚》中诗人说自己当取道不周山,在不周山处左转而至西海,因而传语随行众车抄小路先至西海等待。西海,神话中西北的湖名,至今西北沙漠中称湖泊为"海子"。朱珔《文选集释》曰:"《日知录》云:'今甘州有居延海,西宁有青海,宁知汉人所见之海非此类耶? 余谓《史记索隐》引《太康地记》云:河北得水为河,塞外得水为海。故《地理志》羌谷水亦北至武威入海,不谓大海也。据《大荒西经》,屡言西海,曰'西海之外,大荒之中,有方山';曰'西海陼中有神,人面鸟身';至其后文云:'西海之南,流沙之滨,赤水之后,黑水之前,有大山,名曰昆仑之丘。'正与此处上文由昆仑行流沙、遵赤水合。"今甘肃西部当金山口以南有苏干海湖,其西有地名冷湖(湖已不存),再南在青海境内如西台吉乃尔湖、东台吉乃尔湖、达布逊诺尔湖等,向东直至青海湖,湖泊不断,而最大为青海湖,即先秦时之西海(参谭其骧先生主编《中国历史地图集》第 1 册《战国时期全图》)。神话中"西海",亦由此形成。

《离骚》今译

我是古帝高阳氏的后裔，
屈氏的太祖叫做伯庸。
岁星在摄提格的建寅之月，
当庚寅的一天我便降生。

太祖根据我初生时的气度，
通过卦兆赐给我嘉美的大名。
赐给我的名叫"正则"，
赐给我的字为"灵均"。

我已经具有很多内在的美德，
我还要培养优异的才能。
披上了江蓠和系结起来的白芷，
又编织了秋兰佩戴在身。

时光像流水总是追赶不上，
我怕这年岁不能将我等待。
早上到山坡上摘了木兰花，
黄昏时又到洲渚把宿莽采。

太阳和月亮运行匆匆永不停息，
春天和秋天循环往返互相替代。
一想到草木也有衰败零落之时，
便担心美人啊，你会体衰年迈。

还不趁着盛壮之年抛弃恶德，
君王啊，你为什么不转变这个态度？
乘着骏马骐骥尽情奔驰吧，
来，我愿意在前面为你带路！

当初楚三王的德行纯正精粹，
本来就聚集着很多贤才俊士，
夹杂着申椒和菌桂这些不同的香草，
何止仅仅是联缀了蕙草白芷？

他们像尧舜那样地专一而有节度，
遵循着天地的正道找到治国的途径。
王啊，你为什么像桀纣那样放纵妄行，
一味地贪图捷径而寻得步履困窘？

想起那些结党营私者贪图享乐，
使国家的前景昏暗又充满危险。
我难道害怕自身遭受灾殃？
怕的是国家社稷一朝陨颠！

我匆匆地奔走在君王前后，
为的是赶上当年楚三王的步伐。

君王啊，你不体察我的一片忠心，
反而听信谗言怒气大发。

我本来知道正直敢言会招致祸患，
但是要忍住不说却总是不能。
我指着九重苍天来为我作证，
我确实只是为着君王的原因。

当初已经同我有所约定，
后来又反悔而另有主张。
我并不怕被弃而离开朝廷，
伤心的是君王反复无常。

我已经播种了九畹秋兰，
又栽上了蕙草有百亩之地。
畦垅上种了留夷和揭车，
畦沟里套种了杜衡和芳芷。

希望这些香草长得枝叶茂盛，
愿收割的时候我能够有所收获。
即使我被摧残枯折也并不可怕，
痛心的是这些芳草都荒芜败落。

小人们竞相钻营贪得无厌，
索求财物名位总不知满足，
为什么以自己的心思估量别人，
个个动着坏心思满怀嫉妒？

急急忙忙奔走着追逐私利，
这不是我心中所着急的事情。
老迈之年渐渐地向我逼近，
我深恐此生不能够留下美名。

早上饮了木兰上坠下来的露水，
晚上吃着秋菊上落下的花瓣。
只要我的情感确实美好而且专一，
即使长期面黄肌瘦也不会伤叹。

采了兰槐的细根挽结白芷，
贯穿薜荔时花蕊纷纷落地。
拉直了菌桂来联缀蕙草，
结缕草搓成了绳索花叶纷披。

我效法前代贤人刚直不阿，
这不是世俗之人所愿意仿效。
虽然不合于当今庸人的看法，
我也愿意遵循彭咸的遗教。

我长长地叹息，揩拭着眼泪，
哀伤人生的路途如此艰难。
我只是喜好美洁而自我约束，
早上犯颜直谏，晚上即遭斥贬。

已经因为佩戴蕙草而被解职，
又因为采摘白芷而被加罪。

只要是我所向往和喜欢的，
即使为此死去九次也不后悔！

抱怨君王过于放荡恣纵，
始终不细心考察人的真情。
一群平庸女人嫉妒我的妩媚，
造谣中伤说我品行不正。

本来眼下的风气是投机取巧，
面对着规和矩不用而将措施改更。
抛开墨斗准绳而追求邪曲，
以苟合取容作为处世程。

愤懑抑郁常使我失神而立，
唯独我竟落得如此困顿！
我宁肯忽然死去让灵魂漂泊，
也不忍做出丑态苟且偷生！

性情专一的雎鸠不合于群，
自从前世就一直如此。
方的同圆的怎能完全相合？
志趣不同怎能够相安无事？

内心委屈，压抑着情志，
忍受着罪名而遭小人侮辱。
保持了清白本性为正道而死，
正是前代圣贤所最为推许。

后悔当初把路看得不够仔细，
引颈远望后我将向原路回返。
调转我的车头回到旧道，
趁着迷失方向还不算太远。

让我的马在长满兰草的泽畔漫步，
在满是椒树的山丘奔驰后就地歇息。
我想向前有所作为却反而获罪，
只好退回来重新修整我当初的服饰。

裁剪芰叶和莲叶做成上衣，
缝缀红色的荷花瓣做成下裳。
没有人了解我我也毫不在乎，
只要我的内心情感确实芬芳。

让我的切云冠高高耸起，
让我的佩饰长长垂地。
内在的芳香同外在的光泽相合相应，
只有我光明的品质没有亏损缺失。

忽然回过头来纵目四望，
我决定到四方荒远之地去寻求知音。
佩戴得五彩缤纷花样繁多，
喷喷的香气更显得浓烈氤氲。

人生各有所喜好的事情，
我只以爱好修洁为永久的习惯。

即使将我的肢体分解也不会更改，
难道我的心会因为打击有所改变？

姐姐气喘吁吁地一声声长叹，
一遍又一遍地将我斥责骂詈。
她说："鲧刚直而忘却自身的安危，
终究被杀死在羽山之地。

你为何处处直言又喜好修洁，
独有那么多美好的佩饰？
王刍和枲耳堆积满屋，
你却远远地离开不愿一试。

庸人不能挨家挨户去劝说开导，
谁还会认真体察我们的内心怀抱？
世人都起而结党营私，
你为什么孤芳自赏而不听我劝告？"

我要依靠前代圣人来评判曲直，
慨叹着遭逢这种忧患无比愤懑。
渡过了沅水和湘水更向南行，
来到帝舜的坟墓前请他理论。

"夏启制作了《九辩》《九歌》之曲，
夏朝在开国之初便荒淫恣纵。
不考虑引起祸乱图谋久远，
五个儿子因此上闹起内讧。

后羿放荡游玩又沉溺于畋猎，
还特别喜欢射获那长大的狐狸。
本来政治昏乱便少有好的下场，
何况寒浞要强取他后羿的妻室。

寒浞的儿子浇身穿坚牢的铠甲，
他也是放纵私欲不加克制。
天天寻欢作乐而忘却安危，
他的脑袋因而也轻易地落地。

夏桀行事常常违背正道，
最终遭到杀身灭国的祸殃。
殷纣王的酷刑把人剁成肉酱，
商朝的宗祀因此也难以久长。

商汤夏禹处事都恭敬谨慎，
文王武王论道义没有差错。
推举贤者而任用有才能之人，
遵循法度一点也没有偏颇。

皇天公正不会有什么私好，
见人民拥戴谁就给谁以辅助。
只有那英明聪慧有盛德的人，
才可能一统天下享有疆土。

展望前景中回顾过去的历史，
省察人民背离和归顺的定准。

哪个国君不义而能统治天下，
哪个国君不善而能使人归顺？

即使把我置于濒死的境地，
我也毫不后悔当初的志向。
不按照圆孔而修削方正，
所以前代贤人被剁成肉酱。"

我一次次地哀泣抑郁惆怅，
痛惜自己没有遇上好的时辰。
提起柔软的蕙带来揩拭眼泪，
伤心的泪水沾湿了我的衣襟。

跪着铺正衣襟向大舜作了申辩，
什么是中正之道心中已经洞明。
驾起四条玉龙乘着鹥鸟之车，
忽然狂风卷起了飞尘我藉以上行。

清早从苍梧山下发轫起程，
傍晚时我到了昆仑山的悬圃。
本打算在这神灵所聚的泽薮稍停，
太阳却很快下落时间向暮。

我命令羲和慢速按节而行，
遥望着崦嵫山不急于靠近。
前面的道路漫长又十分辽远，
我将上上下下去寻求知音。

让我的龙马在日浴之地咸池饮水，
在扶桑总揽六辔开始又一天的遨游。
折下若木的枝叶来遮蔽阳光，
姑且悠游自得地徘徊周流。

让月御望舒在前面开路，
让风神飞廉奔走跟随。
五彩的鸾鸟为我在前面警戒，
雷师告诉我哪些尚未到位。

我命令凤鸟作为仪仗一直飞腾，
无论白天黑夜都不中断休歇。
旋风聚起一个个风柱前后相连，
率领着云霞和虹霓前来迎接。

庞大的仪仗乱纷纷时聚时散，
色彩缤纷此起彼伏地走向天庭。
我命令天帝的门官打开天门，
他倚靠天门看着我无动于衷。

时间将近黄昏一天就要过去，
我绾结着幽香的兰草向四面远望。
世道是这样的混浊而善恶不分，
喜好抹杀别人的美德而嫉妒诽谤。

清早我将渡过昆仑山下的白水，
登上阆风在那里挽结龙马的缰绳。

忽然回过头观望便痛哭流涕，
哀伤这高山之上并无知音。

我匆匆地游过这苑囿春宫，
折了琼树的枝条加长佩饰。
趁着开放的花朵还没有凋谢，
物色可接受我馈赠的人间女子。

我命令云神丰隆乘驾着云朵，
去寻找宓妃现在的住地。
解下佩戴用来定情结好，
我将让蹇修之乐传情达意。

介绍人忙碌奔波来来去去，
忽而对方又执拗地不给回话。
晚上回到穷石过夜歇息，
早上在洧盘洗她的长发。

倚仗着她的美貌而十分骄傲，
成天地寻欢作乐恣意嬉游。
虽然她确实美丽但过于无礼，
让我来丢开她转而他求。

到四方很远之地流览察看，
在天界巡行一圈后又下降落地。
看到一个美玉装饰的高台蜿蜒曲折，
上面住着有娀氏的美女简狄。

命令鸩鸟作媒去为我传话，
鸩鸟只是恶意地说简狄不好。
雄鸠一面喊叫着一面飞开，
我又讨厌它浅薄轻佻。

心中犹豫而疑惑不定，
想自己前往又觉得不够稳妥。
凤凰已经接受了转送聘礼的委托，
我担心高辛氏抢先与简狄成说。

想远走高飞又无处可以安身，
我姑且随意漂泊，逍遥彷徨。
趁着少康还没有婚娶成家，
留有有虞氏两个姚姓姑娘。

信使的能力差媒人又笨拙，
我担心他们的传话并不牢靠。
世道混浊而嫉妒贤能之士，
喜好掩盖美德而随意编造。

贤俊们的闺门深远本难联络，
明君你又一点也不觉醒。
怀着一片诚心而不能抒发，
我怎能永远忍受这种环境！

取来蔓茅和截好的八段竹子，
让灵氛为我占卜应何去何从。

占辞说:"两美一定会完美结合,
哪里会确实美好而不恋念真情?

想想九州之地如此广大,
难道美女只生在这里?"
又说:"远远地离去不要迟疑,
谁会寻求俊男而放过了你?

什么地方没有芳香的青草,
你为什么定要依恋着故乡?
世道黑暗使得人心惑乱,
谁审别我们是丑恶还是善良?

世人的喜好厌恶各不相同,
只有这结党营私者特别奇怪。
家家男女腰里系满艾蒿,
却说幽香的兰花不可佩戴。

观察草木尚且不辨香臭,
识别美玉又怎能精审恰当?
取了粪土来充填香囊,
反倒说申椒并不芳香。"

想听从灵氛吉祥的占卜,
又心怀犹疑而踌躇不决。
巫咸将要在黄昏之时降神,
我怀揣花椒和精米前去迎接。

众神遮天蔽日地一齐降临，
九嶷山的神灵纷纷去共迎。
闪闪神光表示尊神显灵，
告诉我往日的吉祥事情。

他说："要上天下地努力查找，
寻求与你遵循同一准则的同志。
商汤夏禹恭谨地寻找合得来的良臣，
伊尹和咎繇因而同他们和衷共济。

如果内心确实喜好贤能，
又哪里用得着中介的媒人？
傅说当初在傅岩下修路，
武丁任用为相而不生疑心。

吕望当初在街市拍刀屠宰，
遇到周文王被举加以重用，
宁戚做商贩敲着牛角唱歌，
齐桓公听了后让他辅政。

要趁着年岁还不算太晚，
时机还没有完全过去。
怕的是子规鸟的叫声一起，
使那百草顿然地失去香气。"

为什么我佩戴的美玉委曲缭绕，
庸人们却一定要把它们遮盖？

想到那些结党营私者最没有诚信，
恐怕还会出于嫉妒而把它们折坏。

时世纷乱而不断发生变故，
我怎么能在这里长久停留？
兰草和白芷都蜕变而失去芳香，
溪荪和蕙草化成了一片茅莠。

为什么当初的芳草，
今天都变成了贱草萧和艾？
难道会有别的原因吗？
这是他们不好修养的危害。

我本以为秋兰可以倚靠，
结果是华而不实外秀中空。
丢弃了原有的美德而追随流俗，
他实在枉列入众芳之中。

椒专横谄上而傲慢无礼，
樧又想削尖脑袋钻入香囊。
既然是拼命钻营以求得逞，
又怎么能够散发出芬芳！

本来世俗都是随波逐流，
又有什么没有转变消退？
看看椒和兰竟然也是这样，
何况揭车江蓠这平庸之辈！

想来只有我的玉佩最为可贵，
听任美质在磨砺中经历忧患。
香喷喷的气息难以亏损，
香气一片到如今仍未消减。

调整玉佩、銮铃的声响自作欢娱，
姑且漫游闲荡着寻求好女。
趁着我的佩饰正繁盛艳丽，
上下巡回观览着大地和天宇。

灵氛已经告诉我占得吉卦，
我选择了吉日将高飞远翔。
折下玉树的枝条当作菜肴，
又精制了玉屑来作为干粮。

为我驾起白色的飞龙神骏，
杂用美玉和象牙制作成乘轩。
哪有心志不同者可以共处？
将远远地离开，自行疏远。

我转道走向那昆仑山，
路途长远而迂曲难行。
举起云霞的旗帜遮天蔽日，
玉石銮铃的振动宛如凤鸣。

清早从天河渡口发车起行，
黄昏时到了西面极远之地。

凤凰伸展双翅上接云旗，
高高地飞翔着肃穆而整齐。

忽然我走到了流沙之地，
沿着赤水河岸徜徉盘桓。
我指挥蛟龙在渡口架起桥梁，
又通告西皇保护我渡到对岸。

路途辽远又充满艰难，
我传告众车抄小路在前面等待。
取道不周山的缺口转向左行，
约定了相聚在前方的西海。

会聚了我成千的随行车辆，
排列整齐的玉轮同时向前。
我驾着八匹龙马蜿蜒而行，
车上的云霞之旗随风舒卷。

控制住心情而放慢速度，
神思却高高地飞向很远。
奏起《九歌》而按着《九韶》起舞，
姑且借着这悠闲时光愉乐一番。

地面升起先祖赫赫的灵光，
我猛然瞥到了旧乡鄢郢。
仆人悲怆我的马也无比恋念，
屈身回望着不肯前行。

［尾声］
算了吧！
国家缺少忠良没有人理解我，
又何必深深地怀恋着故都？
既然不能够一起推行美政，
我将追随彭咸去他的居处。

再 版 后 记

　　严羽《沧浪诗话·诗评》中说:"读骚之久,方识真味;须歌之抑扬,涕泪满襟,然后为识《离骚》。否则如戛釜撞甕耳。"那就是说,读《离骚》要在读懂字句的基础上反复吟诵,由形式而达于思想,由字句而入于情感,要达到"得意而忘言"的程度,闻屈原之心声,受屈原之感染。我生性驽钝,又以自幼失怙,性情内向,惟好读闲书,自上初中,尤嗜《楚辞》。上大学以后读书范围渐宽,知道关于《楚辞》的解说还有许多不同的意见,也对各家看法之得失,结合自己的体会,有所思考。十年浩劫之后,我考入甘肃师范大学(今西北师大)中文系郭晋稀先生门下做研究生,学位论文为《屈原生平考辨》,在读期间及毕业后发表过一些关于《楚辞》研究的论文。因为《离骚》是《楚辞》的代表,也是中国诗歌的最高典范,我想探究一下屈原是如何登上世界文学史的高峰的,所以除因日本有的学者提出新的"屈原否定论",对屈原生平曾进行集中研究外,作品方面,以讨论《离骚》为多。关于屈原生平及当时政治、文化状况研究的文章结集为《屈原与他的时代》,已由人民文学出版社出版(1996年初版,2002年10月修订再版),关于《离骚》的论文,成为本书的主要内容。

　　收入书中的文章,有的是探讨某些学者在《离骚》艺术构思方面提出的问题,有的是同某些学者进行讨论的。如前两篇《〈离骚〉

中的龙马同两个世界的艺术构思》(原刊《文学评论》1992 年第 1
期)、《〈离骚〉的比喻和抒情主人公的形貌问题》(原刊《中国社会科
学》,1992 年第 4 期),本是因为钱锺书先生《管锥编》第二册论《楚
辞》有"前后失照"一节,言《离骚》中忽而为男,忽而为女,"扑朔迷
离,自违失照"。又言诗中抒情主人公所乘为龙,"乃竟不能飞度流
沙赤水而有待于津梁",不能自圆。我在论文中谈了自己的理解。
为了避免同名人讨论抬高自己身份之嫌,我在文中没有引钱先生
的话。因为《管锥编》既是一部学术声望很高的书,也是真正读它
的人很少的书。我在第二篇论文中提到了我十分尊敬的前辈学者
游国恩先生。游先生的《楚辞论文集》恐怕是研究楚辞者没有不读
的,我的看法既然有所不同,而不明确提出游先生,那也是虚伪的。
钱锺书先生、游国恩先生,都是学界的泰山北斗,我在治学的道路
上,从他们的论著中受到过很多的启发与指点。比如关于《离骚》
题意的解释,古今有四十多种说法,我认为只有钱先生在《管锥编》
中的解说最有道理;关于屈原被放的问题,有的人主张只放了一
次,有的人认为放了两次,有的人认为放于汉北,有的人认为未放
于汉北。我同意游先生的意见,被放两次,怀王时被放汉北,时在
怀王二十四五年。并且作了补证。我认为学术就是在讨论中发展
的。我的文章中也还提到几位中年学者。绝大部分学者将此看作
正常的学术研讨交换意见,以诚相待。我真诚感谢这些学者虚怀
若谷,不以我为鲁莽。

很多青年同志感到《离骚》的结构分析起来困难大,各家的译
文也往往有很多不相同之处。以往有的译文,因为对创作背景方
面有误会之处,诗中某些词句的含义尚未弄清楚,故存在这样那样
的缺陷。为了向一般读者和外文翻译方面提供一个较为完善的今
译文本,我也将它用现代语进行了翻译,并在原文结构关键处加上
几句话,稍作提示,以便体会文情。这些同谈《离骚》及屈原在艺术

创造方面的贡献的文章一并结集为《屈骚探幽》,纳入《诗赋研究丛书》,于 1998 年 5 月由甘肃人民出版社出版。因为有的学校把它列为本科生或研究生的参考书,时有人问及,故修订后由巴蜀书社再版重印。趁此机会我将全书通读一遍,改正了几处排印的错误,个别地方文字上有所增改。然而学海无涯,学术没有止境,诚恳希望得到各位专家与广大读者同志的批评指正。

赵逵夫　2003 年 6 月 25 日于滋兰斋

三 版 后 记

　　此书十八年前初版时由业师郭晋稀先生作序，十三年前由巴蜀书社再版时先生已经仙逝。今由上海古籍出版社重印，值先师诞辰一百周年，借此机会表示对先师的深切怀念。

　　此次重印，又重阅一过，对有的地方作了补充与订正，特此说明。

赵逵夫　2016 年 10 月 22 日